Lees ook van Pam Jenoff:

*De verdwenen meisjes uit Parijs*

*Het meisje met de blauwe ster*

Pam Jenoff

# Het weeskind

XANDER

Oorspronkelijke titel: *The Orphan's Tale*


Vertaling: Monique Eggermont
Eerder verschenen bij Karakter Uitgevers B.V.

Opmaak binnenwerk: ZetSpiegel, Best
Omslagontwerp: Villa Grafica
Omslagbeeld: Stocksy en Shutterstock

ISBN 978 94 0162 455 8
NUR 302

Zesde druk 2025

MIX
Papier | Ondersteunt verantwoord bosbeheer
FSC® C104608

*Voor mijn familie*

# Proloog

*Parijs*

Ze zullen inmiddels wel naar me op zoek zijn.

Ik blijf op de granieten trap van het museum staan en grijp de leuning als houvast. De pijn slaat heftiger dan ooit toe in mijn linkerheup, die niet helemaal genezen is nadat hij vorig jaar is gebroken. Aan de overkant van de Avenue Winston Churchill, achter de glazen koepel van het Grand Palais, kleurt de maartse hemel roze bij het vallen van de avond.

Ik kijk even om een hoek van de gewelfde ingang van het Petit Palais. Aan de dikke stenen zuilen hangt een rood spandoek van twee verdiepingen hoog: DEUX CENTS ANS DE MAGIE DU CIRQUE – tweehonderd jaar magisch circus. Het is verlucht met olifanten, een tijger en een clown, in kleuren die in mijn herinnering veel feller waren.

Ik had tegen iemand moeten zeggen dat ik hier naartoe ging.

Maar dan zouden ze hebben geprobeerd me tegen te houden. Mijn vlucht, die ik maandenlang had gepland nadat ik in de *Times* had gelezen over de verwachte tentoonstelling, was goed georganiseerd: ik had in het verzorgingstehuis een verpleeghulp omgekocht om de foto te maken die ik naar het paspoortenbureau moest sturen, en het vliegtuigticket contant betaald. Ik was bijna betrapt toen de taxi die ik had besteld vlak voor zonsopkomst voor het tehuis stopte en luid claxonneerde. Maar de bewaker aan de balie sliep door.

Ik verzamel al mijn krachten en klim verder de trap op. Na iedere pijnlijke stap blijf ik even staan. In de lobby is het openingsfeest al in volle gang, groepjes mannen in smoking en vrouwen in avondjurken mengen zich onder het uitvoerig beschilderde plafond van de koepel. Flarden Frans zwermen om me heen als een lang vergeten parfum dat ik verlangend opsnuif. Bekende woorden druppelen weer binnen, eerst een stroompje, dan een rivier, ook al heb ik ze al een halve eeuw nauwelijks meer gehoord.

Ik stop niet bij de balie om me te melden; ze verwachten me niet. In plaats daarvan baan ik me, terwijl ik de bladen met hors-d'oeuvres en champagne die worden rondgedragen ontwijk, een weg over de mozaïekvloeren, langs muurschilderingen naar de circustentoonstelling, waarvan de ingang wordt aangegeven door een kleinere versie van het spandoek dat buiten hing. Uitvergrote foto's hangen aan draad dat je met het blote oog niet kunt zien aan het plafond, met daarop afbeeldingen van een degenslikker, dansende paarden en nog meer clowns. Op de bordjes onder elke foto zie ik namen die bij me terugkomen als een lied: Lorch, D'Augny, Neuhoff – beroemde Europese circusfamilies, geveld door de oorlog en de tijd. Bij de laatste naam beginnen mijn ogen te branden.

Verderop zie ik een poster van een vrouw die aan zijden doeken hangt, met één been naar achteren gestrekt in een arabesk. Ik herken haar jeugdige gezicht en lichaam nauwelijks. In mijn hoofd begint het liedje van de draaimolen, blikkerig en vaag als een muziekdoos. Ik voel weer de verzengende hitte van de lampen, zo heet dat mijn huid eraf zou schroeien. Een vliegende trapeze hangt boven de tentoonstelling, op zo'n manier bevestigd dat het lijkt alsof er iemand in bezig is. Zelfs nu hunkeren mijn bijna negentigjarige benen ernaar om naar boven te klimmen.

Maar ik heb geen tijd voor herinneringen. Het had me, zoals tegenwoordig met alles, meer tijd gekost om hierheen te komen dan ik dacht, en er is geen minuut te verliezen. Ik slik de brok in mijn keel weg en loop verder langs de kostuums en hoofdtooien, artefacten van een voorbije cultuur. Eindelijk ben ik bij de wagon. Een paar zijpanelen zijn weggehaald, zodat de benauwde, krappe slaapplaatsen zichtbaar zijn. Het valt me op hoe klein de ruimte is, nog niet half zo groot als de kamer in het verpleeghuis die ik moest delen. In mijn herinnering was het hier veel ruimer geweest. Hadden we daar echt maandenlang gewoond? Ik steek mijn hand uit naar het rottende hout. Zodra ik de wagon in de krant had zien staan, wist ik dat het dezelfde was, maar ergens had ik het niet durven geloven, tot nu.

De stemmen achter me klinken luider. Ik kijk snel achterom. De opening is afgelopen en de genodigden komen nu naar de expositie. Over een paar minuten is het te laat.

Ik kijk nog één keer om en kruip dan snel onder het touw van de afzetpaaltjes door. Verstop je, lijkt een stem te zeggen – het lang verborgen instinct dat weer de kop opsteekt. In plaats daarvan tast ik met mijn hand onder de wagen. Daar is het kastje, precies zoals ik het me herinner. Het deurtje klemt, maar als ik er op een bepaalde manier tegenaan duw... Het klapt open en ik herinner me de opwinding van een jong meisje dat zoekt naar de gekrabbelde uitnodiging voor een geheim rendez-vous.

Maar als ik erin tast, stuiten mijn vingers slechts op een kille, donkere ruimte. Het kastje is leeg en mijn droom dat zich hier misschien de antwoorden bevinden, gaat in kille rook op.

# 1

# Noa

*Duitsland, 1944*

Eerst klinkt het zacht, als van de zoemende bijen die ooit achter papa aan zaten op de boerderij, waarna hij een week lang met zwachtels rondliep.

Ik leg de borstel neer die ik had gebruikt voor het schrobben van de vloer, het marmer dat ooit glansde maar nu vol barsten zat van hakken van laarzen en dunne sporen van modder en as die er nooit meer uit gaan. Terwijl ik luister naar waar het geluid vandaan komt loop ik het station door onder het bord waarop met dikke zwarte letters staat: BAHNHOF BENSHEIM. Een grote naam voor iets wat niet meer is dan een wachtkamer met twee wc's, een loket en een worstenkraam dat alleen open is als er vlees verkrijgbaar is en het weer niet al te slecht is. Ik buk me om een munt op te rapen die onder een van de banken ligt en steek hem in mijn zak. Het verbaast me wat mensen allemaal vergeten of achterlaten.

Buiten stijgt mijn adem in wolkjes op in de avondlucht van februari. De hemel is een collage van ivoorwit en grijs en voorspelt nog meer sneeuw. Het station ligt laag in een dal, omringd door heuvels die aan drie kanten dichtbegroeid zijn met dennenbomen waarvan de scherpe groene toppen boven de besneeuwde takken uitsteken. Er hangt een geur van verschroeiing. Voor de oorlog uitbrak was Bensheim slechts een van die kleine stopplaatsen waar de meeste reizigers langskwamen zonder er erg in te hebben. Maar het lijkt erop dat de Duitsers alles benutten, en de locatie is gunstig om 's nachts treinen en locomotieven te stallen.

Ik ben hier bijna vier maanden. In de herfst was het niet al te slecht geweest en ik was blij dat ik een schuilplaats had kunnen vinden nadat ik was weggestuurd met proviand voor twee dagen – drie als ik zuinig aan deed. Het tehuis waar ik had gezeten nadat mijn ouders erachter waren gekomen dat ik in verwachting was en me de deur uit hadden gezet, lag discreet op afstand van de bewoonde wereld, en ze hadden me ook in Mainz kunnen afzetten, of op zijn minst in de meest nabijgelegen stad. Maar ze deden gewoonweg de deur open en lieten me te voet vertrekken. Ik was naar het station gelopen voordat ik besefte dat ik nergens naartoe kon. In de maanden dat ik weg was had ik meer dan eens overwogen terug naar huis te gaan en om vergiffenis te smeken. Ik was er niet te trots voor. Ik zou op mijn knieën gegaan zijn als ik had gedacht dat het effect zou hebben gehad. Maar op de dag dat mijn vader me wegstuurde, had ik aan zijn woedende blik gezien dat hij zijn hart voor me had gesloten. Een tweede afwijzing zou ik niet aankunnen.

Het geluk was echter met me toen bleek dat er een schoonmaakster werd gevraagd voor het station. Ik kijk nu van achter het gebouw naar de kleine kast waar ik een matras op de grond heb liggen. Ik draag nog steeds de zwangerschapsjurk waarin ik mijn huis verliet, alleen valt hij nu wijd om me heen. Het zal natuurlijk niet altijd zo zijn. Ik zal een echte baan vinden – een die me meer oplevert dan brood dat nog net niet beschimmeld is – en een fatsoenlijke woning.

Ik zie mezelf in het raam van het station. Ik val niet echt op met mijn asblonde haar dat bleekt in de zon, en mijn lichtblauwe ogen. Ooit stoorde ik me aan mijn alledaagse uiterlijk; hier is het een voordeel. De twee andere stationsmedewerkers, het meisje dat de kaartjes verkoopt en de man in de kiosk, komen en gaan elke dag zonder nauwelijks iets tegen me te zeggen. De reizigers lopen langs met de dagelijkse editie van *Der Stürmer* onder hun arm, trappen hun peuk uit op de grond en zijn niet geïnteresseerd in wie ik ben of waar ik vandaan kom. Ook al is het eenzaam, het is precies naar mijn zin. Ik kan geen vragen over het verleden beantwoorden.

Nee, mij merken ze niet op. Maar ik zie hen wel, de soldaten met verlof en de moeders en echtgenotes die elke dag hoopvol het perron afspeuren naar een zoon of echtgenoot voordat ze weer alleen weggaan. De mensen die proberen te vluchten kun je altijd herkennen. Ze proberen er normaal uit te zien, alsof ze op vakantie gaan. Maar hun kleren zitten te strak van alle lagen die ze over elkaar heen dragen en hun tassen zitten zo vol dat ze elk moment dreigen te barsten. Ze maken geen oogcontact, maar duwen met een bleek, gespannen gezicht hun kinderen vooruit.

Het gezoem wordt harder en hoger. Het komt uit de trein die ik eerder had horen aankomen en die nu op het achterste spoor staat. Ik loop erheen, langs de bijna lege kolenvaten waarvan uit de meeste de inhoud allang naar troepen die in het oosten vechten is gegaan. Misschien heeft iemand een motor of een andere machine aan laten staan. Ik wil er niet de schuld van krijgen en het risico lopen dat ik mijn baan kwijtraak. Ondanks mijn beroerde situatie weet ik dat het altijd erger kan – en dat ik geluk heb dat ik hier ben.

Ik heb geluk. Dat had ik voor het eerst gehoord van een oudere Duitse vrouw die een haring met me deelde in de bus naar Den Haag, nadat ik mijn ouderlijk huis had verlaten. 'Jij bent het Arische ideaal,' zei ze tussen twee smakkende vishappen door terwijl we omreden over wegen vol kraters.

Ik dacht dat ze een grapje maakte; ik had alledaags blond haar en een klein, stomp neusje. Ik was stevig gebouwd – atletisch, totdat ik zachte rondingen kreeg. Anders dan wat de Duitse vrouw me 's avonds had toegefluisterd, had ik mezelf altijd als middelmatig beschouwd. Maar nu was er tegen me gezegd dat ik precies goed was. Voor ik het wist vertrouwde ik de vrouw toe dat ik zwanger was en dat ik de deur uit gezet was. Ze zei dat ik naar Wiesbaden moest gaan, en schreef op een briefje dat ik een kind van het Reich droeg. Ik pakte het aan en ging op pad. De vraag of het gevaarlijk was om naar Duitsland te gaan of dat ik moest weigeren kwam niet bij me op. Iemand wilde kinderen zoals het mijne. Mijn ouders zouden liever doodgegaan zijn dan hulp hebben aanvaard van de Duitsers. Maar de vrouw zei dat ze me daar onderdak zouden geven, hoe slecht konden ze dan zijn? Ik kon nergens anders naartoe.

Ik had geluk, zeiden ze daar ook toen ik in het tehuis kwam. Ook al was ik Nederlands, ik werd beschouwd als Arisch, en mijn kind – dat in andere gevallen de schandelijke naam van *uneheliches Kind*, buiten het huwelijk verwekt, zou krijgen – zou waarschijnlijk gewoon in het Lebensborn-programma opgenomen worden en grootgebracht in een goed Duits gezin. Ik was er bijna een halfjaar gebleven, waarin ik las en in het huishouden hielp totdat mijn buik te dik werd. Het tehuis was, hoewel niet bijzonder, modern en schoon, ontworpen om baby's in goede gezondheid ter wereld te laten komen voor het Reich. Ik had een flink meisje leren kennen, Eva, die een paar maanden langer zwanger was dan ik, maar op een nacht toen ze wakker werd in het bloed, brachten ze haar naar het ziekenhuis en ik zag haar nooit meer terug. Daarna bleef ik op mezelf. Niemand van ons zou er lang blijven.

Bij mij begon het op een kille ochtend in oktober toen ik van de ontbijttafel opstond en mijn vliezen braken. De achttien uur daarna waren een waas van helse pijn onderbroken door bevelen, zonder een woord van aanmoediging of geruststelling. Ten slotte was de baby met een jammerkreet ter wereld gekomen en mijn hele lichaam trilde van leegte, als een machine die wordt uit gezet. Er verscheen een vreemde blik in de ogen van de verpleegster.

'Wat is er?' wilde ik weten. Ik mocht het kind niet zien. Maar ik verbeet mijn pijn en kwam half overeind. 'Wat is er mis?'

'Niets aan de hand,' stelde de arts gerust. 'Het kind is gezond.' Zijn stem klonk echter verontrust, zijn ogen achter de dikke brillenglazen keken geschokt boven het roomwitte laken uit. Ik boog naar voren en keek in twee doordringende koolzwarte ogen.

Dat waren niet de ogen van een Arisch kind.

Toen begreep ik de zorg van de dokter. Het kind had niets van het perfecte ras. Een of ander verborgen gen, van mijzelf of van de Duitser, had hem donkere ogen en een olijfkleurige huid bezorgd. Hij zou niet in het Lebensborn-programma worden opgenomen.

Mijn kind liet een schrille, hoge kreet horen, alsof hij zijn lot had vernomen en ertegen protesteerde. Ik had mijn armen naar hem uitgestoken, ondanks de pijn. 'Ik wil hem vasthouden.'

De dokter en de verpleegster die details over het kind op een formulier had genoteerd, keken elkaar ongemakkelijk aan. 'Dat doen we niet, dat staat het Lebensborn-programma niet toe.'

Ik kwam moeizaam overeind. 'Dan neem ik hem mee en vertrek.' Dat was bluf geweest; ik had geen huis om naartoe te gaan. Bij mijn aankomst had ik papieren getekend waarin ik mijn rechten op hem had afgestaan, in ruil voor mijn verblijf, en er waren bewakers… Ik kon zelfs amper lopen. 'Toe, laat me hem heel even vasthouden.'

'*Nein.*' De verpleegster schudde resoluut haar hoofd en glipte de kamer uit toen ik bleef smeken.

Toen ze eenmaal uit het zicht was, liet de arts zich door iets in mijn stem vermurwen. 'Heel even dan,' zei hij, en met tegenzin gaf hij me de baby aan. Ik staarde naar het rode gezichtje, snoof de heerlijke geur op van zijn hoofdje dat puntig toeliep van de vele uren geboortestrijd, en keek naar zijn ogen. Die prachtige ogen. Hoe kon zoiets volmaakts niet hun ideaal zijn?

Maar hij was van mij. Ik werd door een golf liefde overspoeld. Ik had dit kind niet gewild, maar op dat moment verdween alle spijt, en daarvoor in de plaats kwam verlangen. Paniek en opluchting kregen de overhand. Ze wilden hem niet hebben. Ik zou hem mee naar huis moeten nemen omdat er geen andere keus was. Ik zou hem houden, een manier vinden…

Toen kwam de verpleegster terug en trok hem uit mijn armen.

'Nee, wacht,' protesteerde ik. Terwijl ik uit alle macht naar mijn kind reikte, voelde ik iets scherps in mijn arm. Ik werd draaierig in mijn hoofd. Handen duwden me achterover op het bed. Alles werd vaag, terwijl ik nog steeds die donkere ogen zag.

Ik werd alleen wakker in die kille, steriele verloskamer, zonder mijn kind, zonder een echtgenoot of moeder of zelfs maar een verpleegster – een leeg omhulsel waar niemand meer iets om gaf. Naderhand zeiden ze dat hij in een goed gezin terecht was gekomen. Ik kon onmogelijk weten of ze de waarheid vertelden.

Mijn keel is droog als ik probeer de herinnering weg te slikken. Dan stap ik vanuit het station de bijtende kou in, opgelucht als de *Schutzpolizei des Reiches*, de loerende staatspolitie die op het station patrouilleert, nergens te zien is. Hoogstwaarschijnlijk zitten ze met een heupfles tegen de kou in hun wagen. Ik speur de trein langs en probeer het gezoem te lokaliseren. Het komt uit de achterste goederenwagon, vlak naast de wagon voor het personeel – niet uit de locomotief. Nee, het is van iets wat zich in de trein bevindt. Van een levend wezen.

Ik blijf staan. Ik heb er altijd voor gezorgd om niet te dicht bij de treinen te komen, altijd weg te kijken als ze langsrijden – omdat ze Joden vervoeren.

Ik woonde nog thuis in ons dorp toen ik voor het eerst had gezien hoe mannen, vrouwen en kinderen op het marktplein op die vreselijke manier bijeengedreven werden. Ik was huilend naar mijn vader gerend. Hij was vaderlandslievend en kwam altijd voor iedereen op – waarom daar niet voor? 'Het is verschrikkelijk,' erkende hij. Zijn grijzende baard had gele vlekken van het pijproken. Hij had de tranen van mijn wangen geveegd en me een vage uitleg gegeven over manieren om hiermee om te gaan. Maar dat had niet kunnen voorkomen dat mijn klasgenootje Steffi Klein met haar jongere broertje en haar ouders naar het station was gedirigeerd, in dezelfde jurk als ze een maand eerder op mijn verjaardag had gedragen.

Het geluid blijft aanzwellen, het lijkt bijna op het janken van een gewond dier in het struikgewas. Ik speur het lege perron af en kijk even om naar het station. Kan de politie het geluid ook horen? Ik blijf onzeker aan de rand van het perron staan en tuur over het lege spoor dat me van de goederenwagon scheidt. Ik zou gewoon weg moeten lopen. Sluit je ogen, is de les van de afgelopen oorlogsjaren geweest. Je met andermans zaken bemoeien heeft nog nooit iemand iets goeds opgeleverd. Als ik word betrapt terwijl ik loop rond te neuzen op delen van het station waar ik niet hoor, word ik ontslagen, heb ik geen woonplek meer, of misschien word ik zelfs gearresteerd. Maar ik heb nooit mijn ogen ergens voor kunnen sluiten. Te nieuwsgierig, zei mijn moeder toen ik klein was. Ik wilde altijd alles weten. Ik doe nog een stap, omdat ik het geluid dat als ik dichterbij kom op huilen lijkt, niet kan negeren.

En al helemaal niet het piepkleine voetje dat ik door de openstaande deur van de wagon zie.

Ik trek de deur wijder open. 'O!' Mijn stem weerklinkt gevaarlijk hard in het donker, straks word ik ontdekt. Er liggen baby's, ontelbaar veel kleine lijfjes, op de met hooi bedekte vloer van de wagon, dicht opeen en boven op elkaar. De meesten bewegen niet en ik kan niet uitmaken of ze dood zijn of slapen. In deze stilte vermengen zich deerniswekkende kreetjes met snikken en kreuntjes als het geblaat van lammeren.

Ik zoek steun tegen de zijkant van de wagon, ik krijg nauwelijks adem in de walm van urine, feces en braaksel die me aanvliegt. Sinds mijn komst hier heb ik me afgesloten voor de beelden, als voor een nare droom of een film die niet echt kon zijn. Maar dit is iets anders. Zoveel baby's, helemaal alleen, uit de armen van hun moeder gerukt. Ik voel een stekende pijn in mijn buik.

Ik sta machteloos voor de wagon, verstijfd van schrik.

Waar kwamen deze baby's vandaan? Ze moesten nog maar net aangekomen zijn, want in die ijzige kou konden ze niet lang overleven.

Maandenlang heb ik de treinen naar het oosten zien rijden, met mensen waar vee en zakken met graan hadden moeten staan. Ondanks de verschrikking van het transport, had ik mezelf wijsgemaakt dat ze naar een kampement of een dorp gingen, ergens waar ze bij elkaar zouden blijven. Het was een wazige voorstelling van zaken, maar ik dacht dat er misschien hutten of tenten zouden zijn, zoals de camping ten zuiden van ons dorp in Nederland voor mensen die geen echte vakantie konden betalen of die de voorkeur gaven aan een landelijker omgeving. Een nieuwe vestigingsplaats. Maar aan deze overleden en stervende baby's zie ik dat het een leugen was.

Ik kijk achter me. De treinen waarin mensen zitten worden altijd bewaakt. Maar hier is niemand – omdat de kans dat de baby's weglopen domweg niet bestaat.

Het dichtst bij me ligt een baby met een grauwe huid en blauwe lipjes. Ik probeer het dunne laagje vorst van zijn wimpers te vegen maar het kind is al stijf en overleden. Ik trek in een reflex mijn hand terug en laat mijn blik over de andere baby's gaan. De meeste van hen zijn naakt of slechts gewikkeld in een deken of doek, ontdaan van alles wat hen had kunnen beschermen tegen de ijzige kou. Maar midden in de wagon steken twee gave zachtroze sokjes omhoog van een baby die verder niets aanheeft. Iemand had genoeg om het kind gegeven om steek voor steek die sokjes te breien. Een snik ontsnapt aan mijn lippen.

Een baby tilt zijn hoofdje op tussen de andere. Het hartvormige gezichtje is besmeurd met stro en feces. Het kind kijkt niet gepijnigd of verdrietig, maar verbaasd, alsof het wil zeggen: Wat doe ik hier? Het heeft iets bekends: koolzwarte ogen die me doordringend aankijken, zoals ook op de dag waarop ik bevallen was. Mijn hart zwelt.

Het gezichtje trekt ineens samen en het kind zet een keel op. Ik steek snel mijn armen uit en probeer over de anderen heen te reiken voordat iemand het hoort. Ik kan net niet bij het kind dat nu harder huilt. Ik probeer de wagon in te klimmen, maar de kinderen liggen zo dicht op elkaar dat ik bang ben dat ik op een van hen zal stappen. Wanhopig strek ik mijn armen weer uit, steeds verder. Ik pak de huilende baby op en probeer hem stil te krijgen. Hij voelt ijskoud aan, naakt op een vuile stoffen luier na.

De baby lijkt zodra hij in de kromming van mijn arm ligt meteen te kalmeren. Zou dit mijn kind kunnen zijn, bij me teruggebracht door het lot of het toeval? Zijn oogjes gaan dicht en zijn hoofd valt naar voren. Of hij slaapt of stervende is, ik heb geen idee. Ik loop met hem bij de trein vandaan. Dan draai ik me om: als een van de andere kinderen nog leeft, ben ik hun enige kans. Ik moet meer kinderen meenemen.

Maar het kind dat ik vasthoud huilt weer, het schrille geluid doorklieft de stilte. Ik leg een hand over zijn mond en ren terug het station in.

Ik loop naar de kast waar mijn matras ligt. Bij de deur blijf ik staan en kijk radeloos om me heen. Ik heb niets. In plaats daarvan loop ik het damestoilet in, waar ik na de goederenwagon de gebruikelijke bedompte lucht nauwelijks meer ruik. Bij de wastafel veeg ik het vuil van het gezicht van de baby met een van de schoonmaakdoekjes. Het kind voelt nu warmer aan, maar twee van zijn teentjes zijn blauw en ik vraag me af of die kunnen afsterven. Waar komt hij vandaan?

Ik maak de vieze luier open. Het is een jongetje, net als mijn kind. Als ik goed kijk, zie ik dat zijn kleine penis er anders uitziet dan die van de Duitser, of die van de jongen op school die hij me had laten zien toen ik zeven was. Hij is besneden. Steffi had dat woord een keer gezegd toen ze me uitlegde wat er met haar kleine broertje was gebeurd. Het kind is Joods. Niet van mij.

Ik doe een stap naar achteren als de realiteit die ik al die tijd al wist tot me doordringt: ik kan in mijn eentje geen Joods kind, of welk kind ook, houden terwijl ik twaalf uur per dag het station moet schoonhouden. Wat had me bezield?

Het kind draait zich om op de richel van de wastafel waar ik hem heb neergelegd. Ik schiet net op tijd naar voren om hem op te vangen voordat hij op de harde tegels kan vallen. Ik ben geen baby's gewend en ik houd hem nu op armlengte, als een gevaarlijk dier. Maar hij komt dichterbij en duwt zijn gezichtje in mijn hals. Ik maak onhandig een luier van de andere schoonmaakdoek en verlaat dan met het kind het toilet, loop het gebouw uit, terug naar de wagon. Ik moet hem terugleggen, alsof er niets gebeurd is.

Aan de rand van het perron blijf ik stokstijf staan. Een van de bewakers loopt nu langs het spoor en verspert me de weg naar de trein. Ik kijk wanhopig om me heen. Vlak naast het station staat een melkwagen met achterin hoog opgestapelde melkbussen. In een impuls loop ik erheen. Ik laat de baby in een van de lege bussen glijden en probeer niet te denken aan het ijskoude metaal op zijn blote huid. Hij maakt geen geluid maar staart me alleen hulpeloos aan.

Ik duik weg achter een bank als het portier van de wagen wordt dichtgeslagen. Over een seconde zal hij vertrekken, met het kind.

En niemand zal weten wat ik heb gedaan.

# 2

# Astrid

*Duitsland, 1942 – veertien maanden eerder*

Ik sta aan de rand van het verdorde terrein dat ooit ons winterverblijf was. Hoewel hier nooit gevochten is, ziet het dal eruit als een slagveld, met kapotte wagens en verspreid liggend oud metaal. Een kille wind blaast door de holle kozijnen van de verlaten vertrekken, waardoor gescheurde gordijnen even opbollen voordat ze slap neervallen. De meeste ramen zijn kapot en ik probeer me niet af te vragen of de tijd daar schuldig aan is of dat iemand ze heeft kapotgeslagen tijdens een gevecht of uit woede. De piepende deuren staan open, bezittingen zijn in verval geraakt, wat beslist nooit was gebeurd als mama hier was geweest om ervoor te zorgen. Er hangt een lichte rooklucht, alsof iemand pas nog takken heeft verbrand. In de verte krast een kraai als in protest.

Ik trek mijn jas dichter om me heen en loop weg van de ravage naar het landhuis dat ooit mijn thuis was. De omgeving is nog precies als vroeger, de heuvel die oprijst voor het huis en waarvanaf het water soms bij voorjaarsregens onze hal in stroomde. Maar de tuin waarin mijn moeder elk voorjaar zo liefdevol hortensia's kweekte is verlept en veranderd in een moddervlakte. Ik zie mijn broertjes nog worstelen in de voortuin voordat ze daadwerkelijk aan het oefenen sloegen, waarvoor ze berispt werden omdat ze hun energie verspilden en verwondingen riskeerden die hun optreden in gevaar konden brengen. Als kind sliepen we 's zomers het liefst onder de blote hemel, onze vingers in elkaar verstrengeld, met de hemel als een baldakijn vol sterren boven ons.

Ik blijf staan. Een grote, rode vlag met een zwarte swastika hangt boven de deur. Iemand, ongetwijfeld een hooggeplaatste SS'er, is in het huis getrokken dat ooit van ons was. Ik bal mijn vuisten, misselijk bij het idee dat zij ons linnengoed en servies gebruiken, en mama's mooie bank en tapijten bevuilen met hun laarzen. Dan kijk ik weg. Het zijn niet de materiële zaken waar ik om treur.

Ik speur de ramen van het huis af, tevergeefs op zoek naar een bekend gezicht. Ik wist al dat mijn familie hier niet meer was vanaf het moment dat mijn laatste brief onbestelbaar was teruggestuurd. Toch was ik gekomen omdat een deel van me geloofde dat het leven hier nog hetzelfde was, of op zijn minst hoopte op een aanwijzing waar ze naartoe gegaan waren. Maar alleen de wind waait over het verlaten terrein. Er is niets meer.

Ik zou hier ook niet moeten zijn, besef ik. Angst neemt snel de plaats in van mijn verdriet. Ik kan me niet veroorloven hier te staan treuzelen, het risico te lopen gezien te worden door wie hier ook woont nu, of vragen te moeten beantwoorden over wie ik ben en wat ik hier kom doen. Mijn ogen dwalen over de heuvel naar het naastgelegen landgoed waar het winterverblijf van circus Neuhoff is gevestigd. Hun logge, leikleurige villa staat tegenover die van ons, twee schildwachten bewaken het Rheinhessendal ertussenin.

Toen de trein Darmstadt naderde, zag ik een poster hangen van circus Neuhoff. Eerst voelde ik de gebruikelijke afkeer van die naam. Klemt en Neuhoff waren concurrenten en wij hadden jarenlang geprobeerd de beste te zijn. Maar ook al functioneerde het niet, het circus was nog steeds een familie. Onze twee circussen waren naast elkaar opgegroeid als broer en zus in aparte slaapkamers. Tijdens tournees waren we rivalen geweest. Buiten het seizoen echter gingen wij kinderen naar school en speelden samen, roetsjten de heuvel af en aten af en toe samen. Toen Herr Neuhoff een keer door zijn rug was gegaan en niet kon optreden als spreekstalmeester, stuurden we mijn broer Jules om voor hem in te vallen.

Maar ik heb Herr Neuhoff al in jaren niet gezien. En hij is niet-joods, dus alles is nu anders. Zijn circus doet het goed, terwijl het onze verdwenen is. Nee, van Herr Neuhoff kan ik geen hulp verwachten, maar misschien weet hij wat er met mijn familie is gebeurd.

Als ik bij het huis van Neuhoff aankom, doet een onbekend dienstmeisje open. '*Guten Abend,*' zeg ik. '*Ist Herr Neuhoff hier?*' Ik ben ineens verlegen, het voelt ongemakkelijk om onaangekondigd bij hen op de stoep te staan als een soort bedelares. 'Ik ben Ingrid Klemt.' Mijn meisjesnaam. Aan het gezicht van de vrouw te zien weet ze al wie ik ben, maar of ze me kent van het circus of van iets anders kan ik niet beoordelen. Mijn vertrek jaren daarvoor was niet onopgemerkt gebleven, en werd tot in de wijde omtrek besproken.

Je vertrok niet om met een Duitse officier in het huwelijk te treden, zoals ik had gedaan – vooral niet als je Joods was.

Erich was in het voorjaar van 1934 naar het circus komen kijken.

Hij was me opgevallen toen ik achter het gordijn spiedde – het is een mythe dat we het publiek vanwege de belichting niet kunnen zien – niet alleen vanwege zijn uniform maar omdat hij daar alleen zat, zonder vrouw of kinderen. Ik was geen jong meisje dat gemakkelijk het hof gemaakt kon worden, maar al bijna negenentwintig. Maar omdat ik voortdurend met het circus onderweg was, ging ik ervan uit dat het huwelijk aan mijn neus voorbij was gegaan. Maar Erich was bijzonder knap, met een sterke kaaklijn die alleen werd ontsierd door een gleuf in zijn kin, en hoekige trekken die verzacht werden door diepblauwe ogen. Hij kwam daarna nog een keer, en voor mijn kleedkamer lagen toen roze rozen. Dat voorjaar kregen we verkering, en elk weekend kwam hij helemaal vanuit Berlijn naar de steden waar wij optraden om tussen de voorstellingen door en op zondagen bij me te zijn.

We hadden toen eigenlijk al moeten weten dat onze relatie geen goed lot beschoren was. Hoewel Hitler nog maar een jaar aan de macht was, had het Reich zijn haat tegen de Joden al kenbaar gemaakt. Maar Erichs ogen straalden hartstocht en intensiteit uit, waardoor alles om ons heen niet meer bestond. Toen hij me ten huwelijk vroeg, hoefde ik geen twee keer na te denken. We zagen niet de problemen die huizenhoog voor ons oprezen en een gezamenlijke toekomst onmogelijk maakten – we keken domweg de andere kant op.

Mijn vader had zich niet verzet toen ik met Erich wegging. Ik verwachtte dat hij me zou verwijten dat ik met een niet-jood trouwde, maar hij glimlachte alleen bedroefd toen ik het hem vertelde. 'Ik had altijd het idee dat jij het circus ooit van me zou overnemen,' had hij gezegd, met zijn chocoladebruine ogen achter zijn brillenglazen als een spiegel van de mijne. Het verbaasde me. Ik had drie oudere broers, vier, als je Isadore, die bij Verdun was gesneuveld, meetelde; er was geen reden om aan te nemen dat papa aan mij had gedacht. 'Vooral nu Jules met zijn eigen onderdeel van de voorstelling naar Nice gaat. En de tweeling...' Papa had spijtig zijn hoofd geschud. Mathias en Markus waren sterke, sierlijke acrobaten, met een bijzonder nummer waarbij het publiek de adem inhield. Maar zij konden alleen fysiek presteren. 'Jij, *liebchen*, was degene met aanleg voor zaken en showtalent. Maar ik ga jou hier niet als een gekooid dier gevangen houden.'

Ik had nooit geweten dat hij zo over me dacht. Maar juist op dat moment ging ik weg. Ik had van gedachten kunnen veranderen en blijven. Maar Erich en het leven dat ik meende te willen, lokten. Dus vertrok ik naar Berlijn met vaders zegen.

Als ik dat niet had gedaan, was mijn familie hier misschien nog geweest.

Het dienstmeisje gaat me voor naar een zitkamer die, hoewel nog steeds stijlvol, tekenen van slijtage vertoont. De tapijten zijn wat rafelig en in de zilverkast zijn lege plekken, alsof de grootste stukken weggehaald of verkocht waren. Verschaalde sigarenrook vermengt zich met de geur van boenwas. Ik kijk uit het raam en probeer door de mist die boven het dal hangt het huis van mijn ouders te zien. Ik vraag me af wie er nu in onze villa woont en wat ze zien als ze op het lege, verlaten winterverblijf uitkijken.

Na onze bruiloft, een bescheiden plechtigheid met een ambtenaar van de burgerlijke stand, trok ik bij Erich in in zijn ruime appartement met uitzicht op de Tiergarten. Ik bracht mijn dagen door met wandelen langs de winkels in Bergmannstrasse, het kopen van kleurige schilderijen en tapijten en geborduurde satijnen kussens, kleine dingen die van de sobere woning een thuis maakten. Ons grootste dilemma was welk restaurant we moesten kiezen voor de zondagse brunch.

Ik woonde bijna vijf jaar in Berlijn toen de oorlog uitbrak. Erich kreeg promotie en werd iets wat ik niet begreep maar wat te maken had met munitie, en hij ging langere dagen werken. Hij kwam ofwel somber en humeurig thuis, of dolenthousiast over zaken die hij me niet kon vertellen. 'Alles wordt heel anders als het Reich triomfeert, geloof me maar.' Maar ik wilde niet dat het anders werd. Ik vond ons leven fijn zoals het was geweest. Wat was er zo verkeerd aan hoe het toen ging?

Maar het was nooit meer zo geworden als vroeger. Integendeel, het ging snel achteruit. Op de radio en in de krant zei men vreselijke dingen over de Joden. Winkels van Joden werden vernield, hun deuren beklad. 'Mijn familie...' had ik ongerust tijdens de brunch in ons appartement tegen Erich gezegd, nadat ik had gezien dat de ruiten van een Joodse slager in Oranienburger Strasse ingegooid waren. Ik was de vrouw van een Duitse officier. Ik was veilig. Maar hoe zat het met mijn familie thuis?

'Er zal hun niets overkomen, Inna,' suste hij terwijl hij over mijn schouders wreef.

'Als het hier gebeurt,' hield ik aan, 'dan kan het in Darmstadt niet veel beter zijn.'

Hij sloeg zijn armen om me heen. 'Sst. Er hebben alleen maar wat vernielingen plaatsgevonden in de stad, als uiting van ongenoegen. Kijk om je heen. Alles is in orde.' Het rook in het appartement naar goede koffie. Een karaf met vers sinaasappelsap stond op de tafel. Het zou elders vast en zeker niet veel erger zijn. Ik legde mijn hoofd op Erichs brede schouder en snoof zijn vertrouwde geur op. 'Familiecircus Klemt geniet internationale bekendheid,' stelde hij me gerust. Hij had gelijk. Ons familiecircus bestond al generaties lang, voortgekomen uit de oude paardenshows in Pruisen – mijn betovergrootvader zou naar verluidt de Lipizzaner hengsten in Wenen hebben achtergelaten om ons eerste circus te beginnen. En daarna was de volgende generatie gekomen, en daarna die daarop – de minst voor de hand liggende vorm van een familiebedrijf.

'Daarom ben ik die dag dat ik onderweg was uit München naar de voorstelling komen kijken. En toen zag ik jou...' Hij trok me op schoot.

Ik hief mijn hand om hem te onderbreken. Normaal gesproken vond ik het heerlijk als hij weer vertelde hoe we elkaar hadden leren kennen, maar ik was nu te ongerust om hem aan te horen. 'Ik moet eigenlijk bij hen gaan kijken of alles goed is.'

'Hoe wil je hen vinden als ze op tournee zijn?' vroeg hij, en in zijn stem was een lichte ondertoon van ongeduld te horen. Het was waar; midden in de zomer konden ze bijna overal in Duitsland of Frankrijk zijn. 'En wat zou je voor hen kunnen doen? Nee, zij zouden willen dat je hier blijft. Veilig bij mij.' Hij duwde speels zijn neus in mijn hals.

Hij had natuurlijk gelijk, had ik mezelf voorgehouden, tot zwijgen gebracht door zijn lippen in mijn hals. Maar de ongerustheid bleef knagen. Toen kwam op een dag de brief. 'Liefste Ingrid, we hebben het circus ontbonden...' Papa's toon was terloops, geen vraag om hulp, hoewel ik me alleen maar kon voorstellen hoe ellendig het voor hem moest zijn geweest om het familiebedrijf op te doeken dat meer dan een eeuw had gefloreerd. Hij schreef niet wat ze daarna gingen doen of dat ze zouden vertrekken, en ik vroeg me af of hij dat met opzet verzweeg.

Ik schreef onmiddellijk terug en smeekte hem me te vertellen wat hun plannen waren, en of ze geld nodig hadden. Ik zou de hele familie naar Berlijn hebben laten komen en bij ons hebben ondergebracht. Maar dat zou hen alleen maar nog dichter bij het gevaar hebben gebracht. De vraag bleef in elk geval onbeantwoord: mijn brief kwam ongeopend terug. Dat was een halfjaar geleden en daarna had ik niets meer gehoord. Waar waren ze naartoe gegaan?

'Ingrid!' bast Herr Neuhoff als hij de zitkamer binnenkomt. Als hij al verbaasd is mij te zien, laat hij daar niets van merken. Herr Neuhoff is niet zo oud als mijn vader en ik herinner me hem van vroeger als een elegante, knappe, zij het gezette man, met donker haar en een snor. Maar hij is kleiner dan ik me hem herinner, met een dikke buik en nog slechts een krans van grijs haar. Ik sta op en loop naar hem toe. Dan zie ik de kleine swastikaspeld op zijn revers en blijf staan. Het was een vergissing geweest om hierheen te gaan. 'Voor de buitenwereld,' zegt hij haastig.

'Ja, natuurlijk.' Maar ik weet niet of ik hem moet geloven. Ik kan beter weggaan. Maar hij kijkt alsof hij oprecht blij is me te zien. Ik besluit het erop te wagen.

Hij wijst naar een stoel die met kant is overtrokken en ik neem slecht op mijn gemak plaats. 'Cognac?' biedt hij aan.

Ik aarzel. 'Dat lijkt me heerlijk.' Hij luidt een bel en de vrouw die de deur had opengedaan komt binnen met een blad – één huisbediende, terwijl er vroeger vele waren. Circus Neuhoff is niet ongeschonden de oorlog doorgekomen. Ik doe alsof ik een slokje neem uit het glas dat ze me aanreikt. Ik wil niet onbeleefd zijn, maar mijn hoofd moet helder blijven om uit te zoeken waar ik hierna naartoe ga. Er is voor mij geen plek meer in Darmstadt.

'Je komt net uit Berlijn?' Zijn toon is beleefd, hij vraagt nog net niet wat ik hier kom doen.

'Ja. Papa schreef dat hij het circus heeft ontbonden.' Herr Neuhoff fronst zijn voorhoofd zonder dat hij de vraag uitspreekt: het circus is al maanden geleden gestopt. Waarom kom ik dan nu pas? 'Ik ben onlangs het contact met hen kwijtgeraakt en mijn brieven kwamen ongeopend terug,' vervolg ik. 'Hebt u iets van hen gehoord?'

'Ik ben bang van niet,' antwoordt hij. 'Er waren er op het laatst nog maar een paar, alle werknemers waren vertrokken.' Omdat het verboden was om voor de Joden te werken. Mijn vader had zijn artiesten en zelfs de werkmannen als familie behandeld door voor ze te zorgen als ze ziek waren en hen uit te nodigen op familiefeestjes, zoals de bar mitswa van mijn broertjes. Hij was ook royaal geweest voor de stad, met liefdadigheidsvoorstellingen voor het ziekenhuis en donaties om ambtenaren gunstig te stemmen. Hij had zo zijn best gedaan ons tot een van hen te maken, dat we bijna waren vergeten dat we dat niet waren.

Herr Neuhoff vervolgt: 'Ik ben naderhand naar ze toe gegaan, weet je. Maar het huis was leeg. Ze waren vertrokken, maar ik kon niet zeggen of ze uit eigen beweging waren gegaan of dat er iets was gebeurd.' Hij loopt naar het mahoniehouten bureau in de hoek en doet een la open. 'Ik heb wel dit.' Hij laat een kidoesjbeker zien en ik sta op, vechtend tegen de opwelling om het uit te schreeuwen bij het zien van de vertrouwde Hebreeuwse letters. 'Die was van jullie, toch?'

Ik knik en pak de beker van hem aan. Hoe was hij daar aan gekomen? Er was ook een menora geweest, en nog meer spullen. Die hadden de Duitsers vast meegenomen. Ik strijk met mijn vinger langs de rand van de beker. Op tournee kwam mijn familie altijd samen in onze wagon om de kaarsen aan te steken en wat we aan wijn en brood konden vinden te delen, zo hadden we een paar minuten voor onszelf. Ik zie schouders dicht tegen elkaar aan gedrukt zodat we rond de kleine tafel konden zitten, de gezichten van mijn broertjes in de gloed van kaarslicht. We waren niet heel religieus – we moesten op zaterdag optreden en het was ons niet gelukt om onderweg koosjer te leven. Maar we hielden ons aan de kleine dingen, elke week een plechtig momentje. Hoe gelukkig ik ook was geweest met Erich, een deel van mijn hart dwaalde altijd even van de vrolijke cafés in Berlijn naar de rustige sabbat.

Ik laat me weer op de stoel zakken. 'Ik had nooit weg moeten gaan.'

'Dan zouden de Duitsers je vader evengoed hebben gedwongen om te stoppen,' brengt hij naar voren. Maar als ik er was geweest zouden de Duitsers mijn familie misschien niet hun huis uit hebben gestuurd of hen hebben gearresteerd, of wat ze ook hebben gedaan waardoor ze hier niet meer zijn. Mijn band met Erich, die ik als een soort bescherming had gezien, was uiteindelijk waardeloos gebleken.

Herr Neuhoff hoest een keer, dan nog eens, zijn gezicht wordt rood. Ik vraag me af of hij ziek is.

'Het spijt me dat ik niet meer voor je kan doen,' zegt hij als hij zich herneemt. 'Ga je nu terug naar Berlijn?'

Ik schuif ongemakkelijk heen en weer. 'Ik ben bang van niet.'

Het is drie dagen geleden dat Erich onverwacht vroeg thuiskwam van zijn werk. Ik wierp me in zijn armen. 'Ik ben zo blij je te zien,' riep ik uit. 'Het eten is nog niet klaar, maar we kunnen wel iets drinken.' Hij bracht heel wat avonden door met officiële diners of in zijn werkkamer, bedolven onder papieren. Het leek een eeuwigheid geleden dat we samen een rustig avondje hadden gehad.

Hij sloeg zijn armen niet om me heen maar bleef stijf staan. 'Ingrid,' begon hij. Hij zei mijn naam voluit, en gebruikte niet het koosnaampje dat hij me had gegeven. 'We moeten scheiden.'

‘Scheiden?’ Ik wist niet of ik het goed had verstaan. Scheiden was iets wat rijke mensen in films of boeken deden. Ik kende niemand die dat ooit had gedaan – in mijn wereld bleef je getrouwd tot de dood. ‘Heb je een ander?’ vroeg ik hees, nauwelijks in staat de woorden uit te spreken. Natuurlijk was er geen ander. De hartstocht tussen ons was niet te blussen geweest – tot nu.

Bij het idee alleen al sprak er verbazing en verdriet uit zijn ogen. ‘Nee!’ En door dat ene woord wist ik precies hoe diep zijn liefde was en hoeveel pijn deze vreselijke toestand hem deed. Maar waarom zei hij het dan? ‘Het Reich heeft alle officiers met een Joodse vrouw opdracht gegeven te scheiden,’ legde hij uit. Hoeveel konden dat er zijn, vroeg ik me af. Hij haalde een paar documenten tevoorschijn en reikte ze in zijn gladde, sterke handen aan. De papieren geurden licht naar zijn reukwater. Er was zelfs geen plaats voor mij om te tekenen, het was niet belangrijk of ik het er wel of niet mee eens was – het was een voldongen feit. ‘Het is een bevel van de Führer,’ vervolgde hij. Zijn stem was vlak, alsof hij de dagelijkse gang van zaken beschreef op zijn afdeling. ‘Er is geen keuze.’

‘We gaan ervandoor,’ zei ik, en ik probeerde mijn stem niet te laten trillen. ‘Over een halfuur kan ik mijn spullen ingepakt hebben.’ Ik greep volkomen ongerijmd het braadstuk van de tafel, alsof dat het eerste was wat ik mee zou nemen. ‘Haal de bruine koffer.’ Maar Erich bleef stokstijf staan. ‘Wat is er?’

‘Mijn baan,’ zei hij. ‘Men zou weten dat ik weggegaan was.’ Hij zou niet met mij meegaan. Het braadstuk viel uit mijn handen, de schaal brak, de geur van warm vlees en jus steeg op en maakte me misselijk. Het was beter dan de rest van de smetteloze tafel, een karikatuur van het perfecte leventje dat ik dacht samen met hem gehad te hebben. Het bruine vocht spatte op mijn kousen en liet vlekken achter.

Ik stak uitdagend mijn kin naar voren. 'Dan houd ik het appartement.'

Maar hij schudde zijn hoofd, pakte zijn portefeuille en schudde de inhoud uit in mijn handen. 'Je moet weg. Nu.' Weg, waarheen? Mijn familie was vertrokken; ik had geen papieren om Duitsland uit te komen. Ik zocht mijn koffer en pakte hem automatisch in, alsof ik op vakantie ging. Ik had geen idee wat ik mee moest nemen.

Toen ik twee uur later met mijn koffer klaarstond om te vertrekken, kwam Erich voor me staan in zijn uniform, weer net als de man die ik op de dag dat we elkaar leerden kennen in het publiek had zien zitten. Hij bleef ongemakkelijk staan wachten toen ik naar de deur liep, alsof hij een gast uitliet.

Ik bleef een paar seconden voor hem staan en keek smekend naar hem op om hem te dwingen me aan te kijken. 'Hoe kun je dit doen?' vroeg ik. Hij gaf geen antwoord. Dit gebeurt niet, leek een stem in mijn hoofd te zeggen. In andere omstandigheden had ik geweigerd om te gaan. Maar dit had me overvallen, deze onverwachte klap had me krachteloos gemaakt. Ik was domweg te verbijsterd om in opstand te komen. 'Hier.' Ik trok mijn trouwring van mijn vinger en reikte hem aan. 'Die is niet meer van mij.'

Toen hij naar de ring keek, betrok zijn hele gezicht, alsof hij voor het eerst besefte dat wat hij deed onomkeerbaar was. Ik vroeg me op dat moment af of hij de papieren die een eind aan ons huwelijk maakten zou verscheuren en zou zeggen dat we de toekomst samen tegemoet zouden zien, wat er ook zou gebeuren. Hij depte zijn ogen.

Toen hij zijn hand wegtrok, kwam de harde kant van de 'nieuwe Erich', zoals ik hem de afgelopen maanden was gaan noemen toen het allemaal leek te veranderen, weer tevoorschijn. Hij duwde de ring weg die daardoor kletterend op de grond viel. Ik raapte hem snel op, geschokt door het botte gedrag van iemand die ooit zo zachtaardig was geweest. 'Houd die maar,' zei hij. 'Dan kun je hem verkopen als je geld nodig hebt.' Alsof het enige ding dat ons bond zo weinig voor me betekende. Hij vluchtte de woning uit zonder om te kijken en op dat moment leken de jaren die we hadden gedeeld in rook op te gaan.

Natuurlijk ken ik Herr Neuhoff niet goed genoeg om hem hier iets over te vertellen. 'Ik ben definitief weg uit Berlijn,' zeg ik, zelfverzekerd genoeg om verdere discussie uit te sluiten. Ik strijk met mijn vinger over mijn trouwring, die ik weer had omgedaan toen ik uit Berlijn vertrok om tijdens de reis niet te veel aandacht te trekken.

'En waar wil je naartoe?' vraagt Herr Neuhoff. Ik geef geen antwoord. 'Je zou uit Duitsland weg moeten gaan,' vervolgt hij vriendelijk. Weggaan. Dat was waar niemand meer iets over zei, die deur was gesloten. Ik had het mama jaren geleden een keer horen opperen, voordat alles achteruitging. Toen had het een belachelijk idee geleken – we waren Duits en ons circus bestond hier al eeuwen. Achteraf was het de enige optie, maar geen van ons was zo verstandig geweest om het ook te doen omdat niemand wist hoe verschrikkelijk het allemaal zou worden. En nu was die kans verkeken. 'Of je zou bij ons kunnen komen,' voegt Herr Neuhoff eraan toe.

'Bij jullie?' Door mijn verbazing klinkt het bijna bot.

Hij knikt. 'Ons circus. Sinds Angelina haar heup heeft gebroken, kom ik iemand in de trapeze tekort.' Ik staar hem vol ongeloof aan. Seizoenwerkers en zelfs artiesten kunnen misschien wel van het ene circus naar het andere overstappen, maar dat de ene circusfamilie voor de andere werkt is ongehoord – ik kan mezelf evenmin zien als onderdeel van circus Neuhoff als een luipaard zijn vlekken kan veranderen. Maar het voorstel is niet zo gek – en de manier waarop hij het zegt klinkt niet alsof hij het uit liefdadigheid aanbiedt, maar meer alsof ik iets voor hem kan betekenen.

Toch verstijf ik. 'Dat zou ik niet kunnen.' Hier blijven zou betekenen dat ik me zou verplichten aan Herr Neuhoff, weer een man. Na Erich doe ik dat nooit meer.

'Heus, je zou me een grote dienst bewijzen.' Hij klinkt oprecht. Ik ben meer dan alleen een reserveartiest. Een Klemt bij zijn circus, nou, dat zou wel wat zijn, althans voor de ouderen die zich ons nummer uit onze bloeitijd herinnerden. Met mijn naam en reputatie als trapezewerker ben ik een soort verzamelobject, iets wat je graag wilt hebben.

'Ik ben een Jodin,' zeg ik. Het zou een misdaad zijn om mij aan te nemen. Waarom zou hij dat gevaar willen lopen?

'Dat weet ik.' Zijn snor trilt als hij even lacht. 'Jij bent *Zirkus Volk*,' voegt hij er kalm aan toe. Dat weegt zwaarder dan al het andere.

Desondanks blijf ik nog twijfelen. 'Er wonen nu SS'ers hiernaast, toch? Dat zou heel riskant zijn.'

Hij wuift mijn twijfel weg om te laten zien dat dat voor hem niet telt. 'We veranderen je naam.' Maar hij wil toch juist mijn naam – die maakt me voor hem waardevol. 'Astrid,' zegt hij.

'Astrid,' herhaal ik om te horen hoe dat klinkt. Het is net zo'n soort naam als Ingrid, maar niet hetzelfde. En het klinkt Scandinavisch, een tikje exotisch – perfect voor het circus. 'Astrid Sorrell.'

Hij trekt zijn wenkbrauwen op. 'Was dat niet de achternaam van je man?'

Even aarzel ik, verbaasd omdat hij dat weet. Dan knik ik. Erich had me alles afgenomen, behalve dat. Hij zou het nooit te weten komen.

'Bovendien zou ik je zakelijk inzicht kunnen gebruiken,' vervolgt hij. 'Ik heb alleen Emmet.' Herr Neuhoff had een zware tegenslag te verduren gekregen. In het circus zijn altijd grote families; wij waren met vier jongens, de een nog knapper en getalenteerder dan de ander. Maar Herr Neuhoffs vrouw was gestorven bij de geboorte van Emmet, en hij was niet hertrouwd, zodat hij slechts één erfgenaam had die noch het talent, noch het zakelijk inzicht had om het bedrijf te kunnen runnen. In plaats daarvan gokte hij in de steden waar ze kwamen en flirtte hij met danseresjes. Ik moet er niet aan denken wat er van dit circus terecht moet komen als zijn vader er niet meer is.

'Dus je blijft?' vraagt Herr Neuhoff. Ik denk na. Onze twee families hadden het niet altijd goed met elkaar kunnen vinden. Mijn komst hierheen had iets veranderd. We waren concurrenten geweest, meer dan bondgenoten – tot nu toe.

Ik wil weigeren, op de trein stappen en mijn familie blijven zoeken. Ik ben lang genoeg afhankelijk geweest van anderen. Maar de blik van Herr Neuhoff is zacht; hij verkneukelt zich niet om het ongeluk dat mijn familie heeft getroffen, en hij wil alleen maar helpen. Ik kan de muziek van het orkest al bijna horen, en het verlangen om op te treden, zo diep in me weggestopt dat ik het bijna was vergeten, komt in alle hevigheid bij me boven. Een tweede kans.

'Goed dan,' zeg ik ten slotte. Ik kan hem niet weigeren – en ik kan nergens anders naartoe. 'We proberen het. Misschien dat we onderweg horen waar mijn familie naartoe is gegaan.' Hij knijpt zijn lippen op elkaar omdat hij me geen valse hoop wil geven.

'Je kunt hier in huis wonen,' biedt hij aan. Hij verwacht niet dat ik in het vrouwenverblijf intrek als een gewone artiest. 'Het zou prettig zijn om gezelschap te hebben.'

Maar dat kan ik niet doen als ik wil dat de andere meisjes me als een van hen beschouwen. 'Dat is heel vriendelijk, maar ik kan beter bij de anderen intrekken.' Als kind had ik me altijd meer op mijn gemak gevoeld bij de artiesten. Ik wilde dolgraag in het vrouwenverblijf slapen waar, ondanks alle lichamen, luchtjes en lawaai, een soort solidariteit heerste.

Hij knikt, berustend in de wetenschap dat ik gelijk had. 'Je krijgt dertig mark per week.' In ons circus werd niet over geld gesproken. Het loon werd eerlijk uitbetaald en werd met de jaren hoger. Hij haalt een papier uit de bureaulade en krabbelt er iets op. 'Je contract,' legt hij uit. Ik kijk hem in verwarring aan. Bij ons werd niet met contracten gewerkt – er waren mondelinge afspraken en daaraan hield men zich tientallen jaren. Hij vervolgt: 'Er staat alleen in dat je ons terugbetaalt als je weggaat voor het einde van het seizoen.' Ik voel me overgeleverd aan anderen, op een manier die ik niet ken en die ik verafschuw.

'Kom, dan wijs ik je de weg.' Hij gaat me voor naar buiten, de heuvel af in de richting van het vrouwenverblijf. Ik blijf strak voor me uit kijken, niet in de richting van mijn ouderlijk huis. We komen bij een oude sportzaal en mijn keel wordt dichtgesnoerd. Eens had mijn familie daar getraind. 'Die gebruikten ze niet meer,' zegt hij op verontschuldigende toon. Maar hij was van ons geweest. Op dat moment betreur ik de overeenkomst die ik heb gesloten. Voor een ander circus werken voelt als verraad.

Herr Neuhoff loopt door, maar ik blijf voor de deur van de sportzaal staan. 'Ik kan maar beter gaan trainen,' zeg ik.

'Je hoeft niet vandaag al te beginnen. Je wilt waarschijnlijk eerst even wennen.'

'Ik kan beter gaan trainen,' zeg ik weer. Als ik niet meteen begin, doe ik het nooit.

Hij knikt. 'Goed. Dan laat ik je je gang gaan.' Als hij wegloopt, kijk ik vanaf de voet van de heuvel over het dal naar mijn ouderlijk huis. Hoe kan ik hier blijven, zo ondraaglijk dicht bij de schimmen uit het verleden? Ik zie de gezichten van mijn broers voor me. Ik ga optreden, terwijl zij dat niet meer kunnen.

De deur van de sportzaal gaat knarsend open. Ik zet mijn koffer neer en draai aan mijn trouwring. Er zijn een paar andere artiesten aan het oefenen. Sommigen komen me vaag bekend voor, als uit een ander leven; anderen ken ik niet. Achter in de zaal bij de piano staat een grote man met een lang, somber gezicht. Onze blikken ontmoeten elkaar en hoewel ik hem niet ken uit mijn circustijd, is het alsof we elkaar al eens hebben gezien. Hij blijft me even aankijken voordat hij zich uiteindelijk omdraait.

Ik snuif de bekende geur op van hooi en mest, sigaretten en parfum, bijna als vroeger. De zware geur van hars blijft in mijn neus hangen, en het is alsof ik nooit ben weg geweest.

Ik doe mijn trouwring af en stop hem in mijn zak, daarna ga ik me omkleden.

# 3

## Noa

Natuurlijk liet ik hem niet achter.

Ik liep bij het kind vandaan en zag mijn leven voor me zoals het tot een paar minuten ervoor was geweest. De melkwagen zou vertrekken, ik kon weer aan het werk gaan en net doen alsof het allemaal nooit was gebeurd. Toen bleef ik weer staan. Ik kon een hulpeloze baby daar niet alleen achterlaten, hij zou sterven, zoals dat in de trein zeker zou zijn gebeurd. Ik rende terug naar de zuur stinkende melkbus en tilde de baby eruit. Even later sloeg de motor aan en de vrachtwagen schoot naar voren. Ik pakte het kind nog steviger vast en hij nestelde zich vergevensgezind tegen me aan. Zijn warmte vulde mijn armen. Op dat moment voelde alles goed.

De agent die bij de trein stond riep iets wat ik niet kon verstaan. Een tweede bewaker verscheen op het perron, met een grauwende Duitse herder aan de riem. In mijn paniek sprong ik overeind, het kind gleed bijna uit mijn armen. Ik pakte hem stevig vast en dook de hoek om toen ze langs me heen naar de trein renden. Het was onmogelijk dat ze hadden gemerkt dat er van al die kinderen eentje ontbrak. Maar bij de deur van de wagon die ik in mijn haast open had laten staan wezen ze naar mijn voetafdrukken in de sneeuw.

Ik rende radeloos het station in naar de kast waar ik sliep. Achter in de kast hing een gammele ladder naar de vliering. Toen ik die wilde pakken, raakte mijn voet verstrikt in de rafels van een deken op de grond. Ik schudde hem af en begon te klimmen. Maar ik kon me maar met één arm vasthouden en gleed van de tweede sport, waarbij ik bijna de baby liet vallen die hard begon te huilen en daardoor onze aanwezigheid dreigde te verraden.

Ik herstelde me en klom verder. De stemmen werden luider, onderbroken door hard geblaf. Ik kwam aan op de vliering, een ruimte met een laag plafond, waar het naar dode muizen en schimmel rook. Ik haastte me door de wirwar van lege dozen naar het enige raam. Mijn nagels scheurden toen ik het probeerde open te wrikken. Een ijskoude windvlaag sloeg in mijn gezicht. Ik boog naar voren en stak mijn hoofd door het raam, maar het was te klein. Mijn schouders konden er niet doorheen.

Beneden me hoorde ik de bewakers, die inmiddels binnen waren. Ik duwde snel de baby door het raam en legde hem op het besneeuwde schuine dak boven het perron. Ik legde hem zo stabiel mogelijk neer en bad dat hij niet omlaag zou rollen of zou gaan huilen van de ijzige kou op zijn huid.

Ik sloot het raam, liep snel de ladder af en greep mijn bezem. Toen ik de kast uit liep, botste ik bijna tegen een van de bewakers op.

'*Guten abend...*' stamelde ik terwijl ik mezelf dwong om hem aan te kijken. Hij reageerde niet, maar staarde me doordringend aan.

'*Entschuldigen Sie, bitte.*' Met die verontschuldiging liep ik om de bewaker heen. Ik voelde zijn blik en bereidde me erop voor dat hij elk moment kon bevelen dat ik moest blijven staan. Ik glipte naar buiten en deed alsof ik de sneeuw die bedekt werd door een laagje kolengruis van het perron ging vegen, totdat ik zeker wist dat hij niet meer keek. Toen rende ik langs het station en bleef in de schaduw van het gebouw. Ik keek op naar het lage dak en zocht een steunplaats voor mijn voeten. Toen ik die niet vond, klom ik in de afvoerpijp, waar ijs mijn gescheurde maillot doorweekte. Toen ik boven was, brandden mijn armspieren. Ik reikte omhoog en bad dat het kind er nog lag. Maar mijn vingers vonden slechts leegte.

Mijn maag trok samen. Hadden de Duitsers hem gevonden? Ik strekte weer mijn armen uit, nog verder, en voelde een stukje stof. Ik trok eraan en probeerde het kind naar me toe te trekken. Maar hij gleed langs mijn vingertoppen weg. Ik strekte uit alle macht mijn armen en net voordat hij kon vallen kreeg ik de zijkant van de luier te pakken.

Ik trok hem tegen me aan en klauterde snel naar beneden, waarbij ik bijna weggleed toen ik probeerde me met één hand vast te houden. Toen ik eindelijk beneden was, stopte ik de baby veilig in mijn jas weg. Maar de Duitsers stonden vlak om de hoek te praten, ze klonken boos. Omdat ik geen seconde langer durfde te blijven staan zette ik het op een lopen, en mijn voetstappen pletten de ongerepte sneeuw.

Sinds ik van het station ben weggevlucht zijn er uren verstreken. Ik weet niet hoeveel, alleen dat het midden in de nacht is en dat er weer sneeuw uit de loodgrijze hemel valt. Althans, die zou ik zien als ik omhoog kon kijken. De wind is toegenomen, scherpe flinters ijzige sneeuw doen pijn aan mijn ogen en dwingen me mijn kin in te trekken. Ik was van de heuvels naar de beschermende bossen gegaan, maar de weg die vanuit de verte vlak leek, stijgt en daalt, mijn benen doen er pijn van. In plaats daarvan blijf ik nu op een vlakker pad dat te dicht langs het bos loopt. Ik kijk nerveus naar de smalle rijweg die parallel loopt aan de bomen. Tot dusver is die gelukkig verlaten.

In de eindeloze witte vlakte stel ik me onze kleine boerderij voor aan de Nederlandse kust, waar de lucht zwaar was van het zout en gekoeld werd door de Noordzee, en waar ik alleen met mijn ouders woonde. Hoewel ons de luchtaanvallen waren bespaard die Rotterdam hebben vernietigd, was de bezetting ons hard gevallen. De Duitsers richtten zich op de verdediging van de kustplaatsen, waarbij ze mijnen legden op de stranden zodat we daar niet meer konden lopen, en door overal soldaten onder te brengen – zo kwam het dat ik de man ontmoette die de vader van mijn kind werd.

Hij had me niet gedwongen. Als dat zo was geweest, of als ik dat had voorgewend, zouden mijn ouders me misschien hebben vergeven. Hij had zelfs in de veertien dagen die hij bij ons in de boerderij logeerde niets geprobeerd, al kon ik aan de blikken die hij me over de tafel toewierp zien dat hij dat wel wilde. Met zijn lange, breedgeschouderde lichaam was hij te groot geweest voor de kleine woning, als een meubelstuk dat er niet paste. We slaakten allemaal een zucht van verlichting toen hij in een nieuw verblijf werd ondergebracht. Maar hij kwam terug met een doosje verse eieren die we sinds het begin van de oorlog niet meer hadden gezien, en later met chocola, om ons te bedanken. Ik voelde me lusteloos – al vanaf mijn twaalfde was het oorlog, waardoor alle dansavondjes en normale tienerdingen me waren afgenomen.

Die eerste keer met de soldaat, zelf nog maar een jongen, was het alsof ik iets betekende.

Dus toen hij op een nacht door de achterdeur naar binnen glipte en in mijn koude, smalle bed stapte, voelde ik me uitverkoren en opgewonden door zijn aanrakingen – een man, zoveel zelfverzekerder dan de friemelende jongens die ik van school kende. Ik zag niet het uniform met insignes, dat de SS'ers die Steffi Klein hadden weggevoerd ook hadden gedragen. Hij was gewoon een soldaat die onder de wapenen was geroepen. Niet een van die anderen. Mijn herinneringen aan onze ene nacht samen zijn wazig, als een half vergeten droom van verlangen en daarna pijn, waardoor ik mijn hand over mijn mond moest leggen zodat mijn ouders mijn kreet niet zouden horen. Het was al voorbij voordat ik er erg in had en ik bleef achter met een onvervuld verlangen en het gevoel dat er meer had moeten zijn.

Toen was hij verdwenen. De Duitser kwam niet meer langs en twee dagen later hoorde ik dat zijn eenheid was vertrokken. Op dat moment wist ik dat ik een fout had gemaakt. Pas een maand later besefte ik hoe ernstig die fout was geweest.

Het einde kwam zonder waarschuwing op een ongewoon warme voorjaarsdag. De ochtendzon scheen volop in onze badplaats Scheveningen en meeuwen krijsten elkaar toe boven zee. Terwijl ik in bed lag had ik een paar minuten bijna kunnen vergeten dat het oorlog was.

Opeens zwaaide mijn slaapkamerdeur open en aan de ogen van mijn vader, die uitpuilden van woede, zag ik dat hij het wist. 'Eruit!'

Ik keek hem vol ongeloof aan. Hoe kon hij het weten? Ik had het niemand verteld. Ik had niet verwacht dat ik het voor altijd geheim kon houden, maar toch zeker nog wel een maand, lang genoeg om uit te zoeken wat ik moest doen. Mama, die een paar dagen daarvoor mijn kamer in was gekomen toen ik me aankleedde, moet de lichte bolling van mijn buik hebben gezien. De rest, de periode waarin de Duitser bij ons was geweest, was niet moeilijk te raden geweest.

Papa was een trotse, stoere Nederlander, die aan de Eerste Wereldoorlog een mank been had overgehouden. Mijn affaire met de Duitser was voor hem het ergste verraad. Het was vast niet zijn bedoeling dat ik, zijn enige dochter van nog maar zestien, het huis uit moest. Maar dezelfde man die ooit mijn veters had gestrikt en me op zijn schouders had gedragen, zette nu meedogenloos de deur open.

Ik had gedacht dat hij me zou slaan of uitfoeteren, maar hij wees alleen naar de deur. 'Eruit.' Hij keek me niet aan.

'Nee!' huilde mama toen ik vertrok. Maar haar stem was krachteloos. Toen ze me achterna rende, sprong mijn hart op. Misschien zou ze nu eens eindelijk tegen hem in opstand komen en het voor mij opnemen. Maar in plaats daarvan nam ze geld uit haar zak en stopte dat in mijn hand. Ik wachtte op een omhelzing.

Die kwam niet.

In de verte klinkt een lange, lage fluittoon. Ik duik weg achter een boom als er een trein verschijnt uit de richting waar wij vandaan zijn gekomen. Hij kronkelt over de witte vlakte. Ik weet het niet zeker, maar een van de wagons lijkt vanuit de verte precies op die waaruit ik de baby heb gehaald. Hij rijdt naar het oosten, zoals de andere treinen met Joden. Baby's waren afgenomen, zoals die van mij, maar ook van gezinnen met twee ouders die van ze hielden, die hen wilden houden. Ik onderdruk een kreet en kom achter de boom vandaan. Ik zou er het liefst achteraan rennen en de andere kinderen meenemen zoals ik met dit kind heb gedaan.

Maar het kleine lijfje ligt warm en zwaar in mijn armen, het enige leven dat ik heb gered.

Gered – althans voorlopig. Achter de uit het zicht verdwijnende trein licht de hemel in het oosten grijs op. Het wordt algauw dag en we zijn nog steeds te dicht bij het station. De politie zou elk moment hier kunnen zijn. Dikke sneeuwvlokken doorweken mijn dunne jas en dringen door op het kind eronder. We moeten verder. Ik loop dieper het bos in, uit het zicht. Er hangt een stilte zoals alleen wanneer het sneeuwt. Mijn voeten zijn inmiddels ijsklompen, mijn benen zijn vermoeid. Ik ben verzwakt door het weinige voedsel dat ik de afgelopen maanden op het station heb gegeten en mijn mond is droog van de dorst. Achter de bomen is alleen maar wit te zien. Ik probeer me van de reis naar het tehuis maanden geleden te herinneren hoe ver het is naar het eerstvolgende dorp. Maar ook al bereiken we dat, niemand zal zijn leven willen wagen door ons te laten onderduiken.

Ik zet het kind op mijn andere heup en veeg wat sneeuw van zijn voorhoofd. Hoelang is het geleden dat hij heeft gegeten? Hij heeft sinds we bij het station wegliepen niet bewogen of gehuild, en ik vraag me af of hij nog ademt. Haastig loop ik tussen een groepje bomen en houd hem dicht tegen me aan voor de warmte. Zijn ogen zijn gesloten en hij slaapt – althans dat hoop ik. Zijn lippen zijn gebarsten en bloeden door gebrek aan vocht, maar zijn borst gaat gelijkmatig op en neer. Zijn blote voeten voelen aan als ijsklompjes.

Ik kijk radeloos rond in het bos en denk terug aan de andere baby's in de trein van wie de meeste al overleden zijn. Ik had wat kleertjes van hen moeten meenemen voor dit kind. De gedachte maakt me misselijk. Ik knoop mijn jas en bloes los, en ik huiver als een windvlaag ijskoude sneeuw tegen mijn huid blaast. Ik leg de baby aan een borst en probeer wat druppels te produceren van het dunne grijze vocht dat ik om de pijn te verlichten bijna vier maanden geleden eruit had geknepen. Maar het lukt me niet – niemand had me geleerd hoe ik borstvoeding moest geven, en het kind is te zwak om toe te happen. Mijn borsten doen pijn van verlangen, maar er komt niets uit. Mijn melk is opgedroogd. Na de bevalling had de verpleegster me verteld dat er vrouwen waren die wilden betalen voor mijn melk. Ik had nee geschud, ook al had ik het geld nodig, maar ik wilde niet ook dat nog afstaan. Nu mijn kind weg was, wilde ik alleen maar alles zo snel mogelijk achter me laten.

Mijn kind. Iets in me zou willen dat ik mijn kind niet die ene keer had vastgehouden, dat mijn armen zich niet de vorm van zijn lichaam en hoofdje hadden herinnerd. Misschien zouden ze dan nu niet elke seconde naar hem hunkeren. Ik had er even over nagedacht hoe ik hem genoemd zou hebben. Maar toen er namen bij me opkwamen, schoot een vlijmscherp mes door me heen en ik had de gedachte de kop ingedrukt. Ik vraag me af hoe hij nu heet en ik bid dat hij terecht is gekomen bij mensen die genoeg van hem houden om hem een mooie, stoere naam te geven.

Terwijl ik de gedachten aan mijn eigen kind wegduw kijk ik naar de baby in mijn armen. Zijn ronde wangetjes lopen via een hoekig kaakbeen naar een perfect puntig kinnetje. Daarin onderscheidt hij zich, en ik weet gewoon dat er ergens een hele familie is – laat ze alsjeblieft nog leven – met gezichten in diezelfde vorm.

In de verte hoor ik geknerp achter de bomen. Ik draai me om en tuur door de vallende vlokken, maar de weg achter mij is aan het zicht onttrokken door een wirwar van takken en struiken. Mijn hartslag versnelt. Het zou een auto kunnen zijn. Hoewel we intussen beschut worden door de bomen, loopt er niet ver van de rand van het bos een weg. Als de politie ons heeft gevolgd, zouden mijn voetafdrukken in de sneeuw hen gemakkelijk hierheen hebben kunnen brengen. Ik houd mijn adem in en voel me als een opgejaagd dier als ik mijn oren spits. Ik hoor niets – althans niet op dit moment.

Ik knoop mijn jas dicht en loop verder tussen de bomen. Ik houd de baby onhandig in mijn ene arm en gebruik de andere om een lage tak voor ons weg te duwen. De sneeuw die ervan af valt kruipt in de kraag van mijn jas, ijskoud en nat. Mijn voeten, doorweekt in de opgelapte tweedehands laarzen, beginnen pijn te doen.

De baby wordt met elke stap zwaarder. Ik vertraag mijn pas, haal diep adem, en grijp een handje sneeuw om mijn droge mond te bevochtigen. De kou snijdt door de gaten in mijn handschoenen. Als ik rechtop ga staan laat ik het kind bijna vallen. Heeft hij dorst? Ik vraag me af of het kwaad kan als ik hem wat sneeuw geef. Terwijl ik hem iets verder van me af houd, voel ik me ineens hulpeloos. Er is zoveel wat ik niet weet. Behalve die paar vluchtige seconden na de bevalling heb ik nooit een kind vastgehouden, en er al helemaal niet voor gezorgd. Ik wil hem neerleggen. Zonder die last in mijn handen zou ik het volgende dorp misschien wel bereiken. Hij zou het in die trein sowieso niet hebben gered. Zou dit veel erger zijn?

Zijn handje, niet groter dan een walnoot, schiet omhoog en grijpt mijn vinger stevig vast. Wat gaat er door hem heen wanneer hij opkijkt en een ander gezicht ziet dan van degene die hij vanaf zijn geboorte kende? Hij is bijna even oud als mijn eigen kind nu moet zijn. Ik stel me een moeder voor bij wie de littekens nog evenveel pijn doen als bij mij. Als ik naar dit kind kijk, gaat mijn hart open. Hij heeft ooit een naam gekregen. Hoe kan een kind dat te klein is om zijn eigen naam te weten ooit hopen zijn ouders te vinden? Ik wil met heel mijn hart dat hij ademt, dat hij het volhoudt totdat we een schuilplaats vinden.

Ik wieg hem zacht voordat ik zijn hoofdje weer bedek. Daarna ga ik met dubbele krachtsinspanning verder. Maar het waait steeds harder, de wind slaat de besneeuwde takken in mijn gezicht en maakt het ademen zwaar. Het was niet goed om die tweede keer stil te staan. Behalve het station is hier kilometers in de omtrek geen schuilplek te vinden. Als we hier blijven, overleven we het niet, zoals het kind het in die trein niet zou hebben overleefd.

'Ik kan dit niet!' roep ik, in mijn wanhoop vergetend dat niemand me mag horen.

De wind begint nog harder te gieren.

Ik probeer weer door te lopen. Mijn tenen voel ik inmiddels niet meer, mijn benen wegen als lood. Elke stap tegen de felle wind in wordt zwaarder. De sneeuw vormt een dun laagje ijs op onze kleren. De wereld om ons heen is aan de randen in een vreemde kleur grijs veranderd. De ogen van het kind zijn dicht, hem wacht het lot dat hem altijd al beschoren was. Ik doe een stap, struikel, en sta weer op.

'Het spijt me,' zeg ik, niet in staat hem nog langer vast te houden. Dan val ik voorover en alles wordt zwart.

# 4

# Astrid

Een deurknop die knarst als hij wordt omgedraaid, handen die tegen hard hout drukken. Eerst lijkt het een flard van een droom waar ik niets van kan maken.

Maar dan zijn die geluiden er weer, harder nog, het schrapen van een deur die opengaat. Ik kom met moeite overeind. Een felle angst schiet door mijn lichaam. Er zijn in de vijftien maanden sinds mijn terugkeer zonder waarschuwing inspecties geweest, van de Gestapo of de plaatselijke politie die bevelen uitvoert. Ze hebben me nog niet opgemerkt, nog niet naar de ausweis gevraagd die Herr Neuhoff voor me heeft geregeld, het identiteitsbewijs waarvan ik vrees dat het niet goed genoeg is. Mijn naam als artieste is een zegen en een vloek in Darmstadt, hij verschaft me een manier om te overleven, maar maakt mijn valse identiteit tegelijkertijd tot een dun laagje vernis, die bijna niet vol te houden is. Dus als de inspecteurs komen, verdwijn ik onder een van de met zeildoek bespannen wagens of, als er niet genoeg tijd is, in het bos. Maar hier in Peters hut, met die enkele deur en zonder kelder, zit ik in de val.

Een zware mannenstem klinkt in het donker. 'Ik ben het maar.' Peters handen, die ik de afgelopen maanden 's nachts zo vaak heb gevoeld, die me uit dromen wekken waar ik niet uit weg wil, wrijven zacht over mijn rug. 'Er is iemand gevonden in het bos.'

Ik draai me op mijn rug. 'Wie heeft die gevonden, jij?' vraag ik. Peter slaapt bijna niet, maar loopt 's nachts buiten rond als een rusteloze prairiewolf, zelfs in hartje winter. Ik steek mijn hand uit naar zijn stoppelige kaak, en stel bezorgd vast dat de kringen onder zijn ogen nog donkerder zijn.

'Ik was bij de rivier,' vertelt hij. 'Ik dacht dat het een gewond dier was.' Peter spreekt de klinkers uit met getuite lippen, van een v maakt hij bijna een w, zijn Russische accent is nog even sterk alsof hij pas een paar weken en niet al jaren geleden uit Leningrad is vertrokken.

'En toen ging je natuurlijk kijken,' zeg ik afkeurend. Ik zou de andere kant op zijn gelopen.

'Ja.' Hij helpt me uit bed. 'Ze waren niet bij bewustzijn, dus heb ik ze hierheen gedragen.' In zijn adem ruik ik een vleugje sterkedrank die hij net nog moet hebben gedronken, want het ruikt niet zuur.

'Ze?' herhaal ik vragend.

'Een vrouw.' Ik voel een steekje jaloezie als ik me voorstel dat hij een andere vrouw in zijn armen draagt. 'Met een kind.' Hij haalt een zelf gerolde sigaret uit zijn zak.

Een vrouw met kind, 's nachts alleen in het bos. Dat is vreemd, zelfs voor het circus. Er kan niet veel goeds komen van vreemde gebeurtenissen – of vreemde mensen.

Ik trek snel mijn kleren en mijn jas aan. Onder de revers voel ik aan de ruwe losse draden waar de gele ster ooit vastgenaaid zat. Ik volg Peter de vrieskou in en trek mijn hoofd tussen mijn schouders tegen de snijdende wind. Hij woont in een van de zes hutten die verspreid staan in het licht glooiende dal, privéhuisjes voor de oudste, meest gerenommeerde artiesten. Hoewel ik officieel in het vrouwenverblijf woon, een lang gebouw dat op zichzelf staat en waar de meeste andere meisjes slapen, was het al gauw een gewoonte geworden om bij Peter te slapen. Als het even kan glip ik 's avonds naar hem toe en voor het ochtendgloren kom ik weer terug.

Bij mijn terugkeer in Darmstadt had ik alleen bij Herr Neuhoff willen blijven tot hij een vervanger voor me vond en ik wist waar ik naartoe kon gaan. Maar onze overeenkomst werkte goed en terwijl ik me voorbereidde om dat eerste jaar met het circus mee te gaan, vervaagde mijn plan om te vertrekken. En ik leerde Peter kennen, die zich in de jaren dat ik weg was bij circus Neuhoff had aangesloten. Hij is een clown, maar niet het type lolbroek dat mensen buiten het circus zich meestal bij het woord clown voorstellen. Zijn optreden is origineel en goed uitgewerkt, hij combineert humor, satire en ironie met een meesterschap dat zelfs ik nooit eerder heb gezien.

Ik had niet verwacht dat ik weer iets met iemand zou krijgen, en verliefd worden zeker niet. Peter is tien jaar ouder, en hij is anders dan de rest van de artiesten. Hij is geboren in de tijd dat de Russische aristocratie nog bestond; sommigen zeiden dat hij een neef was van tsaar Nicolaas. In een ander leven zouden we elkaar nooit zijn tegengekomen. Maar in een circus is iedereen gelijk; ongeacht ras, status of achtergrond zijn we hier allemaal gelijk, alleen ons talent telt. Peter heeft in de Eerste Wereldoorlog gevochten. Hij heeft er geen verwondingen aan overgehouden, althans geen zichtbare, maar hij heeft iets melancholisch, wat doet vermoeden dat hij er nooit helemaal van hersteld is. Zijn somberte vond weerklank bij me en we voelden ons tot elkaar aangetrokken.

Ik wil naar het vrouwenverblijf gaan. Peter schudt zijn hoofd en loodst me mee in een andere richting. 'Daarboven.' Als hij inhaleert gloeit het puntje van zijn sigaret op als een toorts.

De nieuwkomers zijn in de villa van Herr Neuhoff – ook nogal ongewoon. 'Ze kunnen niet blijven,' zeg ik zachtjes, hoewel er niemand is die ons kan horen.

'Natuurlijk niet,' reageert Peter. 'Het is maar voor even, zodat ze niet omkomen in die sneeuwstorm.' Zijn schaduw torent boven me uit. Het is niet alleen Peters verdriet dat zijn fantastische optreden als clown zo onwaarschijnlijk maakt. Hij vertelde me ooit dat hij de eerste keer dat hij had geprobeerd bij een circus te komen werd weggestuurd omdat hij te lang zou zijn voor een clown. Toen was hij in de leer gegaan bij een theater in Kiev, waar hij een ironisch personage had ontwikkeld dat bij zijn hoekige gestalte en zijn lange benen paste, en daarna was hij van het ene circus naar het andere gegaan, waardoor hij naam maakte met zijn nummer. Peters grollen, waaruit vaak een grappige minachting voor autoriteiten spreekt, zijn wijd en zijd bekend. Tijdens de oorlog waren zijn nummers bijtender geworden, en zijn haat tegen oorlog en fascisme minder verhuld. Terwijl zijn bekendheid groeide als iemand met een uitdagend gebrek aan eerbied, groeide zijn publiek mee.

Hij opent de deur van de villa, waar ik sinds mijn terugkeer alleen ben geweest voor het feest dat Herr Neuhoff altijd in december voor het hele circus geeft, en bij nog een paar andere gelegenheden. We gaan zonder te kloppen naar binnen. Boven aan de trap wenkt Herr Neuhoff ons mee te komen. In een van de logeerkamers ligt een meisje met lang blond haar te slapen in een mahoniehouten hemelbed. Haar bleke huid lijkt haast doorzichtig op het donkerrode beddengoed.

Op het lage tafeltje naast haar ligt een baby in een provisorische wieg, gefabriceerd van een grote gevlochten mand. Mozes in de Nijl, die ons met donkere ogen vol interesse aankijkt. Het kind kan niet veel ouder zijn dan een paar maanden, schat ik, hoewel ik geen ervaring heb. Het heeft lange wimpers en ronde wangen die je zelden ziet nu er zo'n voedseltekort is. Mooi – maar zijn ze dat niet allemaal op die leeftijd?

Herr Neuhoff knikt naar het kind. 'Voordat ze in slaap viel, zei ze dat hij haar broertje is.'

Een jongen. 'Maar waar komen ze vandaan?' vraag ik. Herr Neuhoff haalt alleen zijn schouders op.

Het meisje slaapt diep. Een zuiver geweten, zou mijn moeder misschien hebben gezegd. Ze heeft dikke, blonde vlechten, als een meisje uit een sprookje van Hans Christiaan Andersen. Ze had een van die Bund Deutscher Mädel kunnen zijn, de bond van Duitse Meisjes, die gearmd over Alexanderplatz liepen en verachtelijke liederen zongen over het Vaderland en het vermoorden van Joden. Peter had het over een vrouw gehad, maar ze kon niet veel ouder zijn dan zeventien. Bij haar vergeleken voel ik me stokoud en moe.

Het meisje verroert zich. Haar armen vliegen naar voren, tastend naar de baby, in een gebaar dat ik maar al te goed ken uit mijn eigen dromen. Wanneer ze op leegte stuit, maait ze ze rond.

Als ik haar wanhoop zie, komt de gedachte in me op: het is uitgesloten dat hij je broertje is.

Herr Neuhoff pakt het kind op en legt het in de armen van de jonge vrouw, die daarop meteen kalmeert. 'Waar ben ik?' vraagt ze in het Nederlands. Ze knippert met haar ogen en herhaalt de vraag dan in het Duits. Haar stem is ijl en onvast.

'In Darmstadt,' antwoordt Herr Neuhoff. Er is geen spoor van herkenning in haar gezicht te zien. Ze komt niet uit deze omgeving. 'Je bent bij circus Neuhoff.'

Ze knippert weer. 'Een circus.' Voor ons klinkt het normaal – meer dan de helft van mijn leven was het alles wat ik kende – maar voor haar moet het klinken als een soort fantasieverhaal. Een stelletje malloten. Ik verstijf en voel me onmiddellijk weer het meisje dat aangestaard wordt op het schoolplein. Schop haar maar weer de sneeuw in als wij niet goed genoeg voor haar zijn.

'Hoe oud ben je, kind?' vraagt Herr Neuhoff vriendelijk.

'Ik word volgende maand zeventien. Ik ben weggelopen van huis,' vertelt ze uit zichzelf, nu in beter Duits. 'Ik heet Noa Weil en dit is mijn broertje.' Haar woorden komen te snel en beantwoorden vragen die niemand heeft gesteld.

'Hoe heet hij?' vraag ik.

Ze aarzelt even. 'Theo. We komen van de Hollandse kust,' zegt ze en ze valt weer stil. 'Het was er vreselijk. Mijn vader dronk en sloeg ons. Moeder stierf in het kraambed. Dus toen heb ik mijn broertje opgepakt en ben ik met hem weggegaan.' Wat doet ze hier, honderden kilometers van huis? Niemand zou in deze tijd vanuit Nederland naar Duitsland vluchten. Haar verhaal klopt niet. Ik wacht tot Herr Neuhoff vraagt of ze papieren heeft.

De blik van het meisje schiet naar het kind. 'Is alles goed met hem?'

'Ja hoor, hij heeft goed gegeten voordat hij in slaap viel,' stelt Herr Neuhoff haar gerust.

Het meisje trekt haar wenkbrauwen op. 'Gegeten?'

'Gedronken, moet ik eigenlijk zeggen,' corrigeert Herr Neuhoff. 'Een of ander recept dat onze kokkin heeft klaargemaakt met suiker en honing.' Dat zou het meisje toch moeten weten als ze voor het kind had gezorgd.

Ik doe een stap achteruit naar Peter, die achterover leunt in een stoel bij de deur. 'Ze liegt,' zeg ik zachtjes. Die domme gans was waarschijnlijk zwanger geraakt. Maar zulke dingen zeg je natuurlijk niet.

Peter haalt onverschillig zijn schouders op. 'Ze zal er wel een reden voor hebben dat ze weggelopen is. Die hebben we allemaal.'

'Je mag gerust hier blijven,' zegt Herr Neuhoff. Ik kijk hem verbijsterd aan. Wat bezielt hem? Hij vervolgt: 'Dan moet je natuurlijk wel werken, als je je goed genoeg voelt.'

'Natuurlijk.' Het meisje gaat iets meer rechtop zitten bij het idee dat ze misschien liefdadigheid kan verwachten. 'Ik kan schoonmaken en koken.' Ik moet bijna lachen om haar naïviteit en stel me voor dat ze in de keukentent pannenkoeken bakt en honderden aardappelen schilt.

Herr Neuhoff wuift het aanbod weg. 'Koks en schoonmakers hebben we al. Nee, met jouw uiterlijk zou dat zonde zijn. Ik wil dat je gaat optreden.' Peter werpt me een verbaasde blik toe. Nieuwe artiesten worden uit heel Europa en daarbuiten geworven; het zijn banen waar hard om gevochten wordt en die je alleen kunt bemachtigen na een leven lang trainen. Talent vind je niet zomaar op straat – of in het bos. Herr Neuhoff weet dat. Hij richt zich tot mij. 'Jij hebt toch nog iemand in de trapeze nodig?' Achter hem zet het meisje grote ogen op.

Ik aarzel. Ooit hadden er wel zo'n tien luchtacrobaten aan dat nummer meegewerkt, met parallelzwaaien en salto's naast elkaar in de lucht. Maar nu hebben we er slechts drie en kon ik sinds mijn terugkeer alleen nog maar de *corde lisse* en het Spaanse Web doen. 'Zeker, maar ze heeft nog nooit opgetreden. Ik kan haar niet zomaar trapezewerk leren. Misschien kan ze paardrijden of programma's verkopen.' Er zijn tientallen taken die ze makkelijker kan doen. Waarom denkt Herr Neuhoff dat ze als artiest kan optreden? Meestal zie ik talent van een kilometer afstand. Hier zie ik niets. Hij probeert van een eend een zwaan te maken en zo'n plan kan alleen maar mislukken.

'We hebben geen tijd om naar een andere luchtacrobaat te zoeken voordat we op tournee gaan,' zegt Herr Neuhoff. 'Ze heeft precies het goede uiterlijk. We hebben nog bijna zes weken totdat we weggaan.' Hij kijkt me niet aan als hij dat zegt. Zes weken is niets vergeleken bij een leven lang trainen zoals de rest van ons heeft moeten doen. Hij vraagt me iets onmogelijks en dat weet hij.

'Ze is te dik voor een luchtacrobaat,' zeg ik met een kritische blik op haar lichaam. Zelfs onder de deken zie ik dat ze mollige heupen en dijen heeft. Ze is slap en ongetraind, en ze heeft een onschuld die doet vermoeden dat ze niet weet wat hard werken is. Ze zou die nacht in de sneeuw niet hebben overleefd als Peter haar niet had gevonden. En ze houdt het hier nog geen week vol.

Ik hoor voetstappen en draai me om. Emmet, de zoon van Herr Neuhoff, staat in de deuropening, zijn weke lippen krullen op als hij onze onenigheid hoort. Hij was als kind al vreemd, toen hij gemene streken uithaalde en zich in de nesten werkte. 'Je wilt zeker niet alle aandacht afstaan?' zegt hij met een spottend lachje tegen me.

Ik kijk weg en negeer hem. Het meisje is knapper dan ik, dat moet ik toegeven als ik haar met mezelf vergelijk. Maar met een fraai uiterlijk alleen kom je er niet. In het circus tellen talent en ervaring – en die miste ze beide.

'Ze kan niet blijven,' zegt Peter vanuit zijn stoel. Ik schrik van zijn krachtige stem. Herr Neuhoff is een zachtaardige man, maar het is zijn circus en zelfs de sterartiesten zoals Peter durven het niet openlijk met hem oneens te zijn. 'Ik bedoel, tot ze zich goed genoeg voelt om te gaan,' legt hij uit.

'Waarheen?' wil Herr Neuhoff weten.

'Dat weet ik niet,' moet Peter toegeven. 'Maar ze kan toch niet blijven? Een meisje met een baby, daar gaan mensen vragen over stellen.' Hij denkt aan mij, de extra aandacht en risico's die hun komst teweeg kan brengen. Hoewel mijn ware naam en mijn verleden stilzwijgend bekend zijn bij de circusartiesten, hebben we die voor buitenstaanders verborgen kunnen houden – althans tot nu toe. 'We kunnen die aandacht niet riskeren.'

'Het hoeft geen probleem te zijn als ze aan een nummer meewerkt,' werpt Herr Neuhoff tegen. 'Er komen constant nieuwe mensen bij het circus.'

Vroeger ja, corrigeer ik hem in gedachten. Door de jaren heen waren er vaak nieuwe mensen bij ons gekomen – ooit hadden we Servische dierentemmers, en een goochelaar uit China. Maar de afgelopen paar jaar was alles minder geworden. Tegenwoordig is er domweg geen geld voor nog meer nummers.

'Ze is gewoon een nichtje van een van de andere circussen,' legt Herr Neuhoff zijn plan voor. Onze eigen artiesten zouden wel beter weten, maar de seizoenwerkers zouden het verhaal misschien slikken. 'Als ze zover is dat ze kan optreden, zal niemand iets doorhebben,' vervolgt hij. Het is waar dat het publiek er niet op let; ze komen trouw elk jaar, maar wie de mensen achter de artiesten zijn is voor hen niet belangrijk.

'Dat is heel aardig van u, om me werk aan te bieden,' valt het meisje hem in de rede. Ze probeert het bed uit te komen zonder de baby los te laten, maar alleen die inspanning al is haar blijkbaar te veel en ze leunt weer achterover. 'Maar we willen u niet tot last zijn. Zodra we uitgerust zijn en het beter weer wordt, gaan we weer op pad.' Ik zie de paniek in haar ogen. Ze kunnen nergens naartoe.

Hierdoor gesteund draai ik me om naar Herr Neuhoff. 'Ziet u wel, ze kan het niet.'

'Dat heb ik niet gezegd.' Het meisje komt weer overeind en heft haar kin. 'Ik ben een harde werker en ik weet zeker dat ik het kan als ik genoeg oefen.' Ineens lijkt ze zich te willen bewijzen, terwijl ze een minuut eerder nog niet eens een poging had willen doen. Het is uitdagend gedrag dat ik ook van mezelf ken. Ik vraag me af of ze enig idee heeft van waar ze aan begint.

'Maar we kunnen haar er onmogelijk voor klaarstomen,' herhaal ik, zoekend naar een ander argument om hem ervan te overtuigen dat dit niet zal werken.

'Jij kunt dat wel, Astrid.' Er klinkt een nieuwe overtuigingskracht door in Herr Neuhoffs woorden. Het is nog net geen bevel, maar hij wil dat ik akkoord ga. 'Jij hebt hier onderdak gekregen. Je moet dit doen.' Zijn ogen kijken me indringend aan. Dus zo moet ik daarvoor betalen. Het hele circus had risico gelopen door mij hier te verbergen, en nu moet ik hetzelfde doen voor dit vreemde meisje. Zijn trekken verzachten. 'Twee onschuldige mensen. Als wij hen niet helpen, gaan ze zeker hun einde tegemoet. Dat wil ik niet op mijn geweten hebben.' Hij kan haar en de baby evenmin wegsturen als mij.

Mijn blik ontmoet die van Peter en hij doet zijn mond al open om nog eens te protesteren dat we daarmee alles in gevaar brengen. Maar dan doet hij hem weer dicht, omdat hij net als ik weet dat het geen zin heeft om hier langer over te discussiëren.

'Goed,' zeg ik ten slotte. Maar er zijn grenzen aan wat Herr

Neuhoff van me kan vragen. 'Zes weken,' zeg ik. 'Ik zal proberen haar klaar te stomen voordat we op tournee gaan. En als dat niet lukt, moet ze vertrekken.' Zo resoluut heb ik hem nog nooit tegengesproken, en even lijkt het alsof we weer gelijkwaardig zijn. Maar die tijd is voorbij. Ik kijk hem recht aan en dwing mezelf mijn ogen niet neer te slaan.

'Afgesproken,' zegt hij dan tot mijn verbazing.

'We beginnen morgen vroeg,' kondig ik aan. Zes weken of zes jaar, het maakt niet uit – het gaat haar toch niet lukken. Het meisje kijkt me onderzoekend aan en ik wacht op haar protest. Maar ze blijft zwijgen, met iets van dankbaarheid in haar grote, angstige ogen.

'Maar ze was bijna bevroren,' protesteert Herr Neuhoff. 'Ze is uitgeput. Ze heeft tijd nodig om te herstellen.'

'Morgen,' houd ik vol. Het gaat haar niet lukken, en dan zijn we van haar af.

# 5

## Noa

Ze komt me voor zonsopkomst halen.

Ik ben al wakker en lig in een nachthemd dat niet van mij is. Even daarvoor schoot ik trillend overeind. Ik had gedroomd dat ik was teruggegaan naar de wagon, niet alleen om nog meer kinderen te redden maar omdat ik op de een of andere manier wist dat mijn eigen kind daar ook lag. Maar toen ik de deur van de wagon opendeed, was het binnen leeg. Ik stak mijn armen uit in het pikkedonker en gilde toen ik niets voelde.

Ik was wakker geworden uit de droom in de hoop dat ik niet hardop had geschreeuwd en anderen in dit onbekende huis aan het schrikken had gemaakt. Ik moest mijn best doen om mijn ogen niet weer dicht te doen. Maar ik moest terug om mijn kind te redden. Het beeld was echter verdwenen.

Toen het trillen afnam, stak ik mijn armen uit naar de baby die vredig lag te slapen in de mand naast mijn bed. Ik trok hem tegen me aan, zijn warmte was troostend. Ik liet mijn ogen wennen aan de stille kamer, die deels verlicht werd door het maanlicht dat gefilterd door gordijnen viel die met een gevlochten embrasse opzij werden gehouden. Een klein vuur brandde in de haard in de hoek. De fraaie stoffering was chiquer dan ik waar dan ook ooit had gezien. Ik herinnerde me de vreemde gezichten om me heen toen ik de vorige dag wakker was geworden, de gezette circuseigenaar, de vrouw die me zo afkeurend bekeek en de man met het lange gezicht die in de stoel zat toe te kijken, als de personages uit een verhaal dat mijn moeder me vroeger voorlas. Ze waren van het circus, zeiden ze – het is moeilijk te geloven dat zelfs in de oorlog die wereld nog bestaat. Ik was niet veel verbaasder geweest als ik was wakker geworden op de maan. Ik was maar één keer naar het circus geweest, toen ik drie jaar was, en ik had gehuild om de felle lampen en het lawaai totdat mijn vader me mee de tent uit had genomen. En nu ben ik hier. Het is vreemd, maar niet vreemder dan een goederenwagon vol baby's aantreffen, of een van de andere dingen die me zijn overkomen sinds ik van huis ben weggegaan.

Ik kijk naar de baby, die schoon en fris in mijn armen genesteld ligt. Theo, had ik hem zonder erbij na te denken genoemd toen ze ernaar vroegen. Ik weet niet waar die naam vandaan kwam. Hij slaapt in de holte van mijn elleboog en ik blijf stil zitten om hem niet wakker te maken. Hij lijkt vredig, zijn wangen hebben nu kleur. Waar had hij geslapen voordat hij in die trein werd gelegd? Ik stel me een warm wiegje voor, handen die hem zacht op zijn rug kloppen om hem te sussen. Ik bid dat mijn eigen kind ergens net zo veilig ligt te slapen.

De vorige avond hadden ze over mij gepraat alsof ik er niet bij was. 'Ze heeft het juiste uiterlijk voor een circus, vinden jullie niet?' had de circuseigenaar gevraagd toen mijn ogen dicht waren en ze dachten dat ik hen niet hoorde. Ze taxeerden me als een paard dat ze wilden aanschaffen. Het liefst was ik opgestaan, had ik bedankt-maar-nee-bedankt gezegd, het kind opgepakt en was ik in de nacht verdwenen. Maar de wind gierde nog steeds en door het raam zag ik de heuvels onder een dikke laag sneeuw. Als ik weer met Theo naar buiten zou gaan, zouden we geen andere schuilplaats vinden. Dus liet ik hen over me praten. Maar dit is geen plek voor ons. We blijven lang genoeg om wat geld te sparen, en dan gaan we weg. Waar naartoe precies weet ik niet.

'Je krijgt tien mark per week,' had de circuseigenaar gezegd. Het was geen vetpot, maar ook niet zo weinig dat ik werd uitgebuit. Had ik meer moeten vragen? Misschien was het wel een genereus bedrag voor iemand die nooit had opgetreden. Ik weet heel weinig van geld, en ik ben niet echt in de positie om te onderhandelen.

Nadat de circusmensen over me waren uitgepraat, waren ze de kamer uit gegaan en was ik in slaap gevallen. Ik was één keer wakker geworden en had toen in het donker de weg naar de wc gevonden. Een paar keer rommelde het in de verte, het leek vanaf de heuvels te komen. Misschien luchtaanvallen, zoals ik die zo vaak op het station had gehoord. Maar ze waren niet dichtbij genoeg om onrust te veroorzaken.

Daarna was er niemand meer in de kamer geweest – tot nu. Toen ik voetstappen in de gang hoorde, glipte ik voorzichtig om Theo niet wakker te maken het bed uit om de deur open te doen voordat er iemand aanklopte. De vrouw die ze Astrid hadden genoemd en die me de vorige avond zo laatdunkend had bekeken, staat nu voor me in het halfdonker, en de maan achter haar hult haar in een vreemde gloed. Haar inktzwarte haar is kort geknipt in een bob en krult rond haar gezicht. Ze draagt geen sieraden, alleen een paar oorringen met een rood steentje. Ze is mooi op een exotische manier, met een grote neus, mond en ogen, die perfect bij elkaar passen. Ze glimlacht niet.

'Je hebt lang genoeg geslapen,' deelt ze zonder verdere begroeting mee. 'Tijd om op te staan en aan het werk te gaan.' Ze werpt me een trainingspakje toe, verschoten en versteld aan de tenen. 'Doe dit aan.' Ik heb geen idee waar mijn eigen kleren, doorweekt en gescheurd, zijn gebleven. Ik wacht tot ze vertrekt zodat ik me kan aankleden, maar ze draait zich slechts half om. 'We kunnen geen dag verliezen. Ik zal je trainen – althans, dat zal ik proberen. Ik denk niet dat het je lukt, maar lukt het je wel, dan mag je met ons meereizen.'

'Waarvoor precies ga je me trainen?' vraag ik. Had ik het de vorige avond maar gevraagd voordat ik zei dat ik het wel zou kunnen.

'Trapezewerk,' antwoordt ze.

Dat had ik de vorige avond niet gehoord. Toen hadden ze het over 'luchtacrobaten', herinner ik me nu. Doordat ik zo uitgeput was, had ik er niet over nagedacht wat dat woord inhield. Nu dringt de waanzin van het plan in alle hevigheid tot me door: ze willen dat ik in de nok klim en mijn leven waag door daar als een aap te gaan slingeren. Ik zit hier niet gevangen. Ik hoef dit niet te doen. 'Dat is heel aardig van je, maar ik denk niet…' Ik wil haar niet beledigen. 'Dat kan ik echt niet. Ik kan wel schoonmaken, of misschien koken,' bied ik aan, net als de vorige avond.

'Herr Neuhoff is de eigenaar van het circus,' deelt ze mee. 'Hij wil dit.' Ze spreekt beschaafd, alsof ze niet uit deze contreien komt. 'Natuurlijk, als je het niet kunt… misschien heb je een rijke oom die je in zijn huis kan opnemen?' Ze zegt het spottend, maar ze heeft wel gelijk. Ik kan niet terug naar het station, waar ze intussen natuurlijk in de gaten hebben dat de baby en ik verdwenen zijn. In mijn eentje had ik misschien verder kunnen trekken.

Maar de bittere kou heeft ons bijna geveld. Een tweede keer overleven we het niet.

Ik bijt op mijn lip. 'Ik zal het proberen. Twee weken.' In twee weken heb ik de tijd om aan te sterken en een andere plek te vinden waar Theo en ik naartoe kunnen. Natuurlijk blijven we niet bij het circus.

'We wilden je zes weken de tijd geven.' Ze haalt haar schouders op alsof het haar niets kan schelen. 'Kom, we gaan.' Ik trek het trainingspak zo zedig als me lukt onder mijn nachthemd aan.

'Wacht.' Ik aarzel als ik naar Theo kijk, die nog op het bed ligt te slapen.

'Je bróértje,' zegt ze met nadruk op het tweede woord. 'Theo, toch?'

'Ja.'

Ze aarzelt even terwijl ze me aankijkt. Dan tilt ze hem op. Ik vecht tegen de opwelling om te protesteren, het idee dat iemand anders hem vasthoudt is onverdraaglijk. Ze legt hem in het provisorische wiegje. 'Ik heb Greta, de dienstmeid, gevraagd om boven te komen en op hem te passen.'

'Hij heeft last van krampjes,' zeg ik.

'Greta heeft zelf acht kinderen grootgebracht. Laat dat maar aan haar over.'

Ik aarzel nog steeds. Niet alleen de zorg voor Theo maakt me ongerust: als de huishoudster zijn luier verschoont, ziet ze dat hij Joods is. Dan zie ik zijn schone kleertjes en besef dat het te laat is. Iemand weet al de waarheid omtrent zijn identiteit.

Ik volg Astrid de trap af in het donkere huis, waar een muffe, branderige lucht hangt. Dan trek ik mijn nog vochtige laarzen aan die bij de voordeur staan. Ze reikt me een jas aan en ik zie dat zij er geen draagt. Haar figuur is onberispelijk: slanke benen die haar kracht verloochenen, en een perfect platte buik zoals ik had vóór de baby. Ze is kleiner dan ik me herinner van de vorige dag. Maar haar lichaam is net een beeld, met een sierlijke belijning, als uit graniet gehouwen.

Buiten lopen we zwijgend over het open veld, onze voetstappen knerpen op de bevroren sneeuw. Maar de lucht is droog en zachter; als het een dag eerder zo was geweest, dan was ik misschien zonder te vallen verder gekomen in het bos. De maan schijnt helder. De nachtelijke hemel staat vol sterren en even is het alsof elk daarvan voor een van de kinderen in de trein is bedoeld. Ergens, waar dan ook, vragen Theo's ouders als ze nog leven zich af waar hun kind is gebleven, hun hart schreeuwt het uit van de pijn, net als het mijne. Als ik opkijk stuur ik een stil gebedje naar boven, waarin ik wens dat ze weten dat hun zoon in leven is.

Astrid haalt het slot van de deur van een groot gebouw. Ze draait een schakelaar om en sputterend komt een lamp boven ons hoofd tot leven. Het is een verwaarloosde sportzaal waar het naar zweet ruikt en waar oude sportmatten in een hoek liggen te vergaan. Het is een smerige, afgetakelde boel, een wereld van verschil met de pracht en praal die ik altijd met het circus in verband had gebracht.

'Trek je jas uit,' draagt ze me op terwijl ze naar me toe komt. Haar blote arm strijkt langs de mijne. Mijn huid heeft tientallen moedervlekken en littekentjes, maar die van Astrid is glad en olijfkleurig, als een meer op een windloze dag. Ze haalt tape tevoorschijn dat ze langzaam en zorgvuldig om mijn polsen wikkelt. Daarna knielt ze op de grond en wrijft mijn benen in met kalk, zonder een plekje over te slaan. Haar nagels zijn perfect gevijld, maar haar handen zijn gerimpeld en ruw, ze kunnen niet de jaren verhullen zoals haar gezicht en lichaam dat doen. Ze moet al bijna veertig zijn.

Ten slotte klopt ze dik poeder in mijn handen. 'Harspoeder. Je moet je handen altijd droog houden. Anders kunnen ze wegglijden. Reken er niet op dat het net je leven redt. Als je daar te hard op neerkomt, beland je op de grond of je wordt ervanaf geworpen. Je moet in het midden van het net terechtkomen, niet aan de rand.' Er ligt geen warmte in haar stem als ze de ingestudeerde instructies afraffelt die me moeten behoeden voor een val of, als dat toch gebeurt, voor de dood. Mijn hoofd tolt: denkt ze echt dat ik dit kan?

Ze gebaart dat ik haar moet volgen naar een ladder die kaarsrecht vergrendeld naast een van de muren hangt. 'Het nummer moet natuurlijk vereenvoudigd worden,' zegt ze, alsof ze me eraan wil herinneren dat ik nooit goed genoeg zal worden. 'Er is een heel leven van training voor nodig om trapezewerker te worden. Er zijn manieren om het zo aan te pakken dat het publiek het niet merkt. Natuurlijk is er geen ruimte voor trucjes in het circus. Het publiek moet erop kunnen vertrouwen dat alles wat we doen echt is.'

Ze klimt met het gemak van een kat de ladder op en kijkt dan verwachtingsvol naar mij, terwijl ik doodstil blijf staan. Ik schat de lengte van de ladder naar het hoge plafond in. De nok moet minstens twaalf meter van de grond af zijn, met daaronder alleen een vangnet dat er afgetakeld uitziet, een meter of wat boven de harde vloer. Ik heb nooit hoogtevrees gehad, maar daar had ik ook geen reden voor: ons huis in het dorp had maar één woonlaag en in de wijde omtrek waren geen bergen. Zoiets als dit heb ik zelfs in mijn fantasie nooit gezien.

'Er is toch wel iets anders wat ik kan doen,' zeg ik, op haast smekende toon.

'Herr Neuhoff wil dat je dit leert,' reageert ze vastbesloten. 'De trapeze is in feite gemakkelijker dan veel andere acts.' Ik kan me niets moeilijkers voorstellen. Ze vervolgt: 'Ik kan je begeleiden, leren wat je moet doen. Of niet.' Ze kijkt me onbewogen aan. 'Misschien moeten we tegen Herr Neuhoff zeggen dat dit niets wordt.'

En jou de kou in sturen, lijkt haar onuitgesproken conclusie. Ik weet niet zeker of de vriendelijk ogende circuseigenaar dat echt zou doen, maar ik wil het ook niet weten. Belangrijker is dat ik Astrid niet de voldoening van haar gelijk gun.

Met tegenzin klim ik sport voor sport naar boven en probeer niet te trillen. Ik verstevig mijn greep, me afvragend wanneer de bouten voor het laatst zijn gecontroleerd en of de ladder sterk genoeg is voor ons allebei. We komen bij een klein plateau, nauwelijks groot genoeg voor twee mensen. Ik wacht tot Astrid me erop helpt. Als ze dat niet doet, klauter ik er voorzichtig zelf op, te dicht naast haar. Ze maakt een trapezestok los uit de vergrendeling.

Als Astrid van het plateau springt, gaat het heen en weer, zodat ik om me heen tast naar iets om me aan vast te houden. Ik kijk stomverbaasd naar het gemak waarmee ze door de lucht zwaait, om de stok heen buitelt, ronddraait aan slechts één hand. Dan spreidt ze haar armen als een meeuw in duikvlucht en hangt ondersteboven aan de trapeze. Ze komt weer rechtop en met een zwaai landt ze precies op het kleine stukje naast me. 'Zo moet het,' zegt ze, alsof het niets voorstelde.

Ik ben zo verbijsterd dat ik niets kan uitbrengen. Ze reikt me de trapezestok aan. Hij voelt dik en vreemd in mijn hand. 'Hier.' Ze verandert ongeduldig iets aan mijn greep.

Ik kijk van haar naar mijn handen, en dan weer naar haar. 'Dat kan ik echt niet, daar ben ik niet klaar voor.'

'Gewoon blijven hangen en zwaaien,' dringt ze aan. Ik sta als aan de grond genageld. Er zijn momenten geweest dat ik de dood onder ogen heb moeten zien – tijdens mijn bevalling toen het leven uit mijn lichaam leek weg te vloeien, toen ik de kinderen in de trein zag, en toen ik nog maar twee dagen geleden met Theo door de sneeuw strompelde. Maar nu lijkt hij, in de diepte tussen het plateau en de grond, dichterbij dan ooit.

Vreemd genoeg schiet me een beeld van mijn moeder te binnen. In de maanden dat ik van huis ben, heb ik met moeite alle gedachten aan thuis verdrongen: de lappendeken op mijn bed in de alkoof, het hoekje bij de kachel waar we altijd zaten te lezen. Ik heb mezelf niet toegestaan aan die dingen te denken, in de wetenschap dat ik, als ik maar iets van die herinneringen zou toelaten, zou worden meegesleurd in een stroom die ik niet kon stoppen. Maar nu word ik overspoeld door heimwee. Ik wil hier niet op dit kleine plateau staan en mijn dood tegemoet springen. Ik wil naar mijn moeder. Ik wil naar huis.

'Zijn er nog meer luchtacrobaten?' vraag ik om tijd te rekken.

Astrid aarzelt even. 'Nog twee, en een van hen zal ons helpen als we wat verder zijn. Maar zij doen in de eerste plaats de *Cradle Act* of het Spaanse Web, dat is mijn andere nummer. Ze werken niet met ons samen.' Dat verbaast me. Ik had gedacht dat de vliegende trapeze het hoogtepunt van de voorstelling was, het doel van iedere luchtacrobaat. Misschien willen ze ook niet met mij werken.

'Kom op,' zegt ze voordat ik nog meer vragen kan stellen. 'Je kunt ook op de stok gaan zitten, als je hier nog niet klaar voor bent. Denk maar dat je in de speeltuin bent.' Uit haar toon spreekt minachting. Ze pakt de trapezestok en duwt hem naar me toe. 'Balanceer vlak onder je achterwerk,' instrueert ze. Ik ga zitten en probeer het me zo comfortabel mogelijk te maken. 'Zo ja. Goed.' Ze laat me los. Ik zwaai van het plateau vandaan en grijp de touwen aan weerskanten zo stevig vast dat ze in mijn handen snijden.

Het heeft iets natuurlijks, zoals wanneer je je evenwicht zoekt op een boot. 'Nu naar achteren leunen.' Ze maakt zeker een grapje. Maar ze klinkt ernstig en er verschijnt geen lach op haar gezicht. Ik buig zo snel naar achteren dat ik bijna mijn evenwicht verlies en van de stok af glijd. Als ik dichter bij het plateau kom, steekt ze haar armen uit en grijpt de touwen boven de stok, waarmee ze me naar zich toe trekt en me er vanaf helpt.

Ze gaat op de stok zitten, zet af en laat los. Ik slaak een kreet als ze lijkt te vallen. Maar ze blijft aan haar knieën hangen en zwaait heen en weer met haar hoofd naar beneden. Haar donkere haar waaiert uit en haar wenkbrauwen zijn omgekeerde boogjes. Ze komt rechtop en klimt weer op het plateau. 'De kniehang,' stelt ze vast.

'Hoe ben jij bij het circus terechtgekomen?' vraag ik.

'Ik ben geboren in een circusfamilie in de buurt,' antwoordt ze. 'Niet in dit circus.' Ze reikt me de stok aan. 'Jouw beurt, en nu echt.' Ze legt de stok in mijn hand en stelt mijn greep bij. 'Spring en zwaai aan je armen.'

Ik blijf roerloos staan, mijn benen op slot. 'Als je het niet kunt, kan ik natuurlijk gewoon tegen Herr Neuhoff zeggen dat je ermee stopt,' zegt ze nog eens honend.

'Nee, nee,' zeg ik snel. 'Heel even nog.'

'Dit keer zwaai je aan je armen. Houd de stok hier.' Ze wijst vlak onder mijn heupen. 'Daarna til je hem boven je hoofd wanneer je springt om hoger te komen.'

Het is nu of nooit. Ik haal diep adem, en dan spring ik. Mijn voeten trappen in de lucht en ik spartel als een vis aan de lijn, heel anders dan de gracieuze bewegingen van Astrid. Maar ik doe het wel.

'Schop met je benen om hoger te komen,' spoort Astrid me aan. 'Dat heet de *kick-out*. Net als op de schommel toen je klein was.'

Ik schop mijn benen omhoog. 'Houd je enkels bij elkaar.' Het werkt, geloof ik. 'Nee, nee!' Astrid roept nu nog harder, haar ongenoegen galmt door de zaal. 'Houd je lichaam op één lijn als je teruggaat. Eerst in de neutrale positie. Hoofd recht.' Ze vuurt haar instructies achter elkaar op me af, ik heb moeite om ze allemaal in mijn hoofd te prenten. 'Nu naar achteren schoppen. Dat heet de *sweep*.'

Ik win aan kracht, zwaai heen en weer totdat de lucht langs mijn oren suist en Astrids stem lijkt te vervagen. De grond beweegt onder me mee. Het gaat niet eens zo slecht. Ik had jarenlang geturnd en mijn spieren worden nu weer wakker. Niet voor de salto's en draaibewegingen die Astrid had uitgevoerd, maar dit red ik wel.

Dan beginnen mijn armen pijn te doen. Ik kan niet veel langer vasthouden. 'Help!' roep ik. Ik had niet bedacht hoe ik terug moest.

'Je moet het zelf doen,' roept ze terug. 'Gebruik je benen om hoogte te bereiken.' Het is onmogelijk. Mijn armspieren branden inmiddels. Ik schop mijn benen naar voren om meer stuwkracht te krijgen. Deze keer kom ik dicht bij het plateau, maar net niet genoeg. Ik ga vallen, mezelf verwonden, misschien zelfs sterven, en waarvoor? Met een laatste wanhopige beweging schop ik mezelf de hoogte in.

Astrid grijpt de touwen als ik bij het plateau kom, trekt me naar zich toe en helpt me bij het neerkomen.

'Dat scheelde niet veel,' zeg ik hijgend, met trillende benen.

'Nog een keer,' zegt ze koeltjes, en ik kijk haar vol ongeloof aan. Ik kan me niet voorstellen dat ik nadat ik bijna ben gevallen weer daarboven hang, en al helemaal niet nu meteen. Maar als ik in mijn onderhoud en in dat van Theo wil voorzien, heb ik geen andere keus. Ik grijp weer naar de stok. 'Wacht,' roept ze. Ik draai me hoopvol om. Is ze van gedachten veranderd?

'Die daar.' Ze wijst naar mijn borsten. Ik kijk gegeneerd omlaag. Ze waren na de bevalling zwaarder geworden, ook al was de melk sindsdien opgedroogd en weggebleven. 'Die zijn te groot voor het trapezewerk.' Ze daalt de ladder af en komt terug met een rol dik verbandgaas. 'Trek je bovenstukje omlaag,' draagt ze me op. Ik kijk de sportzaal door om me ervan te overtuigen dat daar niemand is. Dan laat ik het bovenstuk zakken en probeer niet te blozen als ze me zo stevig omwikkelt dat ik het er benauwd van krijg. Ze lijkt niet te merken dat ik me opgelaten voel. 'Hier ben je mollig,' zegt ze als ze tegen mijn buik tikt, een intiem gebaar waardoor ik terugdeins. 'Dat zal wel veranderen als je gaat trainen.'

Intussen komen andere artiesten de zaal binnen druppelen. Ze rekken en jongleren in hoeken tegenover elkaar. 'Wat is er met het laatste meisje gebeurd dat hier in de trapeze werkte?'

'Geen vragen,' antwoordt ze terwijl ze een stapje naar achteren doet om het resultaat te bekijken. 'Voor het echte optreden krijg je een korset.' Dus ze denkt dat ik het misschien toch wel kan. Ik slaak zachtjes een zucht.

'Nog een keer.' Ik pak de stok en spring weer, deze keer iets minder aarzelend. 'Dans, gebruik je spieren, houd controle, en vlieg weg,' spoort ze aan. Ze is niet snel tevreden. We werken de hele ochtend aan dezelfde beweging, benen vooruit schoppen, neutrale houding, zwaaien. Ik doe mijn best om mijn voeten te strekken en me net zo te bewegen als zij. Ik probeer haar voorbeelden te volgen, maar mijn bewegingen zijn stuntelig en voelen niet vertrouwd, een aanfluiting vergeleken bij die van haar. Ik word wel al beter, denk ik. Maar ze prijst me niet. Ik blijf het proberen, wil haar steeds meer behagen.

'Dat was niet heel slecht,' erkent Astrid ten slotte. Ze klinkt bijna teleurgesteld omdat ik geen totale mislukking ben. 'Heb je dansles gehad?'

'Ik heb turnles gehad.' Meer dan alleen les, eigenlijk. Ik trainde zes dagen per week, en als het kon nog vaker. Ik was een natuurtalent geweest en ik zou misschien bij de nationale ploeg zijn ingedeeld als papa het niet een waardeloze onderneming had gevonden. Ook al heb ik meer dan een jaar niet getraind en is mijn buik slap geworden van de zwangerschap, de spieren in mijn armen en benen zijn nog steeds sterk en flexibel.

'Het is net als met turnen,' zegt Astrid. 'Alleen raken je voeten hier niet de grond.' Voor het eerst verschijnt er een flauw lachje op haar gezicht. Het verdwijnt weer even snel. 'Nog een keer.'

Er is bijna een uur verstreken en we zijn nog steeds bezig. 'Water,' zeg ik hijgend.

Astrid kijkt verbaasd, als naar een huisdier dat ze vergeten is eten te geven. 'We kunnen snel even lunchen. En daarna gaan we weer door.'

We dalen de ladder af. Ik drink wat lauw water uit mijn hand. Astrid biedt me een thermosfles aan. Ze laat zich op een van de matten vallen en uit een kleine emmer pakt ze brood en kaas. 'Niet te veel eten,' zegt ze waarschuwend. 'We kunnen maar heel even pauzeren en je wilt geen kramp krijgen.'

Ik neem een hap van het brood dat ze me aanbiedt en kijk de zaal in waar het intussen druk is geworden. Mijn ogen blijven rusten op een gezette man van rond de twintig die in de deuropening staat. Ik herinner me hem van de vorige avond. Toen stond hij ook zo sloom te kijken.

'Houd die in de gaten,' zegt Astrid zachtjes. 'Dat is Emmet, de zoon van Herr Neuhoff.' Ik wacht op meer informatie, maar die geeft ze niet. Emmet heeft net zo'n dikke buik als zijn vader, en het staat hem niet. Hij heeft een kromme rug en zijn broek wijkt een beetje op de plek waar hij aan de bretels vastzit. Hij kijkt wellustig.

Met een ongemakkelijk gevoel draai ik me om naar Astrid. 'Is het altijd zo zwaar? Het trainen, bedoel ik.'

Ze lacht. 'Zwaar? Hier in het winterverblijf is het rustpauze. Zwaar is twee en soms drie voorstellingen per dag als we onderweg zijn.'

'Onderweg?' Ik stel me een lange, verlaten weg voor, zoals in de nacht dat ik met Theo wegvluchtte.

'Op de eerste donderdag in april vertrekken we uit het winterverblijf,' legt ze uit. 'Hoe is je Frans?'

'Kan ermee door.' Ik had het een paar jaar op school gehad en ik wist dat ik aanleg voor taal had, maar het accent had ik nooit helemaal onder de knie gekregen.

'Mooi. We gaan eerst naar de stad Thiers in Auvergne.' Dat ligt hier honderden kilometers vandaan, herinner ik me. Ik zie de kaart aan de muur van mijn klaslokaal voor me. Buiten het door de Duitsers bezette gebied. Tot vorig jaar was ik nog nooit buiten Nederland geweest. Ze noemt achter elkaar steden in Frankrijk waar het circus zal optreden. Mijn hoofd tolt. 'Deze keer zijn het er minder,' zegt ze ten slotte. 'Vroeger trokken we verder, naar Kopenhagen, het Comomeer. Maar nu er oorlog is, kan dat niet.'

Het is voor mij geen teleurstelling – ik kan me nauwelijks voorstellen dat ik verder kom dan Duitsland. 'Treden we ook op in Parijs?'

'We?' herhaalt ze. Ik besef te laat mijn fout: dat Astrid me betrekt bij de toekomstplannen van het circus is één ding, maar dat ik mezelf hier een rol in toebedeel is iets anders. 'Je moet jezelf eerst bewijzen voordat je met ons mee kan.'

'Ik bedoelde, gaat het circus ook naar Parijs?' corrigeer ik mezelf snel.

Ze schudt haar hoofd. 'Daar is te veel competitie van de Franse circussen. En het is er te duur. Maar toen ik in Berlijn woonde...'

'Ik dacht dat je in Darmstadt was opgegroeid,' val ik haar in de rede.

'Ik ben hier geboren bij het circus van mijn familie. Maar ik ben toen ik trouwde een tijdje weg geweest.' Ze friemelt aan het gouden ringetje in haar linkeroor. 'Vóór Peter.' Haar stem wordt zacht.

'Peter... de man die gisteravond bij je was?' De sombere man die in de hoek van mijn kamer zat te roken, had weinig gezegd. Zijn donkere ogen gloeiden intens.

'Ja,' zegt ze. Haar blik wordt ineens behoedzaam, als een deur die dichtslaat. 'Je moet niet zoveel vragen stellen,' voegt ze er bits aan toe.

Ik had maar een paar dingen gevraagd, wil ik ter verdediging aanvoeren. Maar soms voelt één vraag alsof het er duizend zijn – zoals de vorige avond toen Herr Neuhoff naar mijn verleden vroeg. Maar er zijn zoveel andere dingen die ik nog over Astrid wil weten, zoals waar haar familie is gebleven en waarom ze nu in het circus van Herr Neuhoff werkt.

'Peter is een clown,' zegt Astrid. Ik kijk de zaal in naar het handjevol andere artiesten die binnen zijn gekomen, een goochelaar en een man met een aap, maar Peter zie ik niet. Ik haal me zijn grove kozakkentrekken voor de geest, de schuin aflopende snor en zijn hangwangen. Hij kan alleen maar een trieste clown zijn, passend in deze droefgeestige tijd.

Als op afroep komt Peter de sportzaal in. Hij draagt niet de schmink die ik van een clown zou verwachten, maar wel een wijde broek en een slappe hoed. Zijn blik ontmoet die van Astrid. Hoewel er meer mensen in de zaal zijn, voel ik me ineens een indringer. Hij komt niet naar ons toe, maar ik voel zijn genegenheid voor haar als hij haar aankijkt. Hij loopt naar een piano in de achterste hoek van de zaal en zegt iets tegen de man die erachter zit, waarna die begint te spelen.

Als Astrid me aankijkt is haar gezicht weer hard en zakelijk. 'Je broertje lijkt totaal niet op jou,' zegt ze dan.

Ze overvalt me nu ze ineens van onderwerp verandert. 'Op mijn moeder,' huichel ik. 'Zij had een heel donkere huid.' Ik moet mijn natuurlijk instinct bedwingen om niet te veel informatie te geven. Ik zet me schrap voor een spervuur van vragen, maar Astrid lijkt tevreden met het antwoord en eet zwijgend verder.

Achter in de zaal is Peter aan het repeteren, hij loopt met gestrekte benen om op overdreven wijze marcherende Duitse soldaten na te doen. Ik word nerveus als ik naar hem kijk. Ik draai me om naar Astrid. 'Dat gaat hij toch zeker niet in de voorstelling doen?' Ze reageert niet, maar staart naar hem met half dichtgeknepen ogen van angst.

Herr Neuhoff komt binnen en loopt de zaal door, sneller dan ik had gedacht voor iemand van zijn leeftijd en gewicht. Hij waggelt naar Peter, met een gezicht dat niet veel goeds voorspelt. Had hij Peter door een van de ramen zien repeteren, of had iemand hem verteld wat die aan het doen was? De muziek stopt abrupt. Herr Neuhoff spreekt Peter toe. Hoe zacht hij ook praat, hij gebaart wild met zijn handen. Peter schudt heftig het hoofd. Astrid fronst ongerust haar wenkbrauwen als ze naar de twee mannen kijkt.

Even later komt Herr Neuhoff met een rood hoofd naar ons toe. 'Je moet met hem praten,' vaart hij uit tegen Astrid. 'Dat nieuwe nummer waarin hij de spot drijft met de Duitsers...'

Astrid heft haar handen in een wanhoopsgebaar. 'Ik kan hem niet tegenhouden. Zo'n artiest is hij nu eenmaal.'

Herr Neuhoff is nog niet klaar. 'We houden ons constant gedeisd, we blijven buiten de strijd – op die manier heb ik dit circus aan de gang kunnen houden – en we beschermen iedereen.' Waarvoor, wil ik vragen. Maar ik durf niet. 'Zeg het hem, Astrid,' dringt Herr Neuhoff op zachte toon aan. 'Naar jou luistert hij wel. Zeg het hem – anders haal ik hem uit de voorstelling.'

Een verontruste trek glijdt over Astrids gezicht. 'Ik zal het proberen,' belooft ze.

'Zou hij dat doen?' Ik kan de vraag niet inhouden als Herr Neuhoff het gebouw uit is. 'Peter uit het programma schrappen, bedoel ik.'

Ze schudt haar hoofd. 'Peter is een van de grootste attracties van het circus en zijn nummers houden de hele boel bij elkaar. Zonder hem is er geen voorstelling,' voegt ze eraan toe. Maar ze is nog wel van streek. Haar hand trilt als ze haar boterham weglegt waar ze nog bijna niets van heeft gegeten. 'We kunnen beter doorgaan met repeteren van het volgende deel.'

Ik slik haastig een hap door. 'Is er nog meer?'

'Denk je dat mensen alleen betalen om jou daar als een aap te zien hangen?' Astrid lacht wrang. 'Je bent nog maar net begonnen. Alleen wat heen en weer zwaaien is niet genoeg. Dat kan iedereen. Wij moeten dansen in de lucht, dingen doen die onmogelijk lijken. Maak je geen zorgen, ik kom achter je aan, ik vang je op als je gaat vliegen.'

De hap blijft in mijn keel steken als ik eraan denk hoe zij door de lucht heen tuimelde. 'Vliegen?' kan ik nog net uitbrengen.

'Ja. Daarom heet het de vliegende trapeze. Jij bent degene die vliegt, je laat los en komt naar me toe. Ik ben de vanger.' Ze loopt naar de piste.

Maar ik blijf staan waar ik sta, zonder een voet te verzetten. 'Waarom moet ik degene zijn die loslaat?' waag ik.

'Omdat ik er niet op vertrouw dat jij mij opvangt.' Ze klinkt kil. 'Kom mee.'

Ze loopt naar een ladder aan de andere kant van de zaal, parallel aan die we eerder beklommen, maar deze lijkt steviger. Als ik haar wil volgen schudt ze haar hoofd. 'Jij werkt aan die kant, met Gerda.' Ze gebaart naar een andere acrobate die ik niet had zien binnenkomen en die de ladder opklimt die Astrid en ik daarvoor hadden gebruikt. Ik klim achter haar aan. Boven staan Astrid en ik op twee plateaus tegenover elkaar, een wereld van elkaar vandaan. 'Je gaat net als eerst heen en weer zwaaien. En als ik het zeg, laat je los. Ik doe de rest.'

'En Gerda?' vraag ik om tijd te rekken.

'Zij duwt de stok naar je toe zodat je die op de terugweg kunt vastpakken,' antwoordt Astrid.

Ik staar haar vol ongeloof aan. 'Dus ik moet twee keer loslaten?'

'Ja, of je moet vleugels hebben. Hoe dan ook moet je zien terug te komen.' Astrid grijpt de stok en springt, dan buitelt ze rond zodat ze aan haar benen hangt. 'Nu jij.'

Ik spring erop en schop mijn voeten omhoog. 'Hoger, hoger,' dringt ze aan, met haar armen naar me uitgestrekt. 'Je moet boven mij zijn als ik zeg dat je moet loslaten.' Ik dwing mijn voeten nog hoger. 'Beter. Als ik het zeg. Drie, twee, een – nu!' Maar mijn handen blijven aan de stok.

'Stommeling!' roept ze. 'In het circus hangt alles af van timing, van synchroon bewegen. Je moet naar me luisteren. Anders zijn we door jouw schuld straks allebei dood.'

Het lukt me het plateau te bereiken en daarna klim ik de ladder af en kom naast Astrid op de grond staan. 'Je moet bij turnen toch ook loslaten,' zegt ze, duidelijk gefrustreerd.

'Dat was anders,' zeg ik. Dat scheelde een meter of tien, voeg ik er in gedachten aan toe.

Ze slaat haar armen over elkaar. 'Er is geen enkel nummer waarbij je niet moet loslaten.'

'Dat kan ik echt niet,' houd ik vol. We staren elkaar even aan zonder iets te zeggen.

'Als je weg wilt, ga dan. Niemand had meer van je verwacht.' Haar woorden zijn een klap in mijn gezicht.

'En jij nog het minst,' zeg ik scherp. Ze wil dat ik faal. Ze wil me hier niet.

Astrid knippert met haar ogen, haar blik verraadt iets van woede en verbazing. 'Hoe durf je?' zegt ze, en ik vrees dat ik te ver ben gegaan.

'Het spijt me,' zeg ik snel. Haar trekken verzachten wat. 'Maar is het dan niet waar? Jij denkt toch dat ik het niet kan.'

'Nee, ik dacht niet dat het iets zou worden toen Herr Neuhoff het voorstelde.' Haar toon is neutraal, zakelijk. 'En nog steeds niet.'

Ze pakt mijn arm en ik houd mijn adem in, hopend dat ze iets geruststellends zegt. In plaats daarvan trekt ze het tape van mijn pols. Ik slaak een kreet, mijn huid brandt. We kijken elkaar aan zonder te knipperen. Ik wacht tot ze zegt dat ik weg moet. We moeten vast en zeker gaan.

'Kom morgen terug,' zegt ze iets rustiger. 'Dan proberen we het nog een laatste keer.'

'Dank je wel,' zeg ik. 'Maar Astrid...' Mijn stem klinkt smekend. 'Er is toch wel iets anders wat ik kan doen.'

'Morgen,' zegt ze nog eens voordat ze wegloopt. Ik kijk haar na, mijn maag voelt loodzwaar. Ook al ben ik dankbaar voor die tweede kans, ik weet dat het hopeloos is. Morgen of over een jaar, het gaat me nooit lukken.

# 6

## Noa

Theo slaapt op mijn borst, zoals hij dat graag doet, met zijn warme wangetje tegen me aan. 'Je moet hem alleen leggen,' heeft Greta, de huishoudster die op Theo past als ik train, meer dan eens geroepen in de twee weken dat we hier zijn. 'Als hij niet leert om alleen rustig te worden, zal hij nooit goed slapen.' Ik laat me er niet door van de wijs brengen. Als ik overdag niet train, houd ik Theo in mijn armen tot ze pijn doen. Elke nacht ligt hij dicht tegen me aan zodat ik zijn hart voel kloppen, als een van de poppen die ik als kind had tot leven gekomen. Soms lijkt het alsof ik zonder hem niet kan ademen.

Nu ik hier lig in de stilte van het vrouwenverblijf, zie ik hem op mijn borst rijzen en dalen in het smalle bed. Hij beweegt en tilt zijn hoofdje op, wat hij sinds kort kan. Zijn blik volgt me altijd, waar ik ook ga. Een wijze, oude ziel die aandachtig luistert en wie niets ontgaat. We kijken elkaar aan en hij schenkt me een brede, tandeloze tevreden glimlach. Heel even zijn we alleen op de wereld. Ik sla mijn armen nog steviger om hem heen. Elke avond is er dat moment waarop Astrid me laat gaan, vlak voor ik hier binnenkom, waarop ik blij word bij het vooruitzicht Theo te zien. Een deel van me is bang dat hij misschien een hersenspinsel van me is geweest, of dat hij is verdwenen omdat ik zo lang weg was. Dan pak ik hem op, hij nestelt zich in mijn armen en ik ben thuis. Ook al is het nog maar een paar weken, ik heb het gevoel dat Theo altijd al van mij is geweest.

Er zouden twee zoontjes kunnen zijn, houd ik mezelf voor – als ik mijn kind weer vond. Zou zoiets kunnen? Ik stel me de jongens samen voor als ze een jaar of drie zijn. Ze zouden in leeftijd weinig schelen, bijna een tweeling. Dat zijn gevaarlijke gedachten, die ik mezelf tot nu toe niet heb toegestaan.

Ik trek de deken dichter om me heen. Ik droomde vannacht van mijn ouders. Mijn vader was aan de rand van het winterverblijf verschenen en ik rende naar hem toe om hem te omhelzen en te smeken me mee naar huis te nemen. Maar ik was wakker geworden bij het koele daglicht dat naar binnen viel. Naar huis gaan is een droom waar ik me al die maanden in ballingschap aan heb vastgehouden. Toen ik bij het circus kwam, stelde ik me voor daar een paar weken te blijven om op krachten te komen en daarna een normale baan te zoeken en genoeg geld te verdienen om terug naar Nederland te kunnen. Maar mijn ouders accepteerden me niet met een kind van mijzelf, en ze zullen me zeker niet verwelkomen met Theo. Nee, ik kan niet naar huis. Maar ik moet Theo nog wel uit Duitsland zien te krijgen. We kunnen hier niet blijven.

Het gedreun van metaal stoort me in mijn gedachten. De geluiden van het circus vroeg in de ochtend, het gelach en gekibbel van de artiesten als ze gaan trainen, werkmannen die wagens en andere apparaten repareren, dieren die opstandig janken. Als ik er ooit bij had stilgestaan had ik misschien gedacht dat het leuk zou zijn om bij een circus te werken. Maar het is een act en de uitputtende choreografie is zwaar. Zelfs in het winterverblijf, waar de circusmensen tot rust zouden moeten komen, zijn ze al voor dag en dauw op om allerlei karweitjes te doen en urenlang te trainen, minstens zes uur per dag.

Met tegenzin sta ik op en leg Theo in de mand. Zijn ogen volgen me als ik naar de wastafel ga. Ik maak het bed op, strijk over de lakens die, hoewel veel ruwer dan het fijne linnen in de villa, nog steeds een stuk beter zijn dan waar ik onder heb geslapen sinds ik van huis weg ben. Ik nam mijn intrek in het verblijf op de dag na mijn aankomst. Het is een lange zaal, met twee rijen bedden, zoals in een kostschool. Er is nu bijna niemand, de meeste meisjes zijn al weg om te trainen of klusjes te doen. Ik kleed me snel aan en loop met Theo naar de deur. Ik wil niet de indruk wekken dat ik lui ben. Ik moet hard werken om hier mijn plek te verdienen.

Ik loop met Theo naar de voorkant van het gebouw, waar een stuk of vijf peuters op de grond spelen. Met tegenzin geef ik hem aan Greta, die hem tegen zich aan drukt en hem onder zijn kin kriebelt totdat hij het uitkraait. Jaloezie knaagt en ik vecht tegen de opwelling hem weer uit haar armen te pakken. Ik vind het nog steeds niet fijn om hem te moeten delen.

Ik ruk mezelf ervan los en ga op weg naar de sportzaal. De winter is bijna afgelopen. Het is niet meer zo bijtend koud en de sneeuw smelt, zodat er nu overal modder ligt en het naar veengrond ruikt. De vogels, op zoek naar zaadjes, laten hun vrolijke roep horen. Als het weer het toestaat loop ik 's avonds voordat het te donker wordt met Theo over het circusterrein langs de sportzaal naar de stallen waar de tijger, de leeuwen en andere dieren in kooien zitten. Ze lijken hier niet op hun plaats in een landschap van besneeuwde dennen, alsof ze in het verkeerde prentenboek terecht zijn gekomen. Het aantal te verkennen plekjes lijkt eindeloos, van het werkkwartier waar de was wordt gedaan langs de vrachtwagens tot de gang waar de clowns oefenen.

Ik nader de sportzaal en blijf staan terwijl ik mijn angst probeer te onderdrukken. Ook al heb ik elke dag met Astrid geoefend, ik heb nog steeds niet durven loslaten. Elke dag verwacht ik dat ze het opgeeft en me wegstuurt. Kom morgen terug, zegt ze alleen maar.

Ze heeft me er nog niet uit geschopt. Maar ze behandelt me als een last, ze laat duidelijk merken dat ze me hier liever niet heeft en me tolereert totdat ik vertrek. Ik vraag me steeds af waar die weerzin vandaan komt. Is het omdat ik nieuw ben en geen talent heb? En toch is ze niet altijd zo gemeen. Een paar dagen na mijn komst had ze me een kleine doos gegeven. Er zaten kleren in voor Theo en mij. Iedereen had iets bijgedragen. Toen ik de verschoten babymutsjes en -sokjes eruit haalde, de blouses voor mij die vele malen versteld waren, was ik aangedaan, niet alleen door het gulle gebaar van de circusmensen die zelf weinig konden missen, maar door Astrid, die eraan had gedacht om dit voor ons bijeen te zamelen. Misschien wilde ze toch wel niet dat we weggingen.

Maar toen ik de vorige dag bij de sportzaal aankwam, had ik haar en Herr Neuhoff zachtjes horen praten. 'Ik doe wat ik kan,' zei Astrid.

'Je moet meer doen,' wierp Herr Neuhoff tegen.

'Ik kan haar niet klaarstomen als ze niet durft los te laten,' hield Astrid vol. 'We moeten iemand anders vinden voordat we op tournee moeten.' Toen liep ik weg, omdat ik niet wilde horen wat er zou gebeuren als onze afspraak niet lukte. Ik had aanvankelijk gezegd dat ik het maar twee weken zou proberen. Maar nu die voorbij waren, merk ik dat ik langer wil blijven en wil blijven proberen – en niet alleen omdat we nergens anders naartoe kunnen.

Wanneer ik de sportzaal binnen kom, zie ik tot mijn verbazing dat Astrid al op het plateau is waar ik meestal sta. Ben ik te laat? Ik bereid me voor op een uitbrander. Maar ze grijpt de rekstok en springt.

'Hup!' Gerda zwaait van het achterste plateau af om haar te vangen. Een vreemde brok komt in mijn keel als ik Astrid met iemand anders zie werken. Maar ik zie wel hoe erg ze het mist om door de lucht te vliegen. Ze moet wel een hekel aan me hebben nu ik haar plaats inneem.

Gerda laat Astrid terugvliegen en slingert naar haar eigen plateau. Het is alsof Astrid nu een wild beest temt en de trapeze aan haar eigen wil onderwerpt. Ze draait rond aan haar enkels, aan een enkele knie, en raakt nauwelijks de rekstok aan waaraan ik me altijd vastklamp. Gerda kijkt zonder belangstelling, bijna met afkeer naar Astrid. Zij en de andere vrouwen mogen haar niet. Al een paar dagen na mijn aankomst hoorde ik hen fluisteren: ze nemen het Astrid kwalijk dat ze is teruggekomen en haar positie als beste luchtacrobate heeft ingenomen, terwijl zij daar jaren voor hadden gewerkt, en omdat ze nu met Peter is, een van de weinige begerenswaardige mannen die er nog waren in de oorlog. De meisjes thuis waren ook zo, kritisch fluisterend achter andermans rug. Waarom zijn we zo hard voor elkaar, vraag ik me af. Had de wereld het ons nog niet moeilijk genoeg gemaakt? Maar als Astrid hun kille houding al opmerkt, ze lijkt zich er niet aan te storen. Of misschien heeft ze hen gewoon niet nodig. Mij heeft ze zeker niet nodig.

'Wat is ze geweldig, hè,' zegt een zware stem. Ik had Peter niet achter me horen binnenkomen. We staan zwijgend te kijken als Astrid nog hoger de lucht in zwaait. Het is alsof zijn ogen dansen terwijl hij haar volgt. Hij houdt even zijn adem in als Astrid zich de hoogte in werpt en niet een, niet twee, maar drie keer ronddraait. Ze tolt rond en tart de zwaartekracht.

Maar dan begint ze op grote snelheid te vallen. Peter stapt naar voren en blijft dan machteloos staan. Hij slaakt een zucht als Gerda, die haar kant op zwaait, haar enkel grijpt voordat ze naar beneden stort. 'De drievoudige salto,' zegt hij als hij bijkomt van de schrik. 'Er zijn maar een paar mensen op de wereld die dat kunnen.' Hij probeert het terloops te zeggen, maar ik zie zweetdruppeltjes op zijn voorhoofd en zijn gezicht dat opgelucht ontspant.

'Ze is fantastisch,' zeg ik vol bewondering. Op dat moment wil ik niet zoals zij zijn – ik wil háár zijn.

'Was ze alleen maar niet zo'n gevaar voor zichzelf,' zegt Peter zo zacht dat het vast niet voor mijn oren bedoeld is.

Astrid komt aan op het plateau en klimt de ladder af. Ze is helemaal bezweet, maar haar gezicht straalt. Peter en zij kijken elkaar aan met een gretigheid die me het idee geeft dat ik te veel ben, ook al waren ze nog maar een paar uur daarvoor samen geweest, te oordelen naar Astrids bed in het vrouwenverblijf dat de hele nacht leeg was gebleven.

'Klaar?' vraagt ze als ze zich mijn aanwezigheid lijkt te herinneren, zonder haar blik van Peter los te maken.

Ik knik en ga de ladder op. Onder me zijn een stuk of zes andere artiesten aan het repeteren; ze draaien hoepels rond, maken salto's en lopen op hun handen. Mijn werkrooster met Astrid is elke dag hetzelfde als op de eerste dag: trainen van zeven tot vijf, met een korte onderbreking voor een boterham. Ik geloof wel dat ik beter ben geworden. Maar ondanks al het oefenen heb ik nog niet kunnen loslaten, niet daadwerkelijk kunnen vliegen. Het is niet dat ik het niet probeer. Ik zwaai eindeloos om mijn armen sterker te maken. Ik hang ondersteboven tot het bloed naar mijn hoofd stroomt en ik niet meer kan denken. Maar loslaten kan ik niet – en als ik dat niet doe, zegt Astrid steeds weer, is er geen optreden.

We beginnen met de oefeningen die we vaker hebben gedaan: aan mijn handen zwaaien, daarna ondersteboven aan de rekstok. 'Let op je armen, ook als ze achter je rug zijn,' commandeert Astrid. 'Dit is niet alleen maar een optreden. Een theater is tweedimensionaal, als een schilderij. Daar ziet het publiek alleen de voorkant. Maar in het circus zit het publiek overal om ons heen, als om een beeldhouwwerk. Beweeg sierlijk, als in ballet. Verzet je niet tegen het luchtledige, sluit er vriendschap mee.'

We werken de hele ochtend toe naar het moment dat ik had gevreesd. 'Klaar?' vraagt Astrid ten slotte na een korte pauze. Ik kan er niet langer omheen. Ik klim de ladder op, Gerda volgt en komt naast me op het plateau staan.

'Je moet loslaten op het hoogste punt van de zwaai,' roept Astrid luid vanaf haar plateau. 'En een seconde later vang ik je op.' Het klinkt logisch, maar als ik spring durf ik net als alle keren daarvoor niet los te laten.

'Dit heeft geen zin,' zeg ik luid. Als ik hulpeloos van de rekstok spring, zie ik door een van de hoge ramen van de sportzaal een glimp van de horizon. Daar achter de heuvels loopt een weg Duitsland uit, een weg naar veiligheid en vrijheid. Konden Theo en ik maar daarheen vliegen. Ineens komt er een gedachte bij me op: ga met het circus mee naar Frankrijk. Als we verder van Duitsland weg zijn, hebben Theo en ik een kans om ergens naartoe te vluchten waar we veilig zijn. Maar als ik niet durf los te laten zal dat nooit gebeuren.

'Dit was het?' vraagt Astrid als ik weer op het plateau ben. Ze probeert neutraal te klinken, alsof ze al te vaak in anderen teleurgesteld is om dat nog eens te laten gebeuren. Maar daaronder hoor ik een bedroefde toon. Ergens heeft ze gedacht dat ik het zou kunnen – wat mijn falen nog erger maakt.

Ik kijk weer uit het raam, mijn droom om met Theo te ontsnappen lijkt nog minder realistisch. Het circus is onze vluchtweg uit Duitsland – of zou dat zijn als ik dit durf. 'Nee!' flap ik eruit. 'Ik bedoel, ik wil het nog een keer proberen.'

Astrid haalt haar schouders op, alsof ze het al opgegeven had. 'Zoals je wilt.'

Als ik spring, komt Astrid van het plateau tegenover me aan haar voeten mijn kant op. 'Hup,' roept ze. Bij de eerste keer laat ik niet los.

Astrid zwaait hoger en komt voor de tweede keer naar me toe. 'Doe het!' beveelt ze. Ik herinner me Astrids gesprek met Herr Neuhoff de vorige dag, en besef dat de tijd dringt.

Het is nu of nooit. Alles hangt ervan af.

Ik kijk Astrid aan en in die ene seconde is mijn vertrouwen volledig. 'Nu!' commandeert ze.

Ik laat de stok los. Met mijn ogen dicht schiet ik door de ruimte. Ik vergeet alles wat Astrid me heeft geleerd, zwaai wild met mijn armen en benen, waardoor ik alleen maar sneller val. Ik kom haar kant op, maar te laag. Ze kan me niet vastpakken en ik tuimel naar voren. Er is nu niets tussen mij en de grond, die in mijn val steeds dichterbij komt. Op dat moment zie ik Theo voor me en ik vraag me af wie er voor hem zal zorgen als ik er niet meer ben. Ik doe mijn mond open, maar voordat ik kan schreeuwen zijn Astrids handen om mijn enkels. Ze heeft me vast.

Maar het is nog niet voorbij. Ik hang ondersteboven, hulpeloos als een kalf dat geslacht gaat worden.

'Reik omhoog,' beveelt ze, alsof dat zo simpel is. 'Ik kan je niet helpen. Dit moet je zelf doen.' Ik gebruik al mijn krachten om tegen de zwaartekracht in omhoog te komen, en met de grootste krachtsinspanning van de wereld lukt het me haar vast te pakken.

'Oké, als ik "nu" zeg duw ik je terug met een halve draai, zodat je met je gezicht naar de rekstok komt,' instrueert ze me.

Ik verstar. Ze kan toch niet serieus verwachten dat ik weer door de lucht vlieg naar de rekstok, die mijlen van me vandaan snel heen en weer gaat. 'Dat kan ik echt niet.'

'Je moet. Nu!' Ze duwt me de lucht in en de rekstok vindt mijn vingers. Ik pak hem stevig vast, en dan begrijp ik dat ik bijna niets hoef te doen – ze kan me laten voortbewegen als een marionet. Maar het blijft angstaanjagend.

Ik land met trillende benen op het plateau en Gerda helpt me mijn evenwicht te vinden. Astrid, die van de andere kant op ons toe komt, wacht totdat Gerda weg is voordat ze me aanspreekt. 'Dat scheelde niet veel,' zeg ik. Ik wacht op een woord van waardering omdat ik uiteindelijk heb kunnen loslaten.

Maar ze staart me aan en ik vraag me af of ze boos is en me mijn paniek kwalijk neemt. 'Je broertje,' zegt ze dan. Ingehouden woede laait ineens op in haar ogen.

De plotselinge overgang overvalt me. 'Ik begrijp niet...' Ze heeft het na de eerste dag dat we gingen oefenen niet over Theo gehad. Waarom vraagt ze nu naar hem?

'Ik geloof je namelijk niet.' Ze zegt het tussen opeengeklemde kaken, met onverholen woede. 'Ik denk dat je liegt. Theo is je broertje niet.'

'Natuurlijk wel,' stamel ik. Waarom denkt ze dit nu ineens?

'Hij lijkt in niets op jou. We hebben je onderdak gegeven, en jij maakt gebruik van ons en liegt tegen ons.'

'Dat is niet waar,' protesteer ik.

Ze gaat onverdroten door. 'Ik denk dat je in de problemen zit. Hij is je bastaardkind.'

Ik deins achteruit, even geschokt door dat harde woord als door het feit dat ze bijna de waarheid heeft ontdekt. 'Maar je zei toch net dat hij in niets op mij lijkt?'

'Op de vader dan,' houdt ze vol.

'Theo is niet mijn kind.' Ik spreek elk woord langzaam en overwogen uit. Het doet vreselijk veel pijn om hem te ontkennen.

Ze zet haar handen in haar zij. 'Hoe kan ik met jou werken als ik je niet kan vertrouwen?' Ze wacht mijn antwoord niet af. 'Het is uitgesloten dat hij je broertje is.'

En dan duwt ze me krachtig van het plateau af.

Ineens suis ik door de lucht, zonder zelfs een rekstok waaraan ik me kan vastgrijpen. Ik doe mijn mond open om te schreeuwen, maar ik krijg geen adem. Het is bijna een droom waarin je vliegt, alleen val ik recht naar beneden. Geen trapeze, geen training kan me nu helpen. Ik bereid me voor op de klap en de pijn en het donker die onvermijdelijk zullen volgen. Het net was beslist niet berekend op iemand die er met zo'n vaart in terecht zal komen.

Ik land in het net, waardoor het een flink stuk naar de grond zakt, zo dichtbij dat ik het hooi waar de stank van mest niet helemaal uit is verdwenen kan ruiken. Dan veer ik omhoog, weer vlieg ik door de lucht, nog net behoed voor de klap. Pas als ik de derde keer in het deinende net terechtkom zonder dat het opveert maar als een schommelwieg heen en weer golft, dringt het tot me door dat ik dit ga overleven.

Ik blijf even liggen om op adem te komen, wachtend tot een van de andere artiesten me komt helpen. Maar ze zijn allemaal verdwenen. Misschien voorvoelden ze of zagen ze problemen aankomen waar ze niet bij betrokken wilden raken. Alleen Astrid en ik zijn nog in de sportzaal.

Ik klauter uit het net en loop dan naar Astrid, die de ladder af is gedaald. 'Hoe kon je dat nou doen?' vraag ik verontwaardigd. Nu is het mijn beurt om kwaad te zijn. 'Je hebt me bijna de dood ingejaagd.' Ik weet dat ze me niet mag, maar ik had echt niet gedacht dat ze me dood wilde hebben.

Ze glimlacht zelfvoldaan. 'Zelfs ik zou doodsbang zijn geweest. Ik zal het je niet kwalijk nemen als je het opgeeft.'

Ik trek mijn schouders uitdagend naar achteren. 'Ik ga niet weg.' Na wat er zojuist is gebeurd, gun ik haar die voldoening niet.

Herr Neuhoff stormt naar binnen, kennelijk is hij buiten gealarmeerd door mijn val. 'Lieve kind, gaat het? Wat een ramp!' Als hij ziet dat ik in orde ben, doet hij een stap terug en slaat zijn armen over elkaar. 'Wat is er gebeurd? We kunnen hier geen ongeluk hebben of vragen die het oproept. Dat weet je toch.' Dat laatste zegt hij tegen Astrid.

Ik aarzel. Astrid kijk me ongemakkelijk van opzij aan. Ik zou hem de vreselijke waarheid kunnen vertellen over wat zij heeft gedaan. Maar zonder gedegen bewijs zou hij me misschien niet geloven. En wat zou dat oplossen? 'Mijn handen moeten weggegleden zijn,' lieg ik.

Herr Neuhoff kucht, steekt zijn hand in zijn zak en haalt er een pil uit. Het is voor het eerst dat ik hem dat zie doen. 'Bent u ziek?' vraagt Astrid.

Hij wuift haar vraag weg als niet ter zake doende. 'Je moet voorzichtig zijn,' waarschuwt hij me. 'Train deze week twee keer zoveel. Neem geen risico door iets te wagen waar je nog niet klaar voor bent.' Dan richt hij zich tot Astrid. 'En oefen geen druk op haar uit voordat ze er klaar voor is.'

'Ja, meneer,' zeggen we bijna in koor. Herr Neuhoff loopt met zware stappen de zaal uit.

Op dat moment gebeurt er iets tussen Astrid en mij. Ik had haar niet verraden. Ik wacht tot ze iets zegt.

Maar ze loopt alleen weg.

Ik volg haar naar de kleedkamer en voel mijn woede toenemen. Wie denkt ze dat ze is om me zo te behandelen? 'Hoe kon je?' vraag ik briesend, te kwaad om beleefd te zijn.

'Waarom vertrek je niet als je het hier zo vreselijk vindt,' zegt ze uitdagend. Ik denk na over de optie: misschien zou ik moeten gaan. Er is niets wat me hier houdt. Ik ben fit en het weer is goed, dus waarom ga ik niet met Theo naar de dichtstbijzijnde stad om een normale baan te zoeken? Zelfs met ons tweeën, zonder iets, zouden we beter af zijn dan hier blijven waar we niet gewenst zijn. Ik had het al eens gedaan, ik zou het weer kunnen doen.

Maar ik kan dit niet over mijn kant laten gaan. 'Waarom?' wil ik weten. 'Wat heb ik je misdaan?'

'Niets,' geeft Astrid snuivend toe. 'Je moest aan den lijve ondervinden hoe het is om te vallen.'

Dus ze had het met opzet gedaan. Waarom precies? Niet om me de dood in te jagen; ze wist dat het net me zou opvangen. Nee, ze wilde me bang maken, zodat ik zou opgeven. Weer vraag ik me af waarom Astrid zo'n hekel aan me heeft. Is het alleen omdat ze vindt dat ik het slecht doe in de trapeze en denkt dat het me nooit zal lukken? Ik had gedaan wat ze wilde en losgelaten. Nee, het is meer dan dat. Ik herinner me de woede die in haar ogen oplaaide toen ze me ervan beschuldigde dat ik had gelogen over Theo en mijn verleden. Ik hoor nog haar woorden: Hoe kan ik met je werken als ik je niet kan vertrouwen? Als ik haar de waarheid vertel over mijn verleden, accepteert ze me misschien. Of het zou de druppel kunnen zijn om me definitief weg te willen hebben.

Ik haal diep adem. 'Je had gelijk. Theo is… niet mijn broertje.' Een veelbetekenend lachje speelt rond haar lippen. 'Maar het is niet wat jij denkt,' voeg ik er snel aan toe. 'Hij is Joods.'

Haar zelfvoldane blik verdwijnt. 'Hoe kom je dan aan hem?'

Ik heb geen reden om haar te vertrouwen. Ze heeft een hekel aan me. Maar ik vertel verder. 'Ik werkte in het treinstation van Bensheim als schoonmaakster.' Ik laat weg waardoor ik daar terecht was gekomen – mijn eigen zwangerschap. 'En op een avond stond er een goederenwagon. Hij was volgeladen met baby's die bij hun ouders weggehaald waren.' Mijn stem hapert even als ik ze weer op de koude vloer van de wagon zie liggen, alleen, in hun laatste ogenblikken. 'Theo was een van hen,' vervolg ik, en ik vertel dat ik hem had opgepakt en met hem was gevlucht.

Als ik klaar ben, staart ze me even aan zonder iets te zeggen. 'Dus het verhaal dat je aan Herr Neuhoff hebt verteld was een leugen.'

'Ja. Nu begrijp je waarom ik niets kon zeggen.' Mijn hele lichaam ontspant van opluchting nu ik althans iets van het verhaal met haar heb kunnen delen.

'Weet je, juist Herr Neuhoff is iemand die dat zou begrijpen,' zegt ze.

'Dat weet ik, maar omdat ik het niet meteen aan het begin heb verteld... kan ik dat nu niet meer doen. Zeg alsjeblieft niets tegen hem.' Ik hoor de smekende toon in mijn eigen stem.

'En Theo, die heb je gewoon meegenomen ?' vraagt ze.

'Ja.' Ik houd mijn adem in, wachtend op haar reactie.

'Dat was dapper van je,' zegt ze ten slotte. Het compliment komt eruit alsof ze het maar met moeite kan toegeven.

'Ik had er meer moeten meenemen,' zeg ik. Het verdriet dat ik elke keer voel als ik aan die kinderen denk, welt op en dreigt door te breken. 'Er waren er nog zoveel meer.' Die zijn nu vast allemaal dood.

'Nee, als je er meer had meegenomen zou je de aandacht op je hebben gevestigd, en had je niet zo ver kunnen komen. Maar waarom heb je de baby niet gewoon mee naar huis genomen?' vraagt ze. 'Je ouders hadden dat vast wel begrepen en zouden je geholpen hebben.'

Ik wil haar de rest van het verhaal vertellen, uitleggen waarom mijn ouders zo kwaad waren geweest. Maar de woorden blijven in mijn keel steken. 'Wat ik over mijn vader zei, dat hij een wrede man was, was waar,' weet ik uit te brengen, nogmaals mijn toevlucht nemend tot dat deel van de leugen. 'Daarom ben ik weggegaan, daarom werkte ik in eerste instantie op dat station.'

'En je moeder?'

'Die is niet zo dapper.' Weer een gedeeltelijke waarheid. 'En ik wilde hen ook niet in de problemen brengen.' Astrid kijkt me onbewogen aan en ik wacht tot ze me erop zal wijzen dat ik in plaats daarvan haar en de rest van het circus met problemen heb opgezadeld. Ik had haar over Theo verteld in de hoop dat ze me eerder zou accepteren. Maar wat als het tegenovergestelde waar is?

Buiten klinkt plotseling het geluid van een auto die met piepende remmen tot stilstand komt, gevolgd door onbekende mannenstemmen. Ik draai me om naar Astrid. 'Wat is dat?' Maar zij heeft zich omgedraaid en is via de achterdeur van de kleedkamer naar buiten gerend.

Voordat ik haar na kan roepen, vliegt de voordeur van de kleedkamer open en twee mannen in uniform komen binnen, gevolgd door Peter. 'Heren, ik verzeker u…' Ik blijf stokstijf staan, mijn benen lijken van steen. Het zijn de eerste Duitsers die ik zie sinds mijn komst naar Darmstadt, en ze zijn niet van de *Schutzpolizei* die ik op het station had gezien, maar zelfs van de SS. Komen ze voor mij? Ik had gehoopt dat mijn verdwijning met Theo allang vergeten zou zijn. Maar ik kan zo gauw niet bedenken wat ze hier anders zouden komen doen.

'*Fräulein...*' Een van de mannen, ouder en grijs aan zijn slapen onder zijn pet, komt dichterbij. Laat ze alleen mij meenemen, bid ik. Theo is godzijdank niet hier, maar in het winterverblijf. Stel dat ze hem vinden...

Doodsbenauwd kijk ik om of ik Astrid zie. Zij weet vast wel wat ik moet doen. Ik wil haar achterna gaan. Maar achter de mannen flikkeren Peters ogen. Hij probeert me ergens voor te waarschuwen.

Als de officier dichterbij komt, zet ik me schrap voor de arrestatie. Maar hij staart domweg in de lage uitsnede van mijn trainingspakje.

'We hebben een rapport ontvangen,' zegt de andere officier. Hij is zeker tien jaar jonger dan de ander en lijkt zich in de kleine kleedkamer niet erg op zijn gemak te voelen. 'Over een Jood bij het circus,' gaat hij door. De angst vlijmt als een mes door me heen. Dus ze weten het toch, van Theo.

De mannen beginnen de kleedkamer te doorzoeken, ze openen de kast en kijken onder de tafels. Denken ze echt dat we daar het kind hebben verstopt? Ik bereid me voor op de vragen die hierna zeker zullen komen. Maar de officiers stormen de zaal weer in. Ik zoek steun bij de tafel, het koude zweet breekt me uit en ik tril. Ik moet Theo daar weghalen voordat zij hem vinden. Ik loop naar de deur.

Ineens hoor ik een schrapend geluid onder mijn voeten. Als ik naar beneden kijk, zie ik een glimp van Astrid. Op de een of andere manier heeft ze zich in de kruipruimte onder de vloerplanken weten te wurmen. Wat doet ze daar? Ik kniel neer en word overweldigd door de stank van riool en mest. 'Astrid, ik...'

'Sst!' Ze zit in elkaar gedoken om zich schuil te houden.

'Wat doe je...' Ik stop halverwege de zin als de oudste officier weer binnenloopt.

Ik kom overeind, trek mijn trainingspakje recht en ga op de kier staan waar ik Astrid door had gezien. 'Pardon!' roep ik, preutsheid veinzend. 'Dit is de dameskleedkamer en ik moet me omkleden.'

Maar de officier blijft naar de plankenvloer staren. Had hij haar gezien? Hij kijkt me aan. 'Papieren?'

Ik schrik. Toen ik Theo vond, had ik het station in allerijl verlaten en mijn legitimatiebewijs achtergelaten. Herr Neuhoff zou voor een nieuw bewijs zorgen, had Astrid beloofd, voordat we zouden vertrekken, ervan uitgaande dat ik het nummer zou kunnen doen. Maar dat heb ik nog niet gezien. 'Ik moet ze even gaan halen,' bluf ik zonder erbij na te denken. Peter kijkt goedkeurend: ja, leid ze weg van hier, rek zoveel mogelijk tijd. Ik loop vanuit de kleedkamer de sportzaal in.

'Ga achter haar aan,' draagt hij de jongste officier op die vlak voor de deuropening staat te treuzelen.

Mijn paniek neemt toe: als die mannen me volgen, zullen ze Theo zien en vragen stellen. 'Dat is echt niet nodig. Ik ben over een minuutje terug.'

'Prima,' zegt de oudste, 'maar voordat je gaat, heb ik een paar vragen.' Ik verstar en de zenuwen nemen toe. Hij haalt een sigaret uit zijn zak en steekt hem op. 'Die vrouw in de trapeze.'

'Ik was in de trapeze,' lukt het me te zeggen, in de hoop dat niemand hoort dat mijn stem trilt.

'Niet jij. Een vrouw met donker haar.' Ze moeten Astrid door het raam van de sportzaal hebben gezien. 'Waar is ze?'

Voordat ik iets kan zeggen, stormt Herr Neuhoff binnen. 'Heren,' zegt hij alsof hij oude vrienden begroet. Het is vast niet de eerste keer dat ze hier komen. '*Heil Hitler.*' Zijn saluut is zo geloofwaardig dat ik ineenkrimp.

Maar de officier lacht niet. 'Hallo, Fritz.' Hij spreekt Herr

Neuhoff te familiair aan, zonder een vleugje respect. 'We zijn op zoek naar een circusartiest die naar verluidt Joods is. Heb je zo iemand hier?'

'Nee, natuurlijk niet,' roept Herr Neuhoff luid, bijna alsof hij dat een beledigende veronderstelling vindt. 'Circus Neuhoff is Duits. Joodse artiesten worden hier gemeden.'

'Dus u zegt dat er geen Joden bij dit circus werken. Ik weet hoe goed ze de boel kunnen beduvelen.'

'Ik ben een Duitser,' zegt Herr Neuhoff. Alsof dat alles verklaart. 'Het circus is *Judenrein*.' Gezuiverd van Joden. 'Dat weet u toch, heren.'

'Ik herinner me haar niet,' zegt de officier met een hoofdbeweging in mijn richting. De grond lijkt onder me weg te zakken. Denkt hij dat ik Joods ben?

'We krijgen elk jaar zoveel nieuwe artiesten,' zegt Herr Neuhoff luchtig. Ik houd mijn adem in, wachtend tot de man doorgaat met vragenstellen. 'Noa is dit jaar bij ons gekomen vanuit Nederland. Is ze geen prachtige Arische? Het ideaal van de Führer zelf.' Ik bewonder de bedreven manier waarop Herr Neuhoff de zaak aanpakt, maar ik vind het afschuwelijk dat hij dat moet doen. '*Meine Herren*, u bent van zo ver gekomen. Gaat u mee naar mijn huis voor een glaasje cognac.'

'We ronden eerst de inspectie af,' zegt de officier onverschrokken. Hij gooit de kastdeur voor de tweede keer open en tuurt naar binnen. Dan blijft hij staan, precies boven de plek waar Astrid verstopt zit. Ik houd mijn adem in en druk mijn nagels in mijn handpalm. Als hij omlaag kijkt, zal hij haar zeker zien.

'Kom, kom,' zegt Herr Neuhoff op geruststellende toon. 'Hier is niets meer te zoeken. Na een glaasje willen jullie vast wel terug naar de stad voordat het donker wordt.'

De officiers benen de kleedkamer uit, met Herr Neuhoff en Peter in hun kielzog.

Zodra ze weg zijn laat ik me trillend op een stoel zakken. Astrid houdt zich stil onder de plankenvloer, ze durft er nog niet uit te komen.

Peter komt even later terug. 'Ze zijn vertrokken.' Ik volg hem naar buiten. Verborgen achter een kruiwagen bevindt zich achter in het gebouw een heel smalle kelderdeur. Die wrikt hij open en hij helpt Astrid uit haar schuilplaats. Ze ziet bleek en zit onder het hooi en de mest. 'Gaat het?' Dan zie ik hoe hij haar vasthoudt, een moment van tederheid. Ik kan hen beter alleen laten. Maar ze draait zich van hem af. Haar trots is te gekwetst om hem dichtbij te laten komen.

Ik loop achter hen aan de sportzaal in. Daar vind ik een doek die ik in een emmer water doop. 'Dank je,' zegt Astrid als ik haar de doek aanreik. Ze heeft nog nooit zo vriendelijk geklonken. Haar handen trillen als ze de bruine viezigheid uit haar haren en haar nek veegt.

Ik probeer woorden te vinden voor de vele vragen die ik heb. 'Astrid, je hebt je verstopt...'

'Een truc van de Grote Boldini. Hij trad jaren geleden op met mijn familie in Italië.' Ze glimlacht. 'Vraag me niet hoe ik het heb gedaan. Een goede goochelaar verklapt nooit zijn geheimen.'

Maar ik ben niet in de stemming voor grapjes. 'O, Astrid!' Ik barst in tranen uit. Ook al heeft ze een hekel aan me, ik geef wel om haar. 'Ze hadden je bijna gevonden!'

'Maar dat is niet gebeurd,' reageert ze met een tevreden klank in haar stem.

'Maar waarom wilden ze jou?' ga ik door, ook al weet ik dat mijn vragen op dit moment te veel voor haar zijn. 'Waarom verstopte je je?'

'Lieverd...' Peter valt me vermanend in de rede.

'Ik kan haar vertrouwen,' zegt Astrid. Ik recht mijn rug van trots. 'Ze komt er trouwens gauw genoeg achter.' Maar ze bijt op haar lip en kijkt me onderzoekend aan, alsof ze nog steeds niet goed weet of ze me in vertrouwen kan nemen. 'Weet je, Theo is niet de enige Jood bij het circus. Ik ben ook Joods.'

Ik ben even sprakeloos. Ik had nooit gedacht dat Astrid Joods zou zijn, hoewel het eigenlijk logisch is, met haar donkere haar en ogen.

Ik slaak een zucht en dank God dat ik haar niet alles heb verteld over mijn verleden en de Duitse soldaat. Iets had me daarvan weerhouden. En het is maar goed ook, want als ik dat had gedaan, had ze me er vast en zeker uit gegooid.

'Ik was de jongste van vijf in ons circusgezin,' vervolgt ze. 'Ons winterverblijf stond naast dat van Herr Neuhoff.' Ik herinner me het donkere, verlaten huis aan de andere kant van de heuvel waar Astrid naar had gekeken toen we heen en weer liepen tussen het vrouwenverblijf en de sportzaal. 'Ik ben vertrokken om met Erich te trouwen met wie ik in Berlijn ging wonen.' Ik kijk vanuit mijn ooghoek even naar Peter om te zien of het niet moeilijk voor hem is te horen over de man van wie Astrid vroeger heeft gehouden. 'Hij was een hoge officier in het hoofdkwartier van het Reich.' Een Jodin, getrouwd met een hooggeplaatste nazi. Ik probeer me voor te stellen wat voor leven dat voor haar moest zijn geweest. Ik train al weken met Astrid samen en had het gevoel dat ik haar al aardig kende. Maar nu lijkt er een totaal nieuw iemand voor me te verschijnen.

'Toen ik terugkwam in Darmstadt, was mijn familie weg,' gaat ze verder. 'Herr Neuhoff heeft me in dienst genomen. Ik heet eigenlijk Ingrid. We hebben mijn naam veranderd, zodat niemand het te weten zou komen.' Het is moeilijk voor te stellen dat iemand haar zou afwijzen. Het beeld van mijn vader in de deuropening van mijn slaapkamer die me beveelt te vertrekken komt bij me op. Alle pijn die ik de afgelopen maanden heb geprobeerd weg te drukken voelt weer even acuut en scherp als de dag waarop het gebeurde.

'En je familie?' vraag ik, bang voor het antwoord.

'Dood.' Haar ogen staan hol en bedroefd.

'Dat weet je niet,' zegt Peter zachtjes terwijl hij een arm om haar heen slaat. Deze keer maakt ze zich niet van hem los maar legt ze haar hoofd op zijn schouder.

'Ik kwam terug in de winter, toen ze hier hadden moeten zijn,' zegt Astrid mat. Ze schudt haar hoofd. 'Ze zijn vast niet ver genoeg gekomen om de Duitsers te kunnen ontlopen. Nee, alleen ik ben nog over. Maar ik zie hun gezichten nog voor me.' Ze steekt haar kin in de lucht. 'Je hoeft geen medelijden met me te hebben,' zegt ze. Hoe zou ik kunnen? Ze is zo sterk en mooi en moedig.

'Gebeurt dit vaak?' Ik gebaar in de richting waarin de politie is vertrokken.

'Meer dan ons lief is. Maar het gaat eigenlijk wel goed. Er is van tijd tot tijd inspectie. Soms komt de politie kijken om zich ervan te overtuigen dat we ons volgens de voorschriften gedragen. Meestal is het niet veel meer dan een soort chantage, en Herr Neuhoff geeft ze een paar mark om ze te laten vertrekken.'

Peter schudt grimmig zijn hoofd. 'Dit was iets anders. De SS – en ze waren op zoek naar jou.'

Haar gezicht betrekt. 'Ja.'

'We moeten weg,' zegt Peter onbewogen. Ook al heb ik zijn repetities gezien, ik kan me niet voorstellen dat die donkere, sombere man een publiek zou kunnen vermaken. 'Weg uit Duitsland.' Zijn woorden komen er hortend uit. Hij denkt aan Astrid – zij moet onmiddellijk het land uit, even dringend als ik Theo in veiligheid moet brengen.

'Een paar weken nog,' zegt ze sussend tegen hem.

'Dan zijn we in Frankrijk,' vul ik aan.

'Denk je dat het daar veel beter is?' vraagt Peter streng.

'Niet echt,' antwoordt Astrid in mijn plaats. 'Ooit hadden we misschien veiligheid kunnen vinden in de Vrije Zone. Maar nu niet meer.' In het begin van de oorlog was Vichy technisch gesproken niet bezet geweest. Maar de Duitsers hadden de marionettenregering twee jaar geleden nagenoeg opgeheven en de rest van het land onder hun regime gebracht.

'Ik moet met Herr Neuhoff gaan praten,' zegt Peter. 'Astrid, gaat het?' Hij heeft het tegen Astrid, maar hij kijkt mij aan, alsof hij vraagt of ik op haar wil letten.

Ik aarzel. Ik wil het liefst naar Theo om te zien of de Duitsers hem niet hebben opgemerkt. Maar ik kan Astrid niet alleen laten. 'Kom,' zeg ik en ik steek een hand naar haar uit. 'Ik heb wat vragen over de training van vandaag en een zere enkel die ingetapet moet worden.' Ik laat het klinken alsof ik haar hulp nodig heb in plaats van andersom.

'Geef maar,' zeg ik terwijl ik de inmiddels vieze doek van haar aanpak als Peter weg is. Ik stop de doek terug in de emmer waar ik hem had gevonden, kniel neer om hem schoon te spoelen en wring hem uit. Als ik overeind kom, staat Astrid door het raam naar het dal te kijken. Ik vraag me af of ze aan de SS denkt of aan haar familie, of aan allebei. 'Gaat het?' vraag ik.

'Sorry,' zegt ze. 'Wat ik heb gedaan was fout.'

Het duurt even voordat ik begrijp dat ze het over de trapeze heeft, dat ze me geduwd heeft. Na alles wat er daarna is gebeurd, was ik dat bijna vergeten. 'Ik begrijp het wel. Je wilt niet dat ik bang ben.'

Ze schudt haar hoofd. 'Alleen een gek is niet bang. We hebben angst nodig om scherp te blijven. Ik wilde je laten weten wat het ergste is wat er kan gebeuren, zodat je erop voorbereid bent en ervoor oppast. Mijn vader heeft met mij hetzelfde gedaan... toen ik vier jaar was.'

Ik probeer me voor te stellen dat iemand op twaalf meter hoogte een kleuter van een plateau duwt. Op elke andere plaats zou het een misdaad zijn. Maar hier hoorde het bij de training, werd het geaccepteerd.

'Heb je een koffer?' Astrid verandert van onderwerp. Ik schud mijn hoofd. Ik was met niets uit Bensheim vertrokken, en ik heb alleen de kleren die zij voor Theo en mij bij elkaar heeft gescharreld. 'Dan moeten we zorgen dat je die krijgt... Tenminste, als je wilt blijven.' Er ligt angst in haar ogen en een soort kwetsbaarheid die er eerder niet was – of misschien had ik die niet gezien. 'We kunnen niet in de trapeze werken zonder een derde persoon. En ik moet optreden.' Nu de Duitsers zijn geweest, lijken de rollen te zijn omgedraaid en is zij degene die mij smeekt, die mij nodig heeft voor het nummer, op een manier die ik nooit voor mogelijk zou hebben gehouden. Ik aarzel en denk na over mijn antwoord.

Later die nacht lig ik wakker. Astrid, die voor het eerst sinds mijn komst niet 's nachts naar Peter is gegaan, ligt naast me te snurken. Ik denk aan alles wat ze heeft meegemaakt. We waren allebei weggestuurd door mensen van wie we hielden, ik door mijn ouders, zij door haar echtgenoot. En we waren allebei onze familie kwijt. Misschien verschillen we toch niet zo erg.

Maar Astrid is Joods. Ik huiver bij het gevoel dat het gevaar zoveel groter is voor haar dan voor mij. Dat zou ik in duizend jaar niet vermoed hebben. Ik tast naar haar arm, alsof ik wil controleren dat ze daar nog veilig ligt. Ik had waarschijnlijk niet zo verbaasd hoeven zijn over haar waarheid. In de oorlog hebben we tenslotte allemaal een verleden, zelfs een baby als Theo. Iedereen moet de waarheid zien te verbergen en zichzelf opnieuw uitvinden om te overleven.

Omdat ik niet kan slapen leg ik Theo naast me neer en ga het bed uit. Op mijn tenen loop ik langs Astrid naar buiten en steek in de donkere kou het veld over. De grond onder mijn voeten knerpt van de vorst. In de sportzaal hangt een walm van hars en oud zweet. Ik kijk omhoog naar de trapeze. Maar ik durf niet in mijn eentje te oefenen.

In plaats daarvan loop ik de kleedkamer in en tuur naar de plek waar Astrid zich had verstopt. Hoe was dat voor haar geweest? Ik glip uit de achterdeur weer de koude nacht in, loop naar de kelderdeur en trek aan de klink. Die blijft vastzitten en het verbaast me dat Astrid zich zo snel in die kleine ruimte heeft kunnen werken. Ik krijg de deur niet open. Mijn hart bonkt. Ineens is het alsof ik voor mijn leven moet rennen voor de Duitsers en op het punt sta opgepakt te worden.

De deur zwaait open en ik ga naar binnen. Dan doe ik de deur dicht en ga in het donker liggen. De kruipruimte is lang en ondiep, net groot genoeg voor één persoon die plat ligt. En misschien een kind. Zouden we Theo hier samen met Astrid kunnen verbergen als de politie weer komt? Misschien zou hij huilen. Een baby, ook al is hij klein, is niet zo gemakkelijk te verstoppen. Ik adem de lucht in die naar verval stinkt.

Ik ga in gedachten terug naar het moment dat Astrid me vroeg om bij het circus te blijven. Ik had niet meteen gereageerd. Mijn last leek zwaarder nu ik haar geheim kende, en ik kon het niet nalaten me af te vragen of Theo en ik op onszelf niet veiliger zouden zijn.

Toen zag ik de smekende blik in haar ogen, ze zocht hulp maar wilde er niet om vragen. 'Ik blijf,' beloofde ik. Ik kon haar nu niet in de steek laten.

'Mooi,' zei ze met meer opluchting in haar stem dan ze wilde laten merken. 'We hebben je harder nodig dan ooit.' De woorden leken even in haar keel te blijven steken. 'Morgen gaan we weer oefenen.' Ze draaide zich om en liep weg. Nu ik eraan denk, besef ik dat ze me niet heeft bedankt.

Maar dat geeft niet. Astrid heeft me nodig, en op dit moment, nu ik op haar plaats onder de grond lig, zal ik alles doen om haar te redden.

# 7

# Astrid

Weg uit Duitsland. Eindelijk.

Terwijl het platte dak van het grensstation in het donker steeds meer uit zicht verdwijnt, ontspant mijn hele lichaam van opluchting. Ik ga weer naast Peter in de tweepersoons kooi liggen die bijna zijn hele ruimte in beslag neemt. Hij snurkt zacht en mompelt in zijn slaap.

Het was meer dan een maand geleden dat de SS-officiers naar de sportzaal in Darmstadt kwamen en vragen stelden over een Jood die in het circus optrad. We hadden het natuurlijk gerepeteerd: de mogelijkheid dat ik me zou moeten verbergen, waarbij we alle mogelijke afleidingsmanoeuvres hadden doorgenomen, uitgerekend hoeveel stappen er nodig waren om vanaf verschillende plekken in de kelder te komen, de inspanning die het zou vergen om de zware houten deur open te krijgen. We hadden zelfs een codewoord afgesproken: als Herr Neuhoff of Peter of een van de anderen 'ga vissen' tegen me zei, zou ik naar de kelder lopen; 'ga kamperen' betekende dat ik van het terrein af moest. Maar we waren onverhoeds overvallen door de SS en ik had de kelder maar net op tijd kunnen bereiken toen ze de sportzaal binnen kwamen stormen. Maar goed ook – niets had me kunnen voorbereiden op het roerloze liggen in die kille, donkere ruimte. Die verstikkende ervaring onder de grond was het tegenovergestelde van de vrijheid die ik ervoer als ik door de lucht vloog. Het was de dood.

Bij die herinnering ga ik dichter tegen Peter aan liggen en geniet van zijn stevigheid en zijn warmte. Wie had de politie verteld dat er een Jood bij het circus werkte? Tijdens het verblijf in het winterkwartier was ik nauwelijks buiten geweest, maar misschien had een leverancier of een andere bezoeker me bespied en verraden. Of was het een van onze eigen mensen geweest? Na die dag keek ik met een andere blik naar de artiesten en werklieden, me afvragend wie me hier weg wilde hebben. Ik kon niemand vertrouwen. Behalve natuurlijk Peter. En Noa. Zij heeft net zoveel te verliezen als ik – misschien wel meer.

De SS was in de weken voor ons vertrek niet meer terug geweest. Maar toch was ik al die tijd nerveus gebleven. De dagen verstreken langzaam, en steeds weer was er het gevaar ontdekt te worden. Dat gevaar werd daarna reëler dan ooit.

Erich verschijnt vreemd genoeg voor mijn geestesoog. Wat zou de *Obergruppenführer* ervan vinden dat zijn vrouw zich voor zijn collega's als een opgejaagd dier onder de grond verstopte? Ik zie zijn gezicht duidelijker voor me dan in maanden, en vraag me af hoe hij mijn vertrek had verklaard tegenover onze vrienden en buren. Op bezoek bij een ziek familielid, kon ik hem bijna horen zeggen met die vriendelijke stem waar ik ooit zoveel van had gehouden. Of misschien vroeg niemand iets. Was hij in het appartement blijven wonen dat nog steeds mijn geur droeg, en gebruikte hij de spullen die ooit van ons samen waren, of erger, was er een andere vrouw bij hem ingetrokken? Misschien was hij verhuisd. Erich was niet iemand die lang in het verleden bleef hangen.

Peter beweegt zich naast me en ik duw mijn gedachten aan Erich schuldbewust weg. Als Peter zich naar me omdraait voel ik zijn begeerte door onze nachtkleding heen. Hij steekt zijn handen uit en tast naar de zoom van mijn nachthemd. Dat gebeurt vaak midden in de nacht. Meer dan eens ben ik wakker geworden en was hij in zijn oerdrift al in me. Ooit had ik dat misschien vervelend gevonden; nu ben ik dankbaar voor zijn primitieve begeerte, die zich zonder romantische voorwendselen aandient.

Ik ga op Peter zitten, naakt onder mijn nachthemd, en druk mijn handpalmen tegen zijn warme borst, terwijl ik de mengeling van geuren van drank, tabak en zweet inadem. Daarna beweeg ik langzaam en regelmatig op het ritme van de trein heen en weer. Peter pakt mijn kin en dwingt me hem aan te kijken. Meestal houdt hij zijn ogen dicht, alsof hij zich in een andere wereld bevindt. Maar hij kijkt me nu zo intens aan als hij nooit eerder heeft gedaan. Het is alsof hij probeert een raadsel op te lossen of een of andere deur te openen. De intense blik in zijn ogen maakt iets in me los. Ik ga sneller bewegen, verlang meer naarmate de passie van ons samenzijn diep vanbinnen toeneemt. Peter leidt me, met zijn handen op mijn heupen. Zijn ogen draaien weg. Als mijn hartstocht zo, zwijgend en bedreven, tot een hoogtepunt komt, laat ik me zakken en bijt in zijn schouder om te voorkomen dat mijn kreten door de wagons weerklinken.

Dan rol ik van hem af en ga naast hem liggen. Hij heeft zijn vingers in mijn haar verstrengeld en mompelt zacht iets in het Russisch. Hij houdt me stevig vast en kust mijn voorhoofd, wangen, kin. Nu zijn passie is bevredigd, zijn zijn aanrakingen teder en is zijn blik warm.

Peter valt onmiddellijk in slaap, met zijn ene arm boven zijn hoofd in een gebaar van overgave, en de andere zwaar over mijn borst. Maar hij slaapt onrustig, hij woelt en vecht een strijd uit achter oogleden die nooit helemaal gesloten zijn. Ik vraag me af wat hij ziet, een hoofdstuk uit een boek dat ik nooit heb gelezen. Ik streel hem totdat hij rustig wordt.

De vorige zomer tijdens ons tournee werden we minnaars. Eerst brachten we avonden door bij het vuur op het veld achter de circustent, wanneer de anderen allang naar bed waren. Pas later kwamen de nachten zoals deze, die we samen doorbrachten, waarin we warmte en gezelschap bij elkaar zochten. Hij heeft iets triests, een tragedie waar ik niet naar durf te vragen. Soms is het alsof hij met zijn koortsachtige bewegingen probeert het verleden terug te draaien. Ik heb hem ook geen details verteld over de jaren na het circus, toen ik met Erich was. Het leven met Peter speelt zich in het hier en nu af. We zijn gewoon samen – in een relatie die niet gebaseerd is op een gedeeld verleden noch op beloften voor de toekomst die we misschien niet kunnen waarmaken. Het deel van mij dat misschien meer van een man had verlangd is gestorven op de dag dat ik uit Berlijn vertrok.

Ik staar naar de plafondbalken die heen en weer bewegen met de trein. De vorige ochtend waren we al voor zonsopkomst opgestaan. Het inladen was uren daarvoor begonnen, een eindeloze stoet goederenwagons met het circuslogo, vol kisten en tentstokken. De arbeiders waren de hele nacht op geweest en de geur van hun sigarettenrook en zweet leek nog overal in de trein te hangen. De dieren gingen als laatste voor ons naar binnen, olifanten met dekens over hun rug werden stap voor stap de helling op geleid, kooien met een tijger en leeuwen werden voorzichtig de wagons in gereden. 'Aaaa!' kraaide Theo toen hij de laatste olifant zag die met zijn reusachtige achterwerk door vier werklieden naar binnen werd geduwd. Ik moest glimlachen. Voor ons circusmensen, zelfs voor de kinderen, waren de exotische dieren niets bijzonders meer. Wanneer had iemand zich voor het laatst verwonderd over een olifant?

Peter heeft een eigen coupé, de helft van een rijtuig, afgeschermd door een provisorische wand. Het is niets vergeleken bij de luxe waarin mijn ouders hadden gereisd: wij hadden twee rijtuigen, een eigen bed, een privébad en een eettafel, bijna een minihuis op het spoor. Natuurlijk was dat in de hoogtijdagen van het circus geweest, de gouden jaren.

Ik ga automatisch met mijn hand naar mijn rechteroor waarin ik het gouden ringetje draag dat van mijn moeder was geweest, en strijk met mijn vingertop over de kleine, ongelijkmatige robijn. Sinds mijn terugkeer in Darmstadt is er geen teken van leven van mijn familie gekomen. De hoop die ik vorig jaar had om iets over hen te vernemen toen ik met circus Neuhoff op tournee ging was de bodem ingeslagen. Ik kon niemand rechtstreeks naar hen vragen zonder mijn ware identiteit prijs te geven. En toen ik in de steden waar we ooit hadden opgetreden terloops een paar vragen stelde, zeiden mensen alleen dat circus Klemt dat jaar niet bij hen geweest was. Ik had zelfs een brief gestuurd naar Herr Fein, de impresario in Frankfurt die het tournee van ons circus in de grotere steden had geregeld, in de hoop dat hij misschien wist waar mijn familie naartoe was gegaan. Maar de brief was teruggekomen met op de voorkant gekrabbeld: *Unzestellbar*. Onbestelbaar.

Schaduwen vliegen over de wand van het rijtuig. We zitten al dertig uur in de trein, langer dan het zou hebben geduurd zonder de omleidingen rond delen van het spoor die zijn vernield of vernietigd. De trein stond uren stil in de buurt van de grens, terwijl Britse oorlogsvliegtuigen over ons heen denderden, en bommen vielen zo dichtbij dat onze koffers uit de rekken trilden. Maar nu rijden we rustig door het glooiende landschap.

Mijn oogleden worden zwaar van de schommelende trein en de warmte van de hartstocht die Peter en ik zojuist hebben gedeeld. Ik trek zijn deken om me heen als er koude lucht door het gebarsten raam binnendringt. Het is te koud om op weg te zijn. De wagons zijn slecht verwarmd, de onderkomens op het circusterrein zijn bedoeld voor de zomer.

Maar het programma staat vast. Net als vorig jaar waren we op de eerste donderdag van april vertrokken. Ooit zou het circus naar plaatsen zijn gegaan waar geld in overvloed was, de wijngebieden langs de Loire en de rijke dorpen van Rhône-Alpes. Nu treden we op waar we toestemming krijgen, volgens een schema dat door de Duitsers is bepaald. Dat het Reich ermee heeft ingestemd dat het circus al die jaren doorgaat is bijzonder. Ze sturen ons door bezet Frankrijk alsof ze willen zeggen: 'Kijk, het leven is nog steeds normaal. Hoe slecht kan het allemaal zijn als zulke pleziertjes nog steeds bestaan?' Maar wij vertegenwoordigen alles wat Hitler haat: misvormden en zonderlingen in een regime dat alleen maar eenvormigheid wil. Ze zullen ons niet eeuwig laten doorgaan.

De trein gaat langzamer rijden tot hij knarsend tot stilstand komt. Ik kom overeind en maak me los uit Peters arm. Ook al waren we al uren geleden de grens naar Frankrijk gepasseerd, we konden altijd controle verwachten. Ik spring op en zoek naar mijn ausweis en andere papieren. We komen weer in beweging, het was een tijdelijk oponthoud. Ik ga op de rand van het bed zitten, mijn hart bonst nog in mijn keel. We zijn vlak bij de linie die ooit Vichy van het bezette Frankrijk scheidde. Al vallen beide nu onder het regime van het Reich, de trein zal zeker nog geïnspecteerd worden. Als de controleurs komen – en dat gebeurt vast – wil ik bij de andere meisjes zijn, niet bij Peter in zijn hut, waar het risico dat mijn identiteit en papieren kritisch worden bekeken groter is dan wanneer ik gewoon een van hen ben.

Ik stap uit bed en kleed me snel aan in de ijzige kou. Op mijn tenen, om Peter niet wakker te maken, glip ik de volgende wagon in, een tweedehands, afgetakeld geval waar een bedompte lucht hangt. Hier slapen de meisjes, met z'n drieën boven elkaar. Ondanks de beperkte ruimte is hier echt linnengoed, geen kampeerspul. Onder de bedden liggen kleine hutkoffers netjes naast elkaar, een voor ieder van ons.

Noa slaapt in een van de onderbedden, met de baby als een knuffeldier tegen haar borst gedrukt. Als ze slaapt lijkt ze nog jonger, anders dan de avond waarop ze naar ons toe gekomen was. Ze is een *backfisch*, zou mijn moeder hebben gezegd, een halfvolwassen kind. Als ik haar zo met Theo in haar armen zie liggen, voel ik vanbinnen iets. We waren allebei in de steek gelaten, ieder op onze eigen manier verbannen uit het leven dat we hadden geleid.

Maar dit is niet het moment voor sentimentele gedachten. Of ze in staat is om op te treden nu we haar nodig hebben – dat is het enige wat telt. Voor een trapezewerker is het niet genoeg om technisch goed te zijn. Het gaat om persoonlijkheid, flair, het vermogen om het publiek de adem in te laten houden, alsof ze vrezen voor hun eigen leven en tegelijk voor dat van ons. Op dezelfde manier zijn uiterlijk en persoonlijkheid alleen niet voldoende – zelfs de mooiste vrouw zou het geen seizoen overleven zonder pure, fysieke gratie, behendigheid en kracht.

Noa heeft me tot dusver verbaasd. Ik had gedacht dat ze het na de eerste dag zou opgeven, dat ze nooit zou durven vliegen. Ik had er echter geen rekening mee gehouden dat ze aan turnen had gedaan en dat ze zo volhardend is. Ze heeft hard gewerkt, ze is slim en kundig. En dapper – dat ze Theo uit de trein van de nazi's heeft gered, had dat ruimschoots bewezen. Ze is zo goed als ze maar zijn kan, maar alles hangt af van de vraag of ze twee of drie keer per dag in de spotlights kan optreden voor honderden mensen.

Een ander meisje ligt in het bed dat voor mij bestemd is, dus wurm ik me op het smalle stuk naast Noa. Maar ik kan niet slapen. In plaats daarvan repeteer ik in gedachten mijn openingsoptreden voor die avond, en laat alle bewegingen passeren.

Noa gaat op een langzame, geroutineerde manier verliggen om Theo niet wakker te maken. 'Zijn we er al?'

'Straks. Nog een paar uur.' We liggen naast elkaar en raken elkaar aan als de trein heen en weer schommelt.

'Zeg eens wat,' zegt ze op een toon hol van eenzaamheid.

Ik aarzel omdat ik niet precies weet wat ze wil horen. 'Ik ben in net zo'n wagon als deze geboren,' begin ik. Ik voel haar verbazing in het donker. 'Mijn moeder stapte van het podium af en bracht me ter wereld.' Alleen het protest van mijn vader, zo ging het verhaal, had haar ervan weerhouden om meteen daarna weer een voorstelling te doen.

'Hoe was het om in het circus op te groeien?' Noa's vragen lijken altijd oneindig meer vragen uit te lokken. Ze is zo nieuwsgierig, ze wil alles weten.

Ik denk na over mijn antwoord. Ik haatte het circusleven toen ik jong was. Ik verlangde naar een normale jeugd, ik wilde op één plaats blijven en een echt thuis hebben. Ik wilde meer spullen dan er in een enkele hutkoffer pasten. Zelfs in ons winterverblijf was ik in de maanden dat ik naar school mocht anders dan de andere meisjes, ik was een buitenstaander, een zonderling.

Toen Erich in beeld kwam, was dat de ontsnappingsmogelijkheid waar ik mijn hele leven naar had uitgekeken. Ik probeerde me ernaar te kleden, mijn accent zo aan te passen dat ik klonk als de andere officiersvrouwen. Maar lang nadat we ons in Berlijn hadden gevestigd, ontbrak er nog steeds iets. Het appartement was leeg zonder de geluiden en geuren van het winterverblijf. Ik miste de drukte en de opwinding van de optredens tijdens onze tournees. Hoe konden mensen constant op dezelfde plek wonen zonder verveeld te raken? Ik hield van Erich en na een tijdje begon mijn verlangen te vervagen als een niet volledig geheeld litteken. Maar de wereld waar ik altijd uit had willen vluchten bleef me achtervolgen. Mijn leven met Erich, zie ik nu, was tijdelijk geweest, als een van de nummers in onze voorstelling. Toen er een einde aan kwam, had ik geen traan gelaten. Ik had alleen een ander kostuum aangetrokken en was verdergegaan.

Maar dat vertel ik allemaal niet aan Noa; dat is niet wat ze wil horen. 'Toen ik jong was, hebben we een keer opgetreden voor een prinses,' zeg ik. 'In Oostenrijk-Hongarije. De hele tent zat vol met haar gevolg.'

'Echt waar?' Ze klinkt vol ontzag. Keizerinnen zijn er niet meer, die zijn vervangen door volksvertegenwoordigingen en kiezers. Misschien beter voor het volk, maar wel minder sprookjesachtig. Zou het circus ook geschiedenis worden? Hoewel niemand er iets over zegt, vraag ik me soms af of we met elk optreden niet op het einde afstevenen, te druk met dansen en door de lucht zweven om het op te merken.

Ik maak het medaillon aan mijn halskettinkje open en laat in het maanlicht een fototje zien van mijn ouders, het enige dat ik heb. 'Mijn moeder,' zeg ik. Ze was een schoonheid – althans voordat Isadore werd vermoord en ze was gaan drinken – ze was prachtig, met klassieke trekken, heel anders dan ik. 'Ooit, voor mijn geboorte, reisde het circus naar Sint-Petersburg en daar trad ze op voor tsaar Nicolaas. Hij was verrukt van haar en ze zeiden dat de tsarina zelfs huilde. Ik ben maar een schaduw van wat zij aan de trapeze was.'

'Ik kan me niet voorstellen dat iemand beter is dan jij,' zegt Noa te hard, zodat het meisje op het bed boven ons in haar slaap snuift. Theo beweegt en dreigt wakker te worden. Als ik hem zacht op zijn rug klop om hem te sussen, vraag ik me af of Noa probeert me te vleien, maar de bewondering in haar stem klinkt oprecht.

'Het is echt waar. Ze was een legende.' Omdat we de enige twee vrouwen in een mannenfamilie waren, had ik gedacht dat mijn moeder en ik een hechtere band gehad zouden hebben. Ze hield van me, maar er was iets in haar waar ik nooit bij kon komen.

'Jij en Erich,' vraagt Noa, en ik voel mijn stekels overeind komen om de vrijpostige manier waarop ze zijn naam zegt. 'Hebben jullie geen kinderen gekregen?' Eerst ben ik verbaasd, dan geërgerd door de onverwachte overgang. Ze heeft er een neus voor om de zwakke plek te vinden, om vragen te stellen die ik nauwelijks kan verdragen.

Ik schud mijn hoofd. 'Dat lukte niet.' Ik heb me heel vaak afgevraagd of Erich harder voor me zou hebben gevochten als er een kind was geweest. Maar ons kind zou in de ogen van het Reich Joods zijn geweest – zou hij ons allebei hebben verstoten? Misschien had hij nu kinderen – en een nieuwe echtgenote, want ook al had ik de scheidingspapieren niet getekend, het Reich erkende ons huwelijk niet.

'En toen je terugkwam bij het circus, werd je verliefd op Peter?' vraagt Noa.

'Nee,' zeg ik snel. 'Dat is helemaal niet zoals het is. Peter en ik hebben iets samen. Maak er niet meer van dan wat het is.'

Ik voel dat de trein langzamer gaat rijden. Ik ga rechtop zitten en vraag me af of ik het me inbeeld. Maar de wielen piepen als de trein kreunend tot stilstand komt. Weer een controlepost. Herr Neuhoff had voor iedereen papieren geregeld, zelfs voor Theo. Maar ze blijven nagemaakt en bij elke halte word ik vervuld van angst. Zijn ze goed genoeg? Herr Neuhoff had er in elk geval niet op bespaard om ze echt te laten lijken. Maar er was slechts één grenswachter met een scherpe blik voor nodig om te zien dat een bepaald detail niet klopte. Er vormt zich een steen in mijn borst die me de adem beneemt.

Er wordt buiten op de wagon geklopt. De deur vliegt open en een grenswachter komt binnen zonder een reactie af te wachten. Hij gaat met een zaklamp rond en beschijnt langer dan nodig is de lichamen van de meisjes die wakker worden. Hij baant zich een weg tussen de kooien door en controleert plichtmatig ieders legitimatiebewijs voordat hij naar de volgende gaat. Ik slaak een zucht. Misschien komen we er toch zonder problemen doorheen.

Dan komt hij bij ons. '*Kennkarte. Ausweis.*' Ik geef hem mijn papieren en die van Noa die ze me aanreikt. Ik houd mijn adem in en tel, wachtend tot hij ze me teruggeeft. Een, twee...

Dan loopt hij weg en stapt de trein uit.

Ik bijt op mijn lip om een kreet van protest te onderdrukken.

'Wat was dat nou?' vraagt Noa paniekerig.

Ik geef geen antwoord. Iets, een kleinigheid op een van onze legitimatiebewijzen, had ons verraden, had de indruk gewekt dat de papieren vals waren. Rustig aan, denk ik, terwijl ik mezelf dwing normaal adem te halen om Noa niet nog banger te maken. De anderen kijken intussen zenuwachtig naar ons. Noa laat haar vochtige hand in de mijne glijden, als een kind dat vertrouwen zoekt. Ik zet me schrap in afwachting van de grenswachter die straks kan terugkomen om ons uit de trein te sleuren.

‘Je schoenen,’ zeg ik zacht maar indringend.

‘Wat?’ Noa drukt van spanning haar nagels in mijn vochtige hand.

‘Trek ze aan. Voor als ze ons meenemen...’ Ik maak mijn zin niet af als ze begint te trillen. Het is van groot belang dat we rustig lijken als de grenswachter terugkomt.

Maar hij komt niet terug. Er verstrijken vijf minuten, daarna tien, en mijn angst neemt met de seconde toe. Is hij de andere grenswachters gaan halen? Ik heb Peter nu heel hard nodig. Noa knijpt in mijn vingers en houdt ze dan vast zonder los te laten. De trein komt weer in beweging.

‘Onze papieren,’ fluistert Noa, maar door de paniek klinkt ze harder. ‘Ze zijn weg.’

‘Sst.’ We zitten nog in de trein. We zijn niet gearresteerd. Maar we reizen verder zonder onze papieren, wat bijna even erg is.

Even later verschijnt Herr Neuhoff in de deuropening van het rijtuig en wenkt me. ‘Alsjeblieft,’ zegt hij als ik bij hem ben. In zijn dikke vingers heeft hij al onze papieren. Hij heeft een vreemde blik in zijn ogen en ik vraag me af met hoeveel geld hij de wachter heeft moeten omkopen om een oogje toe te knijpen en niet te veel vragen te stellen.

Als de trein meer snelheid maakt halen we gezamenlijk diep adem, het is alsof we allemaal tegelijk ontspannen. Iedereen is inmiddels wakker en de meisjes staan op en kleden zich aan, tegen elkaar aan botsend in de krappe, schommelende ruimte. Buiten wordt het licht, de hemel kleurt roze achter het donkere silhouet van een wijngaard die aan de voet van een bouwvallige kerk ligt.

Enige tijd later verschijnt een van de keukenhulpen met een ontbijt van brood en kaas. Het landschap verandert, meer boerderijen sieren als stippen de velden. Kinderen turen nieuwsgierig uit de ramen van huizen en rennen langs onze vrolijk beschilderde wagons, in de hoop een glimp van de dieren op te vangen.

We rijden zwijgend verder, over een aquaduct, en een vallei onthult een dorpje met rode daken onder de ruïnes van een kasteel, omringd door velden met verdorde struiken. Met mos begroeide huisjes bestippelen de heuvelrug. Ze worden afgewisseld door hier en daar een chateau of kerk met een vervallen klokkentoren, albasten stenen muren verwarmd door de zon die nu hoog aan de hemel staat.

Een golf van opwinding trekt door de wagon. We zijn er bijna. 'We moeten ons klaarmaken voor de optocht,' zeg ik tegen Noa.

'Optocht?' vraagt Noa met opgetrokken wenkbrauwen.

Ik zucht bij mezelf als ik bedenk wat ze allemaal nog niet weet. 'Ja, na onze aankomst gaan we de trein uit en dan rijden we meteen in een optocht de stad door. We geven de plaatselijke bevolking een voorproefje van de voorstelling.'

Ik kijk naar haar gezicht als ze deze informatie tot zich laat doordringen, op zoek naar tekenen van nervositeit of angst. Maar ze knikt alleen en legt Theo vervolgens neer zodat ze zich kan aankleden.

De meisjes beginnen zich ook zo goed en zo kwaad als het gaat in de beperkte ruimte op te tutten. Ze brengen rouge aan op hun wangen en maken hun wenkbrauwen zwart. 'Hier.' Ik haal een roze jurk met lovertjes uit mijn koffer en geef die aan Noa. Ze kijkt om zich heen, nog steeds beschaamd zich te moeten omkleden in het bijzijn van de anderen. Maar ze kan nergens anders naartoe, dus laat ze de jurk over haar hoofd glijden, bijna struikelend in haar haast.

'Zullen ze wel komen kijken?' vraagt Noa. 'De Fransen, bedoel ik? In hun ogen zijn we toch nog altijd Duitsers…'

'Dat dacht ik het eerste jaar van de oorlog ook,' zeg ik. 'Maak je geen zorgen. De mensen zijn nog steeds dol op de voorstelling. Het circus kent geen grenzen.' Het publiek beschouwt de voorstelling niet als Duits, en ze komen trouw elk jaar weer.

De treinwielen komen knerpend tot stilstand als we het station binnen rijden. We stappen niet meteen uit maar vervolgen onze voorbereidingen terwijl de wagens, die voor ons uit waren gegaan of ter plekke gehuurd, zich buiten verzamelen. De dieren worden het eerst uitgeladen, hun kooien worden op lage karren gezet. Wij schuifelen naar de uitgang, het wordt steeds benauwder in de middagwarmte terwijl we op een teken wachten om uit te stappen.

Eindelijk wordt de deur van het rijtuig opengegooid en koele, frisse lucht stroomt naar binnen. Op het station is het bijna even vol als in de wagon, tientallen toeschouwers staan dicht op elkaar te wachten om het circus te verwelkomen. Flitslampjes springen snel achter elkaar uit camera's omhoog. Na de rust in de trein komt de chaos hard aan, alsof iemand 's avonds de lampen te snel heeft aangedaan. Ik blijf halverwege de afstap staan, zodat het meisje achter me tegen me aan botst. Ik word bevangen door twijfel en kan geen stap meer zetten. Meestal vind ik het heerlijk op tournee, maar ineens verlang ik naar Darmstadt, waar ik elke centimeter van de omgeving ken – en waar ik een plek heb om me te verstoppen. Het was vorig jaar heel zwaar om op tournee te zijn alsof het geen oorlog was. Nu heb ik een extra last, de zorg om Noa's optreden, en of zij en Theo veilig zijn. Hoe moet ik dit volhouden?

'Astrid?' zegt Noa op haar timide wijze. Ik draai me naar haar om. Ze kijkt me nerveus aan nu ze niet weet wat ze moet doen.

Ik laat mijn twijfels voor wat ze zijn en pak haar hand. 'Kom mee,' zeg ik, en samen stappen we de trein uit.

We kijken naar de menigte, en in de ogen van de mensen zie ik geen minachting, maar bewondering en hoop. Volwassenen kijken ons met kinderlijke verwondering aan. Het circus had altijd overal waar het kwam vrolijkheid gebracht. Nu is het een reddingsboei. Ik hef mijn kin. Als we hen dit nog steeds te bieden hebben, is het circus nog niet ten dode opgeschreven. Vanaf de tijd van de Romeinen en de Grieken zijn er circussen geweest, onze tradities bestaan al eeuwen. We hebben de middeleeuwen overleefd, de napoleontische oorlogen, de Eerste Wereldoorlog. Ook dit zouden we overleven.

# 8

# Astrid

We banen ons een weg over het perron. De paarden, die voor de beestenwagens zijn gespannen, staan ongeduldig te stampen, en briesend laten ze damp uit hun opengesperde neusgaten ontsnappen. In de karren die ze trekken, zijn de leeuwen en de enige tijger goed te zien in hun kooi. Er zijn ook kamelen, en een kleine bruine beer loopt aan een riem naast de optocht mee. Vorig jaar hadden we een zebra, maar die is in de winter gestorven en Herr Neuhoff had hem niet kunnen vervangen.

Langzaam komt de stoet in beweging en slingert zich door het dorp: verspreid liggend op een heuvelrug, verbleekte leien daken, met een middeleeuwse kathedraal die daarboven uittorent. Niet veel anders dan de tientallen dorpjes die ik onderweg door de jaren heen heb gezien. Ooit had het circus zich sneller verplaatst, elke dag naar een andere stad, waarbij alles twee of drie keer moest worden opgezet en uitgevoerd voordat de tent weer werd neergehaald en we 's nachts verder reisden. Maar het spoor heeft ons nu vertraging opgeleverd en de Duitsers hebben ons beperkingen opgelegd. Dus de boekingen zijn strategischer gekozen in plaatsen waar we een week kunnen blijven en publiek trekken uit de omliggende dorpen, als spaken van een wiel. Kunnen we dit inderdaad? Noa's twijfels weerklinken in mijn hoofd. Het is hier al ruim vier jaar ellende en ontbering. Het lijkt erop dat de mensen domweg niet meer zullen komen als de oorlog nog langer voortsleept.

De weg wordt steiler en de stoet beweegt langzamer omdat de paarden zich meer moeten inspannen om de wagens te trekken. Naast de weg is een kleine begraafplaats; een wirwar van grafstenen op de heuvelrug. Ten slotte bereiken we de rand van Thiers, een doolhof van smalle straten omzoomd door huizen van drie en vier verdiepingen, dicht tegen elkaar aan, alsof ze steun bij elkaar zoeken. Boven aan de hoofdweg neemt het gedruis van de wachtende menigte toe en de lucht zindert van opwinding. Een trompet schalt als de optocht begint, als aankondiging van onze komst. Ons open rijtuig, versierd met wimpels en getrokken door paarden met hoofdsieraden, rijdt voor de leeuwenkar uit met de dompteur bovenop. De grandeur en de felle kleuren van onze stoet vormen een contrast met de verweerde gevels van de gebouwen. De straten zien er niet anders uit dan in de dorpen vroeger. Zonder de rode vlaggen met swastika's die aan een paar gebouwen hangen, zou je je kunnen voorstellen dat er geen oorlog is.

We trekken moeizaam door de stad, de wagens rijden stapvoets. Jongens zwaaien en joelen naar ons vanuit de menigte. Naast me reageert Noa verstijfd op die verering, en drukt Theo steviger tegen zich aan. Ik klop geruststellend op haar arm. Voor mij is dit normaal, maar zij moet zich heel naakt en bekeken voelen. 'Glimlach,' zeg ik tussen mijn opeengeklemde kaken door. Onze voorstelling is nu eigenlijk al begonnen.

Op een smeedijzeren balkon van een tweede verdieping zie ik een jongen, of misschien een man, van negentien, hooguit twintig. Hij doet niet mee met juichen en zwaaien, maar bekijkt ons met een mengeling van onverschilligheid en geamuseerdheid, de armen over elkaar. Maar hij is wel knap, met golvend zwart haar en hoekige kaken. Ik stel me voor dat hij felblauwe ogen heeft. Iets in onze wagen trekt zijn aandacht. Ik probeer zo goed mogelijk te wuiven. Hij kijkt echter niet naar mij, maar naar Noa. Even overweeg ik haar op hem te wijzen, maar ik wil haar niet nog zenuwachtiger maken. Even later is hij verdwenen.

De keienstraat loopt zo smal toe dat de optocht dicht langs het publiek schuift. Handen worden uitgestoken, kleine kinderen willen ons aanraken op een manier die van ieder ander onbeleefd zou zijn geweest. Maar ze kunnen ons niet bereiken en daar ben ik blij om. De gezichten in de menigte zijn dit jaar anders, de ogen staan vermoeid door de oorlog, de huid is strakker over de jukbeenderen gespannen. Maar wij zijn ook veranderd. Dichterbij zouden ze misschien de gebreken zien, de dieren die iets te mager zijn, de artiesten met wat extra rouge om hun vermoeidheid te verbergen.

De toeschouwers volgen de stoet over de kronkelweg naar het marktplein, vervolgens naar een andere weg die ons weer de stad uit leidt. Hoewel de weg nu minder steil is dan heuvelopwaarts, is hij hobbelig en ongelijk, ontsierd door putten en kuilen. Ik houd een arm gestrekt voor Noa en Theo zodat ze door het gehots niet van de bank vallen. Ik had haar kunnen voorstellen dat ze Theo bij Elsie of een van de andere werkneemsters zou achterlaten; een baby hoort niet in een optocht. Maar ik wist dat Noa zenuwachtig zou zijn en het maakt haar rustig als ze hem bij zich heeft. Ik kijk naar het kind. Hij lijkt niet bang van het lawaai en de menigte, maar leunt zelfs lekker tegen Noa aan met zijn gezicht opzij, alsof hij al die commotie wel leuk vindt.

Een paar kilometer verderop gaat de verharde weg over in een zandpad. Noa kijkt naar de mensen die achter ons aan lopen. 'Ze volgen ons nog steeds,' zegt ze. 'Ik dacht dat ze hun belangstelling wel zouden verliezen.'

'Nooit,' zeg ik. De toeschouwers houden ons onvermoeibaar bij. Vrouwen met baby's dringen naar voren en kinderen fietsen langs, hun zondagse kleren vies van de opspattende modder. Ook blaffende honden lopen mee en worden zelf een deel van de optocht.

Een paar minuten later komt de weg uit op een breed, vlak grasveld, dat slechts wordt onderbroken door een groepje bomen achteraan. De wagen komt met een ruwe schok tot stilstand. Ik stap als eerste uit en help dan Noa van de wagen. Maar ze kijkt met grote ogen langs me. Het opzetten van de grote tent is bijna net zo'n attractie als de circusvoorstelling zelf, en niet alleen omdat het niets kost. Een legertje werkmannen heeft zich met tenten, ijzeren palen en touw over het veld verspreid. Het circus heeft meer mensen nodig dan we mee kunnen nemen, wat goed nieuws is voor de plaatselijke mannen die werk zoeken. Met blote armen staan ze zwetend rond het strakgetrokken zeildoek dat het hele veld beslaat en dat is vastgemaakt aan houten palen.

'Ik voel me nutteloos als ik hier maar sta,' zegt Noa nadat ze uit de wagen is geklommen. 'Moeten we niet een handje helpen?'

Ik schud mijn hoofd. 'Laat het maar aan hen over.' Net zomin als wij kunnen helpen de tent op te zetten, kunnen de werkmannen aan de trapeze zwaaien.

Al het voorbereidende werk is gedaan, maar wat nu volgt is voor de menigte. Olifanten, die niet in de optocht meeliepen maar hier rechtstreeks naartoe zijn gebracht in de trein, worden opgetuigd.

Op commando lopen ze weg van het midden, waarbij ze de *hauptmast* in zijn volle lengte omhoog tillen. Daarna worden de paarden naar buiten geleid om de kleinere palen op hun plek te trekken, en het hele gevaarte rijst op als een feniks uit de as, een tent met de omvang van de enorme sportzaal in Darmstadt op een plek waar zojuist nog niets stond. Ook al hebben ze het ongetwijfeld al jaar na jaar gezien, de toeschouwers laten bewonderende kreten horen en klappen enthousiast. Noa kijkt stilzwijgend toe, vol ontzag nu ze de tent voor het eerst ziet oprichten. Theo, die op zijn vingers had zitten sabbelen, kraait goedkeurend.

De menigte verspreidt zich als de werklieden de palen vast gaan zetten. 'Kom mee,' zeg ik, en ik loop naar de tent. 'We moeten repeteren.'

Noa verroert zich niet maar kijkt aarzelend van mij naar het kind en weer naar mij. 'We zijn bijna twee dagen onderweg geweest,' klaagt ze.

'Dat weet ik.' Mijn ongeduld neemt toe. 'Maar we hebben nog maar een paar uur voordat we ons moeten klaarmaken voor het eerste optreden. Voor die tijd moet je minstens één keer repeteren in de grote tent.'

'Theo moet eten en ik ben uitgeput.' Ze jammert nu bijna en ik word er weer aan herinnerd hoe jong ze nog is. Ik weet weer heel even hoe het was om iets anders te willen, door het raam van de sportzaal te kijken en meisjes te zien touwtjespringen in het dal en hoe graag ik met ze mee wilde doen.

'Goed dan,' geef ik toe. 'Een kwartier. Breng hem maar naar Elsie. Dan zie ik je straks in de tent.'

Ik verwacht weer een protest, maar dat gebeurt niet. Er verschijnt een brede glimlach van dankbaarheid op haar gezicht, alsof ze een groot cadeau heeft gekregen. 'Dank je,' zegt ze, en als ze met

Theo in de richting van de trein loopt, kijk ik om naar de tent. Dat ik had ingestemd was niet alleen voor Noa's bestwil. De werklieden zijn nog steeds bezig de palen vast te maken; de trapeze is nog niet helemaal klaar. En het trainen zal beter gaan als ze zich kan concentreren op het vliegen dan wanneer ze zich zorgen maakt om Theo.

Als Noa in de trein verdwijnt, steekt mijn twijfel weer de kop op. Sinds ze afgelopen maand voor het eerst durfde los te laten, is ze sterker geworden. Maar ze is nog zo onervaren. Zal ze het dag na dag volhouden in de spotlights en onder de kritische blikken van de toeschouwers?

Ik loop de tent binnen en adem de vochtige geur van aarde en hout in. Dit is elk seizoen een van mijn favoriete momenten, wanneer alles in het circus fris en nieuw is. Andere artiesten, goochelaars en een paar slangenmensen, zijn binnen gedruppeld en werken aan hun eigen nummer. Peter is er niet en ik vraag me af of hij in zijn eentje repeteert, buiten ieders zicht, zodat hij niet berispt kan worden om de politieke act die Herr Neuhoff hem heeft verboden.

Peter had er een paar dagen geleden iets over gezegd. 'Herr Neuhoff probeert me over te halen om het nummer af te zwakken, weg te laten.'

'Ik weet het,' zei ik. 'Hij heeft het er ook met mij over gehad.'

'Wat vind jij?' Peter was normaal gesproken zeker van zijn zaak. Maar nu keek hij bezorgd en ik kon zien dat hij echt geen raad wist.

Het was alleen voor mij dat hij overwoog om het nummer op te geven. 'Je moet het niet voor mij doen.' Ik wilde niet dat Peter zich voor mij opofferde en het me later kwalijk zou nemen.

De werkmannen zijn net klaar met het bevestigen van de trapeze. De voorman, Kurt, laat dat doen vóór de zitbanken en andere installaties, omdat hij weet dat ik meteen wil oefenen. Ik loop naar de plek waar hij met twee werkmannen staat te overleggen hoe de banken moeten worden neergezet. 'Is de grond geëgaliseerd?' vraag ik. Hij knikt. Dat is van groot belang voor de trapeze. De geringste oneffenheid in het aardoppervlak zou de snelheid waarmee we vliegen kunnen beïnvloeden en de precisie van ons nummer tenietdoen – waardoor ik Noa misschien niet zou kunnen vangen.

Ik loop naar een van de ladders en trek er even flink aan om te controleren of hij goed vastzit. Dan klim ik naar het plateau. Beneden hoor ik een paar danseressen met elkaar kletsen tijdens het stretchen. Ik spring zonder te aarzelen. De lucht suist onder me als ik mijn benen opgooi. Zoals altijd op dit moment voel ik me weer zestien, en de lach van mijn familieleden klinkt in mijn oren terwijl ik vlieg. Toen ik pas terug was bij het circus, vroeg ik me af of ik na al die tijd trager was geworden, of ik me het nummer nog wel kon herinneren. Ik was eind dertig, misschien wel te oud. Anderen waren tegen die tijd gestopt om les te geven, te trouwen of zich bij een vulgair variété aan te sluiten. Maar de lucht was het enige waarmee ik me vertrouwd was. Ik deed het nog steeds goed. Waarom zou ik het niet blijven doen? Na een paar weken woog ik lichter, de extra kilo's van de lange diners in Berlijn verdwenen uit mijn taille, en ik was even goed als altijd – beter zelfs, merkte Herr Neuhoff een keer op. Ik kon niet tegen hem zeggen dat ik hoger vloog en meer salto's maakte om de donkere nok van de tent te bereiken waar ik mijn broers kon horen lachen en waar Erichs afwijzing me niet langer kon raken.

Als ik even later weer op het plateau land, houdt ineens het geklets van de artiesten beneden op en het wordt stil in de tent. Noa staat bij de ingang, ze ziet er jong en angstig uit. De andere artiestenten kijken behoedzaam naar haar. Ze hebben zich tegenover haar niet echt vervelend gedragen in de weken dat ze bij ons is, maar ze doen afstandelijk om duidelijk te maken dat ze niet bij ons hoort. Het is altijd moeilijk voor nieuwe artiesten in het circus. Ook mij hadden ze niet met open armen verwelkomd toen ik hier kwam. Nog moeilijker is het voor iemand als Noa, die niet wordt beschouwd als een echte artiest, en te onervaren is om te slagen.

Maar ben ik veel beter, vraag ik me af. Ik had Noa in het begin ook kil behandeld, ik wilde haar weg hebben. Hoewel ik haar sinds het bezoek van de politie in Darmstadt heb geaccepteerd, heb ik haar gezien als een noodzakelijk kwaad, als een onderdeel van het nummer. Ik heb niets gedaan om haar echt een welkom gevoel te geven.

Ik voel me ineens schuldig en kom van de ladder af. Ik negeer de anderen, waarmee ik wil aangeven dat Noa dat ook kan doen. 'Ben je er klaar voor?' Noa antwoordt niet, maar kijkt om zich heen. Voor mij is dit normaal, bijna het enige wat ik ken. Maar nu zie ik het door haar ogen: de enorme ruimte, rijen zitplaatsen, eindeloos.

Ik pak haar hand en staar de anderen stoïcijns aan totdat ze wegkijken. 'Kom mee. De ladders hangen hier wat losser dan in de sportzaal. En alles schudt wat meer.' Ik blijf praten terwijl we omhoogklimmen, deels om haar te kalmeren en deels omdat er dingen zijn – belangrijke dingen – die ze moet weten over de verschillen tussen Darmstadt en de circustent. Na een leven lang in de trapeze kan ik overal optreden – de omgeving vervaagt en het gaat dan alleen nog om mij en de stok in de lucht. Maar voor Noa zou elk klein detail verschil kunnen maken.

'Laten we met iets eenvoudigs beginnen,' zeg ik, maar de doodsangst staat in haar ogen als ze naar beneden kijkt. Straks bezwijkt ze. 'Doe maar net alsof ze er niet zijn.'

Ze pakt de stok met trillende handen en springt. Eerst schokkerig, zoals op haar eerste dag in de trapeze. 'Voel het,' zeg ik nadrukkelijk om haar weer alles te laten herinneren wat ik haar heb geleerd. Als ze het vertrouwde heen-en-weerritme te pakken heeft, worden haar bewegingen soepeler.

'Goed zo,' zeg ik als ze weer op het plateau staat. Ik ben spaarzaam geweest met complimenten, omdat ik niet wil dat ze laks wordt. Maar nu geef ik er meer dan anders, in de hoop haar vertrouwen te vergroten. Ze glimlacht en neemt mijn waarderende woorden in dank aan. 'Nu gaan we het loslaten oefenen.'

Noa kijkt alsof ze bezwaar wil maken. Ik heb er geen vertrouwen in dat ze er klaar voor is om het hier te doen, maar we hebben geen keus. Ik klim de andere ladder op naar het opvangplateau en knik naar Gerda, die met een paar acrobaten heeft staan rondhangen. Ze begint weinig enthousiast achter Noa aan de ladder op te klimmen. Ik bekijk Gerda aandachtig. Ze heeft Noa ook niet bepaald welkom geheten, maar ze is praktisch genoeg om haar te tolereren omdat we haar nodig hebben voor het nummer.

Als Noa boven in de ladder is, glijdt haar voet weg en ze valt bijna. 'Rustig aan,' roep ik vanaf mijn plekje. Hoewel ik het geruststellend bedoel, klinkt het meer als een berisping. Van beneden klinkt gelach van de andere artiesten, die hun vermoedens over Noa's gebrekkige vaardigheden bevestigd zien. Zelfs van een afstand zie ik tranen in haar ogen.

Dan recht ze haar rug en ze knikt. Ze springt energieker dan ik haar ooit heb zien doen. 'Hup!' roep ik.

Ze laat los met verrassend veel precisie voor iemand die voor het eerst in de tent werkt. Onze handen grijpen in elkaar. Ooit zou er een trainer op de vloer zijn geweest om instructies te geven, en mannen voor het vangen. Maar nu er zoveel in de oorlog vechten, zijn we op onszelf aangewezen. Mijn broer Jules was mijn vanger geweest. Tot de afgelopen paar weken waarin ik met Noa oefende, had ik zijn kracht en vaardigheid nooit ten volle gewaardeerd.

Als we terugzwaaien laat ik haar los in de richting van de stok die Gerda naar haar toe heeft geduwd. Met elke zwaai worden Noa's bewegingen sterker. Ze presteert ondanks – nee juist door – de scepsis van de andere artiesten. De uitlatingen beneden gaan onwillig over in respect. Mijn hoop neemt toe. Noa heeft hun respect verdiend, en die van het publiek zal ze ook verdienen.

'Bravo!' roept een stem beneden. Maar de toon is spottend. Noa mist op de terugweg bijna het plateau. Gerda strekt haar armen uit en grijpt haar vast voordat ze kan vallen. Ik kijk naar beneden. Emmet steekt een zwabber in de lucht om Noa belachelijk te maken.

Ik loop kwaad de ladder af. 'Stommeling!' sis ik.

'Zij is geen trapezewerker,' stelt Emmet op overdreven geduldige toon vast, alsof hij het tegen een klein kind heeft. 'Ze was schoonmaakster op het station van Bensheim. Dat is het enige wat ze kan.' Emmet, besef ik nu, heeft de andere artiesten opgestookt en aangemoedigd om Noa niet te accepteren. Hij heeft altijd anderen nodig om zijn eigen zwakte te verhullen. Maar hoe wist hij dat ze op het station had gewerkt? Hij weet waarschijnlijk niets van de rest van Noa's verleden.

'Waarom nu?' wil ik weten. 'Over een uur begint de voorstelling. We moeten haar klaarstomen, en jij ondermijnt haar zelfvertrouwen.'

'Omdat ik niet dacht dat we echt met deze klucht zouden doorgaan,' antwoordt hij. Of dat ze het zou kunnen, voeg ik er zwijgend aan toe. Een deel van hem is jaloers, vermoed ik. Het is Noa met slechts een paar weken oefenen gelukt, terwijl hij al zijn hele leven talent mist. Maar het lijkt me niet verstandig om hem daar nu op te wijzen. 'Dit moet lukken, Emmet,' zeg ik langzaam.

'Voor jou zeker,' sneert hij.

'Voor ons allemaal,' corrigeer ik hem.

Noa is de ladder afgekomen en kijkt van een afstandje toe. Ze heeft waarschijnlijk genoeg gehoord om zich niet op haar gemak te voelen. De blik in haar ogen verraadt dat ze verwacht elk moment opnieuw afgewezen te worden. Hoe is het mogelijk dat ze zich na alles wat ze heeft meegemaakt nog door anderen laat kwetsen?

Ze staat naast me aan de ene kant, de rest van de artiesten staat aan de andere kant. Ik sta tussen hen in, als een eiland.

Ik doe een stap naar haar toe. 'We hebben Noa nodig,' zeg ik luid en duidelijk, zodat iedereen het kan horen. Het is een ingecalculeerd risico; ik heb de goedwillendheid van de circusmensen even hard nodig als zij, om mijn identiteit te behouden en hier te kunnen schuilen. Niemand reageert. Maar ik kan nu niet meer terug. 'In elk geval sta ik achter haar en achter iedereen die niet tegen mij is.' Noa's gezicht krijgt een ongelovige uitdrukking, alsof het de eerste keer is dat iemand het voor haar opneemt.

De anderen verspreiden zich om te gaan repeteren. 'Kom op, laten we ons klaarmaken voor de voorstelling,' zeg ik. Ik pak haar hand en neem haar mee naar buiten.

'Dat had je niet moeten doen,' zegt Noa als we buiten zijn. Ze fluistert, ook al zijn we ruim buiten gehoorsafstand van de anderen. 'Je moet aan je eigen veiligheid denken.'

'Onzin.' Ik wuif haar woorden weg, maar eigenlijk heeft ze gelijk. 'Je moet je wapenen tegen het oordeel van anderen.'

'En wat vind jij?' Ze klinkt buiten adem. Ondanks dat wat ik net tegen haar heb gezegd, merk ik dat mijn mening voor haar het zwaarst telt. 'Denk jij dat ik er klaar voor ben?'

Ik aarzel. Ik denk dat ze nog een jaar training nodig heeft. Ik denk dat het haar zelfs dan misschien niet lukt, omdat al die lampen en al die ogen die op je gericht zijn alles kunnen veranderen.

Ik denk dat we geen keus hebben. 'Ja,' lieg ik. Haar brede glimlach kan ik niet aanzien. Samen maken we ons klaar voor de voorstelling.

# 9

## Noa

Ik loop achter Astrid de tent uit. Buiten zijn nog steeds mensen bezig kaartjes te kopen bij een inderhaast in elkaar gezet loket en te kijken naar de werklieden die de kleinere tenten opzetten. Voormannen schreeuwen bevelen, hun hese stemmen mengen zich met de klank van hamers die metalen pinnen in de harde grond slaan.

'Dank je,' zeg ik, nog eens refererend aan wat er zojuist met de andere artiesten gebeurd is. Ik had gedacht dat Astrid me nooit zou accepteren. Maar ze heeft het voor me opgenomen – en ze denkt dat ik het kan.

Ze wuift mijn dank weg. 'Daar kunnen we ons nu geen zorgen over maken. We moeten ons voorbereiden op de voorstelling. Die begint over een uur.'

'Zo gauw?' vraag ik.

'Het is al over vieren.' Ik had niet beseft dat het zo laat was geworden, of dat de optocht en het opzetten van de tent zoveel tijd hadden gekost. 'We beginnen om zes uur. Vroeger dan toen er nog geen avondklok was. We moeten ons klaarmaken.'

'Ik dacht dat we daar al mee bezig waren.' Ik kijk omlaag naar de jurk die ze me een uur geleden in de trein had geleend en die zo strak zit dat mijn ouders een appelflauwte zouden krijgen als ze me erin zagen.

Zonder acht te slaan op mijn laatste opmerking loodst Astrid me mee over het drukke veld naar de plek waar de trein aan het eind van het spoor staat. 'Het circusterrein ligt dicht bij het spoor zodat we in de rijtuigen kunnen slapen,' legt Astrid uit. 'Er zijn een paar hutten en tenten die we zouden kunnen gebruiken als het warmer was. Dit dorp is niet zo gunstig voor ons,' voegt ze er zachtjes aan toe. 'De burgemeester is dikke maatjes geworden met de Duitsers.'

'Collaboreert hij?' vraag ik.

Ze knikt. 'Natuurlijk wisten we dat vorig jaar toen we de boeking deden nog niet.' En afzeggen zou zeker te veel achterdocht hebben gewekt. Want buiten al het andere is het van het grootste belang om gewoon te doen. 'Maar we blijven bijna drie weken in Thiers, omdat het centraal gelegen is en de mensen uit de hele Auvergne hierheen komen voor de voorstelling.'

In de trein troont Astrid me mee naar een rijtuig waar ik nog niet ben geweest. Het is er warm en het staat vol vrouwen die zich omkleden en zware make-up aanbrengen. Ik kijk naar een van de acrobaten die haar benen donkerbruin schildert. 'Dat doet ze omdat haar maillot niet meer te repareren is,' legt Astrid uit als ze mijn nieuwsgierige blikken ziet. 'En die zijn domweg niet meer te krijgen. Kom.' Ze kiest een kostuum uit het rek tegen de wand en houdt dat voor me. Dan geeft ze het aan een van de kleedsters en verdwijnt. Ik word als een baal wasgoed van het ene stel armen in het volgende geduwd, beschaamd over mijn eigen geur na al die tijd in de trein zonder wasgelegenheid. Iemand trekt het pakje dat Astrid heeft uitgekozen over mijn hoofd, een ander stelt vast dat het te wijd is en begint het af te spelden. Moet ik dit echt aan? Het is nog kleiner dan een zwempak, niet veel meer dan een beha en een broekje. Mijn buik, door alle training strakker dan toen ik in Darmstadt kwam, maar nog steeds verre van perfect, puilt over het elastiek van het broekje. Het kostuum is gemaakt van bewerkte, vuurrode zijde, met goudgalon afgezet. Het ruikt vaag naar sigaretten en koffie, zodat ik me afvraag wie het vóór mij heeft gedragen.

Astrid komt terug en ik slaak een kreet. Vergeleken bij haar tweedelige kostuum, niet veel meer dan een paar zakdoeken die aan elkaar gestrikt zijn, is dat van mij zedig. Maar Astrid is ervoor gemaakt – haar lichaam is als uit graniet gebeiteld, als het beeld van een naakte godin in een museum.

'Zie je me liever salto's maken in een hoepelrok?' vraagt ze als ze mijn reactie ziet. Voor haar is het niet belangrijk dat haar kleding onzedig is. Die draagt ze niet om te verleiden, maar om haar werk goed te doen.

Astrid gebaart me op een omgekeerd krat te gaan zitten. Ze pakt rouge en stippelt die op mijn wangen, en mijn lippen maakt ze kersenrood, als bij een clown. Buiten de paar keer dat ik wat van mijn moeders poeder had gestolen om er ouder uit te zien voor de Duitser, is dit de eerste keer dat ik make-up draag. Ik staar naar de vreemde vrouw in de gebarsten spiegel die iemand op een hutkoffer heeft gezet. Hoe ben ik hier verzeild geraakt?

Astrid lijkt tevreden, ze draait zich om en begint zichzelf op te maken, wat met haar smetteloze huid en lange wimpers nauwelijks nodig lijkt. 'Kan ik heel even weg?' vraag ik. 'Ik wil kijken of alles goed is met Theo.'

Astrid knikt. 'Even dan. Niet te lang wegblijven.' Ik loop de smalle gang door in de richting van de slaapwagon, in de hoop dat Theo niet zal schrikken van mijn vreemde make-up. Maar net als ik het volgende rijtuig in loop, hoor ik stemmen en ik blijf staan.

'Ze willen een blijk van onze loyaliteit als onderdeel van het optreden.' Ik rek mijn nek om het beter te kunnen horen. Het is Herr Neuhoff, hij klinkt zacht en zakelijk. 'Misschien moeten we "*Maréchal, nous voilà…*"'

'Uitgesloten!' snauwt Peter bij het horen van het volkslied van Vichy. Ik deins naar achteren om uit het zicht te blijven. 'Ik heb me nooit door de regering laten voorschrijven wat ik moet doen, zelfs niet tijdens de Eerste Wereldoorlog. Ik heb geen knieval gemaakt voor de tsaar, en dat zal ik nu zeker niet doen. Het is meer dan alleen beleid. Dit gaat over onze integriteit.'

'Dit is iets anders,' dringt Herr Neuhoff aan. 'En een beetje toegeeflijkheid zou veel invloed kunnen hebben op… alles.' Er volgt geen reactie, alleen stampende voetstappen en een deur die zo hard wordt dichtgeslagen dat het hele rijtuig schudt.

Er klinkt een bel die, zoals Astrid me al had verteld, aangeeft dat we naar het achterveld moeten komen, het gedeelte achter de tent waar we ons allemaal verzamelen voordat de voorstelling begint. Ik kijk verlangend de gang van het rijtuig in. Er is geen tijd meer om naar Theo te gaan.

Buiten ziet het zojuist nog lege veld rond de grote tent er totaal anders uit met vijf kleine tenten die als paddenstoelen uit de grond geschoten lijken te zijn. Het middenpad staat vol mannen met strohoeden, vrouwen en kinderen in hun zondagse kleren. Bij de ingang naar de grote tent hangt een aanplakbiljet waarop de nummers die binnen te zien zijn worden aangeprezen. De jongleurs en degenslikkers laten alvast een staaltje zien om de menigte te lokken. Een fanfarekorps speelt vrolijke melodietjes om het wachten te veraangenamen voor de rij die voor het kaartjesloket staat. Er hangt een zware, zoete geur van suikerspinnen en gekookte pinda's. Dat soort lekkernijen lijkt bijna niet mogelijk nu alles op de bon is en zoveel mensen nauwelijks te eten hebben. Even voel ik me licht, alsof ik weer een jong meisje ben. Maar de lekkernijen hier zijn voor de weinige gelukkigen met geld – en zeker niet voor ons.

Ik loop om de grote tent heen. Een paar jonge jongens liggen plat op de grond onder het tentdoek door te kijken, maar een van de seizoenarbeiders jaagt ze weg. De tent is rondom versierd met grote aanplakbiljetten van de beroemdste acts. Astrid in haar jonge jaren torent boven me uit en hangt aan zijden doeken. Ik kijk als gehypnotiseerd naar haar verschijning. Ze moet toen ongeveer zo oud als ik zijn geweest, en ik ben heel nieuwsgierig naar wie ze is.

Ik kom langs de biertent die ze aan het eind van het middenpad hebben neergezet, recht tegenover de draaimolen. Binnen klinkt bulderend mannengelach. Het is lastig om een goede balans te vinden, had Astrid uitgelegd: we willen het publiek genoeg te drinken geven om ze te laten genieten van de voorstelling, maar niet zoveel dat ze onhandelbaar worden en de boel verstoren.

Peter, die ik zojuist nog met Herr Neuhoff had gezien, glipt achter uit de biertent met een heupflesje in zijn hand. Hoe was hij hier zo snel gekomen? Hij kijkt me onzeker aan. 'Even snel een slokje,' zegt hij voordat hij rustig doorloopt. Het verbaast me – ik had niet gedacht dat artiesten voor de voorstelling mochten drinken. Wat zou Astrid daarvan vinden?

Ik kom bij het achterveld. Mijn ogen gaan nerveus naar de nok van de circustent. Het lijkt onmogelijk dat de tent, niet meer dan wat stof en palen, die enorme trapeze kan dragen – en ons.

Astrid ziet me zorgelijk kijken en komt naar me toe. 'Het is veilig.' Maar in gedachten zal ik altijd voor me zien hoe ik die ene keer viel, mijn dood tegemoet. 'Hoe voel je je?' vraagt ze. Zonder een antwoord af te wachten controleert ze opnieuw mijn polswikkels en steekt de kist met hars naar me toe om mijn handen nog eens in te smeren. 'We willen je niet laten doodvallen,' zegt ze. 'Niet na al het werk dat we in je hebben geïnvesteerd.' Bij het laatste zinnetje glimlacht ze even om het luchtig te laten klinken. Maar haar blik is ernstig, bezorgd.

'Denk je dat ik het niet kan?' waag ik te vragen, niet zeker of ik het antwoord wil horen.

'Natuurlijk wel.' Ik luister naar haar stem en probeer te peilen of ze geforceerd klinkt. 'Je hebt hard gewerkt. Je hebt er aanleg voor. Maar dit is voor ons allemaal een serieuze zaak. Er mogen geen fouten gemaakt worden.' Ik knik begrijpend. Het gevaar is even groot voor Astrid als voor mij, zelfs na zoveel jaar.

Ik tuur de donkere tent in, die hoog opdoemt als een gigantische grot. In het midden is de piste zo'n twaalf meter in doorsnee, gescheiden van het publiek door een laag hek. Ik had de andere artiesten horen praten over de Amerikaanse circussen, hoe groot die waren, zoals Barnum, met drie pistes. Maar hier zouden alle ogen gericht zijn op de hoofdact. De eerste twee rijen stoelen zijn gestoffeerd met robijnrood fluweel en een satijnen gouden ster, om aan te geven dat dit de beste zitplaatsen zijn, de eerste rang. Daarachter rijzen ruwhouten banken in concentrische cirkels op, aan alle kanten toeschouwers, het idee vliegt me aan – ik kan me nergens verbergen, overal zijn ogen.

De menigte begint binnen te druppelen en ik trek me terug zodat ze me niet zien. De plaatsaanwijzers en programmaverkopers zijn in feite de minder belangrijke artiesten die zodra de tent vol is snel weg kunnen om zich te schminken en voor te bereiden. Ik kijk naar de toeschouwers als ze hun plaats innemen, een mengeling van welgestelde stadsmensen vooraan, en arbeiders op de hogere banken, fris gewassen maar niet helemaal op hun gemak, alsof ze hier niet horen. Ze hebben nauwelijks een paar franc voor eten, maar toch hebben ze een manier gevonden om een kaartje te bemachtigen. Dit zijn de gelukkigen die zich kunnen veroorloven om hier in de tent een paar uur hun problemen te vergeten.

Als de lucht grijs kleurt en de voorstelling bijna gaat beginnen, wordt het stil op het achterveld, iedereen concentreert zich en keert in zichzelf. De acrobaten roken een laatste sigaret. Ze zien er schitterend uit in hun met lovertjes bestikte kostuums en hoofdtooien. Hun onberispelijke schmink en gekapte haar geven niets prijs van de primitieve omstandigheden waarin we ons hadden moeten omkleden. Astrid ijsbeert diep in gedachten achteraan. Gezien haar intense gezichtsuitdrukking durf ik haar niet te storen. Natuurlijk heb ik zelf nog geen ritueel voor het optreden ontwikkeld. Ik sta aan de kant en probeer te doen alsof ik mijn hele leven niets anders gewend ben.

Astrid wenkt me. 'Blijf niet stilstaan, dan worden je spieren koud,' vermaant ze me. 'Je moet stretchen.' Ze bukt en gebaart me een been op haar schouder te leggen, een oefening die we in het winterverblijf al vele malen hebben gedaan. Ze komt langzaam rechtop, mijn been rijst mee, en ik probeer niet mijn kaken op elkaar te klemmen maar diep te ademen en me neer te leggen bij het bekende branderige gevoel achter in mijn dijbeen.

'Wil jij op mijn schouder stretchen?' vraag ik als ze me met mijn andere been heeft geholpen. Ze schudt haar hoofd. Ik volg haar blik over het achterveld naar de plek waar Peter in zijn eentje aan het repeteren is. Hij heeft nu een veel te wijd jasje en dito broek aan en zijn gezicht, dat zojuist nog een stoppelbaard vertoonde, is nu helemaal wit geschminkt. 'Astrid...' begin ik.

Ze kijkt me aan alsof ze was vergeten dat ik daar stond. 'Wat is er?' Ik aarzel. Ik overweeg haar te vertellen dat Peter onenigheid had met Herr Neuhoff in de trein, of dat ik hem uit de biertent had zien komen. Maar ik wil haar niet ongerust maken zo vlak voor ons optreden.

'Je bent nerveus,' zegt ze vlak.

'Ja,' geef ik toe. 'Was jij dat niet voor je eerste optreden?'

Ze lacht. 'Ik was zo jong dat ik dat niet eens meer weet. Maar het is normaal om nerveus te zijn. Het is zelfs goed. De adrenaline houdt je alert en voorkomt dat je fouten maakt.' Of mijn handen trillen zo erg dat ik de stok niet kan vasthouden, denk ik.

In de tent worden de lichten gedempt en is het podium in het donker gehuld. Een spotlight gaat aan en werpt een gouden plas op de vloer midden in de piste. Het orkest zet een enthousiasmerend akkoord in. Herr Neuhoff verschijnt, majestueus met zijn vlinderdas en hoge hoed. *'Mesdames et Messieurs…'* galmt hij in de microfoon.

De 'Unter Donner und Blitz' Polka wordt ingezet en de gepluimde paarden draven de piste in. Hun berijders – de vrouwen in de rijkst versierde kostuums – hebben geen zadel, ze zitten nauwelijks terwijl ze hun benen van de ene kant naar de andere scharen. Een van hen gaat rechtop staan en buitelt vanuit die positie achterwaarts door de lucht, waarna ze keurig op een volgend paard landt. Ook al heb ik dit nummer tijdens de repetities al gezien, ik kan niet anders dan samen met het publiek een kreet slaken.

Het programma, heeft Astrid me uitgelegd, is met opzet op deze manier in elkaar gezet: eerst een snel nummer, dan een langzaam en daarna weer een snel nummer, leeuwen en andere gevaarlijke dieren met tussendoor pantomime. 'De lichte nummers na de zware,' had ze gezegd, 'als een maaltijd waarbij je na elke gang je smaak wilt neutraliseren.' Maar er zijn ook praktische redenen, zoals de tijd die nodig is om de kooien naar binnen en naar buiten te brengen, waardoor ze vlak voor de pauze moeten optreden.

Terwijl ik toekijk besef ik dat de tent ook met een bepaalde opzet is ingericht. De banken lopen op, zodat men omlaag kan kijken. De ronde vorm maakt dat het publiek elkaars reacties kan zien, en de ongebroken cirkel werkt als een snoer voor de elektrische lading die de tent vult. Het publiek zit roerloos, als gehypnotiseerd door het web van kleuren, lichten, muziek en vakmanschap. Hun ogen dansen mee met de opgegooide ballen van de acrobaten en ze laten waarderende geluiden horen als een van de dompteurs met een leeuw walst. Astrid had gelijk: zelfs tijdens een oorlog moeten mensen leven – ze gaan op zoek naar eten en ze houden hun huizen schoon – waarom zouden ze dan niet lachen in het circus zoals toen de wereld nog heel was?

Daarna volgt het slappe koord. Een meisje, Yeta, staat op een plateau en houdt een lange stok vast om in evenwicht te blijven. Dit nummer jaagt me nog meer de stuipen op het lijf dan de trapeze en ik heb God al vele malen bedankt dat Herr Neuhoff dit niet voor mij heeft uitgekozen. De muziek matigt het tempo voor een dramatisch effect. Dan, als Yeta op het koord stapt, buldert de muziek en het is alsof iedereen de adem inhoudt.

Yeta's voet glipt weg en ze weet met moeite haar evenwicht te bewaren. Waarom nu, bij dit nummer dat ze al tientallen keren heeft geoefend en uitgevoerd? Ze kan zich nog net staande houden, wiebelt dan weer, en deze keer lukt het haar niet zich te herstellen. Er klinkt een collectieve kreet als ze schreeuwend naar beneden valt terwijl haar armen fladderen alsof ze probeert te zwemmen. 'Nee!' roep ik hard. In haar val zie ik de dag waarop Astrid me duwde weer helemaal voor me.

Ik wil naar voren rennen. We moeten haar helpen. Maar Astrid houdt me tegen. Yeta valt in het net, dat tot laag op de grond zakt. Daar ligt ze, bewegingloos. De toeschouwers lijken hun adem in te houden, alsof ze niet weten of ze ongerust moeten zijn of dat de val bij de act hoort. Werknemers komen aanrennen om haar uit de piste weg te dragen, uit het zicht van de menigte. Als ik Yeta's slappe lichaam zie, word ik doodsbang. Dat zou mij ook kunnen overkomen. Yeta wordt snel naar een Peugeot gebracht die achter de tent staat. Ik verwachtte een ambulance, maar de werknemers leggen haar achter in de auto die daarna wegrijdt.

'Een ongeluk tijdens de eerste voorstelling van het seizoen,' zegt een stem naast me, en ik voel kruidige adem warm op mijn blote schouder. We hebben elkaar nooit gesproken, maar ik herken de vrouw met het golvende zilvergrijze haar, het is Drina, de zigeunerin die vlak voor de voorstelling en in de pauze de toekomst voorspelt op het middenpad. 'Een heel slecht voorteken.'

'Onzin,' zegt Astrid, en ze wuift de opmerking weg. Maar haar gezicht staat ernstig.

'Zal het goedkomen met Yeta?' vraag ik als Drina weg is.

'Ik weet het niet,' zegt Astrid botweg. 'Maar zelfs als ze het overleeft, kan ze misschien niet meer optreden.' Ze laat het klinken alsof een leven zonder optreden bijna nog erger is dan sterven.

'Geloof jij de waarzegster?' Ik hoor zelf dat ik te veel vragen stel. 'Ik bedoel, over dat slechte voorteken.'

'Bah!' Astrid maakt een wegwerpgebaar. 'Als ze echt de toekomst kan voorspellen, wat doet ze hier dan nog?' Daar zegt ze wat.

Ik kijk in de tent waar de menigte onzeker zit te wachten. De rest van de voorstelling zal vast afgelast worden. Maar de artiesten staan nog bij elkaar, alsof ze klaar zijn om te beginnen. 'Clowns, *schnell*!' roept Herr Neuhoff. De clowns tuimelen naar binnen om hun nummer te doen. Blije clowns met grote schoenen en kleine hoedjes. Muzikale clowns. Grapjassen die overal de draak mee steken.

Peter lijkt daar niet bij te passen. Hij stapt als laatste de piste in, met een wit gezicht, een rode mond en dikke zwarte lijnen, en hij kijkt het publiek aan alsof ze hem hebben laten wachten. Niet een bedroefde, maar een serieuze clown, met scherpe humor, die moeilijk lachjes afdwingt. Terwijl de andere clowns een nummer op een tandem doen, danst Peter om hen heen en voert in zijn eentje een pantomime uit. Hij houdt de hele tent geboeid door te paaien, plagen, aan te voelen wie terughoudend of moe is om met hem mee te gaan en hen te lokken. Het is alsof hij het publiek probeert zover te krijgen dat ze hem behagen met hun reacties en applaus, terwijl eigenlijk het omgekeerde het geval zou moeten zijn. Vanuit haar donkere hoekje kijkt Astrid toe, gebiologeerd.

Ook Herr Neuhoff kijkt toe vanaf de rand van de piste, gespannen. Ik houd mijn adem in terwijl ik wacht tot Peter met de paradepas begint die Herr Neuhoff had verboden. Peter heeft in zijn nummer ook niet het pro-Vichy-volkslied verwerkt dat Herr Neuhoff had voorgesteld. Maar hij houdt zijn optreden luchtig, alsof hij aanvoelt dat na Yeta's val al het andere te veel zou zijn.

De clowns worden gevolgd door de olifanten met hun met edelstenen versierde kopstuk, de beer en de apen in hun kleine pakjes die wel wat van dat van het mijne weg hebben. Dan is het pauze en alle lichten gaan aan. Bezoekers kunnen even naar buiten om hun benen te strekken en te roken. Maar voor ons is het geen pauze. 'Wij moeten hierna,' deelt Astrid mee. 'We moeten ons klaarmaken.'

'Wacht, Astrid...' Het is of mijn maag een meter zakt. Tot nu toe was ik alleen maar toeschouwer van de voorstelling geweest en was ik bijna de echte reden waarom ik hier ben vergeten. Maar om nu voor het publiek op te treden… na wat er met Yeta is gebeurd, hoe moet ik dat doen? 'Ik kan dit niet.' Mijn hoofd is wazig en ik ben alles vergeten.

'Natuurlijk wel,' zegt ze geruststellend met een hand op mijn schouder. 'Dat zijn alleen maar zenuwen.'

'Nee, ik ben alles vergeten. Ik ben er niet klaar voor.' Mijn stem schiet van paniek omhoog. Een paar andere artiesten draaien zich naar me om. Een van de acrobaten trekt haar mondhoek zelfvoldaan op, alsof alles wat ze over me vermoedde waar blijkt te zijn.

Astrid loodst me mee en blijft dan staan terwijl ze haar handen op mijn schouders legt. 'Luister nu even. Je bent goed. Getalenteerd zelfs. En je hebt hard gewerkt. Let niet op het publiek en doe alsof wij daar alleen met zijn tweetjes zijn in Darmstadt. Je kunt het.' Ze geeft me een stevige kus op beide wangen, alsof ze iets van haar kalmte en kracht in me wil drukken. Dan draait ze zich om en loopt naar de piste.

Als er een bel gaat keert het publiek terug naar hun plaatsen. Als ik onder het gordijn naar de mensen kijk die daar vol verwachting zitten, worden mijn benen zwaar. Ik kan geen stap verzetten. 'Lopen,' gromt Astrid terwijl ze me ruw naar voren duwt als de muziek inzet.

Terwijl de lichten weer worden gedempt, rennen we de piste in. In het winterverblijf zat de ladder vastgeklonken in de muur. Maar hier bungelt hij vanaf boven, onderaan zit hij maar een beetje vast. Ik moet mijn best doen om niet te vallen als hij heen en weer beweegt. De klim duurt langer dan ik verwachtte en ik ben nog maar net bij het plateau wanneer het spotlight aangaat. Het licht strijkt langs de zijkanten van de tent tot het me heeft gevonden. En dan sta ik daar, zichtbaar voor de menigte. Ik huiver. Waarom kunnen de clowns zich verbergen achter een dikke laag schmink en moeten wij hier bijna naakt staan, in niet veel meer dan een dun laagje nylon dat ons scheidt van honderden ogen?

De muziek wordt langzamer om aan te geven dat ons nummer begint. Dan is er stilte, gevolgd door tromgeroffel dat toeneemt – voor mij de aanwijzing dat ik moet springen. 'Hup!' klinkt Astrid in het donker. Als ze dat zegt moet ik onmiddellijk loslaten, maar dat doe ik niet. Astrid zwaait door de lucht, wachtend op mij. Over een seconde is het te laat en wordt het nummer een fiasco.

Ik haal diep adem en spring van het plateau. Ineens is er niets meer onder mijn voeten, alleen lucht. Ook al heb ik in het winterverblijf tientallen keren zo gevlogen, toch is er één moment pure angst, alsof het weer de eerste keer is. Ik kom hoger, duw mijn angst weg en geniet van de lucht die om me heen suist.

Astrid komt met gestrekte armen naar me toe. Ik moet loslaten op het hoogste punt om alles goed te laten verlopen. Het vangen maakt me echter nog steeds doodsbang, en nu ik Yeta heb zien vallen nog meer. Astrid had die angst veroorzaakt door me die ene keer te laten vallen. Zou ze dat nog eens doen?

We kijken elkaar recht aan. Vertrouw me, lijkt ze te zeggen. Ik laat los en suis door de lucht. Astrids handen grijpen de mijne en ze laat me een fractie van een seconde onder haar zwaaien. Opluchting en opwinding stromen door me heen. Maar er is geen tijd om dit te vieren. Even later werpt Astrid me terug in de richting waar ik naartoe moet. Ik dwing mezelf me weer te concentreren, rond te draaien zoals ze me heeft geleerd. Dan strek ik mijn armen uit en durf amper te kijken. Astrid heeft me precies in de juiste lijn gebracht, de stok valt in mijn handen en de menigte juicht. Ik land weer op het plateau, ik heb weer grond onder mijn voeten.

Het is ons gelukt! Mijn hart stroomt vol van vreugde en ik voel me blijer dan ik in tijden ben geweest. Maar het nummer is nog niet klaar, Astrid wacht met een strenge, geconcentreerde uitdrukking op me. We voeren de tweede vlucht uit, deze keer pakt Astrid me bij mijn voeten. Het applaus brengt me tot nog grotere hoogte. Nog een keer heen en terug, dan is het voorbij. Heel even vind ik het bijna jammer, maar de opluchting wint het.

Ik recht mijn rug als de schijnwerper me op het plateau vindt. Het publiek blijft juichen. Voor mij. Ze hebben totaal niet gezien wat Astrid heeft moeten doen als vanger. Ik begrijp op dat moment hoe zwaar het voor haar was om niet in de schijnwerpers te staan, wat ze heeft opgeofferd om mij dit nummer te laten doen.

De lichten worden gedempt en Peter bereidt zich voor om nogmaals de piste in te komen, dit keer voor een solo-optreden. Anders dan andere artiesten die tijdens de show een of twee keer optreden, komt hij tussendoor herhaaldelijk op en vormt zo de draad die het hele programma verbindt. Nu leidt hij de menigte met zijn nummer af om de werkmannen tijd te geven de kooien met wilde dieren, die tijdens ons nummer in het donker zijn binnengebracht, op de juiste plaats neer te zetten.

Astrid en ik klimmen naar beneden en haasten ons in het halfduister naar het achterveld. 'We hebben het gered!' roep ik uit terwijl ik mijn armen om Astrid heen sla. Ik wacht op haar waardering. Nu zal ze toch zeker wel blij met me zijn. Maar ze reageert niet en even later stap ik terneergeslagen achteruit.

'Je hebt het goed gedaan,' zegt ze ten slotte. Maar ze klinkt ingehouden en kijkt zorgelijk.

'Ik weet dat ik bij die eerste vlucht te laat was...' begin ik.

'Sst.' Ze legt me het zwijgen op en tuurt in de tent. Ik volg haar blik naar een man op de eerste rij – in een SS-uniform. Ineens word ik misselijk. Ik zou hem zeker hebben opgemerkt als hij daar in de eerste helft van de voorstelling had gezeten. Hij moet na de pauze binnengekomen zijn. In mijn nervositeit had ik hem niet gezien.

'Ik weet zeker dat hij hier alleen voor de voorstelling is,' zeg ik om haar gerust te stellen. Maar mijn woorden missen overtuigingskracht. Wat moet een Duitse officier in vredesnaam hier? Hij kijkt ontspannen naar de dompteur die de leeuwen trucjes laat doen. 'Maar je moet Peter wel waarschuwen dat hij dat ene stukje in zijn volgende nummer weglaat...' Ik zwijg als ik besef dat ze niet luistert, maar nog steeds geconcentreerd tussen de gordijnen door kijkt.

'Ik ken hem.' Astrid klinkt kalm, maar ze is bleek geworden.

'Die Duitser?' Ze knikt. 'Weet je het zeker?' Mijn keel wordt bijna dichtgesnoerd. 'Ze zien er allemaal precies hetzelfde uit in die vreselijke uniformen.'

'Een kameraad van mijn man.' Ex-man, wil ik haar corrigeren, maar dat lijkt me nu niet verstandig.

'Je kunt niet meer naar binnen,' zeg ik bezorgd. Voor mij zit het er nu op, maar Astrid moet nog een nummer doen in het Spaanse Web. Ik heb een beklemd gevoel in mijn borst. 'Je moet het tegen Herr Neuhoff zeggen.'

'Nooit!' barst ze los, en ze klinkt nu eerder boos dan bang. 'Ik wil hem niet opzadelen met de vraag of hij mij dat nummer nog moet laten doen. Als ik niet kan optreden, ben ik niets waard voor het circus.' En dan zou de bescherming van Herr Neuhoff alleen maar liefdadigheid zijn. Ze kijkt me recht aan. 'Dat zou voor mij het einde betekenen. Zweer dat je het niet vertelt. Niemand mag het weten.'

'Laat mij in jouw plaats gaan,' vraag ik smekend. Natuurlijk is dat een loos aanbod – ik heb niet getraind met doeken of voor andere nummers dan de trapeze.

Ik kijk wanhopig achterom. Peter zou Astrid misschien wel kunnen overhalen om niet nog eens op te treden. 'Astrid, wacht nou toch...' Maar het is te laat – ze loopt vastberaden de piste in. Op dat moment zie ik hoe dapper ze in werkelijkheid is. Ze vervult me met ontzag – en verbijstering.

Astrid klimt een andere ladder op dan die hiervoor. Deze keer hangt ze aan een satijnen doek, alsof ze zich in het luchtledige bevindt. Ik houd mijn adem in en bestudeer het gezicht van de officier om te zien of hij haar herkent. Maar hij lijkt te gefascineerd om iets te vermoeden. Met haar bewegingen vertelt ze een verhaal, weeft ze een tapijt. Het houdt hem – en het hele publiek – geboeid. Maar ik ben nog steeds doodsbang en houd mijn adem in. Astrids schoonheid en de legendarische souplesse waarmee ze haar nummer uitvoert kunnen alles prijsgeven, dreigen haar ware identiteit te verraden.

'Verborgen in het volle zicht,' mompelt Astrid tijdens het overdonderende applaus als ze de tent uit loopt. Er klinkt iets van zelfgenoegzaamheid door in haar stem, ergens genoot ze ervan de Duitser voor het lapje te houden. Maar haar handen trillen als ze haar wikkels afdoet.

Dan is het afgelopen. Alle artiesten komen op voor een laatste buiging, het hele spektakelarsenaal wordt nog één keer aan het publiek getoond. Ik klim de ladder op zoals Astrid me had opgedragen en voor de laatste keer maken we een buiging op de plateaus tegenover elkaar, zonder te vliegen, maar met slechts één been gestrekt in de hoogte, als ballerina's. Kinderen zwaaien als gekken naar de artiesten die glimmend van het zweet een bescheiden buiging maken om te bedanken, als acteurs die niet uit hun rol vallen.

Naderhand delen sommige artiesten handtekeningen uit aan de

menigte die zich aan de rand van het achterveld heeft verzameld. Ik kijk nerveus toe als Astrid lof krijgt toegezwaaid; misschien zou ze hier niet buiten moeten staan. Maar de Duitse officier laat zich niet meer zien.

Helemaal achteraan op het veld zie ik Peter, die geen handtekeningen uitdeelt maar loopt te ijsberen en in zichzelf praat met evenveel concentratie als voordat de voorstelling begon. Hij gaat in gedachten zijn optreden na, vindt de fouten en noteert de dingen die hij de volgende keer beter wil doen. De circusartiesten zijn even fanatiek als balletdansers of concertpianisten. Elk foutje is een gapende wond, ook al heeft verder niemand daar iets van gezien.

Als het laatste programma van een handtekening is voorzien, lopen we terug naar de trein, langs de mensen die de boel schoonmaken en de dieren voeren. 'Ooit zou er na de eerste voorstelling een vuurwerk zijn geweest,' merkt Astrid op terwijl ze naar de donkere hemel tuurt.

'Maar nu niet meer?' vraag ik.

'Te duur,' antwoordt ze. 'En er is niemand die knallen tegenwoordig nog kan waarderen.'

Ik word overvallen door vermoeidheid. Mijn botten doen zeer en mijn bezwete huid is afgekoeld. Het enige wat ik wil is terug naar Theo, en zijn lieve warme lijfje voelen. Maar Astrid loodst me mee terug naar de kleedwagon, waar we onze kostuums ophangen en make-up verwijderen. Ze wrijft warme olie die naar dennen geurt en in mijn neus kietelt in mijn schouders. 'Ik wil alleen maar slapen,' protesteer ik in een poging haar van me af te schudden.

'Ons lichaam is alles wat we hebben in dit beroep. Daar moeten we goed voor zorgen. Morgen zul je er blij om zijn,' belooft ze terwijl ze hard mijn nek wrijft. Mijn spieren branden.

'Je hebt het mooi gedaan,' vervolgt Astrid. Oprecht geeft ze me de waardering waar ik zo naar had verlangd. Mijn hart lijkt over te slaan. 'Natuurlijk hadden je benen tijdens de tweede vlucht iets rechter gekund,' gaat ze door, zodat ik weer op aarde beland. Want Astrid zal altijd Astrid blijven. 'Daar kunnen we morgen iets aan doen.' Morgen, denk ik, terwijl de dagen met eindeloos veel oefenen en voorstellingen zich voor me uitstrekken. 'Ik ben trots op je,' zegt ze dan, en ik voel mijn wangen warm worden.

We gaan van de kleedwagon naar de slaapwagon. Dan blijf ik staan. Ik maak me nog steeds zorgen over de Duitse officier die haar heeft gezien en de mogelijkheid dat hij misschien weet wie ze is. Astrid zal het tegen niemand zeggen, maar moet ik dat dan niet doen? Ik kijk in de richting van Peters wagon. Hij geeft om haar, dat weet ik, en hij is degene wie haar veiligheid het meest ter harte gaat. Maar als ik naar hem toe ga, zal hij het tegen Astrid zeggen. En daarna tegen Herr Neuhoff, vermoed ik. Hem heb ik weinig gesproken sinds ik bij het circus ben, maar hij is altijd vriendelijk. Het is zijn circus. Hij weet vast wel wat we moeten doen. Ik zie Astrids sombere blik en hoor haar weer zeggen: Niemand mag het weten. Ze zal razend zijn als ze erachter komt dat ik iets tegen haar wil heb gedaan. Maar Herr Neuhoff is de baas van het circus; op hem kan ik het meest rekenen als het om Astrids veiligheid gaat.

Ik wil niets liever dan naar Theo. Maar hij slaapt nu – en er is iets anders wat ik eerst moet doen. 'Ik ben iets vergeten,' zeg ik, en ik ben al weg voordat ze een vraag kan stellen.

Ik klop op de deur van het rijtuig van Herr Neuhoff, het laatste voor de personeelswagon. 'Binnen,' roept hij, en ik doe de deur open. Ik ben hier nog nooit geweest. Het is prettig ingericht, met een gordijn dat het bed scheidt van het zitgedeelte. Herr Neuhoff zit aan een bureau, zijn dikke buik dreigt de rieten stoel voorover te laten kantelen. Hij heeft het fluwelen jasje dat hij in de piste droeg uitgetrokken en de boord van zijn linnen ruchesoverhemd, dat nu donker kleurt van het zweet, losgeknoopt. Een sigarenpeuk in de asbak verspreidt een verschroeide geur. Hij zit gebogen over de boekhouding. Het leiden van een circus is een enorme onderneming die meer inhoudt dan de piste of zelfs het winterverblijf. Hij is verantwoordelijk voor het welzijn van iedereen, niet alleen betaalt hij hun loon, maar ook de huur en het eten. Ik zie nu zijn vermoeidheid, zijn leeftijd, en de zware last die hij draagt.

Zijn voorhoofd is nog gefronst als hij opkijkt van het grootboek dat voor hem ligt. 'Ja?' zegt hij, kort maar niet onvriendelijk.

'Stoor ik?' kan ik nog net uitbrengen.

'Nee,' antwoordt hij, maar hij klinkt vlak, zijn ogen liggen dieper in hun kas dan een paar uur geleden. 'Vreselijk dat Yeta is gevallen. Ik moet rapport uitbrengen bij de autoriteiten.'

'Komt het goed met haar?' vraag ik, het antwoord half vrezend.

'Ik weet het niet,' zegt hij. 'Zodra het licht wordt ga ik naar het ziekenhuis. Maar eerst eist de gemeente dat ik morgen belasting afdraag. Calamiteitenbelasting, noemen ze het.' Alsof wat wij deden, amusement brengen, hun schade toebracht. 'Ik probeer er alleen achter te komen waar ik dat geld vandaan moet halen.' Hij glimlacht flauwtjes. 'Dat is het nadeel van een eigen bedrijf. Wat kan ik voor je doen?'

Ik aarzel omdat ik zijn problemen niet nog groter wil maken. In de hoek staat een kleine radio te spelen. Die zijn momenteel verboden, en ik had niet geweten dat hij er een had. Ik zie ook een mooie doos schrijfpapier en enveloppen op zijn bureau. Herr Neuhoff volgt mijn blik. 'Wil je je vader schrijven om hem te laten weten dat het goed met je gaat?' Ik heb daar vaker aan gedacht, en me afgevraagd wat mijn ouders zouden denken wat er van me was geworden, of ze zich zorgen maakten of me helemaal hadden afgeschreven. Wat zou ik zeggen – dat ik bij het circus ben gegaan en nu een kind heb dat erg veel lijkt op het kind dat van me afgenomen is? Nee, ze zouden niets van mijn leven begrijpen. En als ze wisten waar ik ben, zou ik ergens altijd hopen dat ze me zouden komen halen – en steeds als ze dat niet deden zou mijn hart weer breken.

'Ik zou voor je kunnen schrijven,' biedt hij aan. Ik schud mijn hoofd. 'Wat kan ik dan voor je doen?'

Voordat ik de reden van mijn komst kan vertellen, begint Herr Neuhoff zwaar te hoesten, veel erger dan in het winterverblijf. Hij pakt een glas water. Als het hoesten afneemt, neemt hij een pil. 'Gaat het, meneer?' Ik hoop dat mijn vraag niet te vrijpostig is.

Hij wuift hem weg, alsof hij een vlieg verjaagt. 'Een hartkwaal, zit in de familie. Heb ik altijd al gehad. Het vochtige voorjaarsweer doet er geen goed aan. Nou, wat wilde je zeggen?' Hij dringt nu aan, omdat hij weer aan zijn administratie wil.

'Het gaat over Astrid,' begin ik aarzelend. Ik haal diep adem en vertel hem over de Duitser op de eerste rij die haar kent.

Zijn gezicht betrekt. 'Ik was al bang dat zoiets vroeg of laat zou gebeuren,' zegt hij. 'Goed dat je het me laat weten.' Ik hoor aan zijn toon dat ik nu kan gaan.

Ik waag het hem nog één keer te storen. 'Nog een laatste opmerking, meneer – Astrid zou heel boos worden als ze wist dat ik het u heb verteld.'

Ik zie de worsteling in zijn gezicht – hij wil me graag geheimhouding beloven, maar dat kan hij niet zonder te liegen. 'Ik zal niet zeggen dat ik het van jou weet.' Het is een schrale troost. Ik ben de enige die ervan op de hoogte is. Ik voel de onrust in mijn buik als ik wegga.

In ons rijtuig zit Astrid in het donker op het bed met Theo die in haar armen ligt te slapen. Ik moet de opwelling onderdrukken om hem wakker te maken, zijn donkere oogjes te laten openen en me aan te kijken. 'Hij slaapt nog maar net,' zegt ze. Dat ik weet dat ik op het nippertje te laat ben om hem nog wakker te zien, maakt het bijna nog erger. Ze streelt zacht zijn wangetje.

'Ik wil je iets vragen,' begint Astrid. Ik verstar en probeer een aannemelijke reden te bedenken voor mijn afwezigheid. 'Heb je op weg hiernaartoe Peter gezien?'

'Nee, niet sinds we van het achterveld zijn vertrokken. Hij was aan het repeteren,' zeg ik, al weet ik dat dat niet echt het juiste woord is voor wat hij na de voorstelling aan het doen was.

'Ik wou dat ik naar hem toe kon. Maar hij slaapt liever alleen als de optredens tijdens een tournee eenmaal zijn begonnen.' Haar ogen dwalen verlangend in de richting van Peters wagon. 'Nu ik Erichs collega heb gezien...' Ze laat haar kin op haar borst zakken. 'Ik wil gewoon niet alleen zijn.' Haar handen liggen trillend op Theo's ruggetje.

Ze is eenzaam, besef ik. Ik was eraan gewend geraakt om alleen te zijn in de maanden dat ik op het station van Bensheim werkte. Omdat ik als enig kind opgegroeid was, was dat niet zo moeilijk. Maar Astrid was vanuit een grote circusfamilie naar Erich gegaan en daarna had ze algauw Peter gevonden. Ondanks haar flinkheid kan ze niet goed alleen zijn.

'Je bent niet alleen,' zeg ik met het gevoel dat ik tweede keus, niet toereikend ben. Ik sla mijn arm om haar heen. 'Ik ben er voor je.' Ze verstijft en even vraag ik me af of ze zich los zal maken. Sinds mijn komst bij het circus ben ik altijd degene geweest die Astrid nodig had, die van haar afhankelijk was. Nu lijken de rollen omgedraaid.

Astrid strekt zich uit op het bed met Theo in haar armen. Ik schuif naast haar, ze voelt warm. We drukken onze voorhoofden tegen elkaar aan als een tweeling in de baarmoeder, een eenheid die samen ademt. Ik voel een troost die ik sinds ik mijn huis verliet niet meer heb gevoeld. Astrid had ooit voor de grap gezegd dat ze oud genoeg was om mijn moeder te kunnen zijn. Maar het is waar. Ik zie mijn eigen moeder nu even duidelijk voor me als de dag waarop ze me nakeek. Ze had voor me moeten vechten, me met haar leven moeten beschermen. Nu ik Theo heb, begrijp ik wat er aan haar liefde ontbrak.

'Waar denk je aan?' vraagt Astrid. Het is de eerste keer dat ze belangstelling toont.

'Aan de zee,' lieg ik, te beschaamd om toe te geven dat ik naar mijn ouders verlang die me de deur uit hebben gezet.

'De zee zelf of de mensen die daar wonen?' vraagt ze onbewogen. Ze doorziet me. 'Je ouders – je houdt nog van ze, toch?'

'Ik geloof het wel.' Toegeven voelt als een zwakte.

'Je roept 's nachts om hen,' zegt ze. Ik voel dat ik bloos en ben blij dat ze in het donker mijn gezicht niet kan zien. 'Ik droom nog steeds over Erich,' vertrouwt ze me toe. 'En ik heb nog steeds gevoelens voor hem.'

Het verbaast me. 'Ook al heeft hij je...'

'Eruit gezet? Afgewezen? Ja, ondanks dat. Je houdt van mensen zoals ze ooit waren, zonder al het verschrikkelijke dat hen hiertoe heeft gebracht, weet je.'

Ik weet het. In haar bedroefde toon hoor ik hoe gekwetst ze is omdat Erich haar in de steek heeft gelaten. 'Maar nu heb je Peter,' breng ik te berde in een poging haar pijn te verzachten.

'Ja,' erkent ze. 'Maar dat is niet helemaal hetzelfde.'

'Hij geeft veel om je,' houd ik vol.

Ik voel haar naast me verstijven. 'Peter geniet van mijn gezelschap. Meer is het niet.'

'Maar Astrid... ik kan zien hoeveel hij om je geeft... en jij om hem.' Ze reageert niet. Hoe is het mogelijk dat Astrid Peters ware gevoelens niet ziet? Misschien is ze, na alles wat ze heeft meegemaakt, bang om meer te willen.

'Maar goed, we hadden het over jou.' Ze verandert van onderwerp. 'Ik weet dat je je ouders mist. Maar het verleden ligt achter je. Neus vooruit, hoofd in de wind. Je hebt nu Theo. Je gaat nooit meer terug.' Ze klinkt kordaat. 'Dat moet je accepteren als je jezelf en Theo wilt redden. Tenzij je natuurlijk zijn ouders vindt. Je wilt toch dat hij zijn ouders vindt?' dringt ze aan.

Een scherpe pijn gaat door me heen. 'Natuurlijk. Dat zou een opluchting zijn.' Mijn stem klinkt hol. Ook al had ik aan Theo's ouders gedacht, voor hen gebeden, ik kan me niet voorstellen dat ik hem ooit zal laten gaan. Hij is nu van mij.

'En zo niet, dan zou hij geadopteerd kunnen worden. Hij is niet jouw kind. Hij hoort in een gezin. Je bent een jong meisje, je hebt je hele leven nog voor je. Op een dag zul je hem moeten laten gaan.'

Hij hoort wel bij mij, denk ik. Ik gebaar in het donker om me heen. 'Dit ís mijn leven.' Ik ben niet van plan om voor altijd bij het circus te blijven. Ik moet verder met Theo, voorgoed weg uit Duitsland. Maar op dit moment kan ik me moeilijk iets anders voorstellen.

'Ooit denk je er misschien anders over,' zegt ze. 'Soms duurt het leven dat we leiden niet zo lang als we denken.'

Haar woorden lijken door de stilte van de slaapwagon te weergalmen. Ik bijt op mijn tong om mijn protest binnen te houden. Ik had ooit mijn kind afgestaan en dat was bijna mijn dood geweest. Die pijn zou ik niet nog eens te boven kunnen komen.

Natuurlijk weet Astrid daar niets van. Mijn verleden is nog een geheim. In de ruimte tussen ons in lijkt het groter te worden, ons uit elkaar te drijven en van het beetje vriendschap een leugen te maken.

'Astrid,' begin ik. Ik moet haar nu vertellen hoe ik op dat station terecht ben gekomen. Over de Duitse soldaat. Dit geheim mag niet tussen ons blijven spoken.

'Als het over ons nummer gaat, daar kunnen we het morgen over hebben,' zegt ze slaperig.

'Dat is het niet.'

'Wat dan?' vraagt ze met opgeheven hoofd. Ik slik, niet in staat om iets te zeggen. 'Dank je,' zegt Astrid voordat ik verder kan gaan. Er klinkt een kwetsbaarheid in haar stem die ik nooit eerder heb gehoord. 'Ik bedoel, ik geloof dat ik je nog niet heb gezegd dat ik waardeer wat je doet. Zonder jou had ik niet meer kunnen optreden.' Strikt genomen is dat niet waar. Ze kon het Spaanse Web of een ander solonummer blijven doen. Maar haar hart ligt bij de trapeze, en mijn aanwezigheid maakt dat voor haar mogelijk. 'Ik wil dat je weet dat ik je dankbaar ben,' vervolgt ze terwijl ze onder de deken mijn hand pakt.

Ik voel een brok in mijn keel waardoor ik niet kan zeggen wat ik wilde. Ik zou het kunnen forceren, koste wat kost de waarheid vertellen. Maar Astrid knijpt in mijn hand en er is een warmte tussen ons die er eerder niet is geweest. De drang om het haar te vertellen neemt af en verdwijnt dan als sneeuw voor de zon. 'Wat wilde je zeggen?'

'Niets. Nou ja… het gaat over Peter.' Ik kan het niet over mijn hart verkrijgen haar nu de hele waarheid over mijn verleden te vertellen. Maar in mijn haast mijn geheim verborgen te houden, flap ik er een ander geheim uit: 'Hij was aan het drinken voor de voorstelling.' Ik schrik, onzeker of ik dit had moeten zeggen. Het gaat mij niet aan. Maar ergens heb ik het gevoel dat zij het moet weten.

Astrid reageert niet meteen en ik voel dat ze haar spieren spant. 'Weet je het zeker?' vraagt ze. 'Hij doet altijd vreemd voor een voorstelling.' Ze klinkt ongerust, alsof ze iets niet wil weten waarvan ze al op de hoogte is.

'Ik weet het zeker. Ik zag hem uit de biertent komen.'

'O.' Ze klinkt niet verbaasd, alleen bedroefd. 'Ik heb zo mijn best gedaan om hem ermee te laten stoppen.'

Doe nog meer je best, wil ik zeggen. Hoe zou iemand die verder zo sterk is als Astrid het niet tegen hem op kunnen nemen?

'Ik voel me gewoon zo hulpeloos,' zegt ze met overslaande stem. Ik verwacht dat ze gaat huilen, maar haar lichaam schokt alleen maar. Ik schuif naar haar toe en ze laat zich in mijn armen vallen, met Theo zo dicht tussen ons in dat ik bang ben dat hij wakker wordt en zich zal laten horen. 'Zo hulpeloos,' herhaalt ze, en ik weet dat ze het niet alleen over Peter heeft.

Eindelijk houdt het schokken op en ze kruipt dichter tegen mij aan. 'De voorstelling is het belangrijkste,' zegt ze slaperig. 'Zolang we kunnen blijven optreden, is alles goed.'

In gedachten loop ik mijn gesprek met Herr Neuhoff na. Ik zie weer zijn bezorgde blik toen ik hem vertelde over de Duitser die Astrid herkende.

En de vraag dringt zich op of ik niet een verschrikkelijke vergissing heb begaan.

# 10

## Noa

'Ik ga naar de stad,' zeg ik tegen Astrid. Ik zit met Theo op schoot en voer hem de laatste hapjes van zijn middageten. Het is een banaan – een zeldzaamheid die een van de keukenhulpen had weten te bemachtigen – die ik heb fijngeprakt met wat melk. De eerste keer dat Theo het proefde, zette hij grote ogen op van verbazing en hij kirde bij de onbekende volle smaak, zo anders dan de saaie pap die hij anders altijd krijgt. Iets lekkers voor hem is er nauwelijks, aangezien ik hem niet kan registreren voor distributiebonnen zonder dat dat vragen oproept. Dus ik geef hem wat voor hem geschikt is van mijn eigen eten.

Ik zet de kom neer in de hoop dat Astrid niet zal protesteren. Het is zondag, bijna twaalf uur, twee dagen na onze eerste voorstelling en we hebben er al vier uur repetitie op zitten. Mijn schouders doen vreselijk pijn en er stijgt een aardse geur op van het zweet op mijn huid. 'Ik ga naar het hotel voor een bad,' vervolg ik. Aangezien er geen stromend water is op het circusterrein, hebben we twee kamers in het kleine hotel gehuurd, een voor de mannen en een voor de vrouwen, waar we elke week een bad kunnen nemen.

Astrid haalt een stukje zeep uit haar koffer. 'Hier,' zegt ze en ik pak het dankbaar aan. De zeep die we van het circus hebben gekregen is niet veel meer dan een krasserig puimsteentje, maar deze zeep is glad en geurig. 'Ik heb het van plantensap gemaakt,' legt ze uit. Ik ben steeds verbaasd over Astrids vindingrijkheid en de dingen die ze van jongs af aan heeft geleerd tijdens tournees. Dan fronst ze haar voorhoofd. 'Je moet wel over een uur terug zijn. Ik wil aan je kniehang werken en aan de split voor de voorstelling van morgen.'

'Maar het is zondag,' protesteer ik. De enige dag waarop we niet optreden. Op het veld achter de tent wordt op zondag door de artiesten wat geoefend of gekaart, of ze gunnen hun vermoeide lijf simpelweg rust. De kinderen rennen rond, spelen tikkertje of hoepelen, genietend van een dag waarop niemand hen de tent uit stuurt of tot zwijgen maant.

Een rustdag – maar niet voor mij. Astrid laat me even hard zwoegen als andere dagen, met na de lunch maar een paar uurtjes vrij om Theo eten te geven en wat tijd met hem door te brengen. Het ziet ernaar uit dat dat zelfs vandaag niet lukt. Ik weet dat ik hier niet tegen kan protesteren. Ook al was mijn eerste nieuwe optreden vrijdag en zaterdag geslaagd, er is nog steeds veel werk aan de winkel. Ik heb alleen nog maar de vlucht rechtdoor gedaan: ik zwaai hoog op en zij pakt me tijdens mijn val bij mijn armen. Maar de variaties die we kunnen uitproberen zijn eindeloos: pirouettes en salto's, het vastgrijpen bij de enkels. Wat ik heb geleerd is maar een druppel in de oceaan van de trapezekunst, nog lang niet goed genoeg.

'Wat dat betreft...' Ik aarzel. 'Ik dacht eraan, als ik me nu eens aan het eind van de tweede vlucht omdraai, dan kun je me achterstevoren opvangen.'

Het is de eerste keer dat ik een voorstel heb durven doen en Astrid staart me aan alsof ik ineens horentjes heb gekregen. Dan haalt ze haar schouders op en maakt een wegwerpgebaar. 'Dat zou nooit werken.'

'Waarom niet?' dring ik aan. 'Ik zou dan klaarstaan voor de terugzwaai en het zou er beter uitzien dan alleen maar recht naar voren.'

Ze perst haar lippen geërgerd op elkaar, alsof ik een kind ben dat om een snoepje blijft zeuren. 'Je moet aan de basisoefeningen blijven werken. Probeer je niet beter voor te doen dan je bent.' Ik doe gekwetst een stap naar achteren. Ik mag dan goed genoeg zijn voor de voorstelling, maar ze zal me nooit als een gelijke beschouwen. 'Trouwens, je kunt nu beter gaan als je nog naar de stad moet,' verandert Astrid van onderwerp. 'Ik pas zolang wel op Theo.'

'Vind je het niet erg?' vraag ik met een verlangende blik naar Theo. Ook al wil ik dolgraag een bad om me weer schoon te voelen, ik wil niet bij hem weg. Op de dagen dat ik optreed zie ik hem al zo weinig – na de laatste voorstelling slaapt hij allang. Ik vind het vreselijk om een van onze dierbare zondagmiddagen te moeten opgeven. Wat had ik hem graag meegenomen naar de stad! Hij kon ook wel een fatsoenlijk bad gebruiken in plaats van die metalen emmer waarin ik water over hem heen giet, waarbij hij uit protest begint te huilen of kreten slaakt van pret, afhankelijk van de temperatuur. Maar ik kan hem niet meenemen naar de stad met het risico aandacht en vragen uit te lokken.

'Helemaal niet.' Astrid komt naar me toe en pakt Theo over. Iets in haar tedere blik naar hem spreekt boekdelen over het kind dat ze nooit heeft gehad. Ze is de twee dagen na de voorstelling ook iets aardiger tegen me geweest. Ze eist nog wel veel voor mijn optreden. Maar het lijkt erop dat ze echt denkt dat ik het kan, en dat ik een van hen ben. En na ons gesprek die avond over Peter en het verleden heb ik bijna het gevoel dat we vriendinnen zijn, dat we elkaar kunnen vertrouwen.

Of dat zou althans zo zijn als ik niet mijn geheim blijf bewaren over mijn eigen kind en de Duitser die hem heeft verwekt. Ik had het Astrid al weken geleden moeten vertellen – dat had misschien de schade kunnen beperken. Maar dat had ik niet gedaan, en de waarheid blijft nu als een obstakel tussen ons in liggen. Nu is het niet alleen het geheim zelf, maar dat ik het haar niet heb verteld waar ze me om zou haten.

'Als je door het bos loopt, langs de beek, ben je sneller in de stad dan over de weg,' stelt ze voor.

Ik houd mijn hoofd schuin terwijl ik probeer de route die ze beschrijft voor me te zien. Behalve de hoofdweg waar we over kwamen bij onze aankomst, ben ik nog niet van het terrein af geweest.

'Het pad ligt vlak achter de circustent,' gaat ze verder als ze mijn verwarring opmerkt. 'Ik loop wel even met je mee, dan laat ik het je zien.'

Ik volg Astrid die zich met Theo door de smalle ruimte tussen de bedden wurmt. We komen langs een danseres die haar haar kastanjebruin kleurt met zelfgemaakte verf. Een ander is bezig een gat in haar maillot te mazen. Bij de deur staat een gezette vrouw uit een van de kleinere nummers zich ongegeneerd te verkleden, haar grote borsten zijn niet te onderscheiden van de vleesplooien eronder. Ik wend mijn blik af. Met zoveel vrouwen op een en dezelfde plek is er heel weinig privacy – en dat is nog maar een van de vele dingen van het circusleven waar ik nooit aan zal wennen.

We stappen naar buiten. Eerder op de dag hadden we geoefend; de hemel boven de tent leek beschilderd in roze en blauwe tinten. Maar nu hangt er een krans van mist rond het bovenste deel, als een pet die laag over het voorhoofd is getrokken. We lopen over het achterveld, de open ruimte met tenten vlak bij de trein waar de circusmensen hun vrije tijd doorbrengen, weg van de nieuwsgierige blikken van het publiek. Ondergoed wappert schaamteloos aan een waslijn. Uit de veldkeuken zweeft de dampende geur van gekookte aardappels en verraadt wat er vanavond op het menu staat. Ik hoor het gekletter van borden, een handjevol mensen is bezig met de afwas na het middagmaal.

Als we langs de grote tent lopen, horen we daarbinnen de vertrouwde mengelmoes van geluiden van een klarinettist die aan het oefenen is, het gegrom van de krachtpatser en het gerinkel van zwaarden van twee clowns die zogenaamd duelleren. Door de opening in het gordijn ziet de arena er triest uit in het harde daglicht. De fluwelen stoelbekleding is gerafeld en gevlekt. Het zaagsel op de grond dat ooit schoon was ligt nu vol rommel van snoepwikkels en sigarettenpeuken. Een gele plas in de hoek waar een paard heeft geürineerd geeft een zure stank af.

Aan de rand van het circusterrein onder een bloeiende kersenboom zit Drina in een exotische paarse jurk die ze om zich heen heeft gespreid, met haar grove vingers vol fonkelende ringen kaarten te schudden. Ze vergezelt het circus elk jaar, heeft Astrid me verteld. Ze verschijnt bij de eerste stopplaats en blijft tot het eind van het seizoen, waarbij ze het publiek buiten op het middenpad vermaakt. In deze vreemde wereld waar vrijwel iedereen wordt geaccepteerd, is Drina nog steeds een buitenstaander. Niet alleen omdat ze een Roma is, een zigeunerin; in het circus komen allerlei rassen voor. Maar haar nummer lijkt een soort truc, alsof ze kan toveren. Niks geen circus, zei Astrid smalend. Die uitdrukking heb ik in de maanden dat ik bij hen ben vaker gehoord om optredens te beschrijven die niet bij het ideaal van het circus passen.

Drina wenkt me. Ik kijk aarzelend naar Astrid. 'Kan het?' vraag ik. 'Eén minuutje maar.' Ze slaat haar blik ten hemel en haalt haar schouders op. Ik loop verder, nieuwsgierig naar het vreemd uitziende kaartspel dat Drina doelbewust in een bepaalde formatie voor zich uitspreidt. 'Ik heb geen geld om je te betalen,' zeg ik.

Ze steekt haar arm uit, pakt zonder iets te vragen mijn hand en strijkt met haar ruwe vingers over de lijnen in mijn handpalm. 'Je bent geboren onder een gelukkig gesternte,' zegt ze. Gelukkig. Hoeveel keer had ik dat gehoord? 'Maar je hebt een groot verdriet gehad.' Ik schuifel ongemakkelijk heen en weer. Hoe kan zij dat weten? 'Je krijgt rust,' gaat ze door. Het lijkt een nogal boude voorspelling in deze tijden. 'Maar eerst komt er ziekte – en een breuk.'

'Een breuk, als van een bot?' vraag ik. 'En wie wordt er ziek?' Ze schudt haar hoofd en zegt niets meer. Ik voel me er niet prettig bij en stap abrupt op. 'Dank je,' zeg ik haastig.

Ik loop terug naar Astrid, die Theo voor zijn plezier in de rondte zwiert. 'Wat zei ze?' vraagt Astrid, ondanks zichzelf nieuwsgierig.

'Niets belangrijks,' zeg ik niet helemaal op mijn gemak.

'Ik begrijp niet waarom je in die dingen gelooft,' schimpt ze.

En ik begrijp niet waarom jij dat niet doet, wil ik zeggen. Maar ik ben bang dat ik dan bot overkom. 'Ik hoor graag iets over de ongewisse toekomst, over wat er misschien gebeurt.'

'De toekomst komt gauw genoeg,' luidt haar reactie.

Even later lopen we in een bos tussen de bomen. Ze staan dichter op elkaar dan uit de verte leek, het is een bos met dennen en kastanjebomen. Het verschilt niet zoveel van het bos waar ik de nacht dat ik met Theo wegvluchtte doorheen had geploeterd. Maar de sneeuw is verdwenen en kleine grassprietjes en onkruid piepen al uit de vochtige aarde. Het licht valt schuin door de takken waarop de eerste groene knopjes te zien zijn. Er ritselt iets in het struikgewas, misschien een vos of een egel. Als het weer die nacht net zo zacht was geweest als nu, was ik misschien niet gevallen en was ik niet bij het circus terechtgekomen.

'Ik was van plan in de stad ook op zoek te gaan naar iets extra's voor Theo,' zeg ik tegen Astrid. 'Rijstemeel of verse melk.'

'Het is zondag,' merkt Astrid op. Ik knik. Dat is het vervelende: de enige dag waarop ik naar de stad kan is precies de dag dat de meeste winkels dicht zullen zijn. 'Natuurlijk is er altijd nog de zwarte markt...' Ik had daarover tijdens de bezetting gehoord in ons dorp, en ook in het opvangtehuis en het station. Mensen verkochten illegaal spullen die je nergens anders kon krijgen tegen een hogere prijs.

'Ik zou niet weten waar je die moest vinden.' Ik laat mijn schouders hangen. 'Misschien als ik het in de stad vraag...'

'Nee!' valt ze uit. 'Je mag niets doen wat achterdocht kan wekken. Als je de verkeerde aanspreekt, kan dat gevaarlijke vragen oproepen.'

We komen algauw bij een beek. Wilgen rijzen op aan de oever en staan voorovergebogen, net niet ver genoeg om het spiegelende oppervlak van het donkere water te breken. 'Daar,' zegt Astrid, en ze blijft staan en wijst naar de licht gebogen houten voetgangersbrug die de rand van de stad markeert.

'Ga je niet mee?' vraag ik teleurgesteld. Het zou zoveel gemakkelijker en leuker zijn om samen de stad in te gaan.

Ze schudt haar hoofd. 'Het is beter om niet gezien te worden.' Ik vraag me af of ze het over zichzelf heeft of over Theo of over hen allebei. Denkt ze nog steeds aan de Duitse man die die eerste avond naar ons was komen kijken? Maar haar ogen kijken nog steeds verlangend naar het stadje. 'Trouwens, iemand moet op Theo passen,' helpt ze me herinneren. 'Je hebt je papieren toch wel bij je?'

'Jawel.' Ik klop op mijn zak.

'Wees voorzichtig.' Ze fronst haar voorhoofd als ze me onderzoekend aankijkt. 'Praat alleen met mensen als het niet anders kan.'

'Ik ben over een uur terug,' zeg ik en ik geef Theo een kus op zijn voorhoofd. Hij steekt zijn handje naar me uit alsof hij wil zeggen: neem me mee. Het lijkt alsof een sluier elke dag iets verder wordt opgetild, en hij de wereld beter begrijpt.

Mijn hart breekt als ik zacht in zijn vingertjes knijp. 'Je kunt nu beter vertrekken, als je nog wilt gaan,' raadt Astrid me aan. Ik geef Theo nog een kus en loop dan naar de voet van de heuvel waar Thiers op is gebouwd, en beklim het steile pad dat zich tussen de vakwerkhuizen met grauwe luiken door slingert. Patrijzen roepen vanaf de dakranden naar elkaar. Het is op zondagmiddag rustig in de hoofdstraat nu de winkels gesloten zijn. Een paar oude vrouwen met een omslagdoek zijn op weg naar de romaanse kerk aan het stadsplein. Het is de meest vreemde normale situatie – een café met goed gekapte vrouwen die koffiedrinken en koekjes knabbelen achter ronde ramen, mannen die jeu de boules spelen op een grasveld naast het plein. Een jongen van een jaar of tien verkoopt kranten op de hoek.

Het hotel is niet veel meer dan een groot pension, twee hoge aangrenzende huizen die bij elkaar getrokken zijn door een muur uit te breken. Ik haal de sleutel op bij de eigenaar, die zonder dat ik iets zeg al schijnt te weten wat ik kom doen. Was hij naar een voorstelling van ons geweest, of zag hij ergens aan dat ik bij het circus hoor? Ik loop door de kleine lobby, die stampvol zit met gasten die zitten of tegen de muur aan staan te roken. Het circus had geluk gehad met die kamers; het hotel zit vol vluchtelingen die aan het begin van de oorlog uit Parijs waren gekomen, of uit noordelijker dorpen die verwoest waren door luchtaanvallen of gevechten. *L'Exode*, had Astrid het genoemd. Wat de reden ook was, ze waren niet teruggegaan, maar hier gebleven omdat ze geen woon- of verblijfplaats hadden.

De kamer op de tweede verdieping is smal en lelijk, met een tweederangs smeedijzeren bed en een wastafel waarin de waterdruppels van de laatste gast niet helemaal weggeveegd zijn. Ik kleed me snel uit en veeg wat zaagsel uit de piste van mijn lichaam dat op de een of andere manier onder mijn rok was gekropen. Ik blijf even staan om in de spiegel te kijken. Mijn lichaam is veranderd door al dat trainen, zoals Astrid had voorspeld; op sommige plaatsen zit minder vet en zijn mijn spieren beter ontwikkeld.

Maar het is meer dan alleen mijn uiterlijk dat veranderd is door het werk aan de trapeze: sinds we op tournee zijn, moet ik harder werken en denk ik voortdurend aan ons nummer. Nog uren na een optreden voel ik de lucht onder mijn voeten suizen, als een trein waar ik niet uit kan. Ik droom zelfs van de trapeze. Soms word ik met een schok wakker als ik naar een stok grijp die er niet is. Ook overdag is het een obsessie voor me. Ik was zelfs op een avond in het donker naar de piste geslopen. Al waren de tribunes leeg, het was alsof ik aan alle kanten ogen zag. Alleen wat maanlicht piepte naar binnen. Het was dwaas om alleen te oefenen zonder iemand die toekeek of die hulp kon halen als ik zou vallen. Maar de uren die ik overdag trainde waren domweg niet genoeg.

Ik vertelde het aan Astrid in de hoop dat ze mijn vastberadenheid zou prijzen. 'Je had wel dood kunnen vallen,' zei ze verontwaardigd. Wat ik ook doe, het is nooit goed, te veel of niet genoeg.

Toch lokken de moeilijkere oefeningen: al was het maar een pirouette, of een hogere zwaai voor een salto. Ik hoef het niet te doen. Ik houd mij aan mijn deel van de afspraak door op te treden. Maar ik merk dat ik meer wil bereiken.

Een halfuur later verlaat ik schoon en fris het hotel. Ik kijk naar de winkels, en kom even in de verleiding om daar voor mijn plezier wat rond te neuzen. Misschien zijn er, in tegenstelling tot wat Astrid zei, wel een paar winkels open om wat levensmiddelen te kopen. Maar Theo wacht op me. Ik keer om.

Aan de overkant staat een jongen van een jaar of achttien met gitzwart haar in een deuropening. Hij kijkt naar me op een manier die ik bijna was vergeten, en die ik nog maar één keer eerder had ervaren. Mijn huid kriebelt. Ooit zou ik misschien gevleid zijn geweest. Maar ik kan me nu geen aandacht van anderen veroorloven. Gaat hij problemen maken? Ik sla mijn blik neer en loop snel door.

Op de hoek verkoopt een man fruit op een omgekeerd krat. Voor het eerst sinds de oorlog zie ik aardbeien, vlekkerig en onrijp, maar toch, echte aardbeien. Het water loopt me in mijn mond. Ik stel me Theo's gezichtje voor als hij voor het eerst die zoete smaak zou proeven. Ik vis in mijn zak naar een munt als ik naar het krat loop. Nadat ik de man heb betaald stop ik de twee aardbeien die ik heb gekocht in mijn zak en vecht tegen de impuls om er meteen een op te eten.

Achter me hoor ik gegiechel. Even vraag ik me af of het de zwartharige man is van zojuist. Maar als ik me omdraai zie ik twee jongens van een jaar of twaalf naar me wijzen. Ik kijk snel om me heen om te zien wat er te lachen valt en besef dan dat het om mij is. Ik kijk omlaag naar mijn doorschijnende rode rokje, mijn gedessineerde kousen en mijn laag uitgesneden blouse. Ik val op tussen gewone mensen. Ik breng beschaamd mijn hand omhoog om mijn borst te bedekken. Aan de trapeze heb ik geleerd om me achter de lichten te verbergen en te doen alsof ik het niet ben. Maar hier voel ik me naakt en kwetsbaar.

Een vrouw, misschien hun moeder, loopt op de jongens af en ik wacht tot ze hen berispt voor hun onbeschoftheid. Maar in plaats daarvan duwt ze hen achter haar alsof ze hen tegen me wil beschermen. ‘Houd afstand,’ waarschuwt ze hen in het Frans, niet eens zachtjes. Ze staart me aan alsof ik zou bijten. Naar ons komen kijken in de tent is één ding, ons op straat ontmoeten iets heel anders.

‘Pardon, zo is het wel genoeg,’ zegt een stem achter me. Ik draai me om en zie de man die zojuist naar me stond te kijken. Hij kijkt me bevreemd aan en ik wacht tot hij zich achter haar schaart. ‘De circusartiesten zijn bij ons in het dorp te gast,’ zegt hij echter. Ik vraag me af hoe hij weet dat ik bij het circus hoor, tot ik besef dat het mijn kleding moet zijn. Ik doe een stap achteruit.

‘Moet je haar eens zien,’ protesteert de vrouw, met afkeer in mijn richting wijzend.

Ik bloos. Buitenstaanders zien het circus als iets duisters en erotisch, had Astrid me ooit gewaarschuwd. In werkelijkheid is dat verre van waar. Het leven tijdens een tournee is juist streng – in de meisjestent is een chaperonne en de avondklok begint hier vroeger dan die van de Duitsers. We zijn te moe om ons problemen op de hals te halen. Toch komen nieuwsgierige fans ons bespieden op het achterveld om een glimp op te vangen van iets sensationeels of ongepasts. Eigenlijk is ons leven saai en simpel: opstaan, eten, aankleden, trainen, repeteren.

De vrouw wil iets zeggen, maar de jongeman is haar een slag voor. ‘*Au revoir, Madame Verrier,*’ zegt hij laatdunkend, en zij draait zich om en loopt beledigd de straat uit.

'*Bonjour,*' zegt hij tegen me als de vrouw verdwenen is.

Ik herinner me Astrids waarschuwing om niet met bewoners te praten en loop weg. 'Wacht,' roept hij. Ik kijk om. 'Het spijt me dat die vrouw zo onbeleefd deed. Ik ben Lucienne,' vervolgt hij met uitgestoken hand. Hij noemt niet zijn achternaam, zoals mensen dat vroeger thuis deden als ze zich voorstelden, en ik vraag me af of dat hier de gewoonte is. 'Iedereen noemt me Luc.' Nu hij dichterbij staat, is hij langer dan ik dacht. Ik kom nauwelijks tot zijn schouders.

Ik aarzel en geef hem snel een hand. '*Enchanté,*' zegt hij. Spot hij met me? Ik zie geen onoprechtheid in zijn ogen, niets van de kwaadaardige blikken van de andere bewoners.

'Noa,' zeg ik aarzelend.

'Zoals van de ark,' merkt hij op. Ik kijk hem niet-begrijpend aan. 'Uit de Bijbel.'

'O ja, natuurlijk,' zeg ik. Aan de overkant staan de jongens weer te ginnegappen nu hun moeder in een van de winkels is verdwenen, buiten gehoorsafstand. Luc wil met een gezicht als een donderwolk op hen af gaan. 'Laat maar,' zeg ik. 'Dan maak je het alleen maar erger. Ik ging trouwens net weg.'

'Jammer,' zegt hij. 'Mag ik met je meelopen?' Zonder op een antwoord te wachten pakt hij mijn arm.

Ik trek me los. 'Neem me niet kwalijk,' zeg ik. Komt het doordat ik bij het circus ben dat hij zich die vrijheid denkt te kunnen veroorloven?

'Sorry, ik wilde je alleen helpen.' Hij klinkt verontschuldigend. 'Ik had het je moeten vragen.' Hij steekt weer zijn arm uit. 'Mag ik?'

Waarom doet hij zo aardig? Hij is vriendelijk – te vriendelijk. Niemand is tegenwoordig zonder meer vriendelijk, tenzij ze iets van je willen. De Duitse soldaat komt in mijn gedachten. 'Het lijkt me geen goed idee,' zeg ik.

'Een jongen die met een meisje meeloopt, wat is daar mis mee?' vraagt hij. Hij kijkt me aan alsof hij me uitdaagt.

'Goed dan,' geef ik toe, en ik laat hem mijn arm pakken. Hij loopt met me mee naar de rand van de stad. Ik voel de warmte van zijn vingers door mijn mouw. Hij loopt snel, zelfverzekerd, het soort jongen waar ik vroeger thuis nooit iets tegen had durven zeggen.

We lopen de voetgangersbrug over en naderen het bos. Ik blijf staan en maak me los, deze keer iets kordater. 'Ik red het verder zelf wel.' Dat hij met me de stad is uit gelopen is één ding. Maar als hij nog verder meegaat, zou iemand van het circus misschien zien dat ik contact heb met een bewoner, waar Astrid me voor heeft gewaarschuwd. Ik kan haar blik al bijna voelen. Ik draai me om naar het bos en vraag me af of ze op de uitkijk staat. Maar ik zie niemand. Toch zou ik hier niet meer moeten zijn. Ik ben al ruim een uur weg en ze wacht vast om met me te gaan trainen, misschien is ze ongerust. 'Ik moet gaan,' zeg ik vastberaden.

Hij veegt een lok van zijn voorhoofd, zijn gezicht is een mengeling van gekwetstheid en verwarring. 'Sorry dat ik je heb lastiggevallen,' zegt hij en hij loopt weg.

'Wacht!' roep ik hem na. 'Lucienne…'

'Luc,' corrigeert hij terwijl hij terugloopt.

'Luc.' Ik laat de naam over mijn tong rollen. 'Ik moet een paar dingen kopen.' In mijn haast om die vervelende jongens en hun moeder te ontlopen was ik bijna vergeten dat ik iets te eten zocht voor Theo.

'Wat voor dingen?' vraagt Luc.

In gedachten zie ik Astrid, hoor ik haar waarschuwen niemand iets te vragen. 'Melk, rijstebloem.' Het komt er stamelend uit, omdat ik niet de waarheid over Theo wil prijsgeven.

Hij kijkt me zonder uitdrukking aan. 'Voor jezelf?'

'Ja.' Ik kijk hem recht aan. Hij is een vreemde, ik kan hem niet vertrouwen.

'Of voor de baby?' vraagt hij. Ik verstijf panisch. Hoe weet hij van Theo? 'Ik zag dat je hem vasthield in de optocht toen het circus aankwam.'

Ik krijg de kriebels. Ik had niet geweten dat hij me had gezien. Ons leven lijkt zelfs buiten de piste opeens een vissenkom. 'Mijn broertje,' weet ik uit te brengen, terwijl ik bid dat hij niet iets anders vermoedt, zoals Astrid had gedaan.

'Heb je geen distributiebonnen?' gaat hij verder. Hij lijkt mijn uitleg te accepteren.

'Jawel, natuurlijk, maar dat zijn er nooit genoeg.'

Hij kijkt om naar het centrum. 'De winkels zijn dicht op zondag,' zegt hij ten slotte. 'Misschien kun je een keer op een weekdag terugkomen.'

'Dat gaat moeilijk met alle optredens,' antwoord ik op mijn hoede. Ik overweeg hem naar de zwarte markt te vragen, maar ik durf niet.

'Wat doe jij trouwens bij het circus, dresseer je tijgers?' vraagt hij gekscherend.

Even ben ik geneigd hem te vertellen dat ik hier nog maar een paar weken ben en niet echt bij het circus hoor. Maar het zijn nu mijn mensen. Ik hef mijn kin. 'Ik doe trapezewerk, als je het weten wilt.' Ik ben er trots op dat ik goed ben geworden in mijn nieuwe werk, de moeite die ik erin heb gestoken om zo ver te komen. Het is niet te begrijpen voor mensen buiten het circus zoals Luc, voor wie het alleen maar amusement is. 'Je hebt de voorstelling zeker niet gezien?'

Hij schudt zijn hoofd. 'Misschien moest ik dat eens doen,' zegt hij en dan glimlacht hij. 'Maar alleen als je daarna met me wilt afspreken. Voor een kop koffie,' voegt hij eraan toe om te voorkomen dat ik denk dat hij iets oneerbaars voorstelt. 'Ik zal vast veel vragen hebben over de voorstelling. Nou?'

Ik weet het niet. Hij lijkt echt aardig en op een ander moment zou ik misschien makkelijker ja hebben gezegd. 'Sorry, dat kan niet,' zeg ik.

In zijn blik flitst teleurstelling op die weer even snel verdwijnt. 'Ik kan de rest van de weg met je meelopen,' biedt hij aan. 'Voor het geval je die jongens weer ziet – of hun moeder.'

'Dat is niet nodig.' Ik wil hem niet aanmoedigen. En ik wil niet dat iemand van het circus ons samen ziet – vooral Astrid niet.

Ik loop door voordat hij nog iets kan zeggen, en ik voel zijn ogen in mijn rug.

# 11

# Astrid

Ik kijk Noa na als ze over de voetgangersbrug loopt. Ik voel een beschermingsdrang in me opkomen. De eerste keer dat ze het terrein verlaat. Zal ze het redden of zal haar nervositeit haar in de problemen brengen? Even wil ik haar achterna gaan om haar op het hart te drukken voorzichtig te zijn, niemand aan te spreken en nog duizend andere dingen. Ik zou graag zelf ook naar de stad gaan voor een echt bad, maar nu die Duitser me laatst bijna herkende durf ik me niet meer te laten zien. Ik kijk behoedzaam om me heen. Waar ik sta, aan de rand van het bos, is niet heel ver van het dorp en ik wil niemand tegenkomen die me vragen stelt over het kind – of over mezelf.

Mijn gedachten gaan terug naar het optreden van die vorige avond. Toen ik de tent in keek, viel mijn oog op iemand. Een man in uniform met een SS-speldje dat glom op zijn revers. Roger von Albrecht. Hij was een collega van mijn man in Berlijn, en hij was een paar keer bij ons op bezoek geweest in de Rauchstrasse.

Hoe was het mogelijk, vraag ik me nu af, dat van alle steden in Duitsland en Frankrijk, Erichs collega juist hier naar de allereerste voorstelling van ons circus was komen kijken, honderden kilometers van Berlijn. Een dergelijke tegenslag lijkt bijna onmogelijk. Natuurlijk, hij was niet echt een goede vriend van Erich geweest, alleen maar een collega die we op kerstfeestjes en dergelijke tegenkwamen. Maar wel goed genoeg om mij misschien te herkennen. We hadden gedacht dat de reis naar Frankrijk ons weg van het gevaar voerde. Maar het is hier even erg.

Ik kijk Noa na als ze met een rechte rug naar het centrum loopt. Ik kan zien dat ze zenuwachtig is nu ze voor het eerst helemaal alleen naar de stad gaat. Maar ze loopt voortvarend door. 'Het is echt een lieve meid, weet je,' zeg ik hardop tegen Theo als ik terugloop door het bos. Ik voel hem bijna instemmend knikken. 'Ze houdt heel veel van je.' Zij. Hoe zal Theo Noa aanspreken als hij kan praten? 'Mama' lijkt verraad tegenover de vrouw die hem ter wereld heeft gebracht en ongetwijfeld nog onder verdriet gebukt gaat. Maar ieder kind zou de kans moeten krijgen om iemand 'moeder' te noemen. Ik verschik Theo en hij drukt tevreden zijn gezichtje in mijn hals. Ik ben nooit erg dol op kinderen geweest, maar hij heeft iets wijs, als van een oude ziel. Ik til hem iets hoger op mijn heup en begin een kinderliedje te zingen waar ik sinds mijn jeugd niet meer aan heb gedacht:

*Wat een sterren, wat een sterren,*
*als je heel lang kijkt*
*dan lijken het er steeds meer*
*Ik zie er eentje twinkelen veel groter dan de rest*
*Wij wonen in het oosten dus dan moeten wij naar west*

Ik kijk naar Theo. Heeft hij dit liedje ooit eerder gehoord? Ik vraag me af wie zijn ouders zijn, of ze het misschien voor hem gezongen hebben. Waren ze religieuze Joden of misschien helemaal niet gelovig? Ik ga over op een Joods slaapliedje en bespeur of ik iets van herkenning in zijn gezichtje zie. Hij kijkt me met grote ogen, zonder te knipperen, aan.

Het lijkt heel onwaarschijnlijk dat een Joods kind terecht is gekomen bij het circus en bij mij – ook een Jood. Hoe groot was de kans dat zoiets gebeurde? Maar wij zijn niet de enigen, houd ik me voor. Ik was ongeveer een maand bij circus Neuhoff toen ik besefte dat ik hier niet de enige Jood was. Ik had een onbekende man gezien in de eetzaal, naast de werkmannen, een magere, rustige man met een verzorgde grijzende baard, die mank liep en zich met niemand bemoeide. Een van de meisjes zei dat hij een klusjesman was, Metz, die kleine dingen kon repareren, dus ik ging naar hem toe met mijn horloge, een kostbaar kleinood dat ik voor mijn zestiende verjaardag van mijn vader had gekregen en dat niet meer liep.

Metz had zijn werkruimte ingericht in een kleine loods aan de rand van het winterverblijf. Ik klopte aan en hij liet me binnen. Het rook er naar vers hout en terpentine. Achterin zag ik door een deuropening een smal bed en een wastafel. Kleine apparaten en kapotte machines vulden de planken en de vloer van de kleine ruimte. Ertussen stonden hier en daar klokken in verschillende afmetingen en modellen, minstens tien. 'Voor de oorlog was ik klokkenmaker in Praag,' vertelde Metz. Ik vroeg me af hoe hij hier terecht was gekomen, maar circusmensen laten niet veel los over hun verleden. Je kon maar beter geen vragen stellen. Ik gaf hem het horloge en hij bekeek het.

Toen hij een la opendeed om gereedschap te pakken zag ik

het: een door de tijd verweerde mezoeza. Het kon hem zijn leven kosten om die hier te bewaren. 'Is die van u?' vroeg ik ondanks mezelf.

Metz aarzelde, misschien wist hij niet meer van mijn achtergrond dan ik van de zijne. Ik nam aan dat mijn Joodse achtergrond geen goed bewaard geheim was bij de circusmensen, maar hij was hier gekomen in de tijd dat ik weg was, en misschien had hij het niet gehoord. Hij hief zijn kin iets hoger. 'Ja.'

Eerst schrok ik: wist Herr Neuhoff dat er nog een Jood was? Natuurlijk – hij gaf de man onderdak, net als mij. Het had me niet moeten verbazen. Ik was ervan uitgegaan dat Herr Neuhoff me alleen had opgenomen omdat ik nuttig was voor de voorstelling, en misschien als een gunst aan een oude vriend van de familie. Zijn moed kende echter geen grenzen en hij zou iemand in nood niet wegsturen, of het nu ging om een sterartiest, een eenvoudige werkman of een kind zoals Theo, dat helemaal niets kon bijdragen. Het ging niet om het circus of om familiebanden, maar om menselijke waardigheid.

Herr Neuhoff had ons niets over elkaar verteld, misschien had hij ons willen beschermen in anonimiteit. 'Mooi.' Ik zweeg even. 'Mijn vader had er precies zo een.' We zwegen even.

Maar de mezoeza lag in het volle zicht voor in de la zijn veiligheid te bedreigen. 'Misschien kunt u er beter voorzichtig mee zijn.'

De klokkenmaker keek me onbewogen aan. 'We kunnen niet veranderen wie we zijn. Vroeg of laat moeten we onszelf in de ogen kijken.'

Een week later gaf hij me het horloge terug zonder dat hij er iets voor wilde hebben. We hebben elkaar sinds die dag niet meer gesproken.

We komen aan de rand van het circusterrein. Ik loop met Theo, wiens ogen dicht beginnen te vallen, naar het achterveld. Het is een warme voorjaarsdag en iedereen die dat kan repeteert buiten. De degenslikker oefent een nummer waarin het lijkt alsof hij een assistente doormidden zaagt en verderop probeert een krachtpatser een collega met een motorfiets te overrijden. Ik huiver. De nummers waren sinds het einde van de Eerste Wereldoorlog gevaarlijker geworden, alsof mensen het spannend vonden om de dood te tarten – puur amusement was niet meer genoeg.

Mijn hart springt op als ik een glimp opvang van Peter die achter de grote tent aan het repeteren is. Ik heb hem sinds onze aankomst in Thiers nog maar weinig gezien. We hebben het te druk en we zijn te moe. Zelfs op een zondag zoals vandaag is de tijd die we samen hebben niet zoals die zou moeten zijn. Nu ik naar hem kijk, neemt mijn verlangen naar hem toe. Met Erich was het altijd ongecompliceerd geweest, zoals een man en een vrouw samen moeten zijn. Maar Peter bedrijft de liefde met onstuimige handen en lippen waar ze nooit eerder zijn geweest en waar ik ze het minst verwacht.

Peter is het nummer aan het repeteren dat ik al te goed ken, waarin hij de spot drijft met de gestrekte pas van de nazi's – dat nummer dat hij van Herr Neuhoff niet mag uitvoeren. Ik had gehoopt dat hij het na de voorstelling van gisteravond, toen hij het nummer niet had gedaan, had opgegeven. Maar hij oefent nu die onmiskenbare bewegingen met meer vastberadenheid dan ooit. Het circus heeft zich altijd verre gehouden van politiek. Er was ooit een verhaal over een Oostenrijks circus dat ter ziele was gegaan nadat ze een varken een *pickelhaube*, een Pruisische helm en uniform hadden aangetrokken. Maar Peter lijkt tegenwoordig steeds roekelozer te worden, en zijn parodie, hoe subtiel ook, is scherp genoeg om te verraden dat hij daarmee de Duitsers belachelijk maakt.

Ik ril bij de herinnering. Ik had daadkrachtiger moeten optreden, hem moeten vragen ermee te stoppen. Dit is geen spelletje waarbij je een dier met een stok port. We hebben alles te verliezen. Maar terwijl ik naar hem kijk groeit mijn bewondering: hij neemt op zijn eigen manier stelling tegen de Duitsers, hij vecht zonder wat er gebeurt en de beperkingen die ons zijn opgelegd te accepteren, en leidt ons daarmee naar een onvermijdelijke ondergang.

Of is het alleen de drank die hem moed geeft? Zijn been wiebelt in de lucht en hij zet hem gauw neer om niet om te vallen. Peter heeft gedronken – dat kan ik niet langer ontkennen nu Noa het heeft bevestigd. Ik heb vaker mensen zien drinken. Ik heb het meegemaakt van de artiesten in ons eigen circus, en zelfs van mijn eigen moeder toen het haar allemaal te veel werd. Ooit had het bij Peter geen kwaad gekund, een paar glazen wijn 's avonds. Ik had er geen bezwaar tegen gehad; ik had het zelfs prettig gevonden omdat hij daardoor toegankelijker werd. Hij zei weinig als er anderen bij waren. 'Astrid,' zei hij dan als we alleen waren, en ik zag het effect dat de drank op hem had, zijn pupillen die zich verwijdden. In die tijd praatte hij echt met me, over zijn jongensjaren in Rusland voor de Eerste Wereldoorlog. Toen kreeg ik een beeld van wie hij werkelijk was.

Maar nu is het anders – hij is meer gaan drinken. Ik kan het 's ochtends ruiken en in de piste is hij soms niet vast op de been. Als Noa het heeft opgemerkt, is het een kwestie van tijd voordat Herr Neuhoff het ook ziet. Angst bekruipt me. Drinken voor het oefenen of voor een optreden kan een reden zijn om zelfs de beste artiest te ontslaan. Het circus kan zich geen ongevallen veroorloven en een artiest die slordig of onachtzaam is, is niet veilig. En hij dronk al op de eerste dag van ons tournee, toen alles nog fris en nieuw had moeten zijn. Hoe zal dat dan over een maand zijn, als het leven van onderweg zijn begint te vervelen?

Een opstootje achter op het veld leidt mijn gedachten af. Herr Neuhoff komt aangestormd met een rood hoofd, een sigaar tussen zijn tanden geklemd. Eerst lijkt het of hij Peter weer zal berispen om zijn act. Maar hij loopt op een van de Poolse arbeiders af. Milos heet hij, geloof ik, maar ik ken hem niet goed. Milos is bezig met het solderen van een tentpaal, een regen van vonken spat rond – ook in de richting van een baal hooi. Brand is een grote zorg voor het circus. Herr Neuhoff begint zacht tegen Milos te praten om niet te veel ophef te maken, maar hij klinkt steeds bozer.

Herr Neuhoff grijpt de soldeerbout en wijst in de verte. 'Hier krijg je spijt van!' Milos vloekt. Hij gooit zijn pet op de grond, pakt hem weer op en stormt weg. Heeft Herr Neuhoff hem ontslagen? Het circus is net een familie, elk jaar keren dezelfde arbeiders terug en Herr Neuhoff behandelt hen ruimhartig, zelfs als ze met pensioen gaan. Maar slordigheid kan niet worden getolereerd.

Peter loopt naar Herr Neuhoff om met hem te overleggen. Ik ga met Theo in mijn armen naar hen toe. Ze staken hun gesprek als ik dichterbij kom, alsof ze niet willen dat ik hen hoor. Ik voel boosheid opkomen. Ik ben geen kind dat beschermd moet worden. Maar ondanks alles wat ik heb bereikt, ben ik nog steeds een vrouw en is mijn status lager. 'Wat is er met de Pool gebeurd?' wil ik weten.

'Ik heb hem moeten ontslaan. Ik had geen keus. Maar ik zoek hem nog wel op om de boel glad te strijken, ik geef hem een aanbevelingsbrief en een kleine ontslagvergoeding,' zegt Herr Neuhoff ongemakkelijk.

'Het kan riskant zijn om een boze werknemer te ontslaan,' zegt Peter. Ik zie dat hij bang is dat ik ontdekt word. Stel dat Milos iets tegen iemand zegt of naar de politie gaat? Als Peter me aankijkt zie ik iets in zijn ogen. Bezorgdheid, en misschien nog iets. Ik herinner me wat Noa zei over Peters gevoelens voor mij. Misschien heeft ze gelijk. Ik druk die gedachte weer weg.

'Er zijn allerlei risico's,' zegt Herr Neuhoff scherp, een bedekte verwijzing naar Peters politiek getinte nummer.

Peter reageert niet maar beent weg. Ik vraag me af of Herr Neuhoff hem achterna gaat. Maar die gebaart in de richting van de trein en wenkt me hem te volgen. 'Ik moet met je praten.' Hij stopt bij de deur, niet op zijn gemak omdat dit de vrouwenwagon is, ook al is er niemand.

Herr Neuhoff hoest en loopt rood aan. Hij haalt een zakdoek tevoorschijn en brengt die naar zijn mond. Als hij die weghaalt, zie ik dat er wat bloed op zit. 'Bent u ziek?' vraag ik.

'Een hartkwaal,' zegt hij schor.

Ik schrik. Ik ken hem al zoveel jaar, maar daar wist ik niets van. 'Is het ernstig?'

'Nee, nee.' Hij gebaart alsof hij het weg wil wuiven. 'Maar als er verkoudheid heerst, ben ik de klos. Dat vochtige weer helpt ook niet. Zoals ik al zei, die arbeider, Milos... als ik hem een vergoeding geef en anderen krijgen daar lucht van, dan kunnen die ook geld gaan vragen. Maar als hij naar de politie gaat... wat denk jij?'

Ik aarzel. Ik heb van mijn vader dingen geleerd die ik tegen hem kan zeggen. Maar ik ben hier nog steeds een gast. Dit is niet mijn circus. Ik begin voorzichtig. 'Het is een moeilijke beslissing. Alles is nu zo veranderd.'

'Ik wil iets anders met je bespreken,' stapt hij ineens op een ander onderwerp over, en ik begrijp dat Milos niet de echte reden was waarom hij me wilde spreken. 'Astrid,' begint hij op de vriendelijke toon die betekent dat hij slecht nieuws voor me heeft. Ik zet me schrap voor een bericht over mijn familie, de vreselijke waarheid die ik diep vanbinnen al weet. 'Je begrijpt dat het circus zich momenteel in een zeer netelige positie bevindt.'

'Ja,' zeg ik. 'Ik weet niet precies wat ik kan doen.'

'Om te beginnen moet je Peter aanspreken over zijn nummer.'

Dat weer. Mijn ongerustheid maakt plaats voor ergernis. 'Daar hebben we het al over gehad. Ik heb u verteld – we kunnen er niets aan veranderen dat hij is wie hij is.'

'Maar als je hem uitlegt wat hij ermee riskeert,' dringt hij aan. 'Als hij moest kiezen tussen jouw welzijn en de voorstelling...'

'Hij zou voor mij kiezen,' zeg ik resoluut en ik probeer er meer vertrouwen in te leggen dan ik voel. Na wat ik met Erich heb meegemaakt kan ik nooit meer zeker van iemand zijn. 'Maar ik wil niet dat hij moet kiezen.'

'Je moet het doen,' houdt hij vol. 'Na de voorstelling van gisteravond, toen die Duitser jou zag...'

Hij weet het. Het is alsof ik een steen in mijn maag voel. 'Hoe weet u dat? Heeft Noa u dat verteld?' Natuurlijk was zij het. Ik had verder niemand in vertrouwen genomen.

'Dat doet er niet toe, Astrid.' Ik zie aan zijn ogen dat het waar is, dat mijn achterdocht wordt bevestigd. 'Waar het om gaat, is dat het circus meer aandacht heeft getrokken dan het zich kan veroorloven. Ik heb eerder op de dag bezoek gehad van een inspecteur.' De steen in mijn maag wordt zwaarder. Inspectie – op zondag. Waren ze op zoek naar mij? 'Ze dreigen ons terug te sturen,' voegt hij eraan toe.

'Naar Duitsland?' Al mijn spieren spannen zich.

'Misschien. Of anders naar Elzas-Lotharingen.' De grensstreek, waar al eeuwenlang getouwtrek om bestaat tussen Duitsland en Frankrijk, was aan het begin van de oorlog snel ingelijfd door het Reich. Naar Elzas gaan en terugkeren naar Duitsland was een en hetzelfde.

'Zouden ze dat echt doen, nu we nog maar net zijn begonnen?' vraag ik, hoewel ik het antwoord al weet.

Herr Neuhoff hoest weer en wrijft over zijn slapen. 'Ze wilden ons dit jaar bijna helemaal niet op tournee laten gaan.'

'Echt waar? Dat wist ik niet.' Er is veel wat hij verzwijgt.

'Ik weet dat teruggaan niet ideaal is voor jouw situatie,' vervolgt hij. Even vraag ik me af of dit een dreigement is. Maar hij klinkt neutraal, hij stelt alleen feiten vast. 'Je ziet nu waarom ik Peter moet tegenhouden.'

Hij gaat verder. 'Ik heb ze om uitstel gevraagd, uitgelegd dat de data voor de tournee al vaststaan en dat het ons zou benadelen als we die afzeggen. Maar zoals je weet maalt het Reich niet om zakelijke aangelegenheden.'

'Nee,' stem ik in. Ze zouden niet aarzelen ons te straffen omdat we uit het gareel lopen.

Ik ben herkend, en Herr Neuhoff weet het. Het dringt tot me door hoe groot het risico is: hoe had ik kunnen denken dat ik me kon blijven schuilhouden in zoiets groots en openbaars als het circus? 'Ik kan beter weggaan,' zeg ik langzaam. Herr Neuhoffs ogen worden groot. 'Weg uit het circus. Ik heb de voorstelling al te veel in gevaar gebracht.' Ik heb geen idee waar ik naartoe zou moeten. Maar ik was al eens eerder ergens vertrokken; dat zou ik weer kunnen.

'Nee, dat bedoel ik helemaal niet,' protesteert hij haastig.

'Maar als mijn aanwezigheid gevaar oplevert, moet ik vertrekken,' dring ik aan.

'Doe niet zo mal. Het circus kan niet zonder jou. *Híj* kan niet zonder jou.' Herr Neuhoff gebaart met zijn hoofd naar de plek buiten waar Peter weer aan het oefenen is. Ik vraag me af of het waar is wat Herr Neuhoff zegt. Daarna kijk ik naar Theo. Hij heeft me nodig, net als Noa. 'Je blijft. Dit is je thuis.' Hij hoest weer, en nog eens. 'Als we het seizoen hier in Frankrijk nu maar kunnen uitzingen.'

'Ik begrijp het. Ik zal met Peter gaan praten,' beloof ik.

'Dat is al iets,' zegt hij, maar hij blijft zorgelijk kijken. 'Maar ik ben bang dat dat niet alles is.'

'Ik begrijp het niet, wat kan ik verder nog doen?'

'We moeten vooral zorgen dat alles zo blijft. Het circus moet koste wat kost doorgaan. En daarom moet ik het wel doen,' zegt hij. Ik kantel mijn hoofd en kijkt hem vragend aan. 'Nu die Duitser jou heeft gezien...' Hij haalt diep adem. 'Moet ik je wel uit de voorstelling halen.'

# 12

## Noa

Ik haast me naar het circusterrein zonder om te kijken naar Luc, zelfs als ik beschut tussen de bomen door loop. Halverwege het bos besef ik dat ik heb gerend. Ik vertraag mijn tempo om op adem te komen. De ontmoeting met Luc was eigenaardig en de manier waarop hij me nakeek vond ik niet prettig. Maar het was ook opwindend, er was een vonkje overgesprongen dat ik niet meer had verwacht ooit te voelen. Ik stel me voor dat ik het aan Astrid vertel, het haar toevertrouw als aan een zusje dat ik nooit heb gehad.

Twintig minuten later ben ik op het circusterrein. Als ik bij de trein kom, zie ik Astrid met een gezicht als een donderwolk in de ingang van de slaapwagon staan. Even denk ik dat ze kwaad is omdat ik zo lang ben weggebleven. Of misschien had ze me zien praten met Luc. Haar ogen schieten vuur als ik de trein in stap. Dan verschijnt het corpulente silhouet van Herr Neuhoff in de deuropening achter haar en ik besef dat er iets veel ernstigers aan de hand is.

'Hoe kon je?' vraagt ze kwaad. 'Hoe heb je dat kunnen doen?'

Ze heeft mijn geheim ontdekt. Over de Duitse soldaat. Over de baby.

'Ik weet hoe het zit,' snauwt Astrid terwijl ze op me af komt. Ik verstijf. 'Hoe kon je?'

Ze heeft een arm opgeheven, alsof ze me een klap wil geven. Ik doe een stap naar achteren en struikel over de rand van een hutkoffer die onder een bed uit steekt.

Astrids gezicht is vlakbij en ik kan haar warme adem en speeksel voelen. 'Hij heeft me uit de voorstelling gehaald.' Ik begrijp dat ze bedoelt dat ik Herr Neuhoff heb verteld dat iemand haar tijdens haar optreden heeft herkend. Mijn geheim heeft ze niet ontdekt.

Maar dit is bijna even erg. Het vertrouwen dat ik met haar wilde opbouwen is weg. Haar ogen lijken wel gloeiende kolen. 'Nee!' flap ik eruit. Ondanks zijn belofte had Herr Neuhoff haar verteld dat ik hem ervan op de hoogte had gebracht. Nu mag Astrid niet meer optreden.

'Je bent een leugenaar,' zegt ze met gebalde vuisten.

'Rustig maar,' mompelt Peter tegen Astrid terwijl hij een hand op haar schouder legt om haar te kalmeren. Maar hij gaat niet tussen ons in staan en houdt haar ook niet tegen.

'Astrid.' Herr Neuhoff probeert tussenbeide te komen. 'Het was niet Noa...'

Maar ze loopt om hem heen en blijft mij aankijken. 'Wil je soms mijn plaats innemen, gemeen kreng dat je bent?'

Dat idee is zo vergezocht dat ik bijna hardop zou lachen als Astrid niet zo kwaad was. 'Helemaal niet,' protesteer ik snel. Haar wantrouwen voelt als een dolksteek. 'Dat zou ik nooit doen. Ik maakte me zorgen om je.' Ik had gedacht dat ik het om haar bestwil deed, maar ik snap nu hoe het bij haar moet overkomen. Een paar van de andere meisjes hebben zich verzameld in de deuropening van het rijtuig en fluisteren terwijl ze me met onverhulde vijandigheid aangapen. Artiesten verraden elkaar niet. Ik had een hoofdregel overtreden – en de voorstelling in gevaar gebracht. Een van de meisjes houdt Theo vast, ik neem hem van haar over en druk hem zo dicht mogelijk tegen me aan.

Dan draai ik me om naar Peter, die onze ruzie gadeslaat. 'Ze was in gevaar. Dat weet je.'

Hij haalt zijn schouders op, niet bereid mijn kant te kiezen tegen Astrid. 'Je had het niet mogen doen. Het was aan haar of ze het wilde vertellen of niet.' Maar hij klinkt niet overtuigend. Diep vanbinnen weet hij dat ik het heb gedaan om Astrid te beschermen, wat hij niet had gedurfd – en eigenlijk is hij me er dankbaar voor.

'Ik heb jouw geheim niet verder verteld,' zegt Astrid zachtjes. Ik keek even om naar Herr Neuhoff die achter me staat en bid dat hij haar niet heeft gehoord.

'Dit is iets anders,' fluister ik. Snapt ze dat niet? Ik heb het verteld om haar te beschermen. Ik houd mijn adem in, in de verwachting dat ze de anderen gaat vertellen dat Theo niet mijn broertje is. Maar ze draait zich om, nog steeds trillend van woede.

'We moeten de schade herstellen en voorzorgsmaatregelen nemen,' merkt Herr Neuhoff op, en hij spreekt met meer gezag dan ik tot nog toe van hem heb gehoord. 'Astrid zal aan de overige voorstellingen in Thiers niet meewerken.'

'Maar Herr Neuhoff...' Astrid wil opnieuw haar zaak bepleiten. Ze zwijgt als ze inziet dat het geen zin heeft.

'Kan ze in de volgende stad weer meedoen?' vraag ik hoopvol.

'Dat zullen we dan wel zien,' zegt Herr Neuhoff, die kennelijk zelfs dat niet wil beloven. 'Intussen ga jij je voorbereiden op je optreden zonder Astrid. Gerda zal je vangen.'

'Maar dat kan ik niet,' protesteer ik. Het lukte me amper met Astrid; het is uitgesloten dat ik iemand anders vertrouw. 'Ik heb Astrid nodig.' Ik kijk wanhopig van Herr Neuhoff naar Astrid, maar zij draait zich simpelweg om.

'Bereid hen voor op het volgende optreden,' instrueert hij Astrid. Zelf mag ze niet meer optreden, maar haar verantwoordelijkheid voor mij is haar niet ontnomen. Astrid reageert niet op hem, maar kijkt me vernietigend aan zonder iets te zeggen.

'Kom mee,' zegt Gerda resoluut. 'We moeten repeteren.'

Ik loop snel achter haar de trein uit, blij dat ik aan Astrids woede kan ontsnappen.

De volgende avond sta ik alleen in de kleedwagon, apart van de andere meisjes. Astrid is er niet en ondanks de warmte en het luidruchtige geklets voelt het leeg zonder haar. Ze heeft sinds gisteren niets meer tegen me gezegd, zelfs niet tijdens het trainen. Ze heeft niet bij ons in het rijtuig geslapen maar waarschijnlijk in dat van Peter. Toen ik in de gang van de trein langs haar liep, had ik iets willen zeggen om het contact te herstellen. Maar ik kon de juiste woorden niet vinden en zij was me met afgewende blik zwijgend voorbijgelopen.

Ik doe alles nu zelf, de make-up en het krijt en het tape. Mijn handen doen wat eerst die van Astrid deden. Als ik aangekleed en gereed ben, loop ik de trein uit naar de grote tent. Ik kijk even naar het aanplakbiljet bij de ingang. Mijn nummer is verplaatst naar de eerste helft van de voorstelling, om Gerda meer tijd te geven zowel Astrids nummer als dat van haarzelf te kunnen doen. Als ik zie dat Astrid nergens genoemd wordt, komen de gebeurtenissen van de vorige dag en haar woede om mijn verraad in alle hevigheid terug. Ze was uit de voorstelling gehaald – door mijn toedoen. Ik voel een knoop in mijn maag van schuldgevoel, daarna van angst. Hoe kan ik zonder haar optreden?

Als ik om de tent heen naar het achterveld loop, zie ik iemand aan de rand van het terrein. Een man staat op enige afstand van de verzamelde toeschouwers met zijn voet in het zand te schoppen. Luc, besef ik. Ik blijf verbaasd staan en glip snel weer terug de hoek om. Wat doet hij hier? Hij had wel gezegd dat hij misschien zou komen kijken, maar ik had niet verwacht dat hij dat ook echt zou doen. En in mijn zorg omdat Astrid uit de voorstelling was gehaald, was ik het bijna vergeten.

Maar nu staat hij hier, een paar meter van me vandaan. Mijn hart klopt heftiger dan het zou moeten doen. Ik loop naar hem toe en blijf dan staan. Hij is een vreemde, en bovendien iemand die me onzeker maakt. Ik stap weer de schaduw van de grote tent in. In een helderwit overhemd, zijn donkere haar vochtig en gekamd, ziet hij er nog knapper uit dan die eerste keer. Maar hij lijkt niet erg op zijn gemak, zoals hij daar met gebogen hoofd staat en vanuit zijn ooghoeken kijkt naar wat er om hem heen gebeurt. Uit zijn element, totaal niet de zelfverzekerde jongen die ik in de stad had ontmoet. Ik wil naar hem toe gaan. Maar ik heb niet genoeg tijd en we mogen niet samen gezien worden.

De andere artiesten lopen naar het achterveld en als ze zich daar verzamelen, verdwijnt Luc uit het zicht. Zodra hij in de menigte opgaat, voel ik een kleine steek, en ik verzet me tegen de opwelling hem achterna te gaan. Stel dat hij beseft dat het een vergissing was om hier te komen, en besluit om toch maar niet te blijven?

Als ik omkijk naar de artiesten die ter voorbereiding van de voorstelling staan te stretchen, zie ik dat Astrid er niet bij is, en hoewel bijna het hele circus daar bijeen staat, vormt haar afwezigheid een gapend gat. Ik heb nog maar een keer of vijf opgetreden onder haar sterke leiding. Ik kan het echt niet zonder haar.

Een paar minuten later gaat de bel en ik loop snel om de tent heen om mijn plek op het achterveld in te nemen. Ik gluur even tussen het doek door. Luc zit op de eerste rij en ik vraag me af hoe hij zo snel een plaats heeft kunnen bemachtigen. Zijn armen heeft hij over elkaar geslagen en hij kijkt met een neutrale uitdrukking naar de piste. Ik wil naar hem toe rennen of op zijn minst even zwaaien. Maar het orkest is bijna klaar met stemmen en het wordt helemaal donker in de tent. De muziek zwelt aan en de voorstelling begint. Ik neem nog een kijkje. Luc leunt naar voren en zijn ogen beginnen te stralen als hij de artiesten ziet, schaars geklede meisjes te paard. Mijn jaloezie wordt gewekt als hij naar hun elegante, halfnaakte lichaam kijkt.

De eerste helft van de voorstelling, die meestal spannend en snel verloopt, lijkt een eeuwigheid te duren. Om de tijd te doden kijk ik naar het publiek. Op de rij achter Luc zit een klein meisje met glanzende blonde krullen, ze heeft een pop in haar hand. Ze draagt een roze, gesteven jurkje en ik zie aan de manier waarop ze het gladstrijkt dat dit haar allermooiste kledingstuk is dat ze maar een paar keer per jaar aan mag bij speciale gelegenheden. De man naast haar, waarschijnlijk haar vader, geeft haar een suikerspin en als ze een hapje neemt kijkt ze verwonderd. Haar ogen blijven constant op de voorstelling gericht.

De piste is nu weer leeg en de clowns tuimelen naar binnen. Peter stapt het podium op en begint zijn politieke nummer – precies dat nummer dat Herr Neuhoff heeft verboden. Hij doet het echt. Terwijl ik toekijk word ik ineens boos: hoe kan hij hiervoor kiezen als hij weet dat hij daarmee Astrid, en ons allemaal, in gevaar brengt? Het feit dat Astrid niet meer optreedt, betekent niet dat ze veilig is. De kinderen in het publiek lachen om zijn capriolen, zich niet bewust van wat erachter schuilgaat. Maar de volwassenen blijven stil, sommigen schuiven ongemakkelijk op hun stoel. Een stel glipt de tent uit.

De clowns krijgen een zwak applaus. Wij zijn aan de beurt. Gerda en ik lopen in het donker de piste in. 'Gerda,' fluister ik onder aan de ladder. 'Vlak voordat je me vangt maak ik bij de tweede vlucht een draai.'

Ik voel haar verstijven. 'Daar heeft Astrid niets over gezegd.' Astrid heeft de leiding over alle trapezewerkers. Zij bepaalt wat we doen. Niemand heeft ooit iets aan haar choreografie veranderd.

'Dat werkt beter,' dring ik aan. 'En voor jou verandert er niets. Je positie blijft hetzelfde. Je vangt me gewoon op.' Voordat ze nog iets kan zeggen, klim ik naar boven. Ik land een seconde te laat op het plateau, de schijnwerper is er al. Ik wacht op Gerda's roep. 'Hup!'

Ik spring zonder aarzeling. Als ik loslaat voel ik heel even paniek: ik heb dit nog maar één keer geoefend met Gerda als vanger. Zal zij het net zo goed doen als Astrid? Maar vangen is het enige wat Gerda in de trapeze doet. Ze pakt me met gemak vast, met onderarmen als dikke worsten. Maar ze is minder bedreven en mist het animo van Astrid. Met een ander werken voelt als bedrog, als verraad. Ik kijk de piste rond, vergeefs zoekend naar Astrid. Zit ze ergens te kijken, haat ze me omdat ik zonder haar doorga?

Ik land na de eerste vlucht weer op het plateau. Vanuit mijn ooghoek zie ik Luc. Het is een van de eerste regels die ik van Astrid had geleerd: laat je niet door het publiek – of iemand daarin – afleiden. Maar ik kan er niets aan doen. Luc zit daar en kijkt met diezelfde dansende ogen als toen ik hem de eerste keer in de stad naar me zag kijken. Hij ziet alleen mij en ik ben blij en doodsbang tegelijk.

Ik recht mijn rug. Het is nu mijn nummer, ik moet hier doorheen zien te komen. Ik knik naar Gerda. Ik spring net zoals altijd. Alleen draai ik vlak voordat ik bij Gerda ben om, zodat mijn rug naar haar toe gekeerd is. Maar die beweging duurt een seconde langer dan ik had voorzien en ondanks mijn waarschuwing raakt ze uit haar doen. Ik ben nu bijna te laag voor haar om me te kunnen vangen. Er klinkt een lichte kreet uit het publiek op. 'Stommeling,' scheldt Gerda als ze me vastpakt, waarbij haar vingers hard in mijn polsen drukken als we terugzwaaien om weer hoogte te maken. Het applaus barst los als ze me weer naar mijn stok duwt.

Daarna is het pauze. Ik loop het achterveld op, nog zwetend en bevend van mijn bijna-val. Luc komt van achter de tent aanlopen, hij is naar me op zoek. Mijn hart slaat over als hij voor me staat.

'*Bonsoir*,' zegt hij met een verlegen glimlach.

'Noa!' buldert een stem voordat ik kan reageren. Het is Astrid die op me af komt stormen met ogen die vuur spuwen. 'Waar denk je dat je in godsnaam mee bezig bent?' vraagt ze in het Duits. Ze is nog bozer dan toen Herr Neuhoff haar uit de voorstelling haalde.

Luc stapt naar voren om me te beschermen maar Astrid loopt om hem heen alsof hij er niet is. 'Ik heb tegen je gezegd dat je je niet moest omdraaien,' vervolgt ze berispend.

Ik hef mijn kin. 'Het publiek vond het geweldig.' Astrid is niet de baas hier. Ze heeft niet alles over me te zeggen.

'Je was je aan het uitsloven voor hem!' Ze knikt nijdig naar Luc.

Mijn wangen worden rood. 'Dat is niet waar.'

Voordat ik nog meer kan zeggen, loopt Herr Neuhoff het veld op. Ik houd mijn adem in omdat ik verwacht dat hij zal vragen wie Luc is en wat die hier doet. 'Goed gedaan, Noa,' zegt hij in plaats daarvan met een glimlach. Het is de eerste keer dat hij me complimenteert met mijn optreden, en ik merk dat ik rechter sta nu ik in het gelijk word gesteld. 'Dat was een schitterende variatie,' zegt hij dan.

Ik kijk triomfantelijk naar Astrid, en vraag me af of ze het er nu eindelijk mee eens zal zijn. Maar ze lijkt in elkaar te krimpen. In plaats van blij voel ik me nu schuldig. Haar optreden was haar al afgenomen. De choreografie was het enige wat ze nog had – en ook die had ik van haar afgepakt. Ze draait zich om en stormt weg.

'Ik ben zo terug,' zeg ik tegen Luc. Dan ga ik achter Astrid aan, die nu in de richting van de trein loopt. Ik haal diep adem als ze zich naar me omdraait. 'Je had gelijk dat het een stomme zet was. Het was gevaarlijk en het voegde niets toe.'

'Daarom zei ik dat je het niet moest doen,' zegt ze minachtend, enigszins vermurwd. 'Maar je sloofde je uit voor hem,' zegt ze nogmaals.

'Voor wie?' Al weet ik dat ze Luc bedoelt, ik doe alsof ik het niet snap om tijd te rekken voordat ik reageer.

Ze gebaart naar het veld, waar Luc op me staat te wachten. 'Die zoon van de burgemeester – hoe ken je hem?'

De zoon van de burgemeester? Ik schrik ervan. Dan herinner ik me wat Astrid over de burgemeester had gezegd, dat hij collaboreert met de nazi's. Betekent dat dat Luc ook de Duitsers helpt? Dat kan toch niet.

Astrid kijkt me nog steeds aan, in afwachting van een antwoord. 'Ik heb hem ontmoet toen ik in de stad was,' zeg ik ten slotte. 'Ik had geen idee dat hij naar de voorstelling zou komen.'

Ze slaat haar armen over elkaar. 'Ik dacht dat ik tegen je had gezegd dat je bij de inwoners vandaan moest blijven.'

'Dat klopt, maar er waren een paar jongens die onbeschoft tegen me deden en toen heeft Luc me geholpen,' voer ik zwakjes aan.

'De burgemeesterszoon schoot jou zomaar toevallig te hulp?' Ze klinkt spottend. Dan dempt ze haar stem. 'Noa, we zitten hier op een uur rijden van het hoofdkwartier in Vichy. De burgemeester van deze stad heeft goede connecties met het Reich...' Ze zwijgt abrupt als Luc naar ons toe loopt. Ik voel een rilling als haar woorden tot me doordringen. Ik had gedacht dat Luc alleen maar aardig was. Maar is er een achterliggende reden voor zijn belangstelling? Astrid vervolgt: 'Je beweerde dat je Herr Neuhoff over Erichs collega had verteld omdat je je zorgen maakte over mijn veiligheid. En dan doe je dit...'

Luc, die nu dicht bij de rand van het terrein is waar wij staan, komt tussenbeide. 'Ik wilde de voorstelling zien,' merkt hij op.

Peter komt vlak voor Astrid staan, bijna borst aan borst met Luc. 'Je moet terug naar je plaats,' zegt hij in het Frans.

'En jij moet ophouden met dat nummer waarin je de spot drijft met de Duitsers,' stuift Luc met verbazingwekkende heftigheid op.

Peter deinst terug, verbaasd omdat Luc tegen hem in opstand komt op een manier die hij niet gewend is. 'Hoe durf je!'

Maar Luc is niet onder de indruk en recht zijn rug. 'Je zult gearresteerd worden, weet je.'

'Door wie, door je vader?' Hoewel ze elkaar pas een paar minuten kennen, laait de haat op tussen de twee mannen.

Herr Neuhoff komt terug. 'Genoeg!' commandeert hij. 'We kunnen ons geen onenigheden veroorloven. Er zitten politieagenten in het publiek. Gendarmes,' voegt hij eraan toe. Dat het geen Duitse agenten zijn, is niet echt geruststellend. De Franse politieagenten zijn tegenwoordig min of meer marionetten van het Reich. Peter en Astrid wisselen verontruste blikken. Dit kan bijna geen toeval zijn, een paar dagen nadat de Duitse officier die Astrid kende in het publiek zat.

'Je denkt toch niet dat ze voor jou komen?' zeg ik met dichtgesnoerde keel.

'Ik heb geen idee,' zegt Astrid grimmig.

'Je moet hier weg,' zegt Peter tegen haar. 'Nu meteen.' Maar waar moet ze naartoe, vraag ik me af. Als ik het haar wil vragen, is ze al weg.

De bel klinkt om het publiek hun plaats weer te laten innemen. Als het licht wordt gedempt, gluur ik naar binnen. Twee mannen in uniform staan achter in de tent. Dat zijn geen agenten die op hun vrije dag wat afleiding of ontspanning zoeken. Hun armen hebben ze over elkaar geslagen, hun houding straalt doelgerichtheid uit. Vóór de pauze hadden ze daar niet gestaan.

Ik draai me om en zie dat Peter en Astrid het achterveld hebben verlaten. 'Wat moeten we doen?' vraag ik aan Herr Neuhoff.

'Doorgaan, gewoon zoals altijd. Iets anders zou alleen maar achterdocht wekken.'

Uit de tent klinkt de muziek voor het volgende nummer met de wilde dieren. 'Je kunt beter naar je plaats teruggaan,' zeg ik tegen Luc die nog steeds naast me staat. 'Anders mis je de voorstelling.'

'Ja, natuurlijk.' Maar hij blijft nog fronsend staan. 'Gaat het wel? Ik bedoel, die vrouw deed zo boos tegen je.' Het is niet de politie, maar Astrid die Luc zorgen baart. Ik neem hem onzeker op. Hij lijkt zo oprecht. Maar hij had me niet verteld dat hij de zoon van de burgemeester is. Was het mogelijk dat Astrid het bij het rechte eind had over hem?

'Mag ik je na de voorstelling zien?' vraagt Luc indringend. Hij klinkt hoopvol als hij met zijn hoofd naar de bomen achter het veld wijst. 'Daar, op die open plek? Dan wacht ik achter de geknotte eik.'

'Je moet gaan,' zeg ik zonder zijn vraag te beantwoorden. Ik wijs naar zijn plaats voordat ik wegglip.

De tijgerkooi wordt van het podium gereden en het nummer op het slappe koord wordt voorbereid. De twee gendarmes lopen naar de piste. Ik kijk over mijn schouder. Astrid is nergens te zien. Kan het zijn dat ze voor mij komen? Het lijkt onmogelijk dat iemand hier weet dat ik Theo heb meegenomen, maar toch… Ik kijk naar de achteruitgang, zo graag wil ik naar hem toe.

Maar de politie stopt bij de tweede rij voor de man met het kleine meisje dat een suikerspin had gekregen. Ze hurken laag neer om de voorstelling niet te storen als ze hem aanspreken. Ik glip naar de zijkant van de tent tot ik nog maar een paar meter van hen vandaan ben, dichtbij genoeg om te horen wat ze zeggen. Een van de agenten gebaart naar de uitgang om de man duidelijk te maken wat er aan de hand is. 'U moet met ons mee.' Luc draait zich om om te zien wat er gebeurt. Ik wacht tot hij iets zegt, ingrijpt. Dat doet hij niet.

'Maar de voorstelling…' zegt de vader smekend met stemverheffing. Het orkest houdt halverwege een nummer op. Alle ogen zijn nu gericht op wat hier gebeurt. 'Het kan toch wel wachten tot het afgelopen is.' Hij legt zijn hand op zijn dochter in een beschermend gebaar.

Maar daar willen de agenten niets van weten. 'Nu meteen.' De een pakt de schouder vast van de man, klaar om hem mee de tent uit te nemen. Wat gaan ze met hem doen?

'Kom, schat,' zegt de vader zo vriendelijk mogelijk tegen het meisje. 'We komen een andere keer terug om verder te kijken.' Zijn stem breekt aan het eind.

'Ik wil de olifanten zien,' zegt het meisje met een trillende lip.

'Zij mag blijven,' zegt de agent kil. 'Het gaat ons alleen om u.'

De man staart de agent vol ongeloof aan. 'Monsieur, ze is vier. U wilt toch zeker niet dat ik haar hier alleen laat.'

'Neem haar dan mee. Kom op,' commandeert de man.

De vader pakt de pols van het meisje stevig vast om te vertrekken voordat ze meegenomen worden. Maar ze wil niet, ze begint hard te huilen en laat zich op de grond vallen zonder te merken dat haar jurk vies wordt. Hij smeekt haar nu om mee te gaan zonder dat de agenten hoeven in te grijpen. Er klinkt geroezemoes rond de piste. De stadsbewoners hebben ongetwijfeld al vaker arrestaties meegemaakt. Maar een vader met een onschuldig kind uit de voorstelling halen… Een van de agenten grijpt naar zijn knuppel.

Stop! wil ik roepen. Ik moet iets doen. Ik loop instinctief naar de ladder rechts van de piste en klim omhoog. Bovenin vang ik de blik van de dirigent en ik knik. Zijn ogen worden groot van verbazing. Dit staat niet in het programma. Dan heft hij zijn baton. Het orkest zet een vrolijk wijsje in en de schijnwerper wordt op mij gericht. Vanuit mijn ooghoek zie ik dat de agenten hun actie staken om toe te kijken. Aan de andere kant van de tent zwaait Astrid met haar armen dat ik naar beneden moet komen.

Te laat. Ik spring van het plateau en zwaai hoger dan ooit. Maar wat nu? Ik heb geen vanger en alleen heen en weer zwaaien zal de toeschouwers niet lang boeien. In mijn wanhoop laat ik de stok los. Ik rol me op tot een bal en maak dan twee keer een salto terwijl ik naar beneden duik. Er is niets wat me vangt of tegenhoudt. Vlak voordat ik bij het net ben strek ik me uit, zoals Astrid me heeft geleerd, om mijn val te vertragen. Ik duw mijn achterwerk naar beneden zodat ik daarmee de klap opvang, en niet met mijn ledematen of mijn nek.

Tijdens mijn val hoor ik een kreet. '*Mon dieu!*' schreeuwt iemand in het publiek. Ik land in het net en mijn hoofd valt naar voren en naar achteren. Pijn schiet door mijn lichaam en ik zie sterretjes als ik de grond raak en dan nog eens, bijna even hard. Ik blijf liggen, te geschokt en te gepijnigd om me te bewegen.

Ik houd mijn ogen dicht. Ik voel handen die me optillen en me wegdragen zoals ze met Yeta hadden gedaan op de avond dat ze viel. Maar als we op de grond staan, schud ik hen af en probeer uit alle macht om op eigen kracht overeind te komen. Ondanks de hoogte en de snelheid waarmee ik viel, heb ik wel pijn maar ik ben niet gewond. Had het het gewenste effect gehad? Ik maak een elegante buiging en het applaus zwelt aan. Vanuit mijn ooghoek zie ik de vader met zijn dochter de tent uit lopen terwijl de aandacht van de agenten afgeleid is.

'Clowns, daarna olifanten,' hoor ik Herr Neuhoff zeggen. Hij heeft een schema, had Astrid me ooit verteld, om de voorstelling in te korten zonder die abrupt te beëindigen. Ik loop de tent uit, mijn benen trillen zo erg dat ik nauwelijks vaste grond onder mijn voeten krijg.

Astrid is achter uit de tent geglipt en komt naar me toe. 'Gaat het?' vraagt ze. Ik zie een onbekende blik in haar ogen, niet echt woede. Ongerustheid. Ze is bezorgd om me – zelfs na alles wat ik heb gedaan.

Tranen springen in mijn ogen. Ze is zo kwaad op me geweest, eerst omdat ik Herr Neuhoff over haar had verteld en daarna vanwege die draai. 'Het spijt me,' zeg ik, en mijn stem breekt. Ik wil het dolgraag goedmaken tussen ons. 'Het is nooit mijn bedoeling geweest om je te kwetsen.'

'Dat weet ik,' zegt ze. 'Het is goed.'

'Echt?' Ik kijk op.

Ze knikt. 'Echt.' Ik zie aan haar ogen dat ze me vergeeft.

'Het spijt me,' zeg ik nogmaals omdat het er nog eens uit moet. Ik barst in tranen uit, ze trekt me tegen zich aan en laat haar jurk door mijn tranen doorweken zonder er iets van te zeggen.

Even later maak ik me los en droog mijn tranen.

'Maar je moet wel voorzichtig zijn, Noa,' zegt Astrid als ik weer tot mezelf ben gekomen. Haar toon is vriendelijk, maar ze kijkt ernstig. 'We hebben nu zoveel te verliezen.' Ze heeft het over Luc en het gevaar dat hij teweegbrengt, besef ik.

Peter komt uit de tent naar ons toe en ik zie aan zijn gezicht dat hij kwaad is. 'Idioot!' valt hij tegen me uit. 'Nu heb je het circus nog meer in de problemen gebracht. Wat bezielde je om die jongen uit te nodigen?' Ik ben verbaasd – ik had verwacht dat hij me net als Astrid zou berispen om wat ik in de trapeze had gedaan. Maar naast alles wat er is gebeurd, is hij nog steeds kwaad om de burgemeesterszoon, misschien omdat die het lef had om hem te waarschuwen voor zijn nummer. Hij is natuurlijk bang dat Astrid gevaar loopt. Ik wil hem er, net zoals Luc had gedaan, op wijzen dat hij, als hij zo bezorgd is om haar veiligheid, misschien geen nummers moet doen waarin hij met de Duitsers spot.

Ik durf het niet. 'Dat heb ik niet gedaan,' protesteer ik in plaats daarvan. 'Hij kwam uit eigen beweging. Hij wilde de voorstelling zien.'

'Natuurlijk,' zegt Peter sarcastisch. 'De burgemeesterszoon komt, en daarna verschijnt de politie. Puur toeval. Na alles wat we voor je hebben gedaan,' vervolgt Peter, die zich steeds meer opwindt. 'We hebben je onderdak gegeven en opgeleid. En dan is dit jouw dank? We zouden je eruit moeten trappen.' Paniek bevangt me. Stel dat hij Herr Neuhoff overhaalt om dat te doen?

Astrid heft een hand om hem het zwijgen op te leggen. 'Genoeg.' Hij kijkt verward op als ze me verdedigt. Ze legt zachtjes haar hand op zijn arm. 'Ze heeft het juiste gedaan.' Astrid kijkt me ineens bewonderend aan. 'Maar het had wel je dood kunnen worden,' zegt ze, en de ongerustheid klinkt weer in haar stem door.

'Ik dacht er niet... Ik moest iets doen. Die arme man...' Mijn stem trilt, maar of dat door de val komt of door Peters woede weet ik niet.

'Het doet er niet toe,' zegt Peter. 'De politie zal naar het huis van die man gaan en hem vinden.'

Ik hoop dat de man en zijn dochter tijd hebben gehad om te vluchten, zoals ik met Theo had gedaan. Ik wil tegen alle verwachting in geloven dat wat ik had gedaan verschil heeft gemaakt. Maar ik weet dat ze waarschijnlijk niet zoveel geluk hebben.

'Snap je nu waarom ik Herr Neuhoff heb moeten inlichten over die Duitser?' vraag ik Astrid. 'Die arrestatie vanavond – dat had jij kunnen zijn.'

Ze schudt koppig haar hoofd. 'Mij zou niets gebeurd zijn.' Ze beschouwt het circus als een wapenschild dat haar beschermt tegen de Duitsers. Maar dat is domweg niet waar. 'Je kunt niet iedereen redden, weet je.'

'Ik probeer niet iedereen te redden,' protesteer ik. 'Alleen Theo.' En jou, voeg ik er stilletjes aan toe. Maar toen ik had gezien dat de politie dat meisje mee wilde nemen, moest ik gewoon iets doen, net als die avond waarop ik Theo uit de goederenwagon had gered.

'Dan moet je eerst beter nadenken voordat je iets doet,' zegt Astrid waarschuwend. 'Het was dom om de zoon van de burgemeester uit te nodigen.'

'Ik heb hem niet uitgenodigd,' zeg ik nogmaals. Maar ik had ook niet gezegd dat hij niet mocht komen. 'Sorry. Ik heb er niets kwaads mee bedoeld.'

'Dat weet ik,' zegt ze, 'maar onze daden hebben gevolgen. Goede bedoelingen doen daar niets aan af.'

De muziek voor de laatste buiging klinkt. Als Astrid me overeind helpt, voel ik een scherpe pijn in mijn rug, en ik hoop dat het niet meer is dan een beurse plek. Hinkend volg ik haar naar binnen, de ladder op naar het plateau. De gendarmes zijn vertrokken. Ongerustheid mengt zich met opluchting. Waren ze achter het meisje en haar vader aan gegaan?

Luc heeft ook zijn plaats verlaten, zie ik als ik voor het publiek een buiging maak. Ik vraag me af of hij bij de bomen op me wacht, zoals hij had gezegd. Of misschien heeft hij het na alles wat er is gebeurd opgegeven. Na alles wat er is gebeurd zou dat wellicht het beste zijn.

Het publiek loopt haastig weg na de voorstelling en blijft niet hangen zoals meestal gebeurt. Ze willen weg, naar huis, weg van de narigheid. Als wij de tent uit lopen, komt Herr Neuhoff het achterveld op. Hij gaat op een omgekeerd krat zitten en haalt moeizaam adem.

'Een arrestatie in het circus,' zegt hij hijgend. 'Dat had ik nooit gedacht.' Tot voor kort was het circus een veilige haven, ver van de oorlog, alsof je in een sneeuwbol zat terwijl de wereld buiten verderging. Maar de muren worden dunner. Ik denk terug aan Darmstadt en herinner me Astrids reactie toen ik opmerkte dat we in Frankrijk veilig zouden zijn. Zelfs toen had ze geweten hoe het werkelijk zat. Het is nergens meer veilig.

Hij dept zijn voorhoofd met een zakdoek en vervolgt: 'Voorlopig zijn ze weg. Maar ik wil dat jullie allemaal onmiddellijk naar jullie verblijfplaats gaan – en daar blijven.' Ik wacht tot hij mij berispt om wat ik aan de trapeze had gedaan, maar dat doet hij niet.

Ik kijk in de richting van de bomen of ik Luc daar zie. Ik ontdek hem, half verborgen achter een scheefstaande eik. Hij is er nog. Onze blikken ontmoeten elkaar. Hij had me zien vallen en zijn gezicht is getekend door bezorgdheid. Ik glimlach en steek mijn hand een klein stukje in de lucht om hem duidelijk te maken dat alles goed is. Zijn trekken ontspannen, maar zijn ogen blijven vragend kijken of ik naar hem toe kom.

Ik doe een stap naar voren. Maar Herr Neuhoff zit nog op het krat. Ik kan niet naar Luc.

Ik zou dat sowieso niet moeten willen, houd ik me voor. Hij heeft voor me verzwegen dat hij de zoon van de burgemeester is. Zou Astrid gelijk hebben dat hij misschien nog meer dingen verborgen houdt?

Luc kijkt nog steeds naar me en lijkt zijn adem in te houden terwijl hij wacht. Er verstrijken seconden. Ik doe een stap naar achteren. Zelfs al wilde ik, dan nog zou ik Herr Neuhoffs bevel niet in de wind durven slaan en weggaan nu de politie hier is geweest. Luc kijkt nu verward in plaats van hoopvol, en daarna teleurgesteld als hij beseft dat ik niet naar hem toe kom.

Ik doe nog een stap naar achteren en struikel bijna. Vlak naast de grote tent ligt een pop in het zand. Ik stel me voor dat het meisje zo overstuur was dat ze niet heeft gemerkt dat ze die heeft laten vallen toen ze de tent uit moesten. Ondanks haar vaders belofte zal ze niet meer terugkomen. Ik pak de pop op voor Theo.

Dan draai ik me nog één keer om naar Luc. Hij loopt met hangende schouders weg in de richting van de stad.

Wacht!, wil ik roepen. Maar ik doe het niet, en even later is hij verdwenen.

# 13

## Astrid

Nog voor de dageraad klim ik in het bijna-donker de ladder op. De hele tent wordt slechts verlicht door een enkel sputterend peertje dat iemand is vergeten uit te doen. Vanaf de zitplaatsen ziet de tent er schitterend uit, maar hierboven zie ik dat de stof verschoten is en dat de kwastjes rafelen. Oude muziek, blikkerig zoals die van de carrousel buiten, speelt door mijn hoofd. Ik zie mijn broers elkaar plagen terwijl ze zich voorbereiden op hun nummer. Het is alsof overal de geesten van mijn familie rondwaren.

Ik pak de stok, spring en vlieg door de lucht. Ik sla mijn eigen waarschuwing aan Noa om dit nooit alleen te doen in de wind. Maar ik heb geen keus. Ik mag niet meer optreden, maar ik kan niet beneden blijven. 'Je bent verslaafd aan de adrenaline,' heeft Peter me al meer dan eens beschuldigend gezegd. Ik wil hem tegenspreken, maar het is waar. Als ik vanaf het plateau naar beneden kijk, is er in die ene fractie van een seconde voordat ik loslaat altijd een moment waarop ik ervan overtuigd ben dat ik mijn dood tegemoet ga. Die klaarheid – de focus van dat moment – is wat ik het meest mis, meer nog dan de bewondering van het publiek of wat dan ook.

De vorige avond, toen Noa optrad zonder mij, had ik voor het eerst het circus in zijn geheel gezien. Terwijl ik naar de voorstelling keek, werd ik herinnerd aan de keer dat Erich me had meegenomen naar de Volksoper waar *Die Jungfrau von Orleans* werd opgevoerd. Omringd door de modieuze Berlijnse vrouwen en wolken Chanel schoof ik ongemakkelijk heen en weer op mijn stoel met het gevoel daar niet thuis te horen. Maar toen de opera begon, zag ik zoveel dingen die anderen niet zagen, hoe op het decor een illusie van diepte werd geschapen, hoe alles mooier werd door de trucjes die wij artiesten allemaal kenden. Toen besefte ik dat ik mensen kon doorzien, of ze nu op het toneel stonden of niet. Dat deed ik mijn hele leven al.

Ik ga hoger, alsof ik probeer aan mijn herinneringen te ontsnappen. Met mijn benen in de lucht zwaai ik terug naar het plateau. Een dun laagje zweet bedekt mijn huid en mijn benen branden aangenaam. Dat Herr Neuhoff heeft gezegd dat ik misschien in de volgende stad weer aan het werk kan, biedt weinig troost. Dat duurt nog twee weken – een eeuwigheid voor een artiest. En er zijn geen garanties dat ik in de ring mag blijven; nu Herr Neuhoff zich bewust is van het gevaar, haalt hij me misschien bij de minste schrik al uit de show.

Zoals toen de politie een paar dagen geleden de voorstelling onderbrak. Als ik het gezicht van dat kleine meisje in het publiek voor me zie, besef ik pas in alle hevigheid hoe erg het allemaal is geworden. Zij was die dag even vrolijk als altijd begonnen – zoals ik die laatste ochtend in Berlijn met Erich – zonder te weten dat haar wereld binnen maar een paar uur zou instorten.

Ik veeg opkomende tranen weg. In mijn familie werd niet gehuild, niet bij ziekte of dood of een andere tragedie, en zelfs als klein meisje had ik mijn tranen altijd in moeten houden. Het had erger kunnen zijn, houd ik me voor; ik had degene kunnen zijn die de politie mee wilde nemen.

Ik spring nogmaals en blijf in het luchtledige hangen zonder de hoogte te zoeken, en ga zacht heen en weer. Heel even is het net alsof ik terug kan in de tijd als ik me niet beweeg, zodat alles weer wordt zoals het ooit was. Mijn lichaam, deze vlucht, kunnen ze niet van me afnemen – ondanks dat wat Noa had gedaan.

Niet alleen dat, maar meer dingen die Noa had gedaan, corrigeer ik mezelf. Het was meer dan alleen Herr Neuhoff inlichten over die Duitse officier. Ze had ook de burgemeesterszoon uitgenodigd om te komen kijken. En ze had zich van de trapeze laten vallen om die man en zijn dochter uit handen van de politie te redden, een stunt die even lichtzinnig als dapper was. Al lijken we niet op elkaar, ik zie in Noa steeds meer een eigenzinnigheid die me doet denken aan mijn jongere ik. Een impulsiviteit die haar tot een gevaar voor zichzelf maakt – en voor ons allemaal.

Ineens word ik duizelig. Mijn maag trekt samen en ik word zo misselijk dat ik bijna de stok uit mijn handen laat glippen. Het zweet breekt me uit en mijn handen worden gevaarlijk vochtig. Ik probeer met moeite naar het plateau te komen. Vanwege dit soort momenten zeg ik steeds tegen Noa dat ze hier niet alleen moet oefenen. Als ik naar beneden kijk, word ik door angst overvallen. Het is een feit dat circusartiesten niet lang leven. Sommigen zijn tijdens hun nummer overleden of zo gewond geraakt dat ze daarna niets meer konden doen. Ik loop in gedachten de artiesten na die ik ken, in mijn familie en daarbuiten, zoekend naar iemand die ouder dan zeventig is geworden. Maar dat lukt me niet.

Met een laatste, wanhopige zwaai slaag ik erin om met trillende benen op het plateau te landen. Ik ben nog nooit gevallen, zelfs niet bijna. Wat is er met me aan de hand?

Weer komt de misselijkheid op en ik ben net op tijd de ladder af om te kunnen braken in een emmer die niet van mij is. Ik neem hem mee naar buiten om hem uit te spoelen onder de pomp voordat iemand het ziet. De stank van gal maakt dat mijn maag weer in opstand komt. Ik druk mijn hand tegen mijn middenrif. Ik was als het ware in de trapeze geboren en daar nooit eerder misselijk geworden. Ik heb andere luchtacrobaten weleens horen zeggen dat ze plotseling de hoogte of de bewegingen daar niet meer konden verdragen, maar dat was alleen als ze ziek of zwanger waren.

Zwanger. Ik blijf stokstijf staan. Dat kan gewoonweg niet. Maar het is de enige aannemelijke verklaring. Vlak voordat we uit het winterverblijf vertrokken, had ik op een avond veel te veel gedronken. Ik had al bijna drie maanden niet gemenstrueerd, maar dat kwam wel vaker voor, en dat schreef ik toe aan wat de voorstellingen en trainingen van mijn lichaam eisten. Als het meer betekende, had ik dat toch moeten weten.

Ik loop de tent weer in en ga verslagen op de tribune zitten terwijl de ontkenning door mijn hoofd tolt. Erich en ik hadden een tijdlang geprobeerd een kind te verwekken. Voordat zijn werk hem helemaal opeiste, bedreven we bijna elke avond de liefde, en in het weekend twee of drie keer per dag. Maar het had nooit tot een resultaat geleid. Ik was ervan uitgegaan dat het aan mij lag. Ik had me afgevraagd hoe het kwam dat mijn moeder vruchtbaar genoeg was geweest om vijf kinderen te krijgen, en ik niet één. Jaar na jaar was er niets gebeurd, en uiteindelijk waren we erover opgehouden.

Het probleem had bij Erich gelegen, besef ik nu met enige voldoening. Niet bij mij. Zijn perfecte Arische lichaam was in gebreke gebleven. Hij zou nooit kinderen verwekken, ook niet bij een andere vrouw.

Maar mijn angst overschaduwt algauw mijn voldoening. Een zwangerschap was wel het laatste waar ik aan had gedacht, en een kind een lang vergeten droom. Ik ben te oud om nu nog een gezin te beginnen. Peter, met zijn sombere buien en depressies, lijkt niet echt een ideale vader. Zo'n soort stel zijn we niet. En we hebben geen thuis.

Ik zou het kunnen laten weghalen. Ik heb tijdens mijn jaren bij het circus over dat soort dingen vaak horen smoezen. Maar de gedachte alleen al maakt me duidelijk dat dat geen optie is.

Peter komt binnen en voor het eerst ben ik niet blij hem te zien. Ik strijk even over mijn wangen om me ervan te overtuigen dat ze droog zijn, en ik verberg mijn buik, alsof hij verschil zou kunnen zien. Ik wil het hem niet vertellen, dat zou alleen maar voor nog meer spanning zorgen buiten het uitputtende optreden en het reizen. Hij hoeft zich hier nu geen zorgen over te maken. Ik wacht tot hij constateert dat ik bleek ben en tril, of misschien de geur ruikt die nog om me heen hangt.

Maar zijn gedachten zijn kennelijk elders. 'Kom mee, ik wil je iets laten zien,' zegt hij, en hij pakt mijn hand en loodst me mee naar zijn hut. Die staat aan de rand van het terrein, een enkele, sobere kamer, niet veel groter dan een hok. Ik sta onzeker in de deuropening, de geur van vochtig hout en aarde vermengt zich met verschaalde rook. Ik ben sinds onze komst in Thiers niet bij hem geweest, omdat hij zo intensief aan het repeteren was dat ik hem niet wilde storen. Zal hij me in zijn armen nemen? Ik geloof dat ik op dit moment geen intimiteit aankan. Maar hij loodst me mee langs het bed. Achterin staat een nieuw meubelstuk, een lage, rechthoekige eiken kist van ruim een meter tachtig, bijna een overmaatse hutkoffer.

'Mooi,' zeg ik, terwijl ik mijn hand over het hout laat glijden en het fraai bewerkte deksel bewonder. 'Waar heb je die vandaan?' En waarom? Peter, met zijn spartaans ingerichte hut, is niet iemand die aan bezittingen hecht.

'Die zag ik op de plaatselijke markt, ik heb afgepingeld bij de meubelmaker. Maak je geen zorgen.' Hij glimlacht. 'Ik heb er niet veel voor betaald.' Maar daar gaat het niet om; het is een stevige, duurzame kist, zeer onpraktisch en niet iets voor het circus. Wat moet hij ermee aan als we verder reizen?

Peter is geen onverstandig mens en ik wacht op een uitleg die zijn aankoop verklaart. Hij opent het deksel en gaat met zijn hand over de bodem. Die tilt hij op, waarna een geheime ruimte van misschien dertig centimeter diep te zien is – net genoeg voor een kleine persoon die plat zou liggen. 'O!' roep ik uit.

'Alleen als het echt nodig is,' zegt hij. Hij bedoelt dat ik me daar kan verstoppen als de SS of de politie weer komt. Hij kijkt naar mijn gezicht en ik probeer mijn reactie op die benauwde, doodskistachtige ruimte niet te laten zien. 'We hadden hier nog geen geschikte schuilplaats voor je, dus ik dacht dat dit misschien voldoet,' legt hij uit. Hij probeert het terloops te brengen, maar hij kijkt ernstig. Dat de politie heeft geprobeerd die man tijdens de voorstelling te arresteren heeft ook Peter van zijn stuk gebracht. Hij weet net als ik dat de Duitsers of de Franse politie terug zullen komen. Dat we daarop voorbereid moeten zijn.

Hij wil me beschermen. Maar ik zie in zijn ogen iets wat duidt op meer dan bezorgdheid of zelfs affectie. Ik had die blik ook gezien toen Erich en ik pas getrouwd waren. Ik draai me geschrokken om. Dan herinner ik me wat Noa heeft gezegd over Peters gevoelens voor me. Ik had het direct ontkend omdat ik het niet wilde zien of geloven. Maar als ik die hoopvolle blik weer van hem zie, weet ik dat ze gelijk had. Hoe was het mogelijk dat ik dat niet eerder had opgemerkt? Tot nu toe was het makkelijk geweest ons samenzijn te beschouwen als niet meer dan een vrijblijvende relatie. Toen hield Noa me een spiegel voor en nu kan ik het niet langer ontkennen. Ik denk terug aan de afgelopen maanden, met Peter voortdurend aan mijn zijde om me te beschermen. Zijn gevoelens waren niet plotseling opgekomen of nieuw. Ze waren er al die tijd al. Hoe had Noa, zo jong en naïef, kunnen zien wat mij ontgaan was?

'Je vindt het niks,' zegt hij, terwijl hij zijn hand over de kist laat glijden. Hij klinkt teleurgesteld.

Inderdaad, wil ik zeggen, ook al had ik me na het incident in Darmstadt voorgenomen dat ik me nooit meer zou verstoppen. 'Niet echt,' zeg ik in plaats daarvan, omdat ik hem niet wil kwetsen met zijn goede bedoelingen. 'Hij is perfect,' ga ik haastig verder. Feitelijk is deze kist nog kleiner dan de schuilplaats in Darmstadt. Ik zou er nu al nauwelijks in passen, laat staan als mijn buik groter wordt.

'Wat is er dan?' vraagt hij, terwijl hij mijn kin in zijn hand neemt en me onderzoekend aankijkt. 'Je ziet zo bleek. Ben je ziek? Is er iets gebeurd?' Zijn gezicht krijgt een zorgelijke trek als hij mijn façade doorziet en aanvoelt dat er iets mis is.

Op dat moment word ik door angst gegrepen. Niet voor mijn zwangerschap of het risico dat ik door de politie word gepakt, of zelfs door de SS. Nee, ik voel me van angst verlamd door… door dit, wat er tussen mij en Peter is. Het begon als iets tussen twee mensen die eenzaam waren, zich tot elkaar aangetrokken voelden om een leegte te vullen. En zo had het moeten blijven. Maar op een bepaald moment, toen ik even niet oplette, was het meer geworden – zowel voor mij als voor hem.

Ik aarzel. Als ik het aan Peter vertel, wordt alles anders. Maar ik kan hem niet ongerust maken door te blijven zwijgen. En ergens wil ik ook niets liever dan het hem vertellen. Doe het, lijkt een stemmetje dat meer op dat van Noa dan van mij lijkt te zeggen. Hij houdt van me en dat zal genoeg zijn.

Ik haal diep adem en zucht. 'Peter, ik ben zwanger.' Met ingehouden adem wacht ik zijn reactie af.

Hij reageert niet maar kijkt me wezenloos aan. 'Peter, heb je gehoord wat ik zei?' vraag ik. De muren lijken zich naar elkaar toe te bewegen en ik krijg weinig lucht. 'Zeg alsjeblieft iets.'

'Dat is onmogelijk,' zegt hij, een en al ongeloof.

'Het is echt waar,' zeg ik zwak. Wat dacht hij dat we al die nachten in het winterverblijf hadden gedaan?

Hij begint te ijsberen en gaat met zijn hand door zijn haar. 'Ik bedoel, natuurlijk is het mogelijk,' vervolgt hij hoewel ik niets had gezegd. 'Alleen moeilijk te geloven. En met wat er nu speelt, maakt het alles ingewikkelder.'

Mijn hart zinkt in mijn schoenen. Het was verkeerd geweest om het hem te vertellen. 'Je klinkt niet blij,' zeg ik, en mijn wangen gloeien, alsof ik een klap heb gekregen. 'Ik heb dit niet gepland. Het spijt me dat het je niet gelegen komt.'

Hij gaat zitten en pakt mijn handen. 'Nee, lieverd, dat is het helemaal niet.' Zijn trekken zijn nu zachter, en ook zijn toon is liever. 'Niets zou me gelukkiger maken.'

'Je bedoelt dat je vader wilt worden?' vraag ik verrast.

'Nee,' zegt hij snel, en ik verlies de moed weer. Hij wil het dus toch niet. 'Maar ik ben al vader.' Hij praat langzaam, haperend, alsof hij moeite moet doen voor elk woord.

'Ik begrijp het niet.' De kamer begint te tollen en er komt weer gal omhoog. Ik dwing mezelf kort en oppervlakkig te ademen. 'Waar heb je het over?'

'Ik heb een kind gehad.' Gehad. Zijn gezicht toont meer verdriet dan ik ooit heb gezien.

'O!' stoot ik uit. Ik ben verbijsterd. Ik was er wel van uitgegaan dat Peter vóór mij een leven had gehad, maar een kind? Ineens is het alsof ik hem helemaal niet ken.

'Ik ben getrouwd geweest met een ballerina uit Moskou, Anya heette ze,' zegt hij met een holle stem terwijl hij wegkijkt. Ik probeer me zijn vrouw voor te stellen, en zie met meer jaloezie dan ik wil een lange, slanke vrouw met gracieuze armen en benen voor me. Waar is ze nu? 'We kregen een dochtertje, Katya.' Zijn stem breekt als hij haar naam uitspreekt.

'Wat is er met haar gebeurd?' vraag ik. Ik vrees het antwoord maar tegelijkertijd moet ik het weten.

Hij blijft even stil. 'Spaanse griep. De beste artsen en ziekenhuizen konden niets voor haar doen.'

'Hoe oud was ze?'

'Vier.' Hij verbergt zijn gezicht in zijn handen, zijn rug schokt van de onderdrukte snikken. Ik zit machteloos naast hem en mijn hoofd tolt als ik alles probeer te verwerken. Even later heft hij zijn hoofd en dept zijn ogen. 'Ik neem aan dat ik het eerder had moeten zeggen, maar het is gewoon zo moeilijk.

Anya stierf kort na Katya,' gaat hij door. 'Volgens de arts ook aan griep. Ik denk dat het aan een gebroken hart was. Dus toen was ik alles kwijt.' Zijn stem stokt en ik vraag me af of hij opnieuw instort.

‘Wat vreselijk.’ Ik sla mijn armen om hem heen en leg mijn hoofd tegen zijn schouder. Maar mijn medeleven schiet tekort en het is onmogelijk een pijn te verzachten die ik niet met hem deel. Ik begrijp nu wel veel meer van hem, zijn sombere buien en zijn drankgedrag.

‘Dit brengt pijnlijke herinneringen bij je boven,’ zeg ik.

Hij schudt zijn hoofd. ‘Nee, het is fijn om me hen beiden te herinneren. Maar je snapt waarom ik nerveus ben.’

‘Dat begrijp ik.’ Hij is bang om weer een kind te krijgen, er net zoveel van te houden als hij ooit had gedaan, besef ik. Toen waren al het geld en de privileges die hij had niet toereikend geweest. Hoe zou hij nu dan een kind kunnen beschermen en verzorgen? ‘Het komt goed,’ zeg ik en ik probeer overtuigend te klinken om mijn eigen twijfels te verbergen. ‘Wij kunnen dit.’ Nu is het mijn beurt om sterk te zijn.

‘Ja, natuurlijk,’ zegt Peter en hij forceert een glimlach. Hij kust me een keer, dan nog eens. Zijn mond gaat naar mijn oogleden, wangen, borsten. Hij duwt me achterover op het bed en even lijkt het erop dat hij de liefde wil bedrijven. Maar hij legt alleen zijn hoofd op mijn buik, zonder iets te zeggen.

‘Voor ik jou had, had ik de hoop opgegeven,’ zegt hij ten slotte. ‘Ik weet niet wat ik zonder jou zou moeten. Ik hou van je,’ voegt hij eraan toe. De gevoelens die hij al die tijd heeft opgekropt stromen nu naar buiten. En hoewel ik er ooit naar heb verlangd, voel ik me overweldigd. Het voelt nu te zwaar om hem en het kind te dragen.

Hij heft zijn hoofd en in zijn ogen zie ik een vonkje. ‘We zouden moeten trouwen,’ zegt hij terwijl hij mijn handen vastpakt. Trouwen. Het woord gonst door mijn hoofd. Ooit had het iets betekend. Nu zie ik in gedachten de papieren die Erich me toeschoof toen hij zei dat die nooit iets hadden betekend, en ik hoor hoe mijn trouwring in ons appartement op de grond valt.

'O, Peter.' Voor mij was het huwelijk iets eenmaligs geweest. Ik kan me niet voorstellen die iemand me op die manier wil – of dat ik zelf een man weer zo dichtbij laat komen. 'Dat kan niet.'

'Nee, natuurlijk niet,' zegt hij snel, zonder dat hij zijn teleurstelling kan verbergen.

Ik pak zijn kin. 'In mijn hart ben ik al met je getrouwd.'

'Of we zouden weg kunnen gaan,' zegt hij. Ik ben verbaasd. Peter was altijd tegen dat idee geweest omdat hij nergens anders zo zou kunnen optreden als hier. Maar nu er een kind komt, is alles veranderd.

'Ik kan niet weg,' zeg ik. 'Hier kan ik me schuilhouden.' Althans voorlopig. Ooit zou ik misschien de kans hebben gegrepen en ervandoor zijn gegaan. Maar het gaat nu om iets belangrijkers dan alleen mijn eigen veiligheid. Ik breng mijn hand weer naar mijn buik. 'En Noa heeft me nodig...'

'Het meisje?' Hij kijkt verbaasd op. 'Wat doet zij ertoe? Ik dacht dat je haar niet eens mocht.'

'Nee, natuurlijk niet, maar evengoed...' Het is waar, ik geef het toe. Ik mocht Noa vanaf het begin niet, en al helemaal niet nadat ze me uit de voorstelling had laten halen. Maar ze is afhankelijk van mij, net zoals Theo dat van haar is. 'Jij zou weg kunnen als je echt wilde,' stel ik voor. Het doet pijn om het te zeggen.

Hij slaat zijn armen nog steviger om me heen. 'Ik ga nooit bij je weg,' zegt hij terwijl hij zijn hand op mijn buik legt. 'En ook niet bij ons kind.'

Iemand die niet bij me weggaat, denk ik, wensend dat ik nog jong was en het zou hebben geloofd. 'Het komt wel goed,' zeg ik weer, mijn twijfels wegschuivend.

'Beter dan dat. Een gezin.' Ik glimlach ondanks mijn angsten.

Is zoiets mogelijk? Maar mijn kind zal Joods zijn. Er doemt een beeld bij me op van Noa die zich een weg baant door het bos in de sneeuw met Theo, voordat we haar vonden. We zijn amper in staat één Joods kind te beschermen – hoe moet dat in hemelsnaam met twee?

# 14

## Noa

'Nee, nee!' roept Astrid de zondag daarop tijdens de training, en haar stem klinkt zo schel door de grote tent dat een van de jongleurs die beneden aan het oefenen is haar zilveren ringen kletterend op de grond laat vallen. 'Je moet hoger!'

Ik zet meer kracht met mijn benen als Gerda me terugduwt naar de stok en probeer Astrids instructies op te volgen. Maar als ik op het plateau sta en naar beneden kijk, zie ik dat ze nog steeds niet tevreden is.

'Je moet je benen boven je hoofd brengen,' moppert ze als ik de ladder af kom.

'Maar je zei dat ik mijn lichaam op één lijn moest houden, dus ik dacht…' begin ik, en doe er dan het zwijgen toe omdat ik weet dat ik het niet zal winnen. Astrid is de afgelopen dagen slechtgehumeurd, ze snauwt me bij alles wat ik zeg af en berispt me om dezelfde bewegingen die ze een paar dagen geleden nog prees. Als ik haar misprijzende gezicht zie, vraag ik me af of ze nog kwaad is omdat ze door mijn toedoen uit de voorstelling is gehaald. Bijna een week eerder had het erop geleken dat ze me vergaf, maar nu ben ik daar niet meer zo zeker van.

'Wat is er?' vraag ik.

Ze doet haar mond open alsof ze me iets wil vertellen. 'Niets,' zegt ze ten slotte, maar het klinkt niet alsof ze het meent.

'Toe, Astrid,' dring ik aan. 'Als er iets is, kan ik je misschien helpen.'

Ze glimlacht, maar niet met haar ogen. 'Was dat maar waar,' zegt ze, en ze loopt weg om de ladder op te gaan.

Dus er is wel iets, denk ik, maar ik weet dat ik niet verder moet aandringen. 'Gaan we door met repeteren?' vraag ik in plaats daarvan, bang voor het antwoord.

Maar ze schudt haar hoofd. 'Voor vandaag zijn we klaar.' Ze stapt op het plateau en pakt de stok, dan springt ze zonder waarschuwing. Hoewel ze niet in de voorstelling optreedt, heeft dat haar er niet van weerhouden om sneller en intensiever te vliegen dan ooit. Ze werkt nu zonder vanger en raakt nauwelijks de stok aan, het lijkt bijna onmogelijk.

Ik loop door de sportzaal naar Peter, die zijn training staakt om naar Astrid te kijken. 'We moeten haar tegenhouden,' zeg ik. 'Ze doet zichzelf nog wat aan.'

Maar zijn ogen laten een mengeling van bewondering en vergeefsheid zien, en zijn houding drukt berusting uit. 'Ik kan haar niet tegenhouden van haar grootsheid, zo is ze nu eenmaal.'

'Dat is geen grootsheid – dat is zelfmoord,' zeg ik scherp, verbaasd dat ik hem zo fel durf tegen te spreken.

Peter kijkt me bevreemd aan. 'Astrid zou zichzelf nooit iets aandoen. Ze heeft te veel om voor te leven.' Er klinkt iets ongemakkelijks in door. Misschien weet hij wat Astrid dwarszit. Maar voordat ik het kan vragen, loopt hij weg.

Met nog een laatste bezorgde blik op Astrid trek ik mijn wikkelrok en blouse over mijn trainingspakje aan. Ik loop uit de tent het terrein over. Het is zondag, laat in de middag, ruim een week na onze aankomst in Thiers, en ik wil genieten van Theo en zoveel mogelijk tijd met hem doorbrengen voordat hij gaat slapen. Vlak bij het spoor staat de waterwagon en mensen haasten zich ernaartoe om hun emmers te vullen. In het circus staan altijd overal emmers met water voor consumptie, voor de was en voor andere doeleinden De eerste keer dat ik er in Darmstadt twee met mijn naam zag staan, wachtend om te worden gevuld, had ik geweten dat ik een klein beetje meer bij het circus hoorde.

Ik vul een van mijn emmers met water voor de was en een met drinkwater en draag ze naar de trein, waar ik weer bij Theo kan zijn. Ik klim voorzichtig de trein in om niet te morsen. De slaapwagon, waar ik had verwacht Theo aan te treffen na zijn middagslaapje, is leeg. Theo is er niet.

Rustig, houd ik mezelf voor als ik weer naar buiten loop. Soms nemen de oppasmeisjes de kinderen even mee naar buiten voor wat frisse lucht. Een paar kinderen spelen achter de trein met een bal, terwijl de twee meisjes die op ze moeten letten met elkaar zitten te kletsen. Theo is niet bij hen.

Waar is hij? Mijn hart bonkt in mijn keel. Is hij weg? Meegenomen? Ik loop over het achterveld naar Astrid. Zij zal wel weten wat ik moet doen. Dan hoor ik gegiechel in de verte. Mijn ogen schieten naar de kooien. Daar is Theo, in de armen van Elsie, een van de meisjes die op hem passen. Ik ontspan een beetje.

Maar als ik het grasveld over loop, gaat Elsie naar de leeuwenkooi. Ik zie haar met Theo praten, ze wijst hem een van de dieren. De kooi is niet echt sterk – een paar stalen spijlen met daartussen te veel ruimte – niets scheidt Theo van het wilde dier. Elsie loopt onbevreesd met Theo naar de kooi. Hij strekt zijn handje uit alsof hij een hond wil aaien.

'Nee!' roep ik, maar mijn stem gaat verloren in de wind. Theo steekt zijn hand door de kooi, zijn vingers zijn maar een paar centimeter verwijderd van de leeuwenbek.

'Theo!' Mijn voeten dreunen over de harde aarde als ik naar hem toe ren, kluiten gras en zand stuiven op.

Ik ruk Theo uit de armen van het meisje. De leeuw, geschrokken door de plotselinge beweging, haalt brullend uit naar de spijlen, precies op de plek waar Theo's hand zojuist nog was.

Ik spring achteruit, struikel en val op de grond. Theo slaakt een kreet. Een scherpe steen snijdt in de hand waarmee ik mijn val breek, maar ik merk het amper. Ik trek Theo tegen me aan om hem te beschermen. Ik adem moeizaam en kom nog niet overeind, maar probeer Theo te troosten die erger overstuur is dan ooit. Een seconde en ik was te laat geweest.

'Sst,' sus ik hem, terwijl ik hem onderzoekend opneem. Ook al is hij rood van het huilen, verder is er niets aan de hand. Dan sta ik op en veeg het vuil van mijn knieën. 'Hoe kon je?' berisp ik Elsie die bleek ziet.

'We-we waren alleen aan het spelen,' legt ze beschaamd uit. 'Ik wilde hem de leeuw van dichtbij laten zien. Ik had geen kwaad in de zin.'

Maar ik ben nog steeds razend. 'Dat beest – had Theo kunnen doden. En wat hij aanheeft...' Nu ik Theo beter bekijk, zie ik dat hij een pakje met lovertjes draagt, te groot voor hem, en inderhaast vastgespeld om het beter te laten passen. 'Wat heeft hij in vredesnaam aan?'

Ik zie dat Astrid de grote tent uit komt. Ze loopt met grote stappen het veld over, haar gezicht is een mengeling van woede en ongerustheid. 'Wat is er allemaal aan de hand?'

'Ze hield Theo vlak voor de leeuwenkooi,' zeg ik, en mijn stem klinkt harder als ik mijn angst opnieuw beleef. 'Hij had wel dood kunnen zijn!'

Ze neemt Theo van me over, hij houdt op met huilen maar hapt nog naar adem. 'Alles lijkt in orde met hem. Is hij gewond?'

'Nee,' moet ik toegeven, en ik sla naar een van de vliegen die constant rond de kooien vliegen. Ik had verwacht dat ze partij voor me zou kiezen, ook al is ze boos. Is zij dan niet boos om wat Elsie heeft gedaan? 'Maar kijk wat hij aanheeft!'

'Binnenkort zal hij ook gaan trainen,' merkt ze kalm op.

'Trainen?' herhaal ik niet-begrijpend.

'Voor de voorstelling,' antwoordt ze. Ook al hebben we het er nooit over gehad dat Theo zou gaan optreden, het lijkt nu alsof dat een bekend feit is.

Ik staar haar sprakeloos aan. Ik had nooit gedacht aan een toekomst bij het circus voor Theo. 'Hij is nog maar een baby,' zeg ik. Theo krijst alsof hij protesteert.

'Voordat ik kon lopen hing ik al in de trapeze,' zegt Astrid. 'Natuurlijk wel een veilige, vaste trapeze.' Ik huiver. In Astrids wereld is het volkomen normaal dat kinderen optreden. Maar Theo gaat niet in de trapeze werken, en ook niet iets anders in het circus doen. Zijn leven – ons leven – zal zich ergens anders afspelen.

'Hij is nog veel te jong,' houd ik vol, zonder te zeggen dat ik hem nooit zal laten optreden.

Astrid reageert niet. Ze kijkt over mijn schouder naar de bosrand. 'Er komt iemand aan.' Ik draai me om en volg haar blik.

'Luc,' zeg ik hardop, meer tegen mezelf dan tegen Astrid. Het is bijna een week geleden dat hij naar het circus kwam. Ik dacht dat hij het daarna had opgegeven of was afgeschrikt. Ik had niet verwacht hem nog eens te zien.

Dat zou wel beter geweest zijn, bedenk ik als hij dichterbij komt. Hij is de zoon van de burgemeester en, zoals Astrid duidelijk had gemaakt, niet te vertrouwen. 'Wat doet hij hier?' vraagt ze met een stem waar het ongenoegen vanaf druipt.

'Geen idee,' zeg ik, ineens in de verdediging. Ik heb niets gedaan om hem aan te moedigen. Desondanks springt mijn hart op als Luc naar ons toe komt met een bosje narcissen in zijn hand. Zijn zwarte haar waait op in de wind. 'Maar daar kom ik zo wel achter.' Ik kijk naar Theo en aarzel. Ik wil hem niet alweer loslaten nadat ik hem net in gevaar heb aangetroffen, of teruggeven aan Elsie. Ik vind het vreselijk om Astrid nu iets te vragen, maar mijn nieuwsgierigheid wint het. 'Wil jij heel even op Theo passen?' vraag ik als ik genoeg moed heb verzameld, haar reactie al vermoedend.

'Ik ben je trainer – moet ik nu ook nog je kindermeid spelen?' snauwt ze. Ik reageer niet. Ze is boos, maar ze is ook dol op Theo en kan hem niet weigeren. 'Nou, goed dan, als het moet. Ga maar. Blijf niet te lang weg.' Ze pakt Theo van me over en loopt terug naar de trein.

Ik blijf staan tot Luc bij me is. 'Jij weer,' zeg ik, in een poging nonchalant te klinken. Ik denk ineens aan hoe mijn haar zit, haastig vastgebonden, en mijn wangen, vuurrood door de inspanning van de repetitie. 'Je komt steeds weer opdagen.'

Luc aarzelt en kijkt nerveus over mijn schouder naar Astrid die met Theo wegloopt. 'Ik hoop dat het goed is dat ik hier ben.'

'Het zal wel,' zeg ik onverschillig.

'Ik dacht dat je me niet wilde zien,' zegt hij. 'Je kwam niet naar me toe na de voorstelling. Ik was er zoals afgesproken en ik heb zo lang mogelijk op je gewacht. Maar je kwam niet.'

'Dat kon niet na alles wat er met de politie was gebeurd,' zeg ik. 'Bovendien was er de avondklok. Mensen stonden te kijken. Ik kon niet weg om het tegen je te zeggen.'

'Dat geeft niet,' zegt hij, onmiddellijk vergevingsgezind. 'Ik heb deze voor je meegebracht.' Hij steekt de bloemen wat onhandig naar me toe. Een zoete geur zweeft me tegemoet als ik ze aanpak en onze vingers strijken langs elkaar. Ik steek een van de narcissen in mijn haar, en nog een in het bovenste knoopsgat van mijn blouse.

'Ga je mee?' Luc loopt al weg maar ik blijf staan waar ik sta. Ik volg hem niet. Hij komt terug. 'Ga je niet mee?'

'Je vader,' zeg ik.

In zijn ogen verschijnt iets van besef. 'Wat is er met hem?'

'Hij is de burgemeester. Waarom heb je me dat niet verteld?'

'Omdat ik er niet aan heb gedacht,' antwoordt hij onzeker.

'Hoe kan dat nou?' vraag ik. 'Je bent zijn zoon.'

'Je hebt natuurlijk gelijk,' geeft hij schuldbewust toe. 'Ik had iets moeten zeggen en dat zou ik hebben gedaan als ik de kans had gekregen om je te spreken. Ik denk dat ik gewoon hoopte dat het niet uitmaakte.' Of misschien omdat hij wist dat het juist wel wat uitmaakte. 'Is dat zo?' vraagt hij. 'Dat het iets uitmaakt?'

Ik aarzel terwijl ik nadenk. Het kan me niet schelen dat zijn vader de burgemeester is, niet zoals het Astrid en de anderen kan schelen. Maar als zijn vader een nazisympathisant is, wat zegt dat dan over Luc? Hij lijkt te aardig om het zelf ook te zijn.

Luc kijkt me nog steeds verontrust aan, mijn antwoord lijkt heel belangrijk voor hem. 'Ik denk het niet,' geef ik uiteindelijk toe. 'Maar het was beter geweest als ik het had geweten.' Op de een of andere manier telt het feit dat hij het heeft verzwegen het zwaarst. Maar ik heb ook zo mijn geheimen, dus wie ben ik om over een ander te oordelen?

'Geen geheimen meer, ik beloof het.' Ik houd mijn adem in. Ik kan niet echt hetzelfdc beloven. Maar hij steekt zijn hand uit. 'Kunnen we nu gaan wandelen?'

Ik kijk onzeker over mijn schouder. Ik zou niet met hem mee moeten gaan, als ik Astrids waarschuwing dat mijn omgang met Luc gevaar kan opleveren serieus neem. En ik wil snel terug naar Theo. 'Ik ben er niet echt op gekleed,' zeg ik als ik de vochtige tricot nog op mijn huid voel plakken.

Luc glimlacht. 'Dan gaan we niet naar een gala.'

'Goed,' laat ik me vermurwen. Ondanks mijn gereserveerdheid ben ik nieuwsgierig naar hem – en ik wil ook graag de chaos en de drukte van het circus even achter me laten.

Hij loodst me mee naar het bos, hetzelfde pad dat Astrid me had gewezen op de dag dat ik de stad in ging. Ik volg hem snel van het circusterrein om niet gezien te worden. Als ik omkijk in de richting van de treinwagon stel ik me voor dat Astrid Theo in bed legt. Ik wil haar niet tot last zijn en ik heb nauwelijks de kans gehad om Theo te zien. 'Ik ben bang dat ik maar heel even tijd heb.'

'De anderen willen me hier niet zien?' vraagt hij.

'Dat is het niet.' De waarheid, namelijk dat ze denken dat hij problemen veroorzaakt, lijkt vergezocht en te kwetsend om te zeggen. 'Ze zijn alleen een beetje huiverig voor buitenstaanders. Ik geloof dat iedereen dat tegenwoordig is.'

'Ik wil niet dat je door mij in de problemen komt,' zegt hij. 'Misschien had ik beter weg kunnen blijven.'

'Nee,' zeg ik scherp. 'Ik kan zelf mijn beslissingen nemen.'

'Laten we dan doorlopen,' zegt hij. We vervolgen zwijgend onze weg over een open plek tussen de bomen. Algauw komen we bij de andere kant van het bos. We passeren de beek, die stroomafwaarts loopt vanaf de stad die achter ons opdoemt en afkeurend lijkt toe te kijken. Ik had alleen willen zijn met Luc, maar nu voelt het vreemd, bijna ongemakkelijk.

Hij blijft staan en gaat op een stukje grond zitten dat als een kleine klip uitsteekt over de beek, schuift wat rietstengels opzij en maakt een plekje vrij. Ik laat me zakken op de vochtige aarde en voel de kilte die optrekt nu de zon achter de heuvels in de verte verdwijnt. 'Ik heb iets voor je meegebracht.' Hij haalt een sinaasappel uit zijn zak.

Sinds de oorlog begon heb ik niet meer zo'n mooi stuk fruit gezien. 'Dank je wel,' zeg ik dankbaar. Hoe was hij daaraan gekomen? Omdat zijn vader burgemeester is – een positie waarmee hij anderen kwaad doet. Ik geef de besmette vrucht terug. 'Maar ik kan hem niet aannemen.'

Als ik hem de sinaasappel aanreik, zie ik dat zijn wijsvinger krom is, op de een of andere manier misvormd. Met een teleurgestelde blik stopt hij de vrucht terug in zijn zak. Dan steekt hij me iets anders toe, verpakt in bruin papier. 'Neem dan dit aan. Dat heb ik van mijn distributiekaarten gekocht, echt.' Er komt een stuk harde cantal-kaas tussen twee bruine boterhammen uit tevoorschijn. Ik aarzel. Eten weigeren voor mezelf is één ding, maar voor Theo is heel iets anders. 'Dank je,' zeg ik, geroerd door zijn vrijgevigheid en onzelfzuchtigheid tegenover mij, een vreemde. Ik pak het eten weer in en steek het in mijn zak.

Achter ons horen we het geluid van een vrachtwagen. Ik sta haastig op om niet gezien te worden. 'Ik moet gaan,' zeg ik, bang voor de vragen die zullen rijzen als ik met Luc word gezien.

Maar hij pakt mijn hand om me tegen te houden. 'Kom mee.' Hij neemt me snel mee terug het bos in, over een pad de andere kant op. Bij een open plek blijven we staan en hij kijkt om zich heen. 'Niemand te zien,' zegt hij.

Mijn hart klopt nog in mijn keel en ik weet weer precies waarom ik weg had moeten blijven. 'Die agenten die naar de voorstelling kwamen om die man en dat meisje te arresteren... deden dat in opdracht van je vader, toch?'

'Ja.' Hij laat zijn hoofd zakken. 'Het spijt me. Ik had geen idee dat dat zou gebeuren. Ik weet zeker dat het van hogerhand is opgelegd. Hij had waarschijnlijk geen keus.'

'Je hebt altijd een keus.'

Hij blijft naar beneden kijken om mijn blik te ontwijken. 'Als je me niet wilt zien om wat er allemaal is gebeurd, begrijp ik dat.'

'Helemaal niet,' zeg ik te snel.

'Kom dan mee.' Mijn vingers worden warm onder zijn aanraking als hij mijn hand pakt en we lopen weer door.

Algauw komt het bos uit op een open veld, waar zich een schuur als een donker silhouet aftekent in de schemering. Luc loopt erop af.

'Wacht, Luc...' zeg ik slecht op mijn gemak als we bij de deur komen. Een stukje wandelen is onschuldig. Maar met hem naar binnen gaan is meer, een stap te ver. 'Ik moet terug,' zeg ik. Ik stel me Astrid voor, die precies weet waar ik ben en die boos op de klok kijkt.

'Heel even maar, dan zijn we uit het zicht,' probeert hij me over te halen.

De houten deur kraakt als Luc hem opendoet. Hij stapt opzij en laat me als eerste naar binnen gaan. De schuur is leeg, en er hangt een benauwde geur van rottend hout en vochtig hooi.

'Hoe heb je dit gevonden?' vraag ik.

'Het staat precies op de rand van het grondgebied van mijn ouders. Wees maar niet bang,' voegt hij eraan toe als hij me ziet schrikken. 'Hier komt niemand behalve ik.'

Hij gebaart naar de zolder. 'Niemand zal ons daar vinden.'

Ik kijk weifelend naar boven, me er ineens van bewust dat we hier alleen zijn, ver van het circus of wat dan ook. 'Ik weet niet...'

'Alleen even praten,' zegt hij overredend. 'Dat kan toch geen kwaad?'

Hij klimt naar de zolder en helpt mij daarna ook naar boven, zijn vingers vochtig om mijn pols. Het is een kleine rechthoekige ruimte van misschien twee bij drie meter, onder een laag, schuin dak. Ruwhouten planken liggen vol hooi dat onder mijn rok mijn benen kietelt. Luc doet een houten luik open waardoor we de glooiende heuvels zien die naar het dorp leiden, en stukken grond als lappendekens, onderbroken door bemoste boerderijdaken. Er brandt licht achter sommige ramen voordat de verduisteringsgordijnen worden neergelaten, als kaarsen die worden gedoofd. Het is er vredig – en ongerept, je zou bijna even vergeten dat het oorlog is.

Luc wijst naar een kleine torenspits aan de horizon, een silhouet tegen de ondergaande zon. 'Daar staat mijn oude *école*,' zegt hij en ik glimlach als ik me hem als schooljongen voorstel. Hij woont al zijn hele leven in deze stad, en voor mij zou dat ook zo zijn geweest als het niet anders was gelopen. Hij vervolgt: 'Ik heb twee oudere zusjes, allebei getrouwd, allebei in steden niet ver hier vandaan. Mijn grootouders woonden ook bij ons in huis toen ik klein was. Het was altijd een vrolijke boel.' Er klinkt iets van verlangen door in zijn stem, waaruit ik kan afleiden dat het lang geleden is.

Hij steekt zijn hand onder een stapel hooi en haalt er een halfvolle fles onder vandaan. 'Een slokje chablis uit mijn vaders kelder,' zegt hij met een ondeugende grijns. Hij reikt de fles aan en ik neem een slok. Ook al weet ik niets van wijn, ik proef wel dat het een goede kwaliteit is, met een gelaagde smaak, geurig en vol.

In de hoek waar hij de wijn had verstopt, zie ik half onder het hooi verscholen nog iets liggen. Nieuwsgierig kruip ik ernaar toe. Het is een dik tekenblok met een verfdoos. 'Je schildert,' constateer ik.

Hij slaat lachend zijn armen om zijn knieën. 'Dat is een groot woord. Ik maak schetsen wanneer ik aan papier kan komen. Maar schilderen doe ik niet zoveel meer. Mijn moeder was een kunstliefhebber en nam me op vakantie altijd mee naar galeries. Ooit wilde ik naar Parijs, om aan de Sorbonne te studeren.' Zijn ogen staan levendig als hij het over kunst en zijn jeugd heeft.

'Is het ver? Parijs, bedoel ik.' Ik schaam me dat ik zo weinig van geografie weet.

'Een uur of vier met de trein tegenwoordig met al die stopplaatsen. Ik ben er met mijn moeder naar musea geweest. Ze was dol op kunst.' Er klinkt nu iets droevigs door in zijn stem.

'Woon je nog bij je ouders?'

'Alleen bij mijn vader. Mijn moeder is overleden toen ik elf was.'

'Wat erg voor je.' Ook al leven mijn eigen ouders nog, zijn verlies lijkt dat van mij weer te geven en het verdriet te versterken dat ik uit alle macht heb geprobeerd te onderdrukken. Ik wil om hem te troosten zijn arm aanraken, maar daarvoor ken ik hem niet goed genoeg. 'Wil je nog steeds naar de kunstacademie?' vraag ik in plaats daarvan.

'Ik denk dat dat niet meer kan.' Hij gebaart met zijn lange, taps toelopende vingers naar buiten.

'Maar je wilt het nog wel,' dring ik aan.

'Schilderen lijkt nu iets frivools,' vindt hij. 'Ik weet niet wat ik moet doen – ik wil hier niet zitten niksen. Papa wil dat ik bij het vrijwilligersleger van de LVF ga, maar ik wil niet voor de Duitsers vechten. Hij zegt dat een burgemeesterszoon dat behoort te doen, en ik kan niet blijven weigeren. Ik zou weg kunnen lopen, maar ik wil papa niet alleen laten.'

'Er moet toch een andere manier zijn,' opper ik, al weet ik niet zeker of dat zo is.

'Het komt allemaal door die verdomde oorlog,' zegt hij op een toon waaruit zijn frustratie spreekt. Het verbaast me hem te horen vloeken. 'Die heeft alles op zijn kop gezet.' Hij draait zich om. 'Wat er tijdens de voorstelling gebeurde met die man en dat meisje, is niet de eerste keer. Er waren Joodse families in Thiers die daar al hun hele leven woonden. Ze woonden aan de oostkant van de stad, vlak achter de markt. Een van de jongens, Marcel, was een schoolvriendje van me.'

'Geeft je vader de politie opdracht om ze op te pakken?' vraag ik.

'Nee!' zegt hij bits, maar dan herstelt hij zich. 'Mijn vader volgt bevelen op. Hij wendt zijn steun voor om de stad te beschermen.'

'En zichzelf.' Ik flap het eruit voordat ik het weet. 'Hoe kun je dat verdragen?'

'Zo is hij echt niet,' vervolgt Luc kalmer op overredende toon. 'Voordat mijn moeder stierf was mijn vader anders. Hij heeft ooit een heel jaar een gezin in een huis laten wonen zonder huur.' Luc heeft het nodig om te geloven dat zijn vader een goed mens is en hij vraagt mij dat ook te doen. Nadat mijn eigen vader me de deur uit had gezet, herinnerde ik me ook nog de ochtenden waarop we vaak samen de stad in gingen om vers brood te halen terwijl hij een wijsje floot. Hij had een extra croissant voor me gekocht.

Maar ik was nog steeds datzelfde meisje. Wat was er veranderd?

Luc vervolgt: 'Ik heb mijn vader gesmeekt om in elk geval Marcels familie te helpen. Maar hij zei dat er niets aan te doen was.' Zijn woorden tuimelen achter elkaar naar buiten, alsof hij tot nu toe alles wat hij heeft meegemaakt niet met een ander heeft kunnen delen.

'Het is moeilijk als mensen van wie we houden vreselijke dingen doen,' stel ik vast.

We blijven in stilte zitten, de donkere hemel heeft inmiddels het licht op de zolder gedempt. Ik zie dat zijn kaak vierkant en sterk is, met een schaduw van stoppeltjes.

'Waar kom jij vandaan?' vraagt hij, van onderwerp veranderend.

Ik schuif ongemakkelijk heen en weer. Tot nu is het me gelukt niet veel over mezelf te vertellen. 'De Nederlandse kust. Ons dorp lag zo dicht bij de zee dat je aan het eind van de weg je avondeten kon vangen.' Het voelt vreemd om te praten over het leven dat ik kwijtgeraakt was. Ik wil hem alles vertellen, dat mijn ouders me weggestuurd hebben en hoe ik Theo heb gevonden. Maar dat kan natuurlijk niet.

'Waarom ben je daar weggegaan?' vraagt Luc abrupt.

Hoe vaak me die vraag ook is gesteld, ik ben nog steeds niet goed voorbereid op het antwoord. 'Mijn vader was een wrede man, dus toen mijn moeder stierf ben ik er met mijn broertje vandoor gegaan,' zeg ik, het inmiddels bekende verhaaltje opdissend. Ik ben er nog niet aan toe om hem de waarheid te vertellen.

'Het is zwaar om geen moeder te hebben,' zegt hij terwijl hij diep in mijn ogen kijkt. Ik haat mezelf om de leugens die ik heb verteld. Maar ook al is mijn moeder niet dood, op dit moment voelt het verlies realistischer en pijnlijker dan ooit. 'En toen ben je bij het circus gegaan?' vraagt hij.

'Ja. Een paar maanden geleden nog maar.' Ik bid in stilte dat hij niet vraagt wat er in de tussentijd is gebeurd.

'Wat bijzonder dat je zo snel al die kunstjes hebt geleerd.' Hij klinkt verbaasd en bewonderend.

'Astrid heeft me alles geleerd,' zeg ik.

'Die boze oudere vrouw?' Ik moet me beheersen niet te lachen om zijn beschrijving van Astrid.

Tegelijkertijd schiet ik in de verdediging nu ik een buitenstaander zoiets hoor zeggen. 'Ze is fantastisch,' zeg ik.

'Ze heeft niet opgetreden tijdens de voorstelling,' merkt Luc op, maar daar ga ik niet op in. Ik kan hem de rest van het verhaal, waarom Astrid boos op me is, niet vertellen zonder te verklappen dat ze Joods is. 'Misschien is ze jaloers omdat jij wel optrad en zij niet,' oppert Luc.

Ik schiet in de lach. 'Astrid, jaloers op mij? Dat is onmogelijk.' Astrid is getalenteerd, beroemd, krachtig. Maar dan zie ik mezelf met haar ogen, een jongere vrouw met een kind dat haarzelf door het lot was onthouden, die optreedt terwijl zij dat niet mag. Misschien is het toch wel niet zo'n rare veronderstelling. 'Zo is het niet,' ga ik door. 'Astrid is een beroemde luchtacrobate. Ze is alleen heel intens. Peter zegt dat ze een gevaar is voor zichzelf.'

'Peter, is dat de clown?' vraagt Luc.

Ik knik. 'Hij en Astrid zijn een stel.'

'Hij mocht mij in elk geval niet,' zegt Luc met een scheef lachje.

'Hij gedraagt zich heel beschermend tegenover Astrid,' leg ik uit. 'Zij denkt dat hij alleen haar gezelschap wil, maar ze ziet niet dat hij diepere gevoelens voor haar heeft.'

Hij kijkt me onderzoekend aan. 'Dat kan ik me voorstellen.'

Ik kijk weg als ik voel dat ik bloos. 'De voorstelling… je hebt nog niet gezegd wat je ervan vond.' Ik zet me schrap voor de kritiek die me zeker te wachten staat.

'Je zag er prachtig uit,' zegt hij, en ik bloos weer. 'Je was fantastisch.' Hij zwijgt even en gaat dan verder: 'Het maakt me alleen bedroefd.'

'Bedroefd?' Mijn blijdschap verdwijnt.

'Vind je het niet vervelend? Al die mensen die naar je kijken, bedoel ik?' Hij klinkt bezorgd. Maar ik hoor ook medelijden. 'Je hoeft het niet te doen, weet je.'

Ik kan niet uitleggen dat ik in de spotlights iemand anders ben. Maar hoe durft hij zo'n oordeel over ons te hebben? 'Ik heb iets gevonden waar ik goed in ben,' voer ik aan terwijl ik mijn armen over elkaar sla. 'Een manier om voor mezelf en Theo te zorgen. Niet dat jij dat zult begrijpen.'

Ineens wordt het me te veel dat ik alleen met hem ben met al die leugens tussen ons. 'Ik moet gaan,' zeg ik abrupt. Ik sta zo snel op dat ik mijn evenwicht verlies en bijna van het zoldertje val.

'Wacht.' Luc grijpt mijn been, zijn hand is warm door de stof van mijn jurk. Ik kijk omlaag. Het is hier lang niet zo hoog als in de trapeze, maar er is geen net en ik word verlamd door angst. Wat doe ik hier?

Luc trekt me weer in het hooi, dichterbij nu. Hij legt een hand op mijn wang. 'Noa,' zegt hij zacht. Onze gezichten zijn vlak bij elkaar, zijn adem voelt warm op mijn bovenlip. Ik word overvallen door verwarring. Hij vindt me leuk; dat weet ik. Ik kan me niet losmaken.

Luc kust me. Even verstijf ik. Ik zou om wel tien redenen moeten weigeren; het is vrijpostig, aanmatigend en te snel. Astrid zou zeggen dat ik hier sowieso niet met hem zou moeten zijn. Maar zijn lippen zijn teder en zoet van de wijn. Zijn warme vingers omvatten mijn gezicht en lijken me van de grond te tillen. Onze adem vermengt zich. Even ben ik weer alleen een zorgeloos, jong meisje. Ik schuif dichter naar hem toe en duw het verleden resoluut weg.

Als Luc zich losmaakt, is hij buiten adem en ik vraag me af of het zijn eerste echte kus is. Hij strekt weer zijn handen uit, verlangend naar meer. Maar ik leg mijn hand tegen zijn borst om hem tegen te houden.

'Waarom ik?' vraag ik botweg.

'Je bent anders, Noa. Ik woon al mijn hele leven in een stad met dezelfde mensen. Dezelfde meisjes. Jij laat me de wereld op een andere manier zien.'

'We zullen hier niet lang blijven,' protesteer ik. 'En dan trekken we verder. Naar de volgende stad.' Hoe leuk we elkaar ook vinden, ik ga weg en daar is niets aan te doen. We hebben alleen dit moment.

'Ik wil niet weg,' flap ik eruit, verlegen als ik voel dat mijn ogen branden. Ik heb al zoveel verloren: mijn ouders, een kind. Luc, een jongen die ik amper ken, zou niet zo belangrijk voor me moeten zijn.

'Je hoeft niet,' zegt hij terwijl hij me naar zich toe trekt. 'We zouden samen weg kunnen lopen.'

Ik kijk naar hem op; ik heb hem vast verkeerd verstaan. 'Dat is waanzin. We kennen elkaar nog maar net.'

Hij knikt vastberaden. 'Jij wilt weg. Ik ook. We zouden elkaar kunnen helpen.'

'Waar zouden we naartoe moeten?'

'Naar het zuiden van Frankrijk,' antwoordt hij. 'Nice misschien, of Marseille.'

Ik schud mijn hoofd als ik me Astrids verhaal over haar familie herinner die er niet in slaagde het Reich te ontvluchten. 'Niet goed genoeg. We zouden nog zuidelijker moeten gaan, over de Pyreneeën door Spanje.' We. Ik zwijg als ik hoor dat het woord mijn mond uit is zonder dat ik er erg in had. 'Natuurlijk is dat onmogelijk.' Een heerlijk sprookje, zo een als ik voor Theo zou verzinnen voor het slapengaan. Kinderen die fantaseren. Ik was altijd van plan geweest er met Theo vandoor te gaan. Maar nu kan ik me dat moeilijk voorstellen. 'Ik moet met het circus mee naar de volgende stad. Dat ben ik hun verschuldigd.'

'Ik zal je vinden,' belooft hij dapper, alsof afstand en grenzen er niet toe doen.

'Je weet niet eens waar we naartoe gaan.'

In de verte luiden de klokken van de kathedraal. Ik luister geschrokken. Negen keer. Hoe kon het ineens zo laat zijn?

'Ik moet gaan,' zeg ik, en ik maak me met tegenzin uit zijn armen los.

Hij loopt na mij de ladder af en de schuur uit. Geen van ons zegt iets als we teruglopen door het bos. Het is na de avondklok en in de verte ligt de stad er donker en stil bij. Aan de rand van het circusterrein blijf ik achter de trein staan. Ik wil niet dat iemand me zo laat op de avond met Luc ziet. 'Ik kan vanaf hier beter alleen verdergaan.'

'Wanneer zie ik je weer?'

'Ik weet het niet,' zeg ik, en zijn gezicht betrekt. 'Ik wil wel,' voeg ik er haastig aan toe. 'Maar het is alleen heel moeilijk om weg te komen.'

'Zoveel tijd hebben we niet. Kun je morgenavond, na de voorstelling?'

'Misschien,' zeg ik, niet zeker hoe ik dat moet doen. 'Ik zal het proberen. Maar als het niet kan...' Was er maar een manier om het hem te laten weten. Ik kan hem niet bereiken. Peinzend kijk ik rond over het terrein.

Mijn blik blijft haken aan de achterkant van de trein. Onder elk rijtuig hangt een kistje, waarin de werkmannen soms hun gereedschap leggen. Ik trek het kistje onder de slaapwagon naar voren. Het is leeg.

'Hier,' zeg ik. 'Als ik niet weg kan, laat ik hier een briefje voor je achter.' Een geheime brievenbus waar verder niemand iets van weet.

'Tot morgen dan.' Hij kust me stoutmoedig en sluipt dan weg, terwijl hij behoedzaam om zich heen kijkt of niemand hem ziet.

Ik ren hijgend terug naar het kampement. Luc maakt iets bij me wakker wat ik nooit eerder heb gevoeld. Met de soldaat was het niet zo geweest. Ik zie nu in hoe de Duitser van me had geprofiteerd en een deel van mijn jeugd had afgenomen dat ik nooit meer terugkrijg. Maar met Luc lijkt het verleden een boze droom die nooit gebeurd is. Zou dat kunnen?

Ik had niet begrepen hoe Astrid ooit weer kon liefhebben nadat haar man haar had weggestuurd. Nu lijkt het erop dat ik misschien ook een tweede kans krijg. Ineens lijkt alles wat er is gebeurd een betekenis te hebben. Ik stelde me altijd voor dat de Duitser er nooit was geweest. Maar dan zou ik Theo nooit hebben gekend, niet hierheen zijn gekomen en Luc ontmoet hebben.

Wat zou ik hier graag met Astrid over praten. In haar zeldzame vriendelijke momenten is ze bijna een oudere zus en ik weet gewoon dat ze me zou kunnen helpen dit allemaal te begrijpen. Maar ze zal nooit kunnen vergeten wie Lucs vader is.

Als ik de deur van de trein opendoe, staat Elsie voor me. Haar gezicht is bleek en verwrongen van ongerustheid.

'Godzijdank, je bent er.' Nog steeds boos omdat ze Theo te dicht bij de leeuw heeft gelaten, loop ik langs haar de wagon in. Maar de plek waar Theo meestal ligt, naast mij, is leeg, en Astrid is nergens te bekennen.

Ik word door angst bevangen. 'Wat is er? Wat is er gebeurd?'

'Theo. Hij is ziek en heeft hulp nodig.'

# 15

## Noa

Elsie loopt door de trein heen en ik volg haar op de voet. 'Wat is er gebeurd?' wil ik weten.

Ze blijft staan bij de deur van een wagon vooraan in de trein, waar ik nog nooit ben geweest. Dit noemen ze de ziekenboeg. Hierin worden de zieken verpleegd, zodat wordt voorkomen dat de rest van het circus wordt besmet, heeft Astrid me een keer uitgelegd. Er hangt een zware geur van antiseptische middelen. Binnen klinkt gehoest en gekreun. Theo zou daar een nog ergere ziekte op kunnen doen dan hij al heeft. Zijn kreet klinkt snerpend boven de andere geluiden uit. Ik stap naar voren. 'Hij kan hier niet blijven. Ik neem hem mee.' Elsie is zo timide, zij zal me niet tegenhouden.

Maar Berta, de vrouw die de scepter zwaait over de ziekenboeg, komt voor ons staan en verspert me de weg met haar enorme omvang. 'Je mag hier niet naar binnen,' deelt ze mee.

'Theo is ziek,' leg ik uit. 'Hij heeft me nodig.'

'Voorschrift van Herr Neuhoff – geen gezonde artiesten in de ziekenboeg.' Virussen verspreiden zich pijlsnel door het kamp: dysenterie, griep. Een zware griep zou de hele voorstelling lam kunnen leggen.

Ik probeer langs haar te kijken. Theo ligt op een van de bedden, breekbaar en alleen, met naast hem een opgerolde deken zodat hij er niet af kan vallen. 'Hoe gaat het met hem?'

Er verschijnt een zorgelijke rimpel in Berta's voorhoofd. 'Hoge koorts,' zegt ze, de waarheid niet voor me verbloemend. 'We doen er alles aan om die omlaag te krijgen, maar dat is heel moeilijk bij die kleintjes.'

Mijn maag trekt samen. 'Laat me alsjeblieft iets doen.'

Ze schudt resoluut het hoofd. 'Je kunt niets doen.' Ze sluit de deur.

Astrid, denk ik, en ik ren naar de slaapwagon. Maar haar bed is nog steeds strak opgemaakt en ze is niet aanwezig. In mijn wanhoop vlieg ik de trein uit, over het terrein in de richting van Peters hut, de enige andere plek waar Astrid op dit uur kan zijn. Het is bijna tien uur, laat om onaangekondigd aan te komen. Maar omdat ik te ongerust ben om me er iets van aan te trekken dat ik hen stoor tijdens hun slaap of wat ze ook aan het doen zijn, klop ik aan. Even later verschijnt Astrid in een nachthemd. Het is voor het eerst sinds onze tournee dat ze bij Peter is. Als ik haar verwarde haren zie, word ik razend: ik had Theo aan haar zorg toevertrouwd – hoe durfde ze hem bij iemand anders achter te laten?

Maar ik kan nu niet riskeren dat ik haar kwaad maak. 'Help me,' vraag ik smekend. 'Theo is ziek.'

Astrid staart me met een kille, wezenloze blik aan en doet dan de deur voor mijn neus dicht. Mijn hart zinkt in mijn schoenen. Ook al haat ze me, ze kan Theo toch geen hulp weigeren? Maar dan verschijnt ze aangekleed en rent naar de trein. Ik probeer haar bij te houden.

'Er was niets met hem aan de hand toen ik hem in bed legde,' zegt ze. 'Elsie paste op en jij zei dat je niet lang wegbleef.' Het klinkt beschuldigend. 'Hoelang is hij ziek?'

'Ik weet het niet. Ik mag niet bij hem.' Ik loop achter haar aan de trein in.

Bij de ingang van de ziekenboeg draait ze zich met een opgestoken hand om. 'Wacht hier,' draagt ze me op.

'Theo heeft me nodig,' zeg ik terwijl ik haar arm pak.

Ze schudt zich los. 'Je helpt hem niet als jij straks ook ziek wordt.'

'En jij dan?' dring ik aan.

'Ik treed in elk geval niet op,' antwoordt ze. 'Maar als jij ziek wordt, is dat nummer ten dode opgeschreven.'

Het gaat weer over de voorstelling, altijd de voorstelling. Dat doet me allemaal niets. Ik wil alleen maar Theo zien. 'We hebben geen tijd voor ruzie,' zegt Astrid. 'Ik ben zo terug.'

Ze doet de deur dicht en ik wacht buiten terwijl ik Theo hoor huilen. Schuldgevoel komt boven. Hoe had ik hem achter kunnen laten? Een uur geleden was ik bij Luc geweest, stiekem blij om even bevrijd te zijn van de last die de zorg voor een kind met zich meebrengt. Dit had ik niet gewild. Ook al weet ik dat het niet kan, toch vraagt een deel van me zich af of hij daardoor op een of andere manier risico heeft gelopen.

In het gangetje tussen de twee rijtuigen waar ik van Astrid moet wachten, staar ik uit het smerige treinraam naar het stadje. We hebben geen arts en de enige medicijnen zijn de huismiddeltjes in Berta's medicijnkast. Ik zou Luc om hulp vragen als ik dacht dat het iets zou opleveren. Maar we kunnen niet het risico nemen om met Theo naar een stad te gaan, vanwege de vragen die dat zou oproepen over wie hij is en waar hij vandaan komt. Onze geheimen zouden ontdekt kunnen worden als ze zien dat hij besneden is.

Ineens stopt het huilen in de ziekenboeg. Eerst lucht het me op dat Theo rustig is geworden, maar dan bedenk ik dat er iets niet goed is. Ik gooi de deur open zonder me te bekommeren om de voorschriften. Mijn hart stokt in mijn keel. Theo ligt helemaal verstijfd, alleen zijn armen en benen bewegen schokkerig. 'Wat is er?' roep ik.

'Ik weet het niet,' zegt Astrid, en ze kijkt angstiger dan ooit.

Berta komt aangesneld. 'Een koortsaanval,' zegt ze, en ze draait zich om naar mij. 'Hij moet in koel water. Ga het snel halen.' Ik sta als verlamd, ik wil Theo niet weer achterlaten, zelfs geen seconde. 'Schiet op!' roept ze hard.

Ik ren weg en vul de eerste emmer die ik zie bij de pomp. Onderweg klotst het water alle kanten op zodat er nog maar de helft over is tegen de tijd dat ik terug ben. Astrid pakt de emmer bij de deur aan en giet het water in de grote porseleinen kom die ook als babybadje dient. 'Nog een!' roept Berta. Als ik terugkom, zie ik dat ze een kop met een heldere vloeistof in het water giet. 'Azijn,' legt ze uit.

Ik wil naar Theo lopen maar Astrid steekt weer haar hand in de lucht om me tegen te houden. 'Je mag niet naar binnen.'

Ik probeer me langs haar te wurmen. 'Ik moet hem zien. Als er iets gebeurt…' Ik kan de gedachte niet afmaken. Ineens ben ik weer in het opvangtehuis en wordt mijn eigen kind uit mijn armen gerukt.

Astrid pakt Theo over van Berta. Als ik de bezorgdheid op

Astrids gezicht zie en de tedere manier waarop ze hem vasthoudt, weet ik dat ze evenveel van hem houdt als ik. Toch verlang ik ernaar om hem zelf vast te houden. Astrid zet Theo langzaam in het bad. Ik houd mijn adem alsof ik hem daarmee weer kan laten tegensputteren zoals hij normaal altijd doet. Hij blijft stil, maar lijkt wel te ontspannen in het water. 'Ik weet het weer,' zegt Astrid zonder haar blik van Theo te halen. 'Dat noemen ze een koortsstuip. Een van de circuskinderen heeft het een paar jaar geleden ook gehad.'

'Een stuip?' herhaal ik. 'Dat klinkt ernstig.'

'Zo'n aanval zelf ziet er veel angstaanjagender uit dan het is,' meldt Berta. 'Maar de koorts is het probleem. Die moeten we omlaag zien te brengen.' Ze klinkt vastberaden.

Even later tilt Astrid Theo uit het bad en droogt hem af, waarna ze hem teruglegt in bed omdat we geen andere kleertjes voor hem hebben. Zijn ogen zijn open en hij is kalmer. Astrid voelt aan zijn voorhoofd en fronst. 'Hij is nog steeds warm.'

Berta haalt een pakje uit de medicijnkist. 'Dit heb ik bij de apotheek gekocht voordat we uit Darmstadt vertrokken. Ze zeiden dat het tegen koorts moet helpen.'

'Maar is het voor volwassenen of voor kinderen?' vraag ik. Een te hoge dosis kan gevaarlijk zijn – zelfs dodelijk.

'Voor volwassenen,' antwoordt Berta. 'maar we geven hem maar een klein beetje... We hebben geen keus.' Ze strooit wat van het poeder op een lepel en vermengt die met water, daarna steekt ze de lepel in Theo's mond. Hij kokhalst en proest wat uit. Astrid dept zijn gezicht en hemd met een doek, en ik zou willen dat ik dat zelf mocht doen.

'Moeten we hem nog wat geven?' vraag ik.

Astrid schudt haar hoofd. 'We kunnen niet zien hoeveel hij

binnen heeft gekregen. En we weten pas over een paar uur of het werkt.'

'De waarzegster, Drina, zei iets over ziekte,' herinner ik me ineens. Hoe had ze dat kunnen weten?

Ik wacht tot Astrid me belachelijk maakt omdat ik naar de vrouw heb geluisterd. 'Ik laat mijn toekomst niet meer voorspellen,' zegt ze in plaats daarvan duister.

'Omdat je niet gelooft dat het waar is?'

'Omdat er bepaalde dingen zijn die je gewoon niet wilt weten.'

Berta komt naar Theo kijken. 'Hij heeft nu alleen rust nodig. Laten we hopen dat het medicijn werkt.' En zo niet, vraag ik me af. Ik durf het niet hardop te zeggen.

Berta loopt naar de bedden achter in het rijtuig waar twee andere patiënten liggen. Nadat ze hen heeft verzorgd, dempt ze het licht en kruipt ze in een bed, waar haar vetrollen over de rand vallen.

Astrid laat zich op een van de bedden vallen en wiegt Theo. Vanuit de deuropening kijk ik toe terwijl mijn armen hunkeren. 'Hij vindt het fijn om rechtop vastgehouden te worden.'

'Ik weet het.' Astrid kent Theo bijna net zo lang als ik. Ze weet wat ze moet doen. Maar het doet me zoveel pijn dat ik hem niet zelf kan vasthouden. 'Ik houd hem de hele nacht in de gaten, dat beloof ik. Maar jij kunt beter gaan slapen. Als hij beter is, zal hij je nodig hebben.'

'Denk je dat het goed komt?' vraag ik hoopvol.

'Ja,' zegt ze. Ze klinkt nu meer overtuigd.

Maar ik kan nog steeds niet bij hem weg. In plaats daarvan laat ik me op de koude, smerige vloer van de gang zakken. 'Wat een mooie bloemen,' merkt Astrid op. Ik was de narcissen in mijn knoopsgat en mijn haar bijna vergeten. 'Die heb je zeker van de burgemeesterszoon gekregen?' Ik geef geen antwoord. 'Wat wilde hij eigenlijk?'

'Alleen even praten,' zeg ik.

'Echt?' Astrid klinkt sceptisch.

'Misschien vindt hij me gewoon leuk,' zeg ik scherp, half gekwetst en half geërgerd. 'Is dat zo moeilijk te geloven?'

'Het is verboden om met anderen om te gaan, dat weet je.' Dat jij en Peter samen zijn ook, wil ik zeggen. 'En zijn vader is ook nog eens een collaborateur!' Ze zegt het zo hard dat Berta achter in het rijtuig beweegt.

'Luc is niet zo,' protesteer ik.

'En zijn vader?' vraagt ze scherp.

'Luc zegt dat hij met de Duitsers moet samenwerken om het stadje te beschermen.' Ik hoor zelf hoe zwakt het klinkt. 'Om te voorkomen dat ze nog ergere dingen doen.'

'Voorkomen?' zegt ze nijdig. 'Die zijn niet tegen te houden. Heeft het voorval laatst tijdens de voorstelling je dan niets geleerd? De burgemeester redt zijn eigen huid ten koste van zijn bewoners – meer niet.'

Het blijft even stil tussen ons. 'Wil je soms iets met die jongen?' vraagt ze dwingend. 'Trouwen?'

'Nee, natuurlijk niet,' zeg ik haastig. Ik had niet echt aan Luc gedacht na de kus die we hadden gewisseld. Maar nu vraag ik me af waarom het zo verschrikkelijk is om dat soort gewone dingen te willen. Astrid had ooit hetzelfde gedaan; nu beschouwt ze het als verraad. 'Ik weet dat je hem graag mag, Noa,' vervolgt ze. 'Maar je moet niet te veel vertrouwen hebben, of met je laten spelen.' Ik merk aan haar manier van praten dat ze me argeloos en naïef vindt. 'Ga er nooit van uit dat je weet wat er in een ander omgaat. Ik doe dat ook niet.'

'Zelfs niet met Peter?' vraag ik.

'Vooral met hem niet,' zegt ze scherp. Ze schraapt haar keel. 'Dat onnozele gedoe van jou en die jongen houdt natuurlijk op als we over een paar dagen weggaan.' Lucs belofte me in de volgende stad op te zoeken lijkt te dwaas om te vertellen. 'Geen enkele man is het allemaal waard,' voegt ze eraan toe.

'Dat weet ik,' zeg ik, terwijl de herinnering aan de Duitser levensgroot voor me opdoemt. Hij had me alles afgenomen, mijn eer, mijn ouders. Natuurlijk weet Astrid dat niet. Mijn schuldgevoel steekt de kop op. Astrid heeft zoveel gegeven. En ik ga door met dezelfde leugen die ik vertelde toen ik hier aankwam en niet wist of ik haar kon vertrouwen.

Astrid leunt achterover op het bed, nog steeds met Theo in haar armen. Geen van ons beiden zegt nog iets. De vloer onder me wordt steeds kouder en harder, maar ik wil niet weg. De schaduwen tussen ons worden lang. Ik leg mijn hoofd neer en doe mijn ogen dicht. Ik droom dat ik buiten ben in het donker, in dezelfde bittere kou als de nacht waarop ik met Theo was gevlucht. Hij is nu alleen geen baby maar een peuter van bijna twee, ouder en zwaarder. De grond is ijzig onder mijn voeten en de snijdende wind maakt elke stap zwaar. Er ligt een bundeltje op de grond, iets donkers in de witte wereld. Ik blijf staan om het te onderzoeken. Het is nog een kind. Ik pak het op maar als ik dat doe, valt Theo uit mijn armen. Wanhopig graaf ik in de sneeuw. Maar hij is verdwenen.

Zwetend word ik wakker en vervloek mezelf omdat ik in slaap ben gevallen. Astrid zit uit het raam in de verte te staren. Achter haar kleurt de hemel lichtgrijs, dus het is bijna dag. Ze houdt Theo nog steeds vast, hij is helemaal stil. Ik spring op en wacht tot Astrid protesteert als ik dichterbij kom, maar dat doet ze niet. 'Zijn koorts is gezakt,' zegt ze in plaats daarvan. Theo heeft een lichte uitslag op zijn huid, maar verder maakt hij het goed, hij voelt koel aan. Mijn ogen branden van opluchting. De deken om hem heen is doordrenkt van het zweet. Hij doet zijn oogjes halfopen en lacht flauwtjes naar me.

'Je moet nog steeds oppassen dat je niet ziek wordt,' waarschuwt Astrid en ik vrees dat ze me weer zal wegsturen. Maar ze loopt naar de achterkant van het rijtuig, nog steeds met Theo. Ik onderdruk de opwelling om achter haar aan te gaan terwijl ze met Berta overlegt, die bezig is een van de andere patiënten eten te geven. Even later komt ze terug met een flesje. 'Eens kijken of ik hem wat kan laten drinken.' Hij zuigt even aan de fles en valt dan weer in slaap.

Astrid zet het flesje neer. De kleur is ineens uit haar gezicht verdwenen en ze slaat dubbel, alsof ze misselijk is. 'Hier,' zegt ze, blijkbaar haar eigen waarschuwing vergetend als ze me Theo aanreikt. Ik druk dankbaar zijn warme lijfje tegen me aan. Astrid laat zich op een van de bedden zakken.

'Ben je misselijk?' Ik bid dat ze niet hetzelfde virus heeft als Theo.

'Nee.' Ze klinkt overtuigd. Maar er staan zweetdruppeltjes op haar voorhoofd en bovenlip.

'Wat is er dan?' Mijn bezorgdheid neemt toe. Ze leek de laatste tijd vermoeider dan anders, en ze deed ook erg kortaf. De grauwe teint in haar gezicht doet me ergens aan denken. 'Astrid, ben je?' Ik aarzel en wil de vraag niet afmaken uit angst dat ik haar kwets als ik het mis heb. 'Ben je zwanger?' vraag ik, maar ze reageert niet. 'Het is waar, hè?'

Haar ogen worden groot als ze beseft dat ik haar geheim heb ontdekt. Haar hand gaat instinctief naar haar buik, een gebaar dat ik herken van mezelf. 'O!' roep ik uit en ineens ben ik een jaar terug in de tijd, het besef dat ik niet meer menstrueerde en wat het allemaal betekende, alsof het gisteren is gebeurd.

Moet ik haar feliciteren? Ik ga voorzichtig naar haar toe, alsof ik een slang benader. Nog niet zo heel lang geleden was het krijgen van een kind geen goed nieuws voor me geweest – alleen maar iets angstigs. Ik weet niet hoe Astrid ertegenover staat. Als ik haar met Theo zie, vermoed ik vaak dat ze heel erg naar een kind verlangde. Maar ze is al wat ouder, en Joods... Wil ze dat nu wel? Ik peil haar uitdrukking om te bepalen hoe ik moet reageren.

Haar gezicht is getekend door twijfel. Er is zoveel dat ik wil zeggen om haar te troosten. Ik leg mijn arm om haar heen. 'Je zult een geweldige moeder zijn. Een kind is een zegen.'

'Zo simpel is het niet,' zegt ze. 'Een kind krijgen is nu alleen maar problematisch.'

'Ik begrijp het,' zeg ik te snel.

Ze fronst haar voorhoofd. 'Hoe kun je dat begrijpen? Ik bedoel, ik weet dat je om Theo geeft, maar dat is niet echt hetzelfde.'

Nee, stem ik stilzwijgend in. Ik hou van Theo als van mijn eigen kind, maar hij kan nooit het gevoel vervangen dat ik had toen ik mijn eigen kind in mijn armen hield. Maar dat weet zij niet. En vanwege mijn geheim kan ze niet echt weten wie ik ben of begrijpen wat ik zeg. Ik zou het haar moeten vertellen. Maar hoe moet ik dat in hemelsnaam doen? Het enige wat me maakt tot wie ik ben zal er zeker voor zorgen dat Astrid me haat – en voorgoed van me af wil.

De behoefte om het haar te vertellen komt weer op, te sterk om te negeren. Ik kan me niet langer inhouden. 'Astrid, ik moet je iets vertellen. Weet je nog dat ik je heb verteld dat ik op het station werkte?'

Ze knikt. 'Ja, nadat je bij je ouders was weggegaan.'

'Ik heb je niet echt uitgelegd waarom ik daar weg moest.'

'Je zei dat je vader een wrede man was.' Ze klinkt bezorgd.

'Er was meer aan de hand.' Daarna vertel ik haar alles over de soldaat en de baby die ik van hem droeg, zonder mijn gedrag te rechtvaardigen, zoals ik maanden eerder zou hebben gedaan.

Als ik klaar ben, houd ik mijn adem in en wacht tot Astrid zegt dat het niet erg is. Maar dat doet ze niet. Haar gezicht staat dreigend.

'Je hebt met een nazi geslapen,' zegt ze dreigend. Ook al was het allemaal lang voordat ik haar had ontmoet, het lijkt voor haar nog steeds verraad. Maar zo was het niet geweest. Voor mij was het liefde geweest (of hoe ik dacht dat dat voelde) en ik had niet begrepen dat er iets anders speelde. Ik wacht tot ze tegen me gaat schreeuwen, me gaat vragen hoe ik dat heb kunnen doen. Als ik terugkijk weet ik dat ook niet meer – maar toen was het iets heel natuurlijks geweest.

'Ja,' zeg ik ten slotte. 'Erich was ook een nazi,' voeg ik eraan toe. Zelfs als de woorden eruit komen weet ik dat ik buiten mijn boekje ga.

'Dat was iets anders.' Haar ogen spuwen vuur. 'Hij was mijn echtgenoot. En het was voor die tijd.' Voordat de oorlog iedereen had veranderd en ons had gedwongen partij te kiezen. 'Jij raakte zwanger. Daarom hebben je ouders je de deur uit gezet.'

'Ja, ik had geen andere keuze dan het opvangtehuis in Bensheim. Ik dacht dat ze me daar zouden helpen. In plaats daarvan hebben ze me mijn kind afgenomen.' Mijn stem breekt bij dat laatste – de eerste keer dat ik het hardop tegen iemand heb gezegd.

Ze fronst haar wenkbrauwen. 'Wie heeft dat gedaan?'

'De arts en de verpleegkundige in het tehuis. Eerst zeiden ze dat hij in het Lebensborn-programma zou worden geplaatst, maar hij had donker haar en donkere ogen...' Ik maak mijn zin niet af. 'Ik weet niet waar ze hem naartoe hebben gebracht. Ik wilde hem houden, maar dat mocht niet. Ooit zal ik hem vinden,' neem ik me plechtig voor. Ik verwacht dat ze me nu uitlacht of met mijn droom spot of in elk geval zegt dat dat onmogelijk is.

Maar ze knikt vastberaden. 'Je moet niet de hoop verliezen. Misschien zijn er gegevens vastgelegd.'

'Ik wilde het je wel vertellen.' Maar ik was te laf geweest.

'En de burgemeesterszoon, weet hij het?'

Ik schud mijn hoofd. 'Niemand weet het. Alleen jij.'

Ze staart me aan. Er verstrijken enkele seconden in stilte. Zal ze zeggen dat ik weg moet uit het circus? Een slechter moment is natuurlijk niet denkbaar; Theo is te ziek om te reizen en ik ga niet weg zonder hem. 'Ben je kwaad?' vraag ik uiteindelijk.

'Dat wil ik wel zijn. Maar dat is niet aan mij. Je hebt een fout gemaakt, zoals wij allemaal. En je hebt er zwaar voor moeten boeten.' Ik laat opgelucht mijn schouders zakken. Ze heeft me vergeven.

Mijn zorgen steken weer de kop op. 'Nog één ding,' zeg ik, en ze kijkt behoedzaam, alsof ik nog een geheim, een nog groter geheim, ga vertellen. 'Je zegt het niet tegen de anderen, toch?'

'Nee. Die mogen het niet weten,' stemt ze in. 'Anderen zijn misschien niet zo begripvol. Maar vanaf nu geen geheimen meer.'

Ik knik dankbaar. 'Afgesproken.'

'Maar Noa, je moet niet meer met die jongen omgaan. Ik begrijp de fout die je in het verleden hebt gemaakt. Je was jong en je kon er niets aan doen. Maar omgaan met de burgemeesterszoon is iets anders. Je ziet vast wel in dat je daarmee Theo en ons allemaal in gevaar brengt.'

Ik wil mijn mond opendoen om te protesteren. Ik wil weer zeggen dat Luc heel anders is dan zijn vader. Maar buitenstaanders voorzien gevaar voor Astrid en de anderen in het circus. Zij heeft me mijn vreselijke waarheid over de Duitser vergeven. Luc niet meer zien is de prijs die ik daarvoor moet betalen.

Astrid kijkt me onderzoekend aan, wachtend op een antwoord. 'Goed,' lukt het me ten slotte uit te brengen. Ik ken Luc nauwelijks, maar het idee dat ik hem moet opgeven doet me meer pijn dan ik wil.

'Beloofd?' dringt ze aan, nog niet tevreden.

'Ik zweer het,' zeg ik ernstig, ook al doet het vanbinnen pijn dat ik Luc nooit meer zal zien.

'Mooi,' zegt ze, kennelijk tevreden. 'We kunnen nu beter naar de slaapwagon gaan.'

'En Theo dan?'

Ze kijkt naar Berta, die van een afstandje knikt. 'Nu zijn koorts is gezakt, kan hij wel terug.' Astrid staat op en loopt in de richting van de slaapwagon. Dan blijft ze staan en haar gezicht betrekt als ze zich omdraait. 'Mijn lichaam...' zegt ze zorgelijk, waarmee ze weer op haar zwangerschap doelt. 'Als ik geen trapezewerk meer kan doen...' Het is geen ijdelheid. Optreden is haar manier van overleven en ze is bang dat een kind dat allemaal zal veranderen.

'Mijn lichaam was heel snel na de geboorte van mijn kind weer zoals het daarvoor was.' Het voelt vreemd om dat openlijk te kunnen zeggen, althans tegen haar. 'Dat zal met het jouwe ook zo gaan.' Ik pak haar arm. 'Kom, je zult wel uitgeput zijn. Hoelang weet je het trouwens al?' Ik praat zachtjes terwijl we door de donkere, stille trein lopen.

'Nog maar een paar dagen. Het spijt me dat ik het je niet eerder heb verteld.' Ik knik en probeer me niet gekwetst te voelen. 'Het was gewoon moeilijk te accepteren, en zeker om het aan een ander te vertellen.'

'Dat begrijp ik,' zeg ik, en ik meen het. 'Weet Peter het?'

Ze knikt. 'Alleen hij. Vertel het alsjeblieft niet verder,' vraagt ze smekend. Ze vertrouwt me haar geheim toe, terwijl ik het vorige had verraden. Ik knik. Ik zou nog liever sterven dan het prijsgeven.

'Een kind krijgen is angstaanjagend,' zegt ze.

'Hoe ver ben je nu?' Ik durf niet te veel vragen te stellen, maar ik kan er niets aan doen.

'Ongeveer twee maanden.'

Ik tel af op mijn vingers. 'Als we weer in het winterverblijf zijn, hebben we tijd genoeg.' Ze zwijgt en ik zie verwarring in haar ogen. 'Je gaat terug, hè?' vraag ik.

'Peter wil het niet,' antwoordt ze. Het verbaast me. Het is moeilijk om me Astrid en Peter zonder het circus voor te stellen. Luc heeft het ook over weggaan gehad, maar natuurlijk was het idee om ervandoor te gaan met een jongen die ik nog maar net kende een fantasie. 'Maar ik ga terug. Ik heb toch geen keus? Darmstadt is al eeuwen het domein van mijn familie.' Behalve Berlijn was het de enige stad die ze kende. 'Maar jij zou weg kunnen gaan. Voordat wij terugkeren.'

Ik weet niet hoe ik moet reageren. Het was nooit mijn plan geweest om bij deze bizarre groep mensen en hun vreemdsoortige leven te horen. Het doel was steeds om weer met Theo te vertrekken. Ik hoefde niet te blijven – ik was geen gevangene, geen vluchteling. Ik kon Herr Neuhoff bedanken, en daarna met Theo vertrekken.

Maar niet alleen de schuilplaats houdt me hier. Astrid geeft om ons. Ze voelt meer als familie dan mijn eigen ouders ooit waren geweest. En ik voel me een deel van het circus, alsof ik er ben geboren. Ik ben niet klaar om te gaan – nog niet.

'Nee,' zeg ik dan. 'Wat er nu ook gebeurt, ik blijf bij je.'

Althans voorlopig.

# 16

## Astrid

Zondag aan het eind van de middag is het een en al drukte in de trein als we onze kostuums wassen en ons klaarmaken voor de volgende dag. Herr Neuhoff heeft over dertig minuten een bijeenkomst belegd. De meisjes fluisteren nerveus. Wat zou hij ons willen of moeten vertellen? Ook al doe ik niet mee aan het geroezemoes, ik voel me onrustig. Herr Neuhoff is niet iemand voor bijeenkomsten, hij praat liever met een artiest of werkman apart als dat nodig is. Tegenwoordig kunnen onverwachte aangelegenheden alleen maar moeilijkheden betekenen.

Noa tilt Theo van het bed en inspecteert zijn gezicht. Het is een week geleden dat hij ziek werd. De koorts is niet teruggekomen en hij ziet er zo gezond uit dat ik me soms afvraag of het geen nare droom is geweest.

Ik loop de wagon uit en kijk niet in de spiegel die ik passeer. Ze zeggen dat sommige zwangere vrouwen mooi zijn en misschien is dat waar. Ik heb er nooit een gezien. De circusvrouwen worden dik als koeien, ze zitten de hele dag en kunnen niet optreden. Hun lichaam wordt nooit meer zoals het is geweest. Mijn figuur is nog maar weinig veranderd, alleen als je goed kijkt zie je dat mijn buik iets boller is. Maar het zal niet lang meer duren voordat het goed zichtbaar is.

Ook al zie ik er nog niet slecht uit, ik voel me vreselijk. De misselijkheid die op die eerste dag in de trapeze begon is toegenomen en soms moet ik drie of vier keer op een dag overgeven. Er is nooit iets te eten over, al probeert Noa me wel wat van haarzelf toe te stoppen als ik het toelaat. Maar het maakt niet uit – ik kan toch niets binnenhouden. Mijn lege maag brandt dag en nacht alsof ik te scherp heb gegeten, wat me wakker houdt.

'Eet wat,' drong Peter gisteravond aan. 'Voor de baby.' Hij had me mijn eten gebracht in de trein toen ik niet naar de eettent kwam. Het was een waterige stoofpot, verrijkt met stukjes vlees en knollen die hij er van zijn eigen rantsoen bij had gedaan.

Maar mijn maag draaide zich om bij de ooit zo aanlokkelijke geur van uien, ik schoof het bord weg en gebaarde naar Noa. 'Geef maar aan Theo.'

Vreemd genoeg wordt Peter steeds vrolijker en ik steeds misselijker. De baby heeft alles voor hem veranderd. Sinds ik het hem heb verteld heb ik hem geen druppel meer zien drinken, de melancholie is uit zijn ogen verdwenen en vervangen door een vrolijke, hoopvolle blik.

Ik pak mijn poederdoos uit mijn tas om mijn bleekheid te verhullen voor de bijeenkomst. De andere meisjes haasten zich de trein uit, maar Noa blijft achter met Theo. Ik kam mijn haar in model en loop weg.

'Wacht,' zegt Noa. Ik draai me om. Ze bijt op haar lip alsof ze iets wil zeggen. In plaats daarvan duwt ze de baby ongemakkelijk naar me toe. 'Kun jij hem even vasthouden terwijl ik me omkleed? Bij jou spartelt hij nooit tegen.' Ik pak hem over. Het is waar dat Theo, ook al gaf ik vroeger nooit iets om baby's, het in mijn armen naar zijn zin lijkt te hebben.

'Klaar,' zegt Noa even later en ze klinkt wat gespannen, alsof ze nerveus of opgewonden is. Ze ziet er ook stijlvoller uit dan ik op een zondag verwacht, haar rok en blouse zijn keurig gestreken. Ik ga met Theo naar buiten. De hemel is zachtblauw in de late middag. Het weer is zacht en het ruikt heerlijk op deze eerste echte lenteavond. We lopen langs de grote tent. Ondanks mijn misselijkheid en gebrek aan eetlust ben ik niet gestopt met het trapezewerk. Ik zwaai harder en hoger dan ooit – misschien meer dan goed voor me is. Ik wil natuurlijk niet de zwangerschap in gevaar brengen waar ik mijn hele leven zo naar heb verlangd. Maar de baby moet wel begrijpen dat ook dit ons leven is. Ik moet weten dat ze naast elkaar kunnen bestaan.

Vlak bij het achterveld hoor ik de anderen zacht praten. Maar als we rond de tent zijn gelopen, wordt het stil. Al het circuspersoneel is aanwezig, artiesten en werkmannen staan bij elkaar. Ze staan niet midden op het veld bij de tent, maar helemaal aan de rand, waar de bomen in een soort halve cirkel rond een open plek staan.

Er is een bladerdak gemaakt dat aan de takken van twee eiken tegenover elkaar is bevestigd. Peter staat eronder naast Herr Neuhoff, zijn gezicht straalt hoop uit. Hij ziet er chic uit in een donker pak en met een hoed die ik nooit eerder heb gezien. Ik vraag me af of hij die uit Rusland heeft meegebracht. De menigte lijkt in twee aparte groepen uiteen te gaan als ik dichterbij kom, zodat er een soort gangpad tussen hen ontstaat. Ik voel mijn bloed kriebelen. Wat is hier aan de hand?

Ik kijk naar Noa. Ze glimlacht, haar ogen stralen van opwinding, en ik besef dat ze me doelbewust had opgehouden met de baby. Ze reikt me een bosje veldbloemen aan, vastgebonden met een touwtje. 'Ik begrijp het niet,' zeg ik.

Noa pakt Theo van me over en veegt een haarlok uit mijn gezicht. 'Een bruid moet een boeketje hebben,' zegt ze dan en ze kijkt snel naar Peter, alsof ze niet weet of ze dat had mogen zeggen.

Bruid. Ik kijk vragend naar Peter. Maar zijn blik is vastberaden en intens. Hij wil hier met me trouwen, bij het circus. Een huwelijk. De grond lijkt onder mijn voeten te bewegen. Er kan natuurlijk niet een echt huwelijk worden gesloten; onze verbinding is verboden in Frankrijk, evenzeer als mijn huwelijk met Erich dat in Duitsland was geweest. Het zou door geen enkele staat erkend worden. Maar toch – Peter trouw beloven en ons kind ter wereld laten komen als getrouwd stel, in een heus gezin – dat had ik in mijn stoutste dromen niet durven denken.

Een van de cellisten van het orkest zet een lied in dat te zacht en te melancholiek is voor een bruiloftsmars. De circusmensen gaan in een halve kring staan, stralend vanwege de positiviteit die we allemaal zo nodig hebben. Ik kijk naar de glimlachende gezichten om me heen. Hebben ze mijn geheim geraden? Nee, ze zijn blij met dit licht in de duisternis – en voor ons. Sinds ik al die jaren geleden bij mijn familie in Darmstadt ben weggegaan heb ik voor het eerst het gevoel eindelijk thuis te zijn.

Noa leidt me naar het bladerdak. Ik steek mijn hand naar haar uit omdat ik wil dat ze naast me staat zodat ik niet alleen ben. Maar ze legt mijn hand in die van Peter en stapt naar achteren.

Ik kijk hem aan. 'Was dit jouw idee?'

Hij glimlacht. 'Ik neem aan dat ik het je had moeten vragen,' zegt hij, maar dan laat hij zich op een knie zakken. 'Astrid, wil je met me trouwen?'

'Daar is het nu een beetje laat voor, vind je niet?' zeg ik berispend. Er klinkt zacht gelach van de anderen. Mijn hoofd tolt: ik had me voorgenomen niet meer te trouwen, niet met Peter of wie dan ook. Een huwelijk sluit je voor altijd, en tegenwoordig is niets meer zeker. Maar de baby had ik niet gepland, en ook dit allemaal niet. Peter zit voor me geknield met een hoopvolle blik. Hij wil dat we een gezin vormen.

En dat wil ik ook, besef ik. Dan, alsof ik een film bekijk over mijn leven met Peter sinds ik bij circus Neuhoff ben gekomen, zie ik voor me hoe hij me in bescherming heeft genomen en hoe we elke dag dichter naar elkaar toe gegroeid zijn. De nachten zonder hem zijn leeg en geen ruimte is compleet zonder hem. Noa had gelijk gehad, niet alleen wat betreft Peters gevoelens, maar ook die van mij. Hij had mijn hart veroverd zonder dat ik het zelfs wist. Een deel van me vervloekt mezelf dat ik dat heb laten gebeuren. Maar tegelijkertijd wil ik niets anders.

Dat verandert niets aan de realiteit van onze situatie – of het gevaar dat een huwelijk met hem zou kunnen opleveren. Ik buig mijn hoofd naar hem toe. 'Weet je het zeker?' fluister ik zacht zodat de anderen het niet horen. Ook al staat hij voor me, bereid om alles te riskeren, toch kan ik het ergens nog steeds niet geloven. Hoe kan hij dit doen na alles wat hij heeft meegemaakt?

Hij knikt. 'Meer dan ooit,' antwoordt hij duidelijk en zonder aarzeling.

'Ja, dan wil ik heel graag met je trouwen,' zeg ik iets luider. Ik glimlach en knipper dreigende tranen weg.

Herr Neuhoff schraapt zijn keel. 'Goed, laten we beginnen,' zegt hij als Peter weer rechtop staat. 'Er zijn weinig woorden om de liefde te beschrijven op de minst waarschijnlijke plaats, die ook de mooiste is,' begint hij, zachter dan de zware bariton waarmee hij altijd in de piste spreekt.

Hij opent een versleten bijbel en leest voor: 'En Ruth zei: "Vraag me toch niet langer u te verlaten en terug te gaan, weg van u. Waar u gaat, zal ik gaan, waar u slaapt, zal ik slapen. Uw volk is mijn volk, en uw God is mijn God."'

Terwijl hij leest dwaalt mijn blik omhoog naar het baldakijn. Voor de toeschouwers is het een eenvoudig vlechtwerk van takken en bladeren. Maar ik weet dat Peter, zelf geen Jood, het heeft bedacht als choepa, een stilzwijgende tegemoetkoming aan mijn familie. Ik zou willen dat mijn vader me weggaf, dat mijn broers ons na afloop zouden optillen terwijl 'Hava nagila' werd gespeeld, net zoals de keer dat Mathias en Markus met de Hongaarse paardrijdsters, Joodse zusjes, in het huwelijk waren getreden. Ik heb dit natuurlijk al een keer zonder hen gedaan, met Erich, bij een ambtenaar in Berlijn. Toen deed ik alsof ik het niet erg vond, en dacht ik dat mijn familie er nog altijd zou zijn. Nu voel ik verlangen en verdriet. Ik breng mijn hand naar mijn buik en denk aan het kleinkind dat mijn ouders nooit zullen kennen.

Dat ik geen familie meer heb is niet het enige verschil. Toen ik mijn huwelijksgelofte met Erich aflegde, was ik jong en onbevreesd. Ik had gedacht dat er niets tussen ons kon komen. Nu weet ik dat deze verbinding ons niet kan beschermen voor wat ons ook maar te wachten staat. Die maakt juist mijn last tot die van Peter en vice versa.

Maar Peter is ook niet jong en naïef. Ik denk aan de vrouw en dochter die hij is verloren, en die vandaag zeker nog in zijn gedachten zullen zijn. Toch heeft hij de moed gehad om verder te gaan, met opgeheven hoofd en een heldere blik. Daarvoor hou ik meer dan ooit van hem.

Herr Neuhoff beëindigt de passage. 'Peter, wil jij ook iets zeggen?'

Peter haalt een vel papier uit zijn zak en laat het vallen. Hij struikelt als hij zich bukt om het op te rapen, zijn gebruikelijke kalmte is verdwenen. Zijn hand trilt als van een nerveuze jonge bruidegom. 'Er is zo weinig waar we tegenwoordig zeker van kunnen zijn,' begint hij met onvaste stem. 'Maar een hand om vast te houden terwijl we deze weg bewandelen maakt zelfs de zwaarste tijden lichter en de onbekendste steden een thuis.' Om ons heen wordt geknikt. Iedere circusartiest heeft een verleden, met zijn of haar herinneringen aan een thuis. Dan propt hij het papier tot een bal en stopt die weer in zijn zak, zo abrupt dat ik me afvraag of hij zich heeft bedacht. 'Ooit dacht ik dat mijn leven voorbij was. Toen ik in Duitsland bij het circus kwam, had ik nooit gedacht ooit nog geluk te vinden.' Zijn stem wordt helder en duidelijk als hij de woorden die hij had opgeschreven laat voor wat ze zijn en nu zijn hart laat spreken. 'En toen ontmoette ik jou en werd alles anders. Jij liet me weer geloven dat het goede mogelijk is. Ik hou van je.' Hij slaat zijn blik neer.

'Astrid, wil jij ook iets zeggen?' vraagt Herr Neuhoff.

Iedereen kijkt vol verwachting naar mij. Ik had nergens van geweten en niets voorbereid. 'Het – het is moeilijk om een liefde te vinden waarin je kunt vertrouwen,' lukt het me te zeggen. Ik zoek naar de woorden die ik tot nu toe niet heb gezegd, niet eens tegen mezelf. 'Ik heb heel veel geluk. Door jou voel ik me elke dag sterker. Ik kan de toekomst aan, zolang ik maar bij jou ben.'

'Jullie zijn inderdaad gezegend, Astrid en Peter, dat jullie elkaar hebben gevonden,' stemt Herr Neuhoff in, en daardoor hoef ik gelukkig niet naar meer woorden te zoeken. Hij richt zich tot Peter. 'Neem jij deze vrouw...' In Noa's armen kraait Theo goedkeurend en iedereen grinnikt.

Peters ogen stralen als hij een antiek metalen ringetje om mijn vinger schuift. Was het een familiestuk of iets wat hij voor deze gelegenheid had gekocht? 'Dan verklaar ik jullie nu tot man en vrouw,' zegt Herr Neuhoff.

Er gaat gejuich op als Peter me kust en de muzikanten zetten een vrolijk wijsje in. Iemand komt met een tafel en een aantal flessen champagne aan. Ik kijk toe, geroerd door de details, de zorg waarmee dit feest is voorbereid. Er zijn schalen met eenvoudige hapjes van rantsoenen die zo zijn bereid dat ze er prachtig uitzien.

'Op jullie toekomst samen,' verklaart Herr Neuhoff terwijl hij het glas heft, en iedereen volgt zijn voorbeeld. Ik breng het glas naar mijn lippen.

Er vormen zich kleinere groepjes, drinkend en genietend van wat vrolijkheid. Een paar Roemeense acrobaten beginnen spontaan te dansen, ronddraaiend met hun kleurige, gedessineerde sjaals, waarbij hun met lovertjes bestikte rokken ronddraaien als karrenwielen. Ik probeer te ontspannen en te genieten van de feestvreugde, maar de kleuren en het lawaai zijn overweldigend na alles wat er is gebeurd. Ik leun vermoeid tegen een van de tafeltjes. Aan de andere kant staat Peter en hij werpt me een begripvolle glimlach toe.

Achter de dansers beweegt iets tussen de bomen. Als ik rechtop ga staan zie ik iemand. Emmet, die de festiviteiten gadeslaat. Ik herinner me niet hem bij de ceremonie te hebben gezien. Hij is de zoon van Herr Neuhoff, en het is niet meer dan normaal dat hij uitgenodigd zou zijn. Maar zijn aanwezigheid maakt me onrustig.

De muziek wordt levendiger en de dansers trekken Peter en mij midden in de kring en wervelen dan als een draaimolen om ons heen. Peter pakt mijn hand en draait me in tegenovergestelde richting rond. De bewegingen en de muziek zijn duizelingwekkend. Tijdens het draaien zie ik dat Noa vlak buiten de kring alleen staat en het lijkt alsof ze mee wil doen maar niet precies weet hoe.

Ik laat Peter los en loop de kring uit. 'Kom,' zeg ik, en aan haar hand neem ik haar mee terug. Ik wil dat ze een van ons is. Ze pakt dankbaar mijn vingers. Ik houd haar hand en ook die van Peter vast als we beginnen te dansen, zonder ons druk te maken of de anderen het raar vinden. Ik wil niet dat Noa buitengesloten wordt. Maar als ik duizelig word van het draaien merk ik dat ik haar steviger vastpak, dat ik haar net zo nodig heb als zij mij om de wereld overeind te houden.

De dans eindigt en er wordt een langzamer nummer ingezet. Het is een oud Roemeens lied, 'De huwelijkswals'. Noa en de anderen laten elkaar los en ik weet dat het nu de bedoeling is dat ik alleen met Peter dans. Hij trekt me naar zich toe. Hij walst beter dan ik misschien had verwacht, maar zijn bewegingen zijn wat trager en onhandig door de drank. Terwijl hij de bekende melodie meeneuriet, voel ik zijn lippen tegen mijn oor en ik hoor mijn moeder de tekst zingen terwijl mijn broer Jules de viool bespeelt. 'O, wat hebben we gedanst op de avond van onze brui...' Mijn ogen branden.

'Ik moet even zitten,' zeg ik hijgend in Peters oor als het lied afgelopen is.

'Voel je je wel goed? vraagt hij terwijl hij bezorgd mijn wang streelt. Ik knik. 'Ik haal even wat water voor je.'

'Dat hoeft niet, schat. Geniet jij maar van het feest.' Ik wil niet dat hij zich zorgen om me maakt. Hij loopt in de richting van de champagne en als mijn benen ineens slap worden laat ik me op een stoel zakken. Het zweet breekt me uit en mijn maag komt in opstand. Niet nu, denk ik. Ik loop naar de trein om even uit het zicht te zijn, op zoek naar een momentje rust. Ik blijf staan als ik stemmen aan de andere kant van de trein hoor.

'Het was een prachtige ceremonie,' zegt Noa tegen iemand die ik niet kan zien. Ze klinkt niet alsof ze op haar gemak is.

Dan hoor ik Emmet. 'Het telt alleen niet,' zegt hij sarcastisch. Hoe durft hij mijn huwelijk met Peter niet serieus te nemen?

'Het telt wel,' protesteert Noa met alle moed die ze kan opbrengen. 'Ook al is de regering te stom om dat te erkennen.'

'Ze konden maar beter hier trouwen,' vindt Emmet. 'Voordat we teruggaan, bedoel ik.' Hij zegt het op samenzweerderige toon.

Het blijft even stil. 'Teruggaan?' Noa klinkt stomverbaasd. Ik had niets gezegd over mijn gesprek met Herr Neuhoff, of de kans dat we niet in Frankrijk konden blijven. 'Naar Duitsland?'

'Heeft Astrid je dat niet verteld?'

'Natuurlijk wel,' liegt Noa, het is duidelijk dat ze doet alsof ze niet verbaasd is. Maar die poppenkast houdt ze niet vol. 'Het is niet waar!' roept ze uit, en ik vraag me af of ze huilt.

'Mijn vader zegt dat de Franse tournee wordt ingekort.'

'Je vader vertelt jou niets.' Het verbaast me hoe krachtig Noa klinkt.

'Misschien moet je maar gewoon naar huis gaan,' zegt Emmet spottend. 'O nee, dat kan niet.' Ik onderdruk een kreet. Wat weet hij van Noa's verleden?

Ik stap op hen af. 'Zo is het genoeg.'

Emmets ogen vlammen op als hij beseft dat ik hem heb gehoord. Even vraag ik me af of hij terugkrabbelt. 'Ze was niet voor niets helemaal alleen met een kind toen we haar vonden,' zegt Emmet, kennelijk niet uit het veld geslagen. Achter hem zie ik Noa's ogen groot worden van angst nu hij op de een of andere manier achter de waarheid is gekomen. Natuurlijk bluft hij. Dat moet wel. Ik vertel zoiets niets door en het is uitgesloten dat hij er op een andere manier achter is gekomen.

'Die kleine slet, dat kind moet wel van haar zijn.' Emmet spuugt in de richting van Noa. Zonder erbij na te denken haal ik uit en geef hem zo'n harde klap dat mijn hand pijn doet. Hij stapt weg en staart me vol ongeloof aan. Mijn hand laat een knalrode afdruk achter op zijn wang. 'Daar zul je voor boeten,' sist hij.

'Ga weg voordat ik je vader roep,' zeg ik.

Emmet schiet weg, met zijn hand nog steeds tegen zijn wang. 'Dank je,' zegt Noa als hij ons niet meer kan horen. 'Ik begrijp het niet, hoe kan hij dat van mij weten?'

'Ik denk niet dat hij het weet,' zeg ik, en Noa lijkt wat te ontspannen. 'Ik heb het in elk geval niet verteld. Waarschijnlijk probeerde hij gewoon een visje uit te gooien.' De waarheid is dat geheimen in het circus niet lang bewaard blijven – op de een of andere manier komen ze altijd uit. Maar Noa zou zich alleen maar nog meer zorgen maken als ik dat zeg.

Noa heeft haar blik neergeslagen. 'Is het waar wat Emmet zei? Gaan we terug?'

'Het is nog niet zeker. Herr Neuhoff heeft wel gezegd dat de regering dreigende taal heeft gesproken. Het was niet meer dan waarschijnlijk, en ik wilde je niet ongerust maken.'

'Ik ben geen klein kind,' zegt Noa met iets verwijtends in haar stem.

'Dat weet ik. Ik had het moeten zeggen. Maar jij hoeft niet terug te gaan, weet je.'

'Hoe zou ik het circus kunnen verlaten?' vraagt ze ernstig, met twijfel in haar blik. 'Ik zou nooit zonder jou kunnen gaan.'

Ik glimlach, geroerd door haar loyaliteit. Een paar maanden geleden was ze hier nog een vreemde. Een buitenstaander. Nu kan ze zich geen ander leven voorstellen. 'Het is maar een voorstelling – en voorstellingen duren niet eeuwig.'

'En jij?' vraagt ze. Ze is zo jong en heeft altijd zoveel vragen.

'Zoals ik al zei, ik ga niet vluchten. En ik ben niet van plan me weer te gaan verstoppen.' Ze zouden me eerst moeten pakken.

'Zwitserland is niet zo ver.' Ze richt haar blik op de heuvels. 'Misschien als we samen gaan...'

'Nee.' Ik kijk haar recht aan. 'Er zijn mensen die voor me hebben ingestaan. Mensen die hun het leven zou kosten als ik weg was. Maar dat geldt niet voor jou,' vervolg ik. 'Jij kunt weggaan.'

'Ik blijf tot het eind bij je,' zegt ze met een lichte trilling in haar stem.

'Laten we het er vanavond niet meer over hebben,' zeg ik terwijl ik haar op haar hand klop.

Noa knikt instemmend en haar ogen dwalen weer naar het feest. 'De bruiloft was prachtig,' verklaart ze. 'Ik droom van zulke dingen.' Ik probeer niet te lachen. De bijeenkomst in het bos was eenvoudig en niet bepaald stijlvol. 'Doet ieder meisje dat niet?' vraagt Noa dan. 'Ga je zijn naam dragen?'

Over die vraag had ik nog niet nagedacht. Dan schud ik mijn hoofd. Ik had ooit een andere naam aangenomen, ik kan dat niet nog eens doen. 'Wat deed je hier trouwens helemaal? We kunnen beter teruggaan.' Ik loop weg, maar Noa volgt me niet. Haar blik gaat een andere kant op, weg van het circusterrein.

'Je wilt toch niet naar die jongen toe?'

'Nee, natuurlijk niet,' zegt ze iets te snel.

'Daar kan alleen maar narigheid van komen. En je hebt het beloofd,' breng ik haar in herinnering.

'Ja,' zegt ze. 'Ik ben alleen moe en ik wil even bij Theo gaan kijken. Ik heb hem na de ceremonie door Elsie in bed laten leggen.'

Ik peil haar blik om te zien of ik haar kan geloven.

'Astrid,' hoor ik Peter onder invloed van alcohol te hard roepen.

'Ik moet terug,' zeg ik.

'Dat begrijp ik.' Noa geeft een kneepje in mijn hand. 'En… nog bedankt voor net.' Ik hoor de dankbaarheid in haar stem.

En dan draait ze zich om en loopt naar de trein. Ik wil haar naroepen en nogmaals waarschuwen, maar ik doe het niet. In plaats daarvan loop ik terug naar de anderen.

# 17

## Noa

Als ik van Astrid naar de trein loop, lach ik even in mezelf. Ik was op de hoogte geweest van de trouwerij. Peter had me een paar uur ervoor in vertrouwen genomen en ik spande met hem samen om Astrid te verrassen. Ik was bang geweest ze het misschien niet op prijs zou stellen – ze was niet iemand die van verrassingen hield – maar nu ben ik blij dat ik aan het plan heb meegewerkt.

Peter en Astrid zijn nu een stel en binnenkort ouders. Zij lijkt voor het eerst sinds ik haar ken gelukkig, echt gelukkig. Ik ben blij voor haar, maar ik vraag me wel af of er iets zal veranderen, of ze nu elke nacht bij Peter zal slapen en daardoor minder van mij zal zijn.

Ineens voel ik me alleen. Luc komt in mijn gedachten. Ik heb hem niet meer gezien sinds de avond dat Theo ziek werd, een week geleden. Ik heb hem de volgende avond na de voorstelling niet kunnen zien, zoals hij had gevraagd – Theo was weliswaar beter, maar nog steeds zwak, en ik had niet bij hem weg gewild. Dus legde ik een briefje voor Luc in de brievenbus: *Broertje ziek. Kan vanavond niet komen.* Mijn briefje was verdwenen, dus ik wist dat hij het had gelezen. Althans, dat hoopte ik – stel dat iemand anders het had gevonden. Ook al was ik vaag geweest over het doel, er zouden toch vragen rijzen. Er was dagenlang geen antwoord gekomen en ik had me afgevraagd of Luc zijn belangstelling zo kort na onze kus was kwijtgeraakt, of dat hij het domweg had opgegeven.

Ik loop nu naar de brievenbus en durf nauwelijks iets te hopen. Er ligt een papiertje in van een circusprogramma, zo verfrommeld dat ik me afvraag of iemand het kistje per ongeluk heeft aangezien voor een prullenbak. Ik strijk het papiertje glad. Op de achterkant staat in vage houtskoolletters geschreven: *Ik wilde je zien. Heb je mooi zien dansen. Kom naar me toe in het gemeentemuseum.*

Luc was vanavond hier geweest en had me zien dansen. Ik bloos, opgewonden en beschaamd tegelijk. Hoe had me dat kunnen ontgaan? Ik voel bezorgdheid knagen. De trouwerij had geheim moeten blijven. Hij had hier niet mogen komen. Maar ergens ben ik ervan overtuigd dat ik hem kan vertrouwen.

Ik lees het briefje nog eens. *Kom naar me toe in het gemeentemuseum.* Ik weet welk gebouw hij bedoelt. Maar het oude museum, midden in het centrum, is een vreemde ontmoetingsplaats. En het uitgaansverbod is al ingegaan. Ik kan daar onmogelijk naartoe.

Bovendien heb ik Astrid beloofd dat ik Luc niet meer zou zien. Ik draai me om of ik haar zie, maar ze is in de groep opgegaan. Astrid zal vanavond bij Peter blijven; ze zal het vast niet merken als ik weg ben. Maar ik kan het beste op het feest blijven tot het afgelopen is, en dan teruggaan naar Theo. Maar we gaan binnenkort weg en misschien zie ik Luc nooit meer.

Ik moet nu naar de trein om bij Theo te gaan kijken voordat ik waar dan ook naartoe ga. In de slaapwagon ligt Theo wakker, alsof hij op me wacht. Ik til hem op, druk hem tegen me aan en snuif zijn warme geur op. Ik ben sinds hij ziek werd voortdurend ongerust, alsof het me eraan herinnert hoe broos hij is, dat hij er zomaar ineens niet meer zou kunnen zijn.

Elsie staat op van het bed ernaast, waar ze had zitten breien. 'Fijn dat je terug bent,' zegt ze. 'Dan kan ik het feest nog even meevieren voordat het afgelopen is.'

'Ik ben niet terug, tenminste…' Ik zoek naar een excuus om haar nog langer op Theo te laten passen. Maar voor ik mijn zin af kan maken, is ze de trein al uit.

Ik overweeg haar na te roepen, maar besluit het toch niet te doen. 'Alleen jij en ik,' zeg ik tegen Theo, die goedkeurend kraait. Ik kijk van hem naar de deur van de trein en weer terug, me afvragend wat ik moet doen. Durf ik het aan om hem mee te nemen?

Ik stap de kille avond in en blijf dan staan. Het is onverantwoord om Theo op deze manier mee te nemen. Maar als ik Luc wil zien, heb ik geen keus. Ik wikkel hem in mijn jas.

Laag gebukt loop ik snel weg van de trein en blijf aan de rand van het circusterrein om niet gezien te worden, beschut door de bomen. Als ik eenmaal in het bos ben, loop ik naar het stadje en baan me langzaam een weg om niet te struikelen over een van de vele boomwortels en keien die uit de harde, hobbelige aarde steken. Het is het pad dat Astrid me op de eerste dag dat ik naar Thiers was gegaan had gewezen, maar nu is het griezeliger, met donkere schaduwen die tussen de bomen opdoemen. Deze keer ben ik alleen met Theo, alleen in een bos zoals die nacht waarop we waren gevonden. Ik ril als ik opnieuw de angst en wanhoop van dat moment voel. Droge takken kraken onder mijn voeten en lijken ons te verraden. De rillingen lopen over mijn rug, het is alsof er elk moment iemand uit de bosjes kan springen.

Aan de rand van het bos loop ik naar de voetgangersbrug. Dan blijf ik staan en kijk naar Theo, die me vol vertrouwen aankijkt en erop rekent dat ik doe wat voor hem het beste is. Wat ben ik egoïstisch, denk ik schuldbewust. Hoe kan ik zijn veiligheid hiervoor in gevaar brengen?

Vlak bij het centrum zijn de straten na het uitgaansverbod leeg, en alles is verduisterd. Ik stop Theo dieper weg in mijn jas. Hij spartelt een beetje op mijn heup, hij is niet meer die kleine, stille baby. Ik bid dat hij niet gaat huilen.

Ik kies niet de hoofdweg zoals op de eerste dag dat ik Luc ontmoette; in plaats daarvan loop ik door de zijstraten die er parallel aan lopen, en blijf in de schaduw van de afbrokkelende stenen muur langs de weg die omhoog voert.

Het museum bevindt zich aan de noordkant van het centrum. Het is een klein kasteel dat ooit verbouwd is om de geschiedenis van het stadje tentoon te stellen, en nu definitief gesloten. Het pad naar het hek is goed zichtbaar in het licht van de maan.

Ik blijf staan en voel een rilling. Midden in de stad afspreken is dwaas, bedenk ik, en in gedachten zie ik Astrid afkeurend naar me kijken. Een zware ketting is rond het hek naar het museum gewikkeld. Ik stap boos achteruit. Is dit een grap?

'Noa,' roept Luc in het donker, en hij loodst me om het museum heen naar een deur. Binnen ruikt het vochtig en muf. Bij het licht van de maan zie ik dat de ooit indrukwekkende zaal geplunderd is. Een kapot schilderij hangt aan de muur en stukken harnas liggen op de vloer. Achter stukgeslagen vitrines is niets meer te zien, de schatten zijn meegenomen door de Duitsers of door plunderaars. Iets, een vogel of misschien een vleermuis, fladdert in het donker tegen het hoge plafond.

'Je bent er,' zegt Luc, alsof hij niet had verwacht dat ik hiermee door zou gaan. Hij slaat zijn armen om me heen en met mijn neus in zijn hals inhaleer ik zijn geur, een mengeling van dennen en zeep. Hoewel het pas de tweede keer is dat hij me vasthoudt, voelt het alsof ik thuiskom.

Zijn lippen zijn vlak bij de mijne en ik sluit afwachtend mijn ogen. Maar Theo spartelt tussen ons in en ik maak me los. 'Is dit veilig?' vraag ik als hij met me naar een kleine voorkamer loopt. Daar steekt hij een kaars aan, die flakkerend lange schaduwen van ons op de muur werpt. In een hoek klinkt gescharrel van iets wat wegschiet in het donker.

'Hier komt niemand,' zegt Luc. 'Het was vroeger de trots van de stad. Nu is er niet veel meer over om trots op te zijn.' Hij kijkt omlaag. 'Is dat je broertje?' vraagt hij, en ik knik.

'Er was niemand om op hem te passen.' Ik hoor de verontschuldigende klank in mijn stem. Ik kijk of ik iets van ergernis in Lucs gezicht bespeur, maar die is er niet.

'Is hij beter?' vraagt Luc met oprechte bezorgdheid.

'Ja, het gaat goed. Maar hij heeft hoge koorts gehad, heel angstaanjagend. Daarom kon ik vorige week zondag niet naar je toe.'

Luc knikt ernstig. 'Ik zou wel hebben geprobeerd je eerder te spreken, maar ik wist dat het pas zou kunnen als hij beter was.' Hij tast in zijn jas. 'Kijk, dit heb ik meegebracht.' In zijn gladde, open handpalm ligt een suikerklontje. Echte suiker. Ik onderdruk de opwelling om het meteen in mijn mond te stoppen. In plaats daarvan ga ik er even met mijn tong langs en ik ril bij de smaak die ik bijna was vergeten. Dan houd ik het klontje voor Theo's lippen. Hij kirt en glimlacht door de onbekende zoete smaak.

'Dank je wel,' zeg ik. 'Ik heb geen echte suiker meer geproefd sinds...' Ik aarzel als ik terugdenk aan de suiker die mijn vader voor mijn vorige verjaardag had gehamsterd. 'Voor het begin van de oorlog,' maak ik er dan maar van.

'Ik heb tegen mijn vader gezegd dat ik voortaan alleen nog maar van distributiebonnen wil leven, zoals iedereen,' zegt hij. 'Het voelt niet goed om meer te hebben dan anderen.'

'Luc...' Ik weet niet precies wat ik wil zeggen. Hij steekt zijn hand uit om Theo's zachte handje te aaien. 'Wil je hem even vasthouden?' vraag ik.

'Meen je dat? Ik heb nog nooit...' Ik geef Theo aan Luc en de kleine kirt wanneer hij als vanzelf in zijn grote armen valt. Luc gaat langzaam met hem op de grond zitten. Theo's oogleden worden zwaar en vallen dicht.

Luc trekt zijn jasje uit en maakt er een zacht bedje van voor Theo. Dan neemt hij mij in zijn armen. 'Kon je zonder problemen hierheen komen?' Hij kust me zonder op een antwoord te wachten. Ik druk me dicht tegen hem aan, omdat ik meer wil. Ik laat zijn handen verder dwalen en heel even ben ik niet geschaad en beschaamd, geen rare circusartiest. Ik ben weer gewoon een meisje.

Maar als zijn vingers over mijn heupen gaan, houd ik hem tegen. 'De kleine...'

'Die slaapt bijna.'

Ik kruip dieper weg in Lucs armen. 'We gaan weg,' zeg ik bedroefd.

'Ik weet het. Ik heb beloofd om je in de volgende stad op te zoeken, weet je nog?'

'Niet daarheen,' zeg ik. 'We gaan terug naar Duitsland, of in elk geval ergens daar vlakbij.'

Zijn lichaam verstart en zijn frons wordt dieper. 'Maar dat is heel gevaarlijk.'

'Dat weet ik. We hebben geen keus.'

'Daar zal ik je ook vinden,' zegt hij ernstig.

'Je zou amper één keer kunnen komen.'

'Elke week,' werpt hij tegen. 'Of vaker, als je wilt.'

'Maar het is echt ver,' protesteer ik.

'Nou en? Denk je dat me dat niet lukt?'

'Daar gaat het niet om. Alleen...' Ik sla mijn blik neer. 'Waarom zou je dat doen? Ik bedoel, al die moeite.'

'Omdat ik de gedachte dat ik je niet meer zie niet kan verdragen,' flapt hij eruit. Als ik mijn hoofd hef zijn zijn wangen rood, alsof het ineens heel warm is geworden. Ik zie genegenheid in zijn ogen. Hoe kan iemand die me nog maar zo kort kent zoveel voor me voelen, terwijl de mensen die me mijn hele leven kenden dat niet leken te kunnen?

'Ik wil je iets laten zien.' Hij staat op en neemt me mee naar een lage deur achter in de galerie. Ik kijk naar Theo, die nog steeds slaapt. Luc wil vast niet dat ik hem alleen laat.

'Wat is het?' vraag ik, nieuwsgierig geworden als Luc de kast opendoet. Hij haalt er een schilderij uit, en de olie ruikt zo vers dat de geur in mijn neus prikkelt. Het is een schilderij van een luchtacrobate die door de lucht zwaait. Hoe kwam hij daaraan? Ik bekijk haar gestalte, de bekende kromming van haar lichaam tijdens de vlucht. Haar blonde haar zit in een hoge knot, net als bij mij. Als ik het bekende rode pakje zie, houd ik even mijn adem in.

Het is een portret van mij.

Nee, niet exact. Zij is mooier, met een sierlijk lichaam en een gaaf gezicht. Luc had me geschilderd zoals hij me ziet, vol bewondering.

'O, Luc!' zeg ik verbaasd. Ik begrijp nu dat hij naar me kijkt met een kunstenaarsblik, waarmee hij elk detail intensief in zich opneemt. 'Het is prachtig. Je hebt echt talent.' Hij heeft me precies gevangen, van de textuur van mijn kostuum tot de lichte angst in mijn ogen die ik nooit helemaal kan verhullen.

'Vind je?' Hij kijkt weifelend, maar in zijn stem klinkt iets van trots.

'Echt schitterend.' Ik meen het. Ik probeer me de uren en de aandacht die hij eraan heeft besteed voor te stellen. 'Waarom ben je met de kunstacademie gestopt?'

Zijn gezicht betrekt. 'Ik wilde kunstschilder worden. Ik schilderde altijd op de zolder van onze schuur, je weet wel. Maar mijn vader kwam erachter wat ik deed, hij heeft mijn werk vernietigd en me verboden ermee door te gaan. Ik heb hem gesmeekt om dan in elk geval tekenleraar te mogen worden, maar daar wilde hij ook niet van horen.' Lucs ogen flikkeren op bij de herinnering. Hij gaat verder: 'Ik heb stiekem geschilderd totdat hij erachter kwam.' Luc steekt zijn rechterhand met de kromme wijsvinger in de lucht. 'Hij heeft ervoor gezorgd dat ik nooit kunstschilder kan worden.'

Ik deins van afschuw achteruit, niet om Lucs misvormde vinger, maar vanwege de wreedheid van een vader tegenover zijn eigen kind. 'Niet genoeg om het helemaal niet meer te kunnen doen. Maar genoeg om de ingewikkelde details niet meer te kunnen schilderen,' voegt hij eraan toe.

Ik pak zijn hand en druk een kus op zijn vinger. Mijn hart bloedt. Geen van ons, zelfs Luc niet, wordt pijn en verdriet bespaard. 'Hoe kun je bij hem blijven wonen?' vraag ik. 'Hij is een monster!'

Lucs ogen worden groot en ik vraag me af of hij boos wordt. 'Hij deed wat volgens hem goed was,' zegt hij dan.

We gaan zitten zonder iets te zeggen. Luc heeft me zijn vreselijke geheim toevertrouwd. Ik zou hem nu over mijn eigen verleden moeten vertellen. Maar dan hoor ik Astrid: ga er nooit vanuit dat je weet wat een ander denkt. Als ik in Lucs helderblauwe ogen kijk, weet ik dat hij de keuzes die ik heb gemaakt en de ervaringen die me ertoe hebben gebracht niet zal begrijpen.

In plaats daarvan neem ik zijn gezicht in mijn handen en draai het naar me toe. Ik kus hem steeds weer, zonder ophouden, ongeacht waar we zijn en het feit dat Theo maar een meter van ons vandaan ligt. Lucs armen zijn om me heen, zijn handen op mijn middel en heupen. Heel even wil ik me losmaken. Mijn buik is nooit meer helemaal hetzelfde geworden als voor de geboorte. Mijn borsten zijn iets gaan hangen door de melk die ik erin had gehad.

Maar dan sla ik mijn armen om hem heen en laat me meeslepen. Zijn handen glijden onder mijn rok. Ik begin te protesteren. Dit kunnen we hier niet doen. Hij legt me voorzichtig op mijn rug, met een hand onder mijn hoofd om het te beschermen tegen de harde stenen vloer. De Duitse soldaat, de enige andere man met wie ik ooit op deze manier samen ben geweest, verschijnt voor mijn geestesoog. Ik verkramp.

Luc pakt mijn kin en draait mijn hoofd voorzichtig naar hem toe zodat ik hem moet aankijken. 'Ik hou van je, Noa,' zegt hij.

'Ik ook van jou.' De woorden komen er in één adem uit. Mijn verlangen groeit en duwt de herinneringen weg.

Na afloop liggen we met onze kleren verspreid op de harde stenen vloer, onze benen in elkaar verstrengeld. 'Dat was heerlijk,' zeg ik iets te hard. Mijn stem galmt door de dakspanten van het museum en een onzichtbare duif vliegt op. We lachen zachtjes.

Hij drukt me nog dichter tegen zich aan. 'Ik ben zo blij dat we onze eerste keer samen hebben ervaren,' zegt hij, in de veronderstelling dat ik net zo maagdelijk ben als hij.

'Sorry,' zegt hij even later als hij mijn stilzwijgen aanziet voor spijt. 'Ik had geen gebruik mogen maken van de situatie.'

'Dat heb je niet gedaan,' stel ik hem gerust. 'Ik wilde het ook.'

'Als we samen een toekomst hadden...' mijmert hij.

'Of een bed,' zeg ik schertsend.

Maar hij blijft ernstig kijken. 'Het zou allemaal anders moeten zijn. Die verdomde oorlog,' scheldt hij. Zonder die verdomde oorlog zouden we elkaar nooit hebben ontmoet, bedenk ik. 'Het spijt me,' zegt hij nog eens.

Ik omhels hem stevig. 'Dat is niet nodig. Ik heb er geen spijt van.' Theo wordt wakker, zijn kreet doorklieft de stilte. Ik knoop mijn blouse dicht. Luc staat op en helpt me overeind. Ik strijk mijn rok glad als we naar Theo lopen. Luc pakt hem op, met meer zelfvertrouwen dan net. Hij kijkt vol genegenheid naar Theo. We gaan nog een keer op de grond zitten, als een gezinnetje, en we luisteren naar de geluiden in het nachtelijke museum, het gekrabbel van muizen en de wind die buiten huilt.

'Ga met me mee,' zegt Luc. 'Weg van hier. Ik regel een auto en dan rijden we naar de grens.'

We. Ook al had Luc het al eerder over samen weggaan gehad, het voorstel lijkt nu serieuzer, alsof het echt een mogelijkheid is. Ik probeer me voor te stellen dat ik het circus verlaat en een nieuw leven met Luc begin. Het idee is even angstaanjagend als heerlijk.

'Dat kan ik niet doen,' zeg ik. Ik wil dolgraag met hem weggaan, maar ik ken de gevaren en de realiteit. Waar zouden we heen moeten? En Astrid dan, en het circus en nog duizend andere dingen die ik niet aan hem kan uitleggen?

'Is het om Theo? Die kunnen we meenemen en grootbrengen als ons kind. Hij zou nooit het verschil weten.' Luc klinkt hoopvol en het ontroert me dat hij de verantwoordelijkheid voor Theo op zich wil nemen.

Ik schud resoluut mijn hoofd. 'Het is nog veel meer. Astrid en het circus... ik heb het aan hen te danken dat ik nog leef.'

'Zij begrijpt het vast wel. Ze zou willen dat je gaat...' probeert hij nog eens. 'Noa, ik wil jou en Theo hier weghalen, en meenemen naar een plek waar jullie veilig zijn.' Hij wil voor me zorgen. Wat zou ik graag weer het meisje zijn dat ik vroeger was. Zij zou het misschien hebben gedaan. Maar ik heb te veel meegemaakt. Ik weet niet meer hoe ik het zou moeten doen.

Maar ik leg mijn vinger tegen zijn lippen. 'Laten we het er niet meer over hebben.'

Theo begint weer te sputteren, hij is moe en heeft het koud, en de omgeving is hem vreemd.

'We moeten gaan,' zeg ik met tegenzin omdat ik niet wil dat dit perfecte moment eindigt, maar ik ben bang dat iemand misschien iets hoort en ons vindt. Luc staat op, hij geeft Theo aan mij en stopt mijn jas wat strakker om hem heen.

Het is laat als we teruggaan, ruim na het uitgaansverbod. Het is donker in het stadje en het bos is stil. Luc volgt me zwijgend als we het circusterrein naderen. De muziek is opgehouden en ik vraag me af of ik zo lang weg ben geweest dat het feest afgelopen is en iedereen slaapt. Maar de fakkels staan nog tussen de bomen te branden. In het schijnsel zie ik Astrid aan de rand van de open plek staan. Aan haar houding, met de armen over elkaar, zie ik dat ze boos is.

Van angst krimpt mijn maag ineen. Astrid weet waarschijnlijk dat ik ben weggegaan. Dat ik mijn belofte dat ik Luc niet meer zou zien heb verbroken.

'Astrid.' Ik ren om de trein heen naar haar toe. 'Laat het me uitleggen.'

Dan blijf ik stokstijf staan.

De circusmensen staan nog samen op de plek waar de bruiloft heeft plaatsgevonden. Maar ze dansen niet meer, ze staan roerloos, als figuren in een tableau.

Als ik nog een stap zet, begrijp ik waarom. Op de plek waar de huwelijksplechtigheid een paar uur eerder had plaatsgevonden staan zes gendarmes.

En ze richten hun geweer op Peter.

# 18

## Astrid

Ik blijf als verlamd staan als de agenten met hun geweer in de aanslag naar Peter lopen. Dit is vast niet echt. Het is een grap die iemand uithaalt op onze huwelijksnacht. Maar niemand lacht. Alle gezichten om me heen zijn verwrongen van schrik en angst.

Een minuut en een eeuwigheid geleden keek Peter me stralend aan bij de gedachte aan onze toekomst samen. Toen betrok zijn gezicht en stonden er Franse agenten achter de andere circusartiesten.

De agenten kwamen met zes man om verzet of ontsnapping te voorkomen. Ik ken hun gezichten uit de stad. Ooit hebben ze op straat misschien bij wijze van groet tegen hun pet getikt, of op zijn minst even geknikt. Nu staan ze voor hem met onheilspellende gezichten, hun benen uit elkaar. 'Peter Moskowicz…' zegt een van de agenten, waarschijnlijk de commandant, op zachte, zakelijke toon. Hij lijkt iets ouder dan de anderen, met een grijzende snor en insignes op zijn uniform. 'Je staat onder arrest.'

Ik wil protesteren maar ik kan niets uitbrengen. De nachtmerrie die ik al tien keer heb gehad is nu echt. Peter heft langzaam zijn hoofd. Zijn ogen spuwen vuur. Hij zit roerloos, maar ik zie dat zijn hersenen aan het werk zijn om in te schatten wat hij kan doen. De agenten kijken behoedzaam naar hem, maar van een afstand, alsof ze tegenover een vreemd of gevaarlijk dier staan. Ik houd mijn adem in. Ergens wil ik dat Peter vecht en zich verzet, zelfs al heeft dat geen enkele zin. Het zou alles alleen nog maar erger maken.

Wat willen ze van Peter, vraag ik me af. Waarom nemen ze mij niet?

Herr Neuhoff komt naar voren. 'Heren, *s'il vous plaît*, wat is het probleem?' Hij dept zijn voorhoofd met een gevlekte zakdoek. 'Laten we er even over praten. Misschien met een glas van mijn beste bordeaux?' Hij glimlacht uitnodigend. Meer dan eens heeft hij de politie er met hapjes en drankjes die hij voor dat doel bewaart van afgebracht de tenten te doorzoeken. Maar de agenten negeren hem en lopen dichter op Peter toe.

'Wat is de aanklacht?' wil Herr Neuhoff weten. Hij heeft de hartelijke toon laten varen en klinkt nu gezagvol.

'Verraad,' antwoordt de commandant. 'Van Frankrijk en het Reich.' Herr Neuhoffs blik schiet onrustig in mijn richting. Hij had Peter zo vaak gewaarschuwd voor dat nummer, en nu zal hij ervoor moeten boeten.

Maar ze hebben hem nog niet vastgenomen. Vecht, verzet je, ren weg, maan ik hem in stilte. Ik kijk wanhopig over het veld in de richting van de schuilplaats die Peter zo liefdevol voor mij in zijn hut had geregeld. Die kleine ruimte had hij voor mij bedoeld, niet voor zichzelf. Maar zelfs als hij erin zou passen is het te ver, en te laat. Hij kan zich niet meer verstoppen.

'We gaan,' zegt de commandant, maar er klinkt geen boosheid

in zijn stem. Hij heeft grijs haar, waarschijnlijk gaat hij over een paar jaar met pensioen. Hij denkt dat hij gewoon zijn werk doet. Maar naast hem tikt een jongere officier boos met een knuppel tegen zijn been, wachtend op de kans om die te gebruiken.

Peters ogen dwalen op hetzelfde moment naar de knuppel als de mijne. Ten slotte komt hij langzaam overeind. Hij zal geen scène maken waarvan de gevolgen gevaarlijk kunnen zijn voor mij en de anderen. Hij loopt langzaam maar zonder protest naar de agenten, zijn ledematen verstijfd van woede. Onder mijn afschuw voel ik een sprankje hoop. Misschien blijkt dit niet veel erger dan de inspecties. Herr Neuhoff kan de politie omkopen, zodat hij morgenochtend weer terug is.

Peter staat bij de agenten. Een kreet ontsnapt me als een van hen Peters handen boeit en zijn polsen wit worden als ze in zijn vel snijden. Ik voel het in mijn eigen armen. Niemand heeft het kennelijk gehoord.

Peter blijft rustig staan en biedt geen verzet. Maar dan slaat de officier met de knuppel Peters hoge hoed van zijn hoofd. Peters gezicht lijkt van verbazing en woede in duizend stukjes uiteen te vallen. Hij wil de hoed oprapen. Maar doordat zijn handen geboeid zijn, verliest hij zijn evenwicht en valt hij zijdelings op de grond.

De agent trekt hem overeind. Zijn trouwpak is vies en zijn armen en benen trillen van woede. Ik weet dat hij nu niet meer te houden is. 'Daar heb je niets aan op de plek waar je naartoe gaat,' zegt de agent spottend terwijl hij de hoed wegschopt. Het blijft stil terwijl Peter een repliek lijkt te bedenken.

Dan spuugt hij de agent in zijn gezicht.

Er volgt een moment van stilte waarin de man als verstomd blijft staan. Dan schiet hij brullend naar voren en trapt Peter vol in zijn kruis. 'Nee!' roep ik als Peter op de grond voorover slaat. Hij staat niet op, maar de man blijft hem schoppen.

Zeg iets, denk ik. Dóé iets. Maar ik sta als versteend, verlamd van afschuw. De man laat vervolgens met zijn knuppel een regen van slagen op Peters hoofd en rug neerkomen. Mijn lichaam schreeuwt van pijn, alsof ik elke slag zelf voel. Peter ligt roerloos in elkaar gedoken. 'Genoeg!' zegt de commandant streng en hij trekt de jonge agent weg. 'Ze willen hem levend.' Bij het horen van die laatste woorden word ik doodsbang. Wie willen hem? En waarvoor? 'Zet hem in de wagen,' beveelt de commandant.

Twee van de agenten hijsen Peter overeind en lopen met hem naar de wagen. Hij biedt nu geen weerstand. Ik zal je nooit verlaten, heeft hij een paar dagen geleden nog gezegd. Het is alsof hij jaren ouder is geworden, een verslagen man.

Maar ik geef niet op. 'Wacht!' roep ik terwijl ik naar hem toe loop. Een agent grijpt me bij de schouder van mijn jurk en ik voel scherpe nagels in mijn huid. Ik duw hem weg, ook al scheurt mijn jurk.

Ik wil Peters arm pakken, maar hij schudt me af. 'Astrid, je kunt niet mee,' zegt hij zacht en zakelijk in het Duits. Er verschijnt een dikke bult op zijn voorhoofd op de plek waar hij is geslagen. 'Je moet hier blijven. Jij moet veilig zijn.'

'Ze brengen je naar de stadsgevangenis. Je bent over een paar uur terug,' zeg ik, omdat ik dat zelf heel graag wil geloven. 'Ze proberen ons gewoon bang te maken, het is een waarschuwing. Je bent gauw weer terug...'

'Ik kom niet terug,' zegt hij voordat ik verder kan gaan. 'En je kunt hier niet op me wachten. Je moet doorgaan met het circus. Hoor je me?' Zijn donkere ogen lijken in me te branden. 'Beloof het,' zegt hij.

Maar dat kan ik niet. 'Genoeg!' snauwt de agent die Peter heeft geslagen, en hij trekt ons uit elkaar. Ik doe een stap om zijn ogen uit te krabben. 'Waag het eens,' zegt hij dreigend. Ik deins achteruit. Ik mag het niet nog erger maken voor Peter.

De politie sleurt Peter vanaf het achterveld naar een legertruck die op het zandpad naast de grote tent geparkeerd staat. Op de zijkant staat een tekst in een Slavische taal die ik niet herken. Een zwarte politiewagen staat ervoor. Een chauffeur in legeruniform komt de truck uit en opent de achterdeuren, waarna binnen twee rijen banken zichtbaar worden. Dan begrijp ik dat het afgelopen is – hij komt niet meer terug.

'Nee!' roep ik terwijl ik op de truck af ren.

Twee armen grijpen me van achteren vast om me tegen te houden. Het is Noa, al weet ik niet waar ze vandaan komt. Ze slaat haar armen om me heen. 'Denk aan jezelf... en aan je kind.' Ze heeft gelijk. Toch probeer ik me uit alle macht los te maken, als een leeuwin die aan haar dompteur wil ontsnappen.

'Ze nemen hem mee, Noa,' zeg ik wanhopig. 'We moeten dit stoppen.'

'Dit is niet de manier,' zegt ze zacht maar vastberaden. 'Je kunt niets voor hem doen als jij nu ook gearresteerd wordt.'

Natuurlijk heeft ze gelijk. Maar hoe kan ik hier niets staan te doen terwijl ze me alles afnemen? 'Doe iets,' smeek ik. Ik wil dat ze me helpt zoals ik haar heb geholpen. Maar ze houdt me in al mijn machteloosheid alleen maar vast.

Herr Neuhoff stuift nog een keer naar voren, zijn gezicht is rood van woede en radeloosheid. Hij steekt een zakje, zwaar van muntgeld, naar voren, waarschijnlijk het resterende geld van het circus. Als hij dat weggeeft laat hij ons geruïneerd achter, maar hij zou het doen om Peters leven te redden. 'Wacht, heren,' smeekt hij. God, alstublieft, bid ik. Laat dit werken. Het is onze laatste hoop.

De commandant draait zich om en in zijn ogen zie ik wroeging – wat me banger maakt dan al het voorgaande. 'Het spijt me,' zegt hij dan. 'Ik heb hier niets over te vertellen.'

Mijn paniek wordt twee keer zo groot, ik maak me los uit Noa's greep en ren naar voren. 'Peter!' Maar het is te laat – de agenten zetten hem achter in de truck en hij biedt geen tegenstand. Ik reik naar de deur, mijn vingers zijn slechts een paar centimeter van Peter vandaan, maar kunnen hem net niet bereiken. Ik keer me om naar de dichtstbijzijnde agent. 'Neem mij mee in plaats van hem,' zeg ik.

'Astrid, nee!' hoor ik Noa achter me roepen.

'Neem mij mee!' zeg ik weer, zonder acht op haar te slaan. 'Ik ben zijn vrouw – en een Jodin,' roep ik, zonder te denken aan het gevaar waaraan ik niet alleen mezelf maar het hele circus blootstel.

De agent kijkt onzeker naar de commandant.

'Wacht hier!' beveelt die. Hij loopt om de truck heen naar de politiewagen en komt terug met een paar papieren. 'We hebben niets staan over een Jodin bij het circus – en je staat niet op de lijst voor transport.' Hij richt het woord tot Peter. 'Is het waar dat zij je vrouw is?'

'Ik heb geen vrouw.' Peters ogen lijken stenen. Ik doe een stap naar achteren, gebroken door zijn ontkenning.

'Achteruit,' beveelt de agent, en hij sluit de deur, waarmee hij Peter en mij voorgoed van elkaar scheidt. 'Nee!' roep ik. Ik ren weer op de truck af. De agent wrikt mijn vingers van de bumper en duwt me zo hard weg dat ik bijna struikel. Maar ik ren om de wagen heen en ga ervoor staan, met mijn armen over elkaar. Ze zullen over me heen moeten rijden als ze hier weg willen.

'Astrid, niet...' hoor ik Noa weer roepen, maar haar stem klinkt van heel ver weg.

De agent die Peter heeft geslagen komt op me af gebeend. 'Opzij,' brult hij terwijl hij zijn knuppel heft.

'Astrid, nee!' roept Peter angstiger dan ik hem ooit heb gehoord met een stem die gedempt wordt door het glas tussen ons in. 'Ga daar in godsnaam weg!'

Ik blijf staan waar ik sta.

De agent haalt uit. Ik probeer naar achteren te lopen, maar het is te laat. De knuppel komt met een misselijkmakende klap op mijn maag terecht. Ik zie sterretjes van de pijn en val op mijn zij.

'Astrid!' roept Noa nu dichterbij als ze op me af rent. Ze werpt zich op me om me te beschermen.

'Genoeg!' beveelt de commandant en hij loopt naar zijn ondergeschikte. Maar die weet niet van ophouden. Hij haalt uit met zijn been en schopt me hard in mijn zij, de enige plek waar Noa me niet kan bedekken. Het is alsof er iets in me scheurt. Ik schreeuw het uit en mijn kreten weerkaatsen tussen de bomen.

Dan hoor ik een grom en ik hef mijn hoofd. Herr Neuhoff loopt met grote stappen naar de politieman, zijn gezicht is donkerrood van woede als hij zich tussen ons en de man in opstelt. 'Durf je wel, een vrouw slaan?' Ik heb hem nog nooit zo kwaad gezien. Hij richt zich op in zijn volle lengte van een meter zestig, en als hij de Duitser aankijkt lijkt hij groter en indrukwekkender.

De agent heft nogmaals zijn knuppel. Angst raast door mijn lichaam. Herr Neuhoff is een man op leeftijd; zo'n klap overleeft hij nooit.

Herr Neuhoff brengt zijn handen naar zijn borst en zijn gezicht krijgt een verbaasde uitdrukking. Hij valt op de grond alsof hij geslagen is. Maar de agent heeft niet geslagen en de knuppel blijft in de lucht hangen.

Noa rent naar Herr Neuhoff. Ik probeer ook op te staan en naar hem toe te gaan. Een stekende pijn maakt dat ik weer dubbelklap. Ik sleep mezelf zo snel als ik kan naar de plek waar hij ligt. Ik voel nu een toenemende kramp in mijn onderbuik. Ik voel iets nats in mijn rok, net als toen ik als kind wel eens in mijn broek had geplast. Laat het alleen van de natte aarde zijn, bid ik.

Herr Neuhoffs gezicht is asgrauw en overdekt met zweet. 'Miriam,' fluistert hij, en ik weet niet of hij denkt dat ik zijn lang geleden overleden vrouw ben of dat hij zich haar alleen herinnert. Noa maakt zijn boord los en hij hapt naar adem.

Ineens herinner ik me dat ik als kind in ons winterverblijf met mijn broers de heuvel af sleede in een oneindig witte wereld. Toen ik omhoogkeek had ik Herr Neuhoff boven op de heuvel zien staan. Tegen de azuurblauwe hemel had hij me doen denken aan de Griekse god Zeus op de berg Olympus. Toen hij mij zag, had hij geglimlacht. Zelfs toen al leek het alsof hij over ons waakte.

'Een dokter!' roep ik, maar niemand van de politie doet iets. Noa hurkt naast me neer en we kijken machteloos toe als het leven uit de ogen van Herr Neuhoff verdwijnt.

Ik voel dat mijn rok inmiddels niet slechts vochtig is maar nat, te warm om van de grond afkomstig te zijn. Bloed. Ga ik ook mijn kind verliezen? De baby waarvan ik een paar dagen geleden nog niet wist of ik hem wel wilde, is plotseling alles wat ik op deze wereld heb. Ik houd mijn buik vast om te voorkomen dat het leven dat ik in me draag verdwijnt. Dan begin ik te bidden zoals ik sinds ik klein was niet meer heb gedaan.

De motor van de truck slaat aan. Ik hef mijn handen als de wagen in beweging komt en uitlaatgas over ons heen blaast. Er klinkt een bons van Peter tegen het raam die ziet wat er is gebeurd, maar hij kan niets doen.

Ik steek mijn armen naar hem uit. Een gemene pijn, feller dan toen de soldaat me sloeg, schiet door mijn buik. Ik krimp weer in elkaar en val op de grond, met mijn knieën tegen mijn borst.

Daar draai ik me voor de laatste keer om naar Peter. Ik zie door het raam dat hij nu vrijuit huilt. Zijn verdriet snijdt door me heen en doet meer pijn dan de ergste klap. De ogen die kortgeleden nog zo liefdevol in de mijne keken, worden kleiner, de lippen die ik na onze huwelijkseed kuste raken steeds verder van me vandaan.

De truck rijdt ronkend weg en Peter verdwijnt uit het zicht.

# 19

## Noa

'Astrid!' roep ik terwijl ik naar haar toe ren als het geronk van de motor in de verte afneemt. Ze reageert niet maar ligt roerloos op de grond, met één arm gestrekt in de richting van de verdwijnende truck.

Als ik dichterbij kom, krimpt ze in elkaar. 'Nee, nee...' roept ze steeds weer terwijl ze huilend haar buik omklemt. Ik ga naast haar zitten, trek haar half op mijn schoot en wieg haar als een kind.

Dan draai ik me om naar Herr Neuhoff. Er is niets te zien wat op een klap wijst. Hij is lijkbleek, met starende ogen. Dan herinner ik me zijn hoest, zijn hartkwaal. Astrid heft haar hoofd en haar ogen worden groot van schrik als ze het stille lichaam van Herr Neuhoff ziet. 'Er moet een dokter komen,' zegt ze panisch terwijl ze probeert te gaan zitten. Dan klapt ze kreunend weer dubbel.

Ik sla mijn arm om haar heen, niet zeker of ze echt gelooft dat we nog iets voor hem kunnen doen of dat ze zijn dood ontkent. 'Hij is niet meer, Astrid.' Ik houd haar stevig vast als ze snikt. Dan sluit ik met mijn vrije hand de ogen van Herr Neuhoff en veeg wat modder van zijn wang. Hij ziet er vredig uit, alsof hij diep in slaap is.

Astrid ligt bleek en zwak in mijn armen. Ze heeft haar handen om haar buik gevouwen. De baby, denk ik in paniek. Maar ik durf het niet hardop te zeggen.

Een groep artiesten en werkmannen staat op enige afstand naar ons te kijken. Ik wenk een van de mannen. 'We moeten Herr Neuhoff naar zijn rijtuig brengen,' gelast ik terwijl ik probeer gezagvol over te komen in de hoop dat hij luistert. 'En contact opnemen met de begrafenisondernemer...' Astrid draait zich om, ze kan de details niet aanhoren.

'Kom, Astrid, dan helpen we je.' Ik sta op en probeer haar overeind te tillen. Maar ze ligt op de grond naast Herr Neuhoff en weigert mee te werken, als een hond die zijn baasje is kwijtgeraakt. 'Je doet Peter hier geen goed mee,' ga ik door.

'Peter is er niet meer,' zegt ze, elk woord zwaar van verdriet.

Een hand op mijn schouder. Ik kijk op en zie Luc met Theo staan. Toen we op het circusterrein aankwamen en de politie zagen, had ik Theo in Lucs armen geduwd en was ik naar Astrid gerend. Gelukkig was hij zo verstandig geweest om Theo buiten beeld te houden.

Luc knielt neer achter Astrid, alsof hij wil helpen haar overeind te tillen. Maar ik wuif zijn aanbod weg; als Astrid hem ziet, maakt dat alles alleen maar erger. 'Kom, Astrid,' zeg ik, terwijl ik probeer om haar overeind te helpen. Ik wankel even onder haar gewicht. Luc volgt me met Theo.

'Waarom?' Ik moet het gewoon vragen terwijl we moeizaam naar de trein lopen. 'Waarom arresteren ze Peter?' Toen ik de politie had zien staan, had ik me afgevraagd of ze van de trouwerij hadden gehoord die de wetten van Vichy en het Reich overtrad. Maar als dat het geval was geweest, zouden ze Astrid ook hebben meegenomen.

'Vanwege zijn nummer,' antwoordt ze vlak. Ergens had ik het antwoord al geweten. Ze kwamen voor Peter omdat hij tijdens de voorstelling de spot had gedreven met de Duitsers.

Bij de trein aangekomen, help ik Astrid de slaapwagon in. Ook al is het laat, de wagon is leeg, de anderen staan nog buiten met elkaar te praten over wat er is gebeurd. Ik help Astrid in bed. 'Je moet rusten,' zeg ik terwijl ik haar schoenen uittrek. Ze reageert niet maar zit stijf rechtop voor zich uit te staren. Hoewel ik haar hier al tientallen keren heb gezien, hoort ze hier nu niet thuis. Ze zou bij Peter moeten zijn om hun huwelijksnacht te vieren. Die droom is nu vervlogen. Het lijkt bijna niet mogelijk.

Ik loop de trein weer uit om Theo van Luc over te nemen. Dan wil ik Theo aan Astrid geven. Meestal is dat een troost voor haar, maar nu gebaart ze dat ze het niet wil. 'Astrid, we moeten dingen regelen voor Herr Neuhoff,' begin ik. 'We moeten de voorstelling van vanavond natuurlijk afzeggen. Maar morgen moeten we wel weer optreden. Denk je ook niet?' Ik hoor de smekende toon in mijn stem omdat ik wil dat zij de leiding neemt, zoals altijd. Maar ze zit roerloos, alsof ze geen wil meer heeft. Ik voel tranen opkomen. Ik wil zo graag sterk zijn voor haar, maar ik kan er niets aan doen. 'O, Astrid, ik kan gewoon niet geloven dat Herr Neuhoff er niet meer is.' Ook al had ik hem maar een paar maanden gekend, hij was op zoveel manieren meer een vader voor me dan mijn eigen vader was geweest.

'En niet alleen hij,' antwoordt ze scherp.

'Ja, natuurlijk,' zeg ik haastig terwijl ik mijn ogen dep. Ik heb geen recht op tranen terwijl zij zoveel meer heeft verloren. 'Maar we moeten Peter niet opgeven. Hij komt terug.' Ze reageert niet.

Ineens trekt ze wit weg. Ze gaat liggen en grijpt naar haar buik. Dan draait ze zich om met haar gezicht naar de muur en kreunt. Dit is niet alleen verdriet, besef ik, maar ook pijn. Dan zie ik het, een kleine plas bloed die door haar rok heen op het laken lekt. 'O, Astrid, de baby!' roep ik, waarmee ik in mijn paniek haar geheim prijsgeef. De vlek breidt zich uit. 'Ik ga de stad in om een dokter te halen.'

Ze schudt berustend haar hoofd. 'Er is niets aan te doen,' zegt ze. 'Het is te laat.'

'Iemand moet je onderzoeken,' protesteer ik. 'Laat me dan op zijn minst Berta halen.'

'Ik wil alleen maar rust.' Hoelang weet ze al dat dit aan de hand was?

'Ik vind het zo erg…' Ik zoek naar de juiste woorden. 'Ik weet hoe het is om een kind te verliezen.' Maar mijn kind had de geboorte overleefd; of het daardoor minder erg of erger is, weet ik niet.

'Het is eigenlijk beter zo,' zegt ze somber. 'Ik zou nooit een goede moeder zijn geworden.'

'Dat is niet waar,' protesteer ik. 'Ik heb je met Theo gezien en ik weet dat het niet waar is.'

'Geef het maar toe, ik ben niet echt een moederlijk type.' Ze ontwijkt mijn blik.

'Er zijn allerlei soorten moeders,' zeg ik om haar te steunen, maar tegelijkertijd heb ik het gevoel dat ik het allemaal nog erger maak.

'Zonder kind ben ik vrij om op te treden of andere dingen te doen die ik graag wil,' zegt ze alsof ze zichzelf wil overtuigen. Ze draait zich naar me toe. 'Niets kan veranderen wat er is gebeurd.'

Dan kijkt ze langs me heen en zet grote ogen op. Als ik me omdraai zie ik Luc, die onzeker in de deuropening staat en niet binnen durft te komen, maar me ook niet alleen wil laten na alles wat er is gebeurd. 'Wat doet hij hier?' wil Astrid weten.

'Astrid...' Ik probeer een verklaring te vinden voor zijn aanwezigheid nadat ik haar had beloofd hem niet meer te zien. Maar het lukt me niet.

'Het kwam wel goed uit dat hij je meenam vlak voor die arrestatie,' zegt ze nijdig in het Frans, zodat Luc het kan verstaan. 'Hij moet ervan hebben geweten.'

'Nee!' roep ik. Luc zou ons nooit verraden. Ik verwacht dat Luc Astrids beschuldiging ontkent en zich verdedigt. Maar dat doet hij niet. Astrids wantrouwen doet me pijn. Luc had Peters nummer gezien en Peter zelfs gewaarschuwd dat hij daarmee problemen kon krijgen. Ik herinner me Lucs woorden op de avond dat hij naar het circus kwam: 'Ze zullen je arresteren...' Was dat zijn vooruitziende blik of had hij echt geweten dat dat zou gebeuren?

'Dit is allemaal zijn schuld!' Astrid reageert al haar woede en verdriet op Luc af. Ik wil tegen haar zeggen dat Peter eraan schuldig is en niet Luc, omdat hij dat nummer deed dat Herr Neuhoff hem had verboden. Maar dit is niet het juiste moment. Het zou alles alleen maar erger maken.

Luc heft zijn hand om aan te geven dat hij geen ruzie wil. Hij stapt de trein uit en verdwijnt in het donker. Ik ga naast Astrid zitten en sla mijn armen om haar heen. Ook al valt Luc niets te verwijten, doordat ik bij hem was had ik niet bij Astrid kunnen zijn toen ze me nodig had. Ze trilt hevig. Dan doet ze haar ogen dicht, en ik overtuig me ervan dat ze nog ademt. Op dat moment pas dringt tot me door wie ze allemaal verloren heeft: Herr Neuhoff, haar kind en Peter, allemaal in één nacht.

Of misschien niet. Ik kijk naar de deur van het rijtuig. 'Houd hem vast,' zeg ik tegen Astrid en ik duw Theo stevig in haar armen.

Ik loop de trein uit, maar Luc zie ik niet. Misschien is hij weggegaan. Even later komt hij uit de schaduw tevoorschijn. 'Gaat het goed met haar?' vraagt hij.

'Ik weet het niet,' zeg ik, vechtend tegen de tranen. 'Ze is alles kwijtgeraakt.'

'Ik vind het verschrikkelijk,' zegt Luc. 'Ik heb het gevoel dat het allemaal mijn schuld is.'

'Wat bedoel je?' Er vormt zich een knoop van angst in mijn maag. Had Astrid het toch bij het rechte eind gehad?

'Mijn vader klaagde een week geleden over het circus,' begint Luc langzaam. 'Hij zei dat de komst ervan alleen maar problemen geeft. Ik vertelde hem dat ik Peter had gewaarschuwd dat hij dat nummer niet meer moest doen. Ik dacht dat het zou helpen. Maar dat leek hem alleen maar kwader te maken.'

'Peter koos ervoor om dat nummer te doen,' zeg ik. 'Dat was niet jouw schuld.'

Luc schudt zijn hoofd. 'Er is nog meer. Papa waarschuwde me weg te blijven bij jullie, omdat het anders consequenties zou hebben. Ik dacht dat ik voorzichtig deed wanneer ik hierheen kwam. Maar als hij me door een van zijn mannen heeft laten schaduwen, en als die vanavond de trouwerij heeft gezien... Het spijt me,' zegt hij weer terwijl hij mijn hand pakt. Hij kijkt me smekend aan.

'Je had geen kwaad in de zin,' zeg ik. Maar ik maak me wel los. Ook al had hij het niet zo bedoeld, Luc had het circus naar de afgrond gebracht, precies zoals Astrid had gewaarschuwd. Ik word ineens boos, niet alleen op Luc, maar ook op mezelf.

'Als je wilt dat ik nu wegga, begrijp ik dat,' zegt Luc. 'Je moet wel een hekel aan me hebben om wat ik heb gedaan.'

'Nee,' zeg ik vastberaden. 'Ik weet dat het niet jouw schuld was. Maar we moeten dit oplossen.'

'Hoe?' vraagt hij.

'We moeten iets doen om Peter te vinden.' Luc trekt een zorgelijk gezicht. Hij heeft te vaak gezien dat mensen door de politie weggehaald werden en weet dat het onmogelijk is.

Ik recht mijn rug. Ik had Astrid al een keer eerder teleurgesteld. Dat kan ik niet nog eens laten gebeuren. 'Je vader,' zeg ik. 'Het was een politieoptreden. Daar was hij vast wel van op de hoogte.'

Luc trekt een gepijnigd gezicht bij het idee dat zijn vader erbij betrokken zou zijn. 'Ik zal morgen meteen met hem gaan praten om te zien of hij iets weet.'

'Morgen is misschien te laat, we moeten nu naar hem toe.'

'We?' herhaalt Luc ongelovig.

'Ik ga met je mee,' zeg ik resoluut.

Hij legt een hand op mijn schouder. 'Noa, dat kan niet.'

'Je wilt niet dat je vader je met mij ziet,' zeg ik gekwetst.

'Dat is het niet. Maar het is momenteel zo gevaarlijk. Kun je niet gewoon hier wachten?'

'Nee, ik moet dit voor Astrid doen. Ik ga nu naar je vader, met of zonder jou.' Ik kijk hem recht aan. 'Met jou zou beter zijn.'

Hij doet zijn mond open om te protesteren. 'Goed,' zegt hij uiteindelijk, nadat hij zich kennelijk heeft bedacht.

'Geef me heel even.' Ik kijk de trein langs, waar buiten een paar circusvrouwen met elkaar staan te praten. 'Elsie!' Ik wenk haar. Het meisje maakt zich los uit het groepje en komt naar me toe. 'Ik wil dat je even op Theo past.' Ook al mag ik haar nog steeds niet en vertrouw ik haar niet na wat ze met Theo heeft gedaan, ik heb geen keus. Astrid is niet in staat om in haar eentje op hem te passen.

Astrid. Door de deuropening van het rijtuig kijk ik naar haar. Ze ligt dubbelgevouwen op het bed, met Theo in haar armen. Ik zou bij haar moeten blijven om haar te troosten, maar ik moet weten wat Luc van zijn vader te horen krijgt. 'Hou ook een oogje op Astrid,' instrueer ik Elsie. 'Op allebei. Ik ben zo snel mogelijk terug.' Ik zou Astrid zelf moeten zeggen dat ik wegga, maar ik wil niet dat ze vragen gaat stellen.

'Ik ben er klaar voor,' zeg ik tegen Luc en ik leg mijn hand in de zijne als we in de richting van de bomen lopen.

Hij leidt me door het bos over een pad dat ik nog niet eerder heb gelopen. Een kille bries, kouder dan ik in weken heb gevoeld, laat de bomen boven ons hoofd dansen en werpt griezelige schaduwen op de maanverlichte grond.

Even later gaat het bos over in een glooiende wei die uitkomt bij een villa. Ik weet niet precies wat ik had verwacht van het huis van de burgemeester. Iets spectaculairders of onheilspellenders, of misschien iets groters. Maar het is een traditioneel Frans landhuis, met een lang schuin leien dak en drie ramen. Een pad van flagstones leidt naar een toogdeur, met aan weerszijden klimop tegen de muur. Een fiets staat tegen het hek ernaast.

Het is midden in de nacht en ik had verwacht dat het huis in stilte gehuld zou zijn. Maar achter het gordijn brandt nog licht. Ik blijf staan als ik ineens de moed verlies. 'Misschien was dit een vergissing.'

'Dat wilde ik je al eerder zeggen. Als papa je ziet...' Luc duwt me in de lage struiken naast het hek. De fiets valt rinkelend op de grond. Voordat ik me kan verstoppen gaat de voordeur open en een man in een huisjasje verschijnt.

'Luc,' roept hij, turend in het donker. Hij is een oudere versie van zijn zoon, gerimpeld en met een kromme rug, maar met dezelfde blauwe ogen en gebeeldhouwde trekken. Misschien was hij in zijn jonge jaren knap geweest. 'Ben jij dat?' Ik hoor bezorgdheid in zijn stem, een vader die ondanks zijn fouten bezorgd is om zijn zoon – niet echt de boosdoener waar ik hem voor had gehouden. Vanuit het huis komt een geur van knoflook, misschien van coq au vin, vermengd met sigarenrook.

De burgemeester stapt de deur uit en tuurt in het donker. Als zijn ogen eraan gewend zijn, blijven ze op mij rusten. 'Jij bent dat circusmeisje,' zegt hij dan met iets van minachting. 'Wat wil je?'

Luc schraapt zijn keel. 'Een van hun artiesten is gearresteerd,' zegt hij.

De burgemeester verstart en ik denk even dat hij het zal ontkennen. 'De Russische clown.' Peter is veel meer dan dat, wil ik protesteren. Astrids echtgenoot, het hart van het circus.

'U kunt vast wel iets doen.' Luc klinkt smekend, hij vecht voor ons.

'Hij dreef de spot met het Reich,' stelt de burgemeester onbewogen vast. Hij klinkt kil. 'De Duitsers willen hem aanklagen wegens verraad.'

Ik zie Astrid voor me, hoor haar kreten toen ze Peter meenamen. 'Laat ons dan in elk geval bij hem,' waag ik te zeggen.

De burgemeester trekt zijn wenkbrauwen op, verbaasd omdat ik iets zei. 'Dat is uitgesloten.'

Hij wordt vader, wil ik zeggen, om een beroep te doen op de burgemeester die zelf een zoon heeft. Maar ik heb gezworen haar geheim niet te verraden en ik betwijfel of het de burgemeester tot andere gedachten zou brengen. 'Onze circusdirecteur is vannacht overleden en we hebben Peter nu meer dan ooit nodig. Alstublieft...' smeek ik, tevergeefs zoekend naar de juiste woorden.

'Het is niet aan mij,' antwoordt de burgemeester. 'Hij is meegenomen naar het oude legerkamp in een buitenwijk en morgen wordt hij in alle vroegte weggevoerd.'

Luc kijkt bedroefd. 'Ik dacht dat ze dat kamp niet meer gebruikten.'

'Dat klopt,' antwoordt zijn vader met een harde klank in zijn stem. 'Alleen nog voor speciale gevallen.'

'Papa, doe iets,' probeert Luc nogmaals. Ik zie nu de jongen die zijn vader had verdedigd, zelfs na de vreselijke dingen die hij had gedaan.

'Dat kan ik niet,' zegt de burgemeester vlak.

'Wilt u zelfs niet iets voor uw zoon doen?' vraagt Luc. Zijn stem heeft ineens aan kracht gewonnen. 'Waarschijnlijk is dat ook niet verbazingwekkend nadat u uw eigen inwoners hebt verraden.'

'Hoe durf je?' brult hij. 'Ik ben je vader.'

'Mijn vader hielp mensen. Mijn vader zou nooit werkeloos hebben toegezien hoe onze vrienden en buren werden gearresteerd. En hij zou nu iets hebben gedaan om te helpen. U bent mijn vader niet,' barst Luc uit, en ik vraag me af of hij te ver is gegaan. 'Als mama er nog was...'

'Genoeg!' schreeuwt de burgemeester, en zijn stem doorklieft de stille nachtlucht. 'Je hebt geen idee wat ik heb gezien, welke keuzes ik heb moeten maken om je te beschermen. Als je moeder hier was, zou jij je moeten schamen. Je hebt je nooit zo gedragen.' Zijn blik schiet in mijn richting. 'Dat komt zeker door haar, dat onopgevoede circusgepeupel.'

Luc loopt naar voren en stelt zich op tussen zijn vader en mij. 'Zoiets zeg je niet over Noa.'

'Het doet er niet toe,' zegt zijn vader terwijl hij een wegwerpgebaar in mijn richting maakt. 'Ze zijn binnenkort toch weg. Nu moet je binnenkomen, Luc.'

'Nee,' zegt Luc terwijl hij zijn vader recht aankijkt. 'Ik kan hier niet meer blijven.' Hij draait zich om naar mij. 'Kom mee.'

'Luc, wacht!' roept de burgemeester, die van verbazing zijn stem verheft.

'Tot ziens, papa.' Luc pakt mijn hand en leidt me weg van de villa, waar de burgemeester alleen in de deuropening achterblijft.

'Weet je zeker dat je dit wilt?' vraag ik als we het hek uit lopen. Luc loopt door met zijn blik naar voren gericht. Hij neemt zulke grote stappen dat ik mijn best moet doen om hem bij te houden.

We komen aan bij de rand van het bos. 'Wacht.' Ik blijf staan. 'Weet je het zeker? Als je terug moet, begrijp ik dat. Hij is per slot van rekening je vader.'

'Ik ga niet terug.'

'Bedoel je helemaal niet meer?' Hij knikt. 'Maar waar ga je dan naartoe?' Mijn bezorgdheid om hem neemt toe.

Luc geeft geen antwoord, maar neemt me in zijn armen en drukt zijn lippen hard op de mijne, alsof hij wil uitwissen wat er zojuist is gebeurd. Ik beantwoord zijn kus en verlang naar die avond toen we samen waren en er nog niets was gebeurd.

Dan maakt hij zich los. 'Het spijt me, Noa,' zegt hij.

Heel even denk ik dat hij het over de kus heeft. 'Van Peter?' vraag ik. 'Dat is niet nodig. Je hebt geprobeerd...'

'Niet alleen dat. Alles.' Hij kust me nog eens. 'Tot ziens, Noa.' Dan loopt hij de andere kant op, tussen de bomen door, en laat me achter.

# 20

## Noa

De volgende dag vindt de begrafenis plaats op een veel te zonnige ochtend op het plaatselijke kerkhof, een verzameling grafstenen langs dezelfde heuvelweg in Thiers waar we overheen waren gekomen op de dag van onze aankomst. Het graf van Herr Neuhoff ligt afgezonderd onder een overhangende wilg. Als ik naar de dichte eiken kist kijk, stel ik me voor hoe hij daarin ligt, levenloos, grauw en wasachtig in zijn prachtige directeurspak. Hij hoort hier niet. Hij zou in Duitsland moeten liggen, naast zijn vrouw. Maar nu blijft hij voor altijd hier. Ik word overspoeld door verdriet. Hij was alles voor ons geweest, hij had ons beschermd. En nu is hij er niet meer.

Uiteindelijk was het zijn gezondheid die hem het leven had benomen. Zijn hartkwaal was verergerd waar we bij waren, ook al had hij zijn best gedaan om het voor ons verborgen te houden om ons niet ongerust te maken. De spanning om het circus aan de gang te houden had het er niet beter op gemaakt. We werden allemaal te veel in beslag genomen door onze eigen zorgen om het op te merken. Daarna was de onenigheid met de politie de laatste druppel geweest. Althans, zo dachten we. We zouden het nooit echt weten.

We staan onzeker rond de kist. Iemand zou iets moeten zeggen over de weldoener die zoveel voor ons heeft betekend. Maar er is geen voorganger; Peter is er niet meer, en Astrid is er niet toe in staat. Vooraan, aan de rand van het graf, staat Emmet alleen, de tranen stromen over zijn pafferige wangen. De rest van het circusvolk blijft op afstand, en ik kan niet anders dan medelijden met hem hebben.

Als de doodgravers de kist laten zakken, onderdruk ik een kreet. Ik wil de kist nog een keer aanraken, alsof ik daarmee de tijd een paar dagen terug zou kunnen draaien, toen alles nog in orde was. Astrid stapt naar voren en werpt een handje aarde op de kist. Ik volg haar voorbeeld terwijl ik de zware, aardse lucht inadem en de donkerte daarbeneden voel. Hoewel ik nooit eerder een begrafenis heb meegemaakt, heeft het ritueel iets vertrouwds. Ik staar in het donkere gat. Dank u, zeg ik in stilte tegen Herr Neuhoff. Omdat u Theo en mij hebt gered. Voor alles. In mijn hele leven is er nooit iemand geweest die meer voor me heeft gedaan. Ik stap achteruit en veeg de aarde van mijn handen af, dan vlecht ik mijn vingers in die van Astrid.

Terwijl ik de brok in mijn keel wegslik, kijk ik vanuit mijn ooghoek naar Astrid. Ze is bleek en haar ogen zijn hol. Maar ze heeft niet gehuild. Hoe kan dat? Een paar dagen geleden begon ze aan een leven met Peter. Nu is alles weg. Ze schokt en ik sla mijn arm om haar heen, verbonden door ons verdriet. Mijn ogen branden en ik knipper mijn tranen weg. Astrid heeft zoveel voor me gedaan, me zo beschermd. Nu is het mijn beurt om sterk te zijn voor haar. Ik sla mijn arm iets steviger om haar schouders.

Dan is de begrafenis voorbij en we beginnen aan de lange, trage wandeling terug naar het circusterrein. In de verte slaat de kerkklok elf keer. Ik kijk voor de laatste keer om naar de begraafplaats.

Als we aan de rand van de stad zijn, zie ik wagens en vrachtauto's de steile weg naar het marktplein op gaan, en kinderen die rustiger naar school wandelen dan ze vroeger deden. Waar is Luc, vraag ik me af. Zelfs nu kan ik er niets aan doen dat ik aan hem denk en aan zijn voorstel om er samen vandoor te gaan. Even had ik, ondanks mijn weigering, een glimpje hoop op een leven dat we samen zouden hebben gehad. Nu lijkt ook dat, net als al het andere, verdwenen.

Sinds de nacht van Peters arrestatie heb ik hem niet meer gezien, en er zat geen briefje in de bus toen ik twee dagen geleden keek. Ik verwachtte half dat hij op de begrafenis zou komen om zijn medeleven te betuigen, maar dat had hij niet gedaan. Misschien voelde hij aan dat hij niet welkom zou zijn of dat Astrid hem misschien weer verantwoordelijk zou stellen voor alles wat er was gebeurd.

Als we bij het circusterrein komen, gaan we niet terug naar de trein, maar lopen we als weeskinderen rond over het achterveld. 'We moeten eigenlijk repeteren voor de voorstelling,' zegt Gerda. Ik was het bijna vergeten: het is dinsdag en dan treden we 's avonds op. De kaarten zijn al verkocht en er komen veel mensen.

'Maar we hebben geen spreekstalmeester,' voert een van de paardrijdsters aan. Er wordt geknikt. Een voorstelling zonder Herr Neuhoff is bijna ondenkbaar. Ooit had Peter hem kunnen vervangen, maar ook hij is er niet meer.

'Ik kan het wel doen,' zegt Emmet. Alle blikken gaan behoedzaam zijn kant op. Hij heeft niet de persoonlijkheid om een menigte te boeien. Ik heb hem nog nooit een voet in de piste zien zetten. Maar we hebben geen keus. 'Het is nog maar één dag voordat we vertrekken,' gaat hij verder. 'Daarna kunnen we iets anders bedenken.'

'Eén dag?' vraagt Helmut, de dompteur. 'Hoe bedoel je? We zouden pas vrijdag naar de volgende stad gaan.' Ik herinner me dat Astrid me vertelde dat we drie weken in Thiers zouden blijven voordat we verder zouden trekken, en dat duurt nog dagen.

'Vanavond na de voorstelling breken we op,' antwoordt Emmet. 'We halen de hele boel neer. En we gaan niet naar de volgende stad.' Mijn haren staan overeind. 'We gaan terug naar een plek in de buurt van Straatsburg. In Elzas-Lotharingen.' Hij brengt het slechte nieuws alsof het een troefkaart is.

Iedereen schrikt. Vanavond. Het woord gonst door mijn hoofd. Emmet had ons wel verteld dat het circus moest terugkeren, maar ik had nooit verwacht dat het al zo gauw zou zijn. Ik draai me voor steun om naar Astrid, maar zij staat er als verlamd bij, alsof ze het niet heeft gehoord.

'Elzas,' mompelt een van de acrobaten. 'Dat zou net zo goed Duitsland kunnen zijn.'

Ik herinner me dat Astrid me had verteld dat Herr Neuhoff er alles aan deed om een manier te vinden om in Frankrijk te blijven. 'Kunnen we bezwaar maken?' waag ik.

Emmet schudt zijn hoofd. 'Mijn vader heeft geprobeerd iets aan die verordening te veranderen voordat dit allemaal gebeurde. Ons verzoek werd afgewezen.' Na Peters arrestatie en alles wat er is gebeurd, is er geen uitstel. En Emmet is geen vechter; hij zou altijd de weg van de minste weerstand kiezen. We kunnen er niet op rekenen dat hij nog een verzoek indient. 'Dus we gaan in Elzas optreden.'

Ik voel me gespannen van angst. Ik kan niet met Theo terug naar een plek zo dicht bij Duitsland. Dat zou veel te gevaarlijk zijn. Ik kijk naar de heuvels in het zuiden en stel me voor hoe het zou zijn om met Theo te vluchten. Maar ik zou Astrid niet in de steek kunnen laten, nu al helemaal niet.

'En de steden die we in Frankrijk hebben geboekt dan?' vraag ik. Alle hoofden draaien mijn kant op. 'Als we daar afzeggen, worden we volgend jaar niet meer gevraagd. Denk eens aan het geld dat we verliezen.'

'Volgend jaar?' zegt Emmet spottend terwijl hij achter zich gebaart. 'Het circus is ten dode opgeschreven, Noa. Er is geen geld. We zijn onze spreekstalmeester kwijt en de Duitsers hebben een van onze beste artiesten weggehaald.' Een gesmoord geluid, niet echt een snik, blijft in Astrids keel steken. Emmet vervolgt: 'Ze zijn ons tot op zekere hoogte ter wille geweest. Maar of het nu gebeurt of over een paar maanden, dit is het einde. Hoeveel langer dacht je dat dit door zou kunnen gaan?'

'Wij moeten door blijven gaan,' zegt Astrid. Het is voor het eerst sinds voor de begrafenis dat ze iets zegt en haar stem heeft aan kracht verloren.

'Om jouw leven te redden?' zegt Emmet scherp.

'Om het leven van ons allemaal te redden,' kom ik tussenbeide, 'ook dat van jou. Weet je wat de Duitsers doen met personen die mensen laten onderduiken?' Ik stap naar achteren uit angst dat ik meer heb gezegd dan verstandig is.

Emmet zet grote ogen op. 'We gaan daarheen waar we de rest van het seizoen hebben afgesproken,' zegt hij iets milder. 'Op zijn minst zolang we het financieel redden. Papa heeft niet veel nagelaten.'

Er klinkt geroezemoes onder de artiesten. Natuurlijk zijn we verdrietig om Herr Neuhoff, en dat zal nog lang duren. De leegte die hij achterlaat is groot. Maar er is ook een praktische kant: hoe moet het circus zonder hem verder? Zou dat lukken?

'Je vader had toch wel een levensverzekering?' vraagt Helmut.

Alle ogen kijken verwachtingsvol naar Emmet, die ongemakkelijk heen en weer schuifelt. 'Ik geloof dat mijn vader die afgelopen winter heeft moeten verzilveren. We hadden het geld nodig om alle onkosten te betalen.'

'Wat hij zegt klopt,' zegt Astrid rustig. Maar goed ook, denk ik. Het geld zou anders naar Emmet zijn gegaan, en die zou het niet aan het circus hebben besteed.

'Maar er is een testament,' vervolgt Astrid. Jaloezie tekent zich af in Emmets ogen – hij was niet zo goed als Astrid op de hoogte van zijn vaders zaken. 'Daar staat in dat het circus niet wordt verkocht.' Achter me haalt iemand opgelucht adem. Niemand zou in deze tijden het circus kopen, maar als dat wel zo was, zou Emmet het hebben verkocht en er met de winst vandoor zijn gegaan.

'Dat is belachelijk!' stuift Emmet op. Hij was ervan uitgegaan dat wat er over was voor hem zou zijn, dat hij vrij spel zou hebben. Dit had hij niet verwacht.

'En er wordt in bedongen dat alle artiesten aanblijven, tenzij er sprake is van wangedrag,' gaat Astrid door.

'Ik hoef in elk geval één artiest minder te betalen,' zegt Emmet kil, en na die laatste klap slaat hij zijn armen over elkaar.

Astrid lijkt verslagen en zegt niets terug. Ik wil mijn arm om haar heen slaan maar ze schudt me af en loopt weg. 'Niet doen,' zeg ik terwijl ik haar achterna ga. Ze heft een arm om me bij haar vandaan te houden.

'Ik heb voor iedereen een laat ontbijt geregeld,' zegt Emmet, die kennelijk de discussie wil beëindigen.

Zonder iets te zeggen lopen we naar de eettent. De geur van gebakken worst en verse koffie prikkelt mijn neus. Binnen hebben de keukenhulpen die tijdens de begrafenis waren achtergebleven een uitgebreider ontbijt gemaakt dan ik sinds ons vertrek naar Frankrijk heb gezien, met eieren en zelfs wat echte boter – een troostmaal. Ik neem in stilte waar wat er op tafel staat en bekijk zoals altijd de hapjes die ik misschien mee kan nemen voor Theo.

'Wat een hoop eten,' zeg ik tegen een van de diensters die de schaal met gebakken aardappels opnieuw vult. 'Het zou dwaas zijn om het nu allemaal te verspillen, nietwaar?'

'We hebben geen tijd om het in ijs te verpakken als we over een paar uur vertrekken,' zegt ze. 'Daarom moeten we alles wat kan bederven opeten.'

Ik neem zelf brood met eieren en ga ermee aan een leeg tafeltje zitten. Emmet komt langs om een bord op te scheppen, zijn eetlust is niet afgenomen door verdriet. Hij gaat zitten zonder het te vragen. Ik ben niet meer met hem alleen geweest sinds hij me op de bruiloft aansprak, en even overweeg ik om op te staan en weg te lopen. Dan herinner ik me zijn verdriet tijdens de begrafenis. 'Het is een zware dag,' zeg ik om aardig te zijn.

'En het wordt nog veel zwaarder,' antwoordt hij kortaf. 'In Elzas zal er wel wat veranderen. We zullen de meeste werkkrachten moeten laten gaan.' De mannen maken deel uit van het circus en elk jaar melden ze zich trouw in ruil voor vast werk, een belofte waar beide partijen zich aan houden. Hoe kan hij dit doen?

'Ik dacht dat er in je vaders testament stond dat iedereen moet blijven,' merk ik op.

'Dat sloeg alleen op de artiesten,' snauwt hij.

'Maar je vader bedoelde vast en zeker...'

'Mijn vader is er niet meer,' valt hij me in de rede. 'We kunnen niet iedereen betalen. We gaan op de locatie wel hulp zoeken.' Zojuist had ik nog medelijden met Emmet. Nu verdwijnt mijn goede wil. De radertjes in zijn hoofd draaien rond om het circus van talent te ontdoen en zo de meeste winst op te strijken met zo weinig mogelijk werk. Zijn vader ligt nog maar koud in zijn graf of Emmet maakt alles kapot. Hij rouwt misschien wel oprecht om zijn vader, maar hij gebruikt het ook als excuus om zo hard op te treden als hem uitkomt. 'We redden het met half zoveel mensen als iedereen een handje helpt,' gaat hij verder. Uit die opmerking blijkt dat hij amper weet wat we doen. Zelfs ik begrijp hoeveel mankracht en expertise ervoor nodig zijn.

Ik kijk om in de richting van de trein. Was Astrid maar hier om Emmet tegen te spreken. Dan herinner ik me haar vermoeide gezicht en haar zwakke stem. In haar huidige toestand zou ze dat niet kunnen. 'Wanneer vertel je het hun?' vraag ik.

'Pas als we in Elzas zijn. De werkmannen kunnen tot dat moment aanblijven.' Emmet brengt het alsof hij daarmee de werkkrachten een plezier doet. Maar het is niet voor hun bestwil: hij wil dat ze het circus afbreken – en dat hij daarvan op aankan.

'En hun contract dan?'

'Contract?' herhaalt Emmet spottend. 'Alleen de artiesten hebben een contract.'

Ik ga niet verder met hem in discussie. Mijn ogen dwalen door de eettent naar de tafels van de werkmannen, waar een magere grijsaard zijn bord schoonveegt, met opgetrokken schouders. Ik herinner me het verhaal over de Joodse ambachtsman dat Astrid me had verteld, de man die Herr Neuhoff had laten onderduiken. Nu Herr Neuhoff dood is en Emmet de mannen ontslaat, zou deze man geen schuiladres meer hebben. Evenmin als Astrid of wie dan ook.

'Sommige van die mensen hebben geen thuis waar ze naartoe kunnen,' zeg ik, met opzet vaag.

'Je bedoelt zoals die oude Jood?' vraagt Emmet bot. Ik kan mijn verbazing niet verbergen. 'Ik weet het van hem,' vervolgt hij.

Ik betreur meteen wat ik heb gezegd – maar ik kan het nu niet meer terugdraaien. 'Als je het hem vertelt voordat we vertrekken, heeft hij misschien nog een kans om te vluchten.'

'Vluchten? Hij heeft geen papieren.' Emmet buigt zich naar me toe en ik ruik zijn hete, zure adem als hij fluistert: 'Ik vertel hem en de andere werkkrachten niets. En als je leven je lief is zou ik dat ook maar niet doen.' Hij probeert niet eens zijn dreigement te verhullen. Er loopt een koude rilling over mijn rug. Emmet zou niet aarzelen om iemand – ook mij – voor de wolven te gooien als hem dat uitkwam.

Ik kan het niet langer aanhoren en sta op. Het servet waar ik een paar eieren en brood voor Theo in heb verpakt, stop ik in mijn zak. 'Excuseer me,' zeg ik, en ik loop naar de trein.

Als ik het terrein oversteek, kom ik langs Drina, de waarzegster, die onder een andere boom zit dan de vorige keer dat ik haar zag. Ze glimlacht flauwtjes en steekt haar tarotkaarten in de lucht. Maar ik schud mijn hoofd. Ik wil niets meer over de toekomst weten.

Die avond is het publiek nog bezig het terrein te verlaten als de werkmannen beginnen met afbreken. Anders dan het oprichten van de tent is het neerhalen ervan een anticlimax, iets wat niemand wil zien. Palen vallen stuk voor stuk rinkelend op elkaar en het doek zakt ineen als een parachute die op de aarde opbolt. De reusachtige tent, eens vol mensen en vrolijkheid, is verdwenen, alsof hij er nooit is geweest. Ik stap over weggegooide programmaboekjes en vertrapte popcorn die overal op de grond ligt. Wat zal hier komen als wij weg zijn?

Ik bekijk het troosteloze tafereel en speur weer naar Astrid. Ze was niet naar de voorstelling gekomen. Toen ik me voorbereidde op mijn optreden had ik rondgekeken in de hoop haar te zien. Maar ze was de hele avond niet uit de trein tevoorschijn gekomen. Het was voor het eerst dat ik optrad zonder dat ze in de buurt was en ik voelde me hulpeloos, alsof het vangnet op de een of andere manier was weggehaald. Nu Herr Neuhoff er niet meer was, had ik haar meer dan ooit nodig.

Gerda loopt naar me toe. 'Kom mee,' zegt ze. 'We moeten ons omkleden en klaarmaken voor het vertrek.' Zoveel woorden heeft ze nog nooit tegen me gezegd sinds ik bij het circus ben, en ik vraag me af of ze aanvoelt hoe verloren ik ben zonder Astrid.

'Wanneer vertrekken we?' vraag ik als we teruglopen naar de trein.

'Over een paar uur,' antwoordt Gerda. 'Ze zijn pas klaar met afbreken als wij slapen. Maar Emmet heeft iedereen opgedragen aan boord te blijven.'

Een paar uur nog tot we Thiers definitief verlaten. Luc komt in mijn gedachten. Ik had geen kans gezien hem te vertellen dat we vertrekken of om afscheid te nemen. Ik kijk verlangend om naar de stad, terwijl ik me afvraag of er nog tijd is om Luc op te zoeken. Ik zou er ongezien even tussenuit kunnen, maar ik zou niet naar het huis van Lucs vader durven gaan na alles wat er was gebeurd, en ik weet niet waar ik hem anders zou kunnen vinden.

In de kleedwagon trekken de meisjes stilletjes hun kostuum uit en verwijderen hun make-up, zonder de opwinding die er heerste toen we uit Darmstadt vertrokken. Als ik me heb omgekleed, loop ik terug naar de slaapwagon. Daar verwacht ik Astrid, zoals zo vaak, met Theo. Maar hij is bij Elsie.

Ik pak Theo van haar over. 'Waar is Astrid?'

'Ze is niet teruggekomen,' antwoordt Elsie.

'Niet?' herhaal ik. Toen ze niet bij de voorstelling was komen kijken, was ik ervan uitgegaan dat ze in bed was gebleven, zoals ze vaker deed sinds Peter was gearresteerd.

'Ze is hier sinds het begin van de voorstelling niet meer geweest,' zegt Elsie. 'Ik dacht dat ze bij jou was.'

Ik tuur uit het raampje van de slaapwagon. Waar was Astrid naartoe? Ik had haar tijdens de voorstelling niet gezien, en ook niet op het terrein toen ze de tent gingen afbreken. Ik loop met Theo de trein uit en kijk langs alle rijtuigen naar de voorkant van de trein, maar Astrid zie ik niet. Ze zal niet ver weg zijn nu we bijna vertrekken. Tenzij ze een laatste wanhopige poging doet om Peter te vinden. Ik kijk in de richting van de stad en mijn ongerustheid neemt toe.

Rustig, vermaan ik mezelf. Zelfs in haar huidige toestand zal Astrid hebben geweten dat dat onmogelijk was. Mijn ogen gaan naar het andere deel van de trein, de achterkant, en het laatste rijtuig dat van Herr Neuhoff was geweest. Als ik het rijtuig daarvoor zie, begrijp ik het. Astrid is niet weggegaan, maar ze is op de plek waar ze zich het dichtst bij Peter voelt. Ik loop naar zijn wagon.

Ik tref haar aan in Peters onopgemaakte bed, in elkaar gedoken, met haar gezicht naar de wand. Ze grijpt het laken met beide handen vast. 'Astrid…' Ik ga opgelucht naast haar zitten. 'Ik kon je niet vinden, en ik dacht…' Ik maak mijn zin niet af, maar leg mijn hand op haar schouder en trek haar voorzichtig naar me toe, in de verwachting eindelijk tranen te zien. Maar haar gezicht is gesloten, haar blik wezenloos. Ondanks de kou staat er wat zweet op haar bovenlip.

Mijn ongerustheid neemt weer toe. 'Astrid, gaat het slechter? Ben je weer gaan bloeden?'

'Nee, natuurlijk niet.'

Ik voel aan haar voorhoofd. 'Je bent nog steeds warm.' Ik had doortastender moeten optreden toen ze geen arts wilde, maar nu is er geen tijd meer voor.

Ik leg Theo bij Astrid en ga naast hen liggen. Ik ruik Peter in de vuile lakens en probeer niet te denken aan de nachten die hij en Astrid hier hebben doorgebracht. Ik wil haar zeggen wat Emmet me over de werkmannen heeft verteld, maar ik kan haar daar nu niet mee lastigvallen. Even later wordt haar ademhaling gelijkmatig en ik zie dat ze slaapt.

Theo ligt naast haar te woelen, hij komt niet tot rust in deze onbekende ruimte. Er klinkt een harde bons en het hele rijtuig gaat heen en weer, alsof er iets heel zwaars in het rijtuig ernaast wordt gegooid. 'Niets aan de hand,' zeg ik, meer tegen mezelf dan tegen hem. Ik druk mijn hand zacht tegen zijn rug en draai kalmerend rondjes. Zijn oogleden beginnen te fladderen, elke keer blijven ze iets langer dicht terwijl hij in slaap valt.

Als Theo rustig slaapt, draai ik me om en denk aan Luc. Hij zou er natuurlijk achter komen dat ik vertrokken ben, maar pas als het te laat is. Zou hij er ook achter komen waar ik naartoe ben gegaan? Ooit had hij beloofd me te vinden, maar ik zou niet weten hoe. We zullen honderden kilometers ver weg zijn.

Ik ga rechtop zitten en kijk uit het raam naar de vertrouwde aanblik van het terrein, het bos dat naar het stadje leidt. We zijn nog hier. Ik kan de trein uit gaan, Luc laten weten dat we vertrekken, en nog op tijd terug zijn zonder dat iemand het merkt. Of misschien kan ik zelfs Theo meenemen en voorgoed met Luc weggaan, bedenk ik als ik me zijn voorstel herinner. Maar waar zouden we heen moeten? We hebben geen papieren om de grens over te komen, geen geld voor eten en onderdak. Dan kijk ik naar

Astrid. Ook al zou het kunnen, ik zou het niet durven. Ik doe mijn ogen dicht.

Even later zet de trein zich met een flinke schok in beweging. Ik ga weer zitten en kijk door het raam naar het zuidoosten, en stel me voor dat de vrijheid maar een paar honderd kilometer hiervandaan in Zwitserland is. Naast me gaat Astrids borstkas in haar diepe slaap regelmatig op en neer. Mijn lot is nu met het hare verbonden, wat er ook gebeurt.

De trein maakt meer snelheid en Thiers lijkt kleiner te worden, weg te zakken in de aarde. En dan is het stadje verdwenen. Ik raak de ruit aan op de plek waar het zojuist nog was, waar ik Luc achterlaat – en onze kans op vrijheid.

# 21

## Astrid

Het knerpen van een deurknop, handen die tegen hard hout duwen. In mijn droom ben ik terug in het winterverblijf en Peter komt me vertellen dat hij iemand heeft gevonden in het bos bij Darmstadt. Als ik mijn ogen open, zie ik dat het Noa is die haastig de kleine ruimte binnenkomt die we vijf dagen delen sinds we in Elzas zijn. Ik doe mijn ogen dicht om het beeld van vroeger weer op te roepen.

'Astrid?' Noa's dringende stem rukt me weg uit mijn herinnering. Ik draai me om. Ze tuurt door het smerige raam, haar lichaam is gespannen en ze ziet bleek. 'Je moet opstaan.'

'Zijn ze er weer?' vraag ik terwijl ik met moeite rechtop ga zitten. Voordat ze kan antwoorden, klinkt er buiten luid gedruis van agenten die met veel lawaai de wagons en tenten inspecteren. Ooit zou ik misschien weggerend zijn om me te verstoppen. Maar hier is geen schuilplaats. Laat ze me maar meenemen, denk ik.

Er wordt hard op de deur gebonsd, we schrikken allebei. Ik grijp mijn ochtendjas. Theo slaakt een kreetje. Als Noa opendoet, staan daar twee SS-officiers. Altijd twee, besef ik. Behalve natuurlijk in de nacht dat ze Peter hadden meegenomen.

'*Wer ist da?*' brult een van de mannen, de langste en magerste van de twee. Wie is daar?

'Ik ben Noa Weil.' Het lukt haar om te spreken zonder trilling in haar stem.

De officier gebaart naar mij. 'En zij?'

Een korte aarzeling. 'Ik ben Astrid Sorrell,' zeg ik als Noa zwijgt. 'Nog precies hetzelfde als toen jullie daar twee dagen geleden naar vroegen.' Ik kan het niet laten om dat erbij te zeggen. Welk verschil denken ze elke keer aan te treffen?

'Wat zeg je?' vraagt hij dreigend. Noa werpt me een vernietigende blik toe.

'Niets,' mompel ik. Het is niet verstandig om ze tegen ons in het harnas te jagen.

De andere officier doet een stap naar binnen. 'Is ze ziek?' Hij knikt in mijn richting.

Ja, wil ik zeggen. De nazi's staan erom bekend dat ze bang zijn voor ziekte. Als ze denken dat het besmettelijk is, laten ze ons misschien met rust. 'Nee,' zegt Noa vastberaden voordat ik iets kan zeggen. Haar blik schiet nerveus mijn kant op.

'En het kind?' vraagt hij.

'Mijn broertje,' zegt Noa overtuigend. De leugen komt er inmiddels als vanzelf uit. 'Zijn papieren zijn ook hier.'

'Hebt u dorst, heren?' biedt Noa vervolgens aan voordat hij verder vraagt. Ze reikt achter haar bed en haalt een halve fles cognac tevoorschijn. Ik wist niet dat ze die had.

De ogen van de man worden groot, daarna knijpt hij ze halfdicht. Het is een ingecalculeerd risico: laat hij zich omkopen of zal hij haar beschuldigen van het stelen of hamsteren van drank? Hij pakt de fles aan en loopt naar de deur, met zijn kleinere collega in zijn kielzog.

Als ze weg zijn, sluit Noa de deur. Ze pakt Theo op en laat zich op het bed naast me zakken. 'Ik had niet gedacht dat ze zo kort na de laatste keer terug zouden komen,' zegt ze geschrokken.

'Bijna elke dag, met de regelmaat van de klok,' zeg ik terwijl ik door het raam van het huisje kijk waar we sinds onze aankomst logeren. In Elzas, het zwaarst getroffen gebied, is elke schijn van normaal leven verdwenen. Aan de overkant van een smalle rivier ligt Colmar, waar het ooit fraaie stadsaanzicht van renaissancekerken en houten huizen na de luchtaanvallen is afgebrokkeld, en waar de bomen die anders begin mei in bloei zouden staan, als takken doormidden zijn geknakt. Duitse trucks en Kübelwagens staan langs de wegen.

'Die cognac,' zeg ik. 'Waar had je die vandaan?'

Een schuldbewuste trek verschijnt op Noa's gezicht. 'Uit de wagon van Herr Neuhoff. Emmet doorzocht laatst zijn spullen en nam mee wat hij wilde. Ik dacht niet dat hij het zou merken.'

'Slim bedacht.' Godzijdank heeft ze hun geen eten aangeboden – de rantsoenen zijn verminderd tot maar een fractie van wat ze in Thiers waren; we hebben amper genoeg voor onszelf en Theo.

'Maar nu is er niets meer,' zegt Noa zorgelijk. 'De volgende keer verwachten ze het weer.'

'We bedenken wel iets,' zeg ik. Ik ga weer liggen, mijn keel is geïrriteerd door de wolk rook en kolenstof die voortdurend in de lucht lijkt te hangen. Het huisje, net groot genoeg voor Noa, Theo en mij, heeft meer weg van een tent, met een dak dat lekt en een vloer die voor het grootste deel uit zand bestaat. We kunnen niet in de trein slapen zoals in Thiers, uit angst dat de Britse RAF-piloten de spoorwegen bombarderen. Dus zijn we in de lage huisjes getrokken, niet veel meer dan hutten zonder sanitair, ooit gebruikt als werkruimte voor arbeiders van de nabijgelegen mijn. Niet dat het er veel veiliger is. Het circusterrein ligt vlak bij de grote weg en militaire voertuigen rijden daar de hele nacht dreunend overheen, waardoor het ook een uitgelezen doel is voor de luchtaanvallen. De afgelopen nacht vielen de bommen zo dichtbij dat ik Noa en Theo onder mijn veldbed trok waar we tot zonsopkomst dicht tegen elkaar aan lagen op de koude aarde.

Het is bijna een week geleden dat Peter werd gearresteerd en god weet waarnaartoe is gebracht. Ik zie het nu voor me als ik wakker ben, als een nachtmerrie die ik niet kan uitwissen. Herr Neuhoff is er ook niet meer, hij is achtergelaten in een graf op de heuvel in Auvergne. Ik sla mijn armen om mijn buik terwijl ik de leegte ervaar en treur om alles wat nooit meer terugkomt. Na Erich en mijn ouders had ik gedacht dat ik alles kwijt was, dat niets meer me kon worden afgenomen. Maar dit, de laatste klap, is te veel. Ik had weer durven hopen, tegen elke belofte die ik had gemaakt toen ik uit Berlijn wegging. Ik had te veel vertrouwen gehad. En nu betaal ik daar de prijs voor.

Noa legt haar hand op mijn voorhoofd. 'Geen verhoging,' zegt ze duidelijk opgelucht. God zegene haar, ze doet zo haar best om voor me te zorgen. Haar zorgzaamheid is echter een druppel water die de zee van leegte in mijn hart niet kan vullen.

Noa bukt zich en pakt mijn handen. 'Astrid, ik heb goed nieuws.'

Even springt mijn hart op. Misschien heeft ze iets van Peter gehoord. Maar dan dringt de realiteit tot me door. Kan ze de doden levend maken? De tijd terugdraaien? Ik maak me los. 'Er is geen goed nieuws meer.'

'Emmet zei dat je weer mag optreden.' Dan zwijgt ze en ze kijkt me aan. Verwacht ze dat ik opspring van blijdschap en mijn trainingspak ga aantrekken? Ooit was terugkeren in de trapeze het enige wat ik wilde. Maar nu doet het er niet meer toe.

'Laten we gaan oefenen,' dringt Noa aan, nog steeds een en al positiviteit. Het helpt niet, maar ik waardeer haar zorgzaamheid. 'Astrid, ik weet hoe zwaar dit is. Maar er verandert niets als je hier blijft liggen. Waarom ga je niet weer de trapeze in?'

Waarschijnlijk omdat het doen van de dagelijkse dingen me het gevoel geeft dat ik accepteer dat Peter er niet meer is. Het voelt als verraad. 'Wat heeft het voor zin?' vraag ik ten slotte.

Noa aarzelt. 'Astrid, je moet je bed weer uit.'

'Waarom?'

Ze kijkt weg, alsof ze het niet wil zeggen. 'Herinner je je Yeta nog?'

'Natuurlijk.' Yeta had haar val overleefd en was naar een ziekenhuis gebracht in de buurt van Vichy om te herstellen. Ik word ineens onrustig. 'Wat is er met haar?'

'Ik heb Emmet naar haar gevraagd voordat we uit Thiers vertrokken en hij zei dat ze teruggestuurd werd naar Darmstadt voor het laatste deel van haar herstel. Maar toen hoorde ik de werklui fluisteren dat ze uit het ziekenhuis was weggehaald en in een trein naar het oosten was gezet.' Noa heeft haar stem gedempt.

'Gearresteerd?' vraag ik. Net als Peter. Noa knikt. 'Niemand wordt gearresteerd vanwege een gebroken been, Noa. Dat is belachelijk. Ze heeft niets verkeerds gedaan.' Maar terwijl ik het zeg, twijfel ik aan mijn eigen woorden. Tegenwoordig kan iedereen overal voor worden gearresteerd – of helemaal nergens voor.

'Ze zeiden dat haar papieren niet langer geldig waren als ze niet kon optreden,' vervolgt Noa. 'Je moet beter worden, Astrid, voor ons allemaal.' Ik besef dat dit de reden was waarom Noa zo haastig tegen de Duitsers zei dat ik niet ziek was. Ze voelen het aan wanneer iemand zwak is en dat buiten ze graag uit. 'Kom alsjeblieft mee naar de piste. Als je je niet goed genoeg voelt om te oefenen, kom dan in elk geval kijken en zeg wat ik kan verbeteren.' Ze klinkt smekend.

'Optreden onder dreiging van een pistool,' zeg ik. 'Wat is daar voor leuks aan?' Het gaat nu echter niet om iets leuks, maar om overleven. En Noa heeft gelijk: hier liggen zal niets veranderen en Peter niet terugbrengen. Het circus, mijn nummer, dat is alles wat ik heb. 'Goed,' zeg ik en ik stap uit bed. Ze neemt Theo mee naar het huisje waar Elsie logeert. Ik grijp mijn trainingspak en houdt het tegen het licht, denkend aan de laatste keer dat ik het heb gedragen, toen ik Peters hand op de stof voelde. Mijn keel wordt dik. Misschien kan ik het toch niet. Maar ik trek het pakje aan. Als Noa terug is, laat ik me door haar meenemen.

We steken het terrein over. De werklui hebben hun best gedaan om alles neer te zetten, van de biertent tot de draaimolen, precies zoals in Thiers. Maar het terrein is waardeloos – een modderveld aan de rand van een verlaten steengroeve, oneffen en vol gaten van de gevechten die hier eerder in de oorlog hebben plaatsgevonden.

Als we bij de grote tent zijn, zie ik door de openstaande flap een glimp van de trapeze. Dan blijf ik staan. Hoe kan ik daar ooit weer vliegen in de wetenschap dat Peter me niet meer zal zien?

Noa pakt mijn hand. 'Astrid, toe.'

'Ik kan het wel,' zeg ik terwijl ik haar van me afschud.

Binnen zie ik dat het niet in orde is. De tent is slordig neergezet, zonder dat de grond is geëgaliseerd en met minder dan de helft van de werkkrachten, van wie de meeste uit de buurt komen en geen ervaring hebben. Wat zou Herr Neuhoff van zijn geweldige circus hebben gevonden nu het er zo armzalig bij staat? In zijn testament stond dat het circus door moest gaan, maar er zijn duizend details waar hij geen rekening mee had kunnen houden, over loon, woonomstandigheden en arbeidsuren en dergelijke. Het was makkelijk om Emmet er de schuld van te geven. De neergang van het circus was echter niet met hem begonnen; maanden of jaren geleden waren al de eerste scheurtjes ontstaan. Pas nu, in dit ellendige dorp, zonder iemand die de leiding heeft, worden de zwakke plekken goed zichtbaar.

Genoeg. Ik verman me. Nu het circus er zo slecht aan toe is, hebben Noa en de anderen me meer nodig dan ooit. Ik loop met nieuwe daadkracht verder, trek de flap van de tent opzij en kijk omhoog om de staat van de trapeze te bekijken. Een donkere, onbekende gestalte trekt mijn aandacht. Even denk ik dat een van de andere luchtacrobaten aan het repeteren is. Ik stap naar achter, nog niet klaar voor een confrontatie met een van de anderen.

Maar wie het ook is daarboven, hij beweegt niet, hangt alleen maar. 'Wat is dit?' Ik loop door om het beter te kunnen zien.

In het Spaanse Web, waarin ik heb opgetreden, hangt het levenloze lichaam van Metz, de klokkenmaker.

'Astrid, wat is er?' vraagt Noa als ik me op de grond laat zakken. Ik kan haar bijna niet horen boven het toenemende gezoem in mijn oren uit. 'Voel je je niet goed?' Haar blik is op mij gericht, niet op het gruwelijke beeld dat ik daarboven zie. 'Dit was geen goed idee. Ik breng je terug naar bed...'

'Roep de werkmannen,' draag ik haar op, maar terwijl ik het zeg, weet ik dat het te laat is. 'Ga, nu.' Ik wil dat ze de tent verlaat om haar de aanblik te besparen. Maar haar ogen volgen mijn blik naar boven en ze slaakt een ijzingwekkende kreet.

Ik pak haar bij haar schouders en duw haar de tent uit. 'Roep de werkmannen,' zeg ik weer, daadkrachtiger nu. 'Schiet op!' Alleen achtergebleven staar ik naar Metz. Een paar dagen eerder had ik

Herr Neuhoff zien sterven. Maar dit is anders. Metz stierf omdat hij een Jood was – en omdat hij dacht dat er geen hoop meer was. Dit had ik kunnen zijn. Ik blijf staan en ga in een moment van solidariteit met mijn hand naar de plek op mijn jas waar de ster had moeten zitten.

'In de grote tent!' hoor ik Noa buiten roepen. 'Schiet op alsjeblieft!'

Twee mannen stormen de tent in. Ik zie hoe ze de ladder op klimmen en naar de lange stok grijpen om daarmee Metz naar hen toe te trekken.

Ik word onpasselijk en omdat ik het niet langer kan aanzien draai ik me om. Noa rent binnen, gevolgd door Emmet. 'Verdomme,' vloekt hij.

'Moeten we de politie inschakelen?' vraagt Noa.

'Nee, natuurlijk niet,' snauwt Emmet. 'We moeten niet de aandacht van de politie trekken.'

'Maar als iemand hem heeft vermoord, moeten we dat aangeven,' protesteert ze feller dan ik van haar had verwacht tegen Emmet. Hij reageert niet, maar stormt de tent uit.

Ik leg mijn hand op haar schouder. 'Noa, niemand heeft hem vermoord. Hij heeft het zelf gedaan.'

'Wat?' Ik kijk haar aan als ze het tot zich laat doordringen.

'Je hebt vast wel eens van zelfdoding gehoord.'

'Ja, natuurlijk. Maar hoe weet je dat zo zeker?'

'Er is niets wat op een gevecht wijst,' leg ik uit. 'Ik zou alleen willen weten waarom.'

Noa's gezicht betrekt. 'Hij moet erachter zijn gekomen.'

'Waarachter?' wil ik weten.

Ze aarzelt en ik zie aan haar dat ze iets voor me verborgen heeft gehouden. 'Emmet zei dat hij de werkmannen zou laten gaan.'

‘Wat?’ Ik ben verbijsterd. Metz moest iets over Emmets plan hebben gehoord. Zonder familie en zonder kans op een schuilplaats had hij het opgegeven en zelf een eind aan zijn leven gemaakt zodat een ander dat niet kon doen. Hij had geen andere uitweg gezien.

‘Sorry dat ik het je niet eerder heb verteld,’ zegt Noa snel. ‘Emmet heeft me bedreigd als ik iets zou zeggen. En ik wilde je niet ongerust maken...’ Zonder naar de rest van haar uitleg te luisteren loop ik de tent uit.

Het gerucht heeft zich snel verspreid, werkmannen en artiesten hebben zich voor de tent verzameld. Ik loop om hen heen en tref Emmet helemaal achteraan, waar hij ongemakkelijk in zijn eentje staat. ‘Hoe kon je?’ wil ik weten. ‘We hebben die mensen nodig.’

Hij zet grote ogen op. ‘Je ligt al dagen in je bed en nu wil je me vertellen hoe ik hier de leiding moet nemen?’ snauwt hij me toe. ‘Je durft wel.’

‘Nee, jij durft, Emmet.’ Noa klinkt achter me. ‘Als jij het hun had verteld voordat we uit Thiers vertrokken, had die man misschien nog geleefd.’

‘Dit zijn niet jouw zaken,’ werpt hij tegen.

‘Ga jij het ze vertellen of ik?’ Noa’s opstandige houding brengt hem van zijn stuk.

De anderen komen dichterbij nu ze iets hebben opgevangen. ‘Ons wat vertellen?’ wil een van de acrobaten weten.

Emmet staat onrustig te schuifelen en richt zich dan tot de groep. ‘Het spijt me, maar ik moet jullie zeggen dat het circus bijna aan de grond zit. We moeten alle werkkrachten laten gaan.’

‘Behalve de voormannen,’ breng ik snel te berde. Het is buiten mijn boekje, maar dat kan me niet schelen. Ik ga vlug verder voordat Emmet me kan tegenhouden. ‘En ook niet degenen die langer dan vijf jaar bij het circus werken.' Als iedereen tegelijk weg zou gaan, was er niemand meer over om de voorstelling door te laten gaan.

'Verdomme!' vloekt een van de werkmannen. 'Dat kun je niet maken!'

'Ik heb geen keus,' antwoordt Emmet kil.

'Jullie krijgen ieder twee weken loon en een treinkaartje naar huis,' voeg ik eraan toe. 'Ja, toch, Emmet?'

Emmet werpt me een woedende blik toe. Dit was hij duidelijk niet van plan geweest. 'Ja, ja natuurlijk. Als jullie rustig weggaan. En als jullie me nu willen excuseren, ik moet van alles regelen.' Hij maakt zich uit de voeten terwijl hij naar ons blijft kijken, alsof hij bang is om ons de rug toe te keren. Als hij verdwenen is, lopen de werkmannen mopperend weg. De artiesten, die nog gespaard zijn, vertrekken in stilte om te repeteren.

Ten slotte staan alleen Noa en ik nog voor de grote tent. Achter ons klinkt gerinkel en als ik me omdraai zie ik dat de twee werkmannen die Metz hebben losgemaakt met zijn lijk de tent uit lopen. 'O!' Noa slaat haar hand voor haar mond. 'Astrid, ik begrijp het nog steeds niet. Ook al ging het nog zo slecht, om het op deze manier op te geven…'

'Niet oordelen,' zeg ik, en mijn verwijt klinkt scherper dan ik bedoel. 'Soms wordt een leven lang vluchten iemand gewoon te veel.'

# 22

## Noa

De volgende dag verspert Emmet me de weg als ik na het ontbijt terugloop naar ons huisje. 'Waar is Astrid?' vraagt hij dwingend, met zijn armen over elkaar. 'Is ze niet weer gaan oefenen?' dringt hij aan.

'Nog niet,' zeg ik. Ik houd de kom met pap die ik voor Astrid heb meegenomen uit het zicht.

'Nu we niet meer in Thiers zijn, is er voor haar geen reden meer om niet mee te werken aan de voorstelling. Waarom doet ze dat dan niet?'

'Ze voelt zich niet goed,' zeg ik. Ik lieg instinctief, ook al zou het me mijn baan kunnen kosten als Emmet erachter komt. In zekere zin is het trouwens waar. 'En we hebben het gisteren geprobeerd – dat heb je gezien. Maar toen zagen we wat er was gebeurd met die werkman…'

Hij wuift de opmerking weg, alsof de klokkenmaker niet telt. 'Morgen moet ze weer optreden,' zegt hij. 'Iedereen moet zijn steentje bijdragen. Ze heeft genoeg geluierd.' Het idee dat Astrid zou luieren is zo idioot dat ik bijna in de lach schiet. Ik wil weer tegenwerpen dat het te vroeg voor haar is om aan het werk te gaan na alles wat ze heeft meegemaakt, dat ze nog een paar dagen nodig heeft om er bovenop te komen. Maar ik weet dat hij zich niet zal laten ompraten. Hij vat mijn stilzwijgen op als instemming en loopt door.

Ik ga verder en trek mijn jas over mijn hoofd om droog te blijven voor de voorjaarsbui. Ik tuur naar de overkant waar een smalle rivier ons scheidt van de stad Colmar. Ik was sinds onze komst één keer de brug overgestoken om te kijken of er op de markt iets anders te krijgen was dan onze minieme rantsoenen. Maar het was een zinloze tocht geweest: de enige koopman op de stadsmarkt die ooit druk was geweest, had alleen wat ondefinieerbaar vlees dat zelfs als het niet zo had gestonken te taai zou zijn geweest voor Theo. De hele stad leek kaal geslagen door de oorlog. De straten waren op het middaguur vrijwel verlaten op een zwerfhond in de goot na en de SS, die op elke hoek leek te staan. De luiken van de huizen en winkels waren neergelaten. De gezichten van de weinige bewoners die ik zag (allemaal vrouwen, aangezien de mannen hier tegen hun wil dienst hadden moeten nemen en in troepen naar het oosten waren gezonden om te vechten) keken gepijnigd van honger en angst. We hadden net zo goed weer in Duitsland kunnen zijn. Ik haastte me uit het centrum langs het prikkeldraad en de greppels die rondom waren aangebracht als een soort versterkte grens, en keerde terug naar het circusterrein. Sindsdien was ik er niet meer geweest.

Ik loop naar het huisje en herinner me Emmets rood aangelopen gezicht toen hij erop stond dat Astrid zou optreden.

Sinds we bijna een week geleden in Elzas aankwamen ligt ze al in bed, in elkaar gedoken als een gewond dier. Behalve die ene keer toen ze probeerde terug te gaan en toen de klokkenmaker aantrof, heeft ze de hut niet verlaten. Ik ben bij haar gebleven om te doen wat ik kan. Maar het is niet genoeg. Het is alsof ze haar laatste beetje wilskracht verloren heeft. Red haar, leken Peters ogen in die laatste minuten voordat hij werd weggevoerd te zeggen. Maar hoe? Zelfs als ik haar laat eten en drinken is haar levenslust weg. Ik kan amper voor Theo en mezelf zorgen – de last van ons alle drie wordt me te zwaar.

Wat zal Emmet doen als Astrid weigert weer op te treden? Ik huiver bij de gedachte. Ik moet zorgen dat ze opstaat en in actie komt.

Als ik langs de trein kom die leeg aan het eind van het spoor staat, dwalen mijn ogen weemoedig naar de onderkant van onze slaapwagon en de brievenbus waar Luc en ik ooit berichtjes hadden achtergelaten. Ik vraag me af of Luc het circus zou hebben gevolgd nadat we uit Thiers waren vertrokken, maar ik weet dat dat onmogelijk is. Ik loop naar het kastje en trek het open, bijna hopend dat er iets in ligt. Natuurlijk is het leeg. Ik strijk met mijn hand over het ruwe hout en stel me voor dat Luc hetzelfde doet.

Binnen zie ik tot mijn verbazing dat Astrid rechtop in haar ochtendjas op bed zit. 'Peter...' zegt Astrid.

Ik verstijf. Is ze waanzinnig geworden van al haar verdriet? 'Nee, ik ben het, Noa,' zeg ik en ik loop naar haar toe. Ze heeft geen waangedachten over Peter, maar staart naar een verkreukelde foto. Ik ga voorzichtig naast haar staan om de foto te bekijken. Ik heb hem nooit eerder gezien, een foto van hen samen op het veld onder een parasol op een zonnige dag, in hun dagelijkse kleren, niet in kostuum.

‘Waar is die genomen?’ Als ze me de foto aanreikt, merk ik op dat haar handen, die ze altijd zo goed verzorgde, er verwaarloosd uitzien, met kapotgebeten nagels.

‘In een stadje buiten Salzburg. Het was de zomer van het eerste seizoen na mijn terugkeer.’ Voordat ik erbij was gekomen, besef ik. Het voelt vreemd om me het circus voor te stellen toen ik er nog niet bij was. ‘We waren toen nog geen stel, weet je, we leerden elkaar nog maar net kennen.’ Ze glimlacht en haar blik dwaalt af. ‘We konden uren praten en kaarten. Hij was fanatiek in kaartspelletjes, gin rummy, poker. We begonnen ’s middags met een drankje en voor ik het wist was de hele nacht voorbij.’

Ik bekijk de foto aandachtig. Zelfs toen had Peter een sombere blik – alsof hij wist wat er zou gaan gebeuren. ‘Hij zou morgen jarig zijn geweest,’ gaat ze verder, en haar gezicht betrekt weer. Ze praat alsof hij al dood is. Ik onderdruk de neiging haar tegen te spreken, omdat ik haar geen valse hoop wil geven.

In het andere bed wordt Theo wakker. Ik pak hem op en druk een kus op zijn kruin. Ons enige geluk. Ondanks alle ontberingen groeit hij als kool. Zijn wangen zijn nog bol en hij heeft dikke, donkere krulletjes. Ik ga voorzichtig met hem naast Astrid zitten. Alles is haar ontnomen – de kans op een kind, de man van wie ze houdt. Ze heeft domweg niets meer – alleen ons. Ik sla mijn arm om haar heen.

Maar het is niet mijn warmte die ze zoekt. Ze steekt haar handen uit naar Theo en ik geef hem aan haar als troost, het weinige dat ze nog heeft. Ze klampt zich aan hem vast als aan een boei op zee, alsof ze kracht put uit zijn kleine lijfje.

Ik pak de kom met pap die nog warm is en houdt hem haar voor, maar ze schudt haar hoofd. ‘Astrid, je moet iets eten.’

‘Ik heb geen trek.’

'Denk aan Peter.'

'Dat doe ik juist.'

'Elke seconde, ik weet het. Maar zou hij willen dat je dat doet?' Ze neemt met tegenzin een hap en draait dan haar hoofd weer weg.

'Emmet vroeg naar je,' zeg ik aarzelend.

Ze trekt een wenkbrauw op. 'Alweer?' Ik knik. Hij is de baas en zelfs Astrid kan te ver gaan. Maar wat kan hij haar eigenlijk doen?

'Toe, Astrid. We hebben je nodig. Ik heb je nodig.' Astrid is mijn enige vriendin en ik dreig haar te verliezen.

Astrid trekt haar wenkbrauwen op, alsof die gedachte nooit eerder bij haar is opgekomen. Met een zucht staat ze op. Ze trekt de ochtendjas uit en tot mijn verbazing zie ik dat ze haar trainingspak al aanheeft. Ik word overmand door blijdschap. Ze zal me niet in de steek laten. 'Kom, we gaan repeteren,' commandeert ze.

We lopen naar buiten. Het is halverwege de ochtend en het is druk buiten: dompteurs voederen de dieren, artiesten zijn op weg om te gaan oefenen. De paar werkmannen die nog over zijn proberen dingen te repareren en op de juiste plek te krijgen met een derde van het normale aantal.

Bij de ingang van de tent draait ze zich naar me toe. 'Ik wil dit niet.'

Komt het door Peter, door de baby of door Metz, vraag ik me af. Ik knijp even in haar hand. 'Dat snap ik. Maar je kunt het. Ik weet dat je het kunt.'

Ze is in elk geval hier en ze is bereid het te proberen. Ik loop naar de ladder. Als ik opkijk naar de plek waar de man heeft gehangen, trekt mijn maag samen. Ik blijf met mijn handen om de ladder staan en staar naar boven.

Ik vraag me af of de herinnering aan de klokkenmaker Astrid

zal tegenhouden. Maar ze klimt zonder aarzelen de ladder tegenover me in. Dan blijft ze halverwege staan. 'Er deugt iets niet,' mompelt ze.

Niets deugt. Het terrein is niet geëgaliseerd, de ondergrond is hobbelig en ligt vol rommel. 'Ik heb gevraagd of ze de grond willen egaliseren,' zeg ik. Ik heb hier een keer of vijf met Gerda opgetreden en ben gewend geraakt aan de gammele toestellen en de invloed van de hellende ondergrond op mijn vlucht. Maar Astrid is hier nog niet geweest. Voor haar is het een schok, een schande.

'Bedoel je de ladder?' vraag ik, en ik trek eraan om te laten zien dat hij stevig vastzit.

Maar ze schudt bedroefd het hoofd. 'Gewoon, alles.'

Ik kijk haar onderzoekend aan en verwacht dat ze de ladder af klimt om een hartig woordje te spreken met de voorman. Misschien weigert ze wel op te treden. Dan haalt ze haar schouders op en klimt verder. Zelfs dit doet er niet meer toe. Ze komt boven en grijpt de stok vast, waarbij ze bijna haar evenwicht verliest. Het is te vroeg, denk ik bezorgd. Het was verkeerd geweest om haar te dwingen zo snel weer de trapeze in te gaan.

Ik wil de ladder op gaan om te zien of ze mijn hulp nodig heeft. Maar ze steekt afwerend haar hand naar me op. 'Ik moet dit zelf doen.' Ik loop weg, terug naar de ingang, en in de schaduw van de tentopening geef ik haar de ruimte om zelf de trapeze opnieuw te ontdekken. Ze springt zonder te aarzelen en terwijl ik toekijk lijkt ze steeds sterker en zelfverzekerder te worden.

Ik had me afgevraagd of de tijd zonder optreden en alles wat haar lichaam te verduren had gehad haar trager of minder soepel zouden maken. Maar het tegenovergestelde is waar: haar bewegingen zijn strak en scherp. Ooit had ze de trapezestok licht vastgehouden, als een kunstenares, maar nu grijpt ze hem vast alsof het een reddingslijn is. Ze is fel, alsof ze probeert een wilde merrie of een hengst te temmen, waarbij ze haar woede afreageert op de trapeze zelf. Ze maakt een reeks duizelingwekkende pirouettes en salto's. Ik voel de luchtverplaatsing om me heen en het is bijna alsof Peter samen met mij haar optreden bewondert, zoals hij ooit heeft gedaan.

Ik hoor iets achter me. Ik draai me om en even verwacht ik dat Peter daar echt staat. Maar natuurlijk is dat niet zo, er is niemand achter me. De wind huilt over het veld, het zeildoek waait op – dat veroorzaakt het geluid dat ik zojuist hoorde. Ik ontspan een beetje.

Dan ineens grijpt iemand zonder waarschuwing mijn arm vanachter vast. Voordat ik een kreet kan slaken word ik uit de tent weggetrokken. Ik ruk me los en draai me om, klaar om me tegen mijn aanvaller te verzetten.

Daar, in de ingang van de grote tent, staat Luc.

'Luc!' Ik knipper met mijn ogen terwijl ik me afvraag of deze lange, donkere gestalte deel uitmaakt van een vreemde droom. Maar hij is hier echt. Ik kijk hem ongelovig aan. Hoe had hij het klaargespeeld om helemaal hierheen te komen?

'Noa,' zegt hij, en hij brengt zijn hand naar mijn wang. Ik werp me in zijn armen die hij stevig om me heen slaat.

Ik loop met hem van de tent vandaan, achter de beschutting van een loods. Het is beter als niemand hem ziet. 'Hoe heb je ons kunnen vinden?'

'Ik ging voor jou naar het circus,' zegt hij. 'Maar toen was je al weg.' Zijn gezicht betrekt. 'Daarna ben ik teruggegaan naar mijn vader. Dat was niet mijn plan,' voegt hij er snel aan toe. 'Maar ik moest zien of hij wist waar het circus naartoe gegaan was. Ik wilde niet geloven dat dit deels door zijn toedoen was gebeurd. Maar ik moest het weten.' Ik zie aan de gepijnigde blik in zijn ogen dat zelfs na alles wat er was gebeurd, een deel van hem nog steeds in zijn vader wilde geloven. 'Natuurlijk ontkende hij het. Maar ik vond het bevel in zijn bureau, met zijn handtekening eronder.' Er klinkt verdriet door in zijn stem. 'Ik confronteerde hem ermee en hij gaf het toe. Toen ben ik vertrokken om jou te zoeken.' Ik stel me de vele kilometers voor die hij heeft moeten afleggen om bij me te komen. Hij kust me lang en vol op de lippen. Zijn gezicht voelt ruw van de stoppels, zijn lippen smaken zout en ongewassen.

Even later laten we elkaar los. Ook al is het maar een paar dagen geleden, zijn gezicht is magerder, zijn jukbeenderen geprononceerder. Hij heeft kringen onder zijn ogen, alsof hij dagen niet geslapen heeft. 'Heb je wat gegeten? Je moet uitrusten.' Ik zoek op het terrein naar een plek waar ik hem zou kunnen laten schuilen.

Hij wuift mijn vragen weg als niet ter zake doend. 'Ik heb niets nodig.'

Ik reik naar hem en hij drukt me tegen zich aan. 'Het spijt me dat ik moest vertrekken zonder het tegen je te zeggen.'

'Ik wist dat je niet zou zijn weggegaan als je een andere keuze had gehad, dat er iets gebeurd moest zijn.' Ik zie de bezorgdheid in zijn ogen.

'Je hebt me gevonden,' zeg ik, me nog dichter tegen hem aan vlijend.

'Ik heb je gevonden,' herhaalt hij. 'De vraag is, wat nu?' Hij maakt zich van me los en recht zijn rug, en ik zie de strijd in zijn ogen. Hij is honderden kilometers van huis – alleen om gedag te zeggen en weer terug te gaan? 'Ik wil je niet weer kwijtraken, Noa,' zegt hij, en ik houd mijn adem in terwijl ik wacht tot hij weer voorstelt om samen verder te gaan.

'Maar ik wil me aansluiten bij het ondergronds verzet.' Als ik dat hoor, vervliegt mijn hoop. Ik heb gehoord over de verzetsstrijders die vanuit de bossen opereren. Maar ik heb ze nooit gezien en ze lijken legendarisch vergeleken met de schuwe dorpsbewoners. Het klinkt gevaarlijk – en ver weg. 'Er bevindt zich een eenheid in de bossen in de Vogezen, en als ik daar kan komen, kan ik iets doen,' vervolgt hij.

'Maar het is heel erg gevaarlijk,' protesteer ik terwijl ik hem aankijk.

Hij strijkt mijn haar naar achteren. 'Ik loop niet weg, Noa. Jij hebt me geleerd niet bang te zijn. Ik houd nu eens voet bij stuk en ga vechten.'

'Dus dan is het mijn schuld dat jij je laat doodmaken?' zeg ik half schertsend.

Luc glimlacht. Dan pakt hij mijn hand en kijkt weer serieus. 'Ik bedoelde alleen dat wat er tussen jou en mij is, mij de ogen heeft geopend. Ik kan niet meer werkeloos toekijken. Ik moet iets doen. En het werk dat het verzet doet, het ontregelen van de communicatie en het spoor, is belangrijker dan ooit om de invasie van de geallieerden voor te bereiden. Het gerucht gaat dat die snel komt nu het weer beter wordt.'

Hij trekt me weer dicht tegen zich aan, slaat zijn armen om me heen en drukt een kus op mijn kruin. 'Maar ik wil niet bij je weg. Het is tijd voor iets meer – voor ons allebei. Als... als je erover wilt nadenken met me mee te gaan.'

'Naar de verzetsstrijders?'

'Ja. Er zijn ook vrouwen die bij het werk helpen.' Ik besef trots dat hij aan mij denkt als iemand die hij daar sterk genoeg voor vindt. 'Zou je dat willen?' vraagt hij met een hoopvolle blik.

Ik zou heel graag ja zeggen. Was het maar zo eenvoudig. 'Dat kan niet,' zeg ik terwijl ik mijn hand op zijn borst leg. 'Dat weet je.'

'Als het om Theo is, we kunnen een veilige plek voor hem zoeken totdat dit allemaal achter de rug is.' Hij legt zijn hand op de mijne en onze vingers vlechten zich in elkaar. 'Daarna kunnen we hem grootbrengen als ons eigen kind.'

'Dat weet ik, maar er is meer. Astrid heeft alles voor ons op het spel gezet. Ik kan haar nu niet in de steek laten.' Ooit zou Astrid het wel alleen hebben gered, maar nu kan ze dat niet meer. Alles is haar afgenomen, alleen ons heeft ze nog.

'Ik dacht wel dat je zoiets zou zeggen.' Hij kijkt nu vastberaden. 'Maar ik moet dit doen. Thuis is er voor mij geen plaats meer.'

'Wanneer ga je?'

'Vanavond. Als ik als het donker wordt over de heuvels trek, moet ik voor de ochtend het kamp van de verzetsstrijders kunnen vinden.' Hij zwijgt. 'Ging je maar met me mee.'

'Ik snap dat je dat zegt.' Maar ik ga niet mee en dit is dus ons afscheid. Ik sla mijn armen nog steviger om hem heen. We staan dicht tegen elkaar aan, allebei met de wens dit moment nog iets langer te laten duren. Ik maak me voorzichtig los om naar de tent om te kijken. 'Ik kan maar beter gaan. Astrid wacht op me.' Hij knikt. 'Ik maak me veel zorgen om haar,' vertrouw ik hem toe. 'Eerst is ze haar kind verloren, en nu Peter.'

'Het spijt me dat ik niet meer voor haar heb kunnen doen,' vervolgt hij schuldbewust.

'Je moet het jezelf niet kwalijk nemen. Ik doe dat niet.'

'Dat is trouwens de andere reden waarom ik hier ben.'

'Ik begrijp je niet,' zeg ik. Welke andere reden kon er zijn?

'Ik had het al eerder willen zeggen, maar ik was te opgetogen toen ik je weer zag.' Hij haalt een envelop uit zijn zak. 'Er is een brief aangekomen in de stad.'

Als hij hem laat zien, vrees ik het ergste. Nieuws dat van zo ver komt. Is er iets met mijn familie gebeurd?

Maar als ik hem wil aanpakken, trekt hij zijn hand terug. 'Hij is niet voor jou.' Toch pak ik hem aan en als ik de Berlijnse zegel op de envelop zie, stokt mijn adem.

De brief is voor Astrid.

# 23

# Astrid

Twaalf meter. Die maken het verschil tussen leven en dood, en de lijn daartussen is uiterst dun.

Ik liep zoals ik had gezegd weer naar de piste alsof ik ging repeteren, en sprong alsof er niets was gebeurd. Maar Noa is de tent uit gelopen en heeft me alleen gelaten, dus ga ik terug naar het plateau. Door de lucht heen vliegen was ooit alles voor me geweest. Nu voelt elke zwaai als een dolk in mijn hart. Die enorme ruimte hoog boven de piste, ooit de plek waar ik thuishoorde, kan ik bijna niet verdragen.

Ik tuur over de rand van het plateau alsof het een klip is en staar in de diepte naar de plek waar het vangnet is gespannen. Ik heb ooit een keer mezelf het leven willen benemen toen Erich had verteld dat ik weg moest. Hij was het huis uit gelopen, kennelijk om mij de tijd te geven mijn spullen te pakken en te vertrekken, niet in staat om toe te kijken of misschien om het drama te vermijden dat hij niet beschaafd vond. Ik was naar de kast gerend, had daar een pot pillen en een fles wodka uit gepakt en in een impuls van allebei zoveel mogelijk ingenomen. Ik stelde me voor dat hij mijn dode lichaam zou vinden en spijt zou krijgen van wat hij had gedaan. Maar na een paar minuten besefte ik dat hij niet terug zou komen. Hij had me al uit zijn leven gewist. Ik kreeg meteen spijt en stak mijn vinger in mijn keel om de halfverteerde rommel uit te braken. Daarna had ik gezworen nooit meer voor een man te leven. Dit verlies is echter meer – het is alles.

Ik duw de herinnering weg, spring en probeer weer te vliegen. Maar hier is niets meer voor me. Spring, laat het allemaal gaan. De gedachten gaan met elke zwaai ritmisch door mijn hoofd. Als ik het niet langer verdraag, lanceer ik mezelf voor de tweede keer terug naar het plateau. Mijn benen trillen als ik omlaag kijk. Was het zo met de klokkenmaker ook gegaan? Ik zie hem weer hangen, met een gebroken nek, zijn mond wijd open, zijn ledematen verstijfd. Ik zou kunnen springen, mijn leven beëindigen zoals Metz had gedaan. Als ik hier sterf is het mijn wil, niet door toedoen van anderen. Ik strek een voet over de rand van het plateau om te kijken hoe dat voelt…

'Astrid?' roept Noa beneden vanuit de ingang. Van schrik begin ik te wiebelen en ik grijp de ladder om mijn evenwicht te hervinden. Ik was zo in gedachten verzonken dat ik haar niet had zien terugkomen. Ze kijkt uiterst bezorgd. Had ze soms mijn gedachten gezien? Of had ze die geraden?

Ze lijkt echter niet door te hebben wat ik van plan was, maar wenkt me naar beneden en als ik de ladder af kom kijkt ze nog even ernstig.

'Wat is er?' vraag ik terwijl mijn ongerustheid toeneemt. 'Zeg het maar.'

Ze steekt me een envelop toe. 'Er is een brief voor je.'

Ik verstijf. Brieven kunnen alleen maar slecht nieuws betekenen.

Ik neem hem met trillende handen aan en zet me schrap om nieuws over Peter te vernemen. Er zitten echter poststempels uit Darmstadt op de envelop. Ik houd hem op armlengte, alsof de inhoud me met een ziekte kan besmetten. Even wil ik dat de tijd stil blijft staan zodat ik niet zal weten wat er in de brief staat.

Maar ik heb de waarheid nooit lang voor mezelf verborgen kunnen houden. Ik scheur het zegel open. Ik zie nog een envelop, met mijn naam erop, niet geadresseerd aan circus Neuhoff maar aan het adres van het winterverblijf van mijn ouders. Uit Berlijn. Het is alsof Erichs blokletters zich als een hand naar me uitstrekken. Ingrid Klemt, heeft hij geschreven – mijn meisjesnaam. Niet zijn naam. Zelfs na al die tijd doet de afwijzing nog pijn. Iemand, wie het ook was die de brief had doorgestuurd, had de naam doorgekrast en er mijn artiestennaam op gezet, Astrid Sorrell. Ik laat de envelop vallen. Noa raapt hem snel op en reikt hem aan. Wat zou Erich willen?

'Wil je dat ik hem voor je openmaak?' vraagt Noa zachtjes.

Ik schud mijn hoofd. 'Het gaat wel.' Ik scheur de gevlekte, versleten envelop open. Er fladdert een velletje papier uit. Mijn ogen stromen vol als ik het oppak en het vertrouwde handschrift, niet dat van Erich, zie.

*Lieve Ingrid,*
*Ik hoop van harte dat deze brief je bereikt en dat je in goede gezondheid en in veiligheid bent. Ik ben voor de invasie Monte Carlo uit gevlucht en had geen tijd om te schrijven. Maar ik ben nu in Florida waar ik werk heb gevonden bij een circus.*

'Van wie is het?' vraagt Noa.

'Van Jules.' Mijn jongste broer, de zwakste en minst kansrijke, had het op de een of andere manier overleefd. Hij moest de brief naar Berlijn hebben gezonden, en Erich had hem doorgestuurd.

'Ik dacht dat ze allemaal...'

'Dat dacht ik ook.' Mijn hartslag neemt toe. Jules leeft. In Amerika.

'Hoe is dat mogelijk?' vraagt Noa.

'Ik weet het niet.' Ik kan nauwelijks mijn eigen vragen beantwoorden, laat staan die van Noa. 'Jules leidde het circus in het zuiden van Frankrijk toen de oorlog uitbrak. Het is hem op de een of andere manier gelukt weg te komen.' Ik lees stil verder.

*Ik heb mama en papa maanden lang geschreven, maar nooit antwoord ontvangen. Ik weet niet of je het hebt gehoord, maar ik vind het verschrikkelijk om je te moeten vertellen dat ze in een kamp in Polen zijn omgekomen.*

'O!' Ik sla mijn hand voor mijn mond om de snik die opwelt tegen te houden. Ook al weet ik in mijn hart allang dat het mijn ouders niet is gelukt om te vluchten, ergens bleef ik hoop houden dat ze nog in leven waren. Nu word ik met de waarheid geconfronteerd en die is veel erger.

'Wat is er?' vraagt Noa. Ze leest de brief mee over mijn schouder. Dan slaat ze haar armen om me heen en wiegt me zachtjes heen en weer. 'Astrid, wat verschrikkelijk voor je.' Ik reageer niet, maar ga zwijgend zitten en laat tot me doordringen dat mijn grootste angst waar blijkt te zijn.

'Er staat nog wat in de brief,' zegt Noa even later zachtjes. Ze gebaart naar het papier dat op mijn schoot verkreukeld ligt en wijst naar de regels vlak onder de tekst waar ik ben gestopt nadat ik het nieuws over mijn ouders had gelezen. Ik schud mijn hoofd.

Ik kan het niet. Ze pakt het papier en schraapt haar keel, dan leest ze hardop:

*De tweeling heb ik niet kunnen vinden. De kans bestaat dat alleen wij tweeën nog over zijn. Ik weet dat je niet bij je man weg wilt, maar ik heb een visum geregeld bij het Zwitserse consulaat in Lissabon. Volgens hen is het vijfenveertig dagen geldig. Denk er alsjeblieft over na om naar me toe te komen, in elk geval tot de oorlog voorbij is, daarna kun je weer teruggaan. We hebben nu alleen elkaar nog maar.*

*Je liefhebbende broer Jules*

Ik probeer het allemaal te verwerken als Noa me de brief teruggeeft. Op de envelop staan stempels uit Berlijn. Jules had hem naar het adres gestuurd waar Erich en ik ooit woonden. Erich moet hem hebben gelezen en hem hebben laten bezorgen door een koerier, hij had alles gedaan om ervoor te zorgen dat hij me bereikte. Hij had hem naar mijn familieadres in Darmstadt laten sturen in de veronderstelling dat ik daar zou zijn. Maar het winterverblijf van mijn ouders bestaat niet meer, dus de postbode had hem waarschijnlijk afgegeven bij Neuhoff. Misschien had Helga, die elk jaar in het winterverblijf achterbleef om de honneurs waar te nemen, mijn naam veranderd en de brief doorgestuurd naar de eerste stad die we aandeden: Thiers.

'Hoe is hij hier aangekomen?' vraag ik.

Noa schraapt haar keel. 'Doorgestuurd vanuit Thiers,' zegt ze. Ik knik. Het circus laat altijd het adres achter van de volgende bestemming voor nakomende rekeningen en andere post. Met al die stopplaatsen onderweg had het best gekund dat de brief me nooit had bereikt. Maar het was toch gebeurd.

'Mijn familie,' zeg ik hardop. Ik weet niet meer wat dat woord betekent. De snik die in mijn keel was blijven steken scheurt zich nu los. En ik huil om de broer die het had overleefd en om zoveel anderen die dat geluk niet hadden gehad. Mijn ouders en broers, allemaal overleden.

Althans, dat had ik al die maanden gedacht. Maar Jules leeft. Ik herinner me ons afscheid op het station in Darmstadt een paar jaar geleden, haastig omdat Erich ongeduldig was en de trein in wilde. Ik stel me Jules voor zoals hij er nu moet uitzien, iets ouder, maar nog precies hetzelfde. Ergens bestaat nog een heel klein stukje van onze circusdynastie, als een zaadje dat naar een nieuw land wordt gebracht om daar te worden geplant.

Ik kijk weer naar de envelop, die nog niet helemaal leeg lijkt. 'Er zit nog iets in.' Twee dingen zelfs. Eerst haal ik er een soort afschrift uit. Maar hij is beschreven in een vreemde taal en de enige woorden die ik herken zijn mijn naam. 'Wat is dit?'

Noa komt naast me staan. 'Mag ik het zien?' vraagt ze. Ik geef haar het papier. 'Ik kan het niet lezen, maar het lijkt me geld voor je reis dat gestort is op je bankrekening in Lissabon.' Ze geeft het papier terug.

Ik kijk haar stomverbaasd aan. 'Zo'n rekening heb ik niet.'

'Het lijkt erop dat hij zes weken geleden is geopend,' vervolgt ze en ze wijst naar de datum. 'Heeft je broer dat gestort?'

Ik bekijk het papier nog eens. 'Ik geloof het niet.' Er is één overmaking gedaan van een rekening in Berlijn. Tienduizend mark, genoeg om me te brengen waar ik maar heen wil, ook naar Amerika.

'Wie dan?'

Ik haal diep adem. 'Erich.'

Erich had er na het lezen van Jules' brief voor gezorgd dat ik genoeg geld had om naar mijn broer in Amerika te gaan. Hij had me het allerlaatste en enige gegeven wat hij me kon schenken – de kans om weg te komen. Ik houd de envelop nog een keer ondersteboven en er valt een pasje uit. Een Duitse uitreisvergunning, ook weer ingevuld met Erichs hoekige handschrift en met het officiële zegel van het Reich. Hij had aan alles gedacht om ervoor te zorgen dat ik uit bezet gebied weg kon en veilig bij Jules kon komen. Had Erich dat uit schuldgevoel of uit liefde gedaan? Hoewel het een deel van mijn verleden is uit de tijd voordat ik Peter kende, zo lang geleden dat het bijna een droom lijkt, kan ik er niets aan doen dat ik ergens nog verlang naar de man die genoeg om me gaf om dit allemaal te doen, maar niet genoeg om voor ons te vechten.

'Astrid, je kunt naar je broer.' Noa's gezicht klaart hoopvol op bij het vooruitzicht dat ik veilig zal zijn. Maar als ze beseft dat zij dan achterblijft, zie ik haar gezicht betrekken.

'Ik kan jou niet achterlaten,' zeg ik. Ineens lijkt ze nog jonger en kwetsbaarder dan op de dag dat ze bij ons kwam. Hoe moet zij het zonder mij redden?

'Je moet gaan. Theo en ik redden het wel,' zegt ze terwijl ze zonder succes probeert haar stem vast te laten klinken. Ze bekijkt de papieren nog eens en fronst dan. 'In de brief van je broer staat dat het visum vijfenveertig dagen geldig is. De brief heeft er ruim een maand over gedaan om hier te komen. En we kunnen niet zeggen hoelang het duurt voordat je van hier in Lissabon kunt zijn, of in de Verenigde Staten. Je moet onmiddellijk weggaan. Vanavond nog. Je gaat toch wel?' In Noa's stem klinkt zowel hoop als angst.

Zonder iets te zeggen loop ik naar de trein.

'Maar Astrid,' roept Noa me na. 'Ik dacht dat we zouden gaan oefenen. Natuurlijk, als je weggaat...'

Doet het er niet meer toe, maak ik de zin voor haar zwijgend af.

'Ga jij maar zonder mij oefenen,' zeg ik. 'Na al dit nieuws is het me echt te veel.'

Ik loop terug naar de hut waar Elsie op Theo past. 'Lieve jongen,' zeg ik. Zijn mond splijt open in een brede glimlach als hij me herkent. Als ik hem van haar overneem, strekt hij voor het eerst zijn armpjes naar me uit. Er welt iets in me op, een volgende golf verdriet dreigt door te breken. Ik houd me in. Later is er tijd voor tranen. Nu moet ik bedenken wat ik moet doen.

Ik houd Theo met mijn ene hand vast, het pasje in mijn andere, alsof ik ze tegen elkaar afweeg. Hoe kan ik Noa en hem in de steek laten? Nu Peter er niet meer is, zijn zij het enige wat ik nog heb in deze wereld – althans dat dacht ik tot vandaag de brief van Jules kwam. Nu moet ik ook aan hem denken. Ik ben het enige familielid dat hij nog heeft. En hij heeft er zoveel voor gedaan om me dat visum, mijn enige kans op veiligheid, te sturen; het zou misdadig zijn om die kans te laten liggen.

Theo petst met zijn handje tegen mijn kin, waarmee hij me uit mijn gedachten haalt. Met zijn donkere ogen kijkt hij me onderzoekend aan. Het idee Noa en Theo hier achter te laten, waar hun een onzeker lot wacht, is onvoorstelbaar. Er moet een andere manier te bedenken zijn.

Mijn ogen dwalen naar het bed. Eronder staan de koffers van Noa en mij netjes naast elkaar. Er komt een plan in mijn hoofd op. Ik zet Theo weer op het bed en haal mijn koffer onder het bed vandaan.

# 24

## Noa

Diepbedroefd kijk ik Astrid na als ze naar de hut loopt. Toen Luc me die envelop had overhandigd, had ik overwogen hem niet aan Astrid te geven. Nog meer slecht nieuws zou de nekslag voor haar kunnen betekenen. Maar ik kon de waarheid niet voor haar verbloemen. En nu gaat ze weg. Ik kan het haar niet kwalijk nemen. Ik zag aan de worsteling in haar ogen dat het besluit om bij ons weg te gaan haar niet gemakkelijk was gevallen. Theo en mij kent ze pas een paar maanden – we zouden er eigenlijk helemaal niet toe moeten doen, nu zij nog familie heeft – echte familie – die haar nodig heeft. Maar een deel van me wil achter haar aan rennen en haar smeken niet weg te gaan.

Luc steekt zijn hoofd om de hoek van de loods waarachter hij zich heeft schuilgehouden. 'Wacht hier,' had ik tegen hem gezegd voordat ik met de brief naar Astrid was gerend. Ik wilde niet dat ze hem zag, maar ik was er ook nog niet klaar voor dat hij me nu al zou verlaten nadat we elkaar net weer hadden gevonden. Nu ik naar hem kijk, voel ik me ineens schuldig. Ik had tegen Astrid gelogen over de manier waarop de brief hier was gekomen. Maar ik kon het niet aan om, naast al het andere, ook nog aan haar toe te geven dat ik mijn belofte om Luc niet meer te zien had verbroken.

'Gaat het goed?' vraagt hij.

'Nee,' zeg ik. 'Dat wil zeggen, ja en nee. Astrid heeft gehoord dat haar ouders niet meer leven.'

'Wat verschrikkelijk,' zegt hij begripvol. 'Ik dacht dat ik er goed aan deed om haar de brief te brengen.'

'Dat heb je ook,' zeg ik met overtuiging. 'Maar hoe ben je eraan gekomen?'

'Een paar dagen geleden op het postkantoor hoorde ik een vrouw zeggen dat het circus ineens was vertrokken. Ze zei vreselijke dingen, dat het circus er met het geld voor de kaartjes vandoor was gegaan. Ik zei tegen haar dat ze het mis had. Toen de postdirecteur dat hoorde, zei hij dat er post was voor het circus. Hij zei dat hij een adres had om de brief door te sturen, maar toen die voor Astrid bleek te zijn, wist ik dat ik hem zelf moest brengen. Ik dacht dat er misschien nieuws over Peter in stond.' Zijn stem sterft weg en ik zie dat hij zich nog steeds schuldig voelt. 'Had ik het maar niet gedaan,' zegt hij dan bedroefd.

'Nee, ze moest de waarheid weten,' zeg ik. 'Ik ben blij dat je bent gekomen. Het was niet allemaal slecht nieuws. Astrids broer heeft haar een pas gestuurd uit Amerika. Hij wil dat ze naar hem toe komt.' Mijn stem breekt bijna bij die laatste woorden.

'Dat is goed nieuws, toch?' vraagt Luc niet-begrijpend.

Ik krijg een brok in mijn keel waardoor ik moeilijk kan antwoorden. 'Ik denk het wel,' weet ik uit te brengen, beschaamd om mijn zelfzucht. Ik wil heel graag blij zijn voor Astrid omdat ze veilig en vrij zal zijn. 'Ik kan me alleen het circus zonder haar niet voorstellen,' voeg ik eraan toe.

Er is rumoer achter ons, stemmen van twee acrobaten die naar de grote tent lopen. Luc trekt me achter de loods zodat we niet gezien worden. 'Nu kun je er nog eens over nadenken,' zegt hij. Ik kijk verward naar hem op. 'Je hebt eerder gezegd dat je niet met me mee kon omdat je Astrid niet alleen kon achterlaten.' Mijn hoofd tolt van alles wat er met Astrid is gebeurd en ik was ons eerdere gesprek hierover bijna vergeten. 'Maar nu is alles anders,' zegt Luc op indringende toon. 'Als zij weggaat, kun jij dat ook doen, toch?'

In alle commotie had ik daar niet aan gedacht. Maar Luc heeft gelijk: als Astrid weg is, is er niets meer wat me hier houdt. Ik kan Theo meenemen. Maar als ik naar de grote tent en het veld erachter kijk, voel ik twijfel knagen. Het circus is de enige veilige haven die ik heb gehad sinds mijn ouders me het huis uit hebben gezet. Ik kan me niet voorstellen dat ik hier zonder Astrid ben, maar ik kan me ook niet voorstellen dat ik wegga. Het circus blijft hier ook niet lang meer, houd ik me voor. Emmet zei dat hij het aan het eind van het seizoen zou sluiten. Dan is dat er ook niet meer.

'Noa…' Ik hoor de bezorgdheid in Lucs stem. 'Als de politie eenmaal beseft dat Astrid weg is, zullen er vragen rijzen.' Sterker nog: Emmet zal razend zijn als hij een van zijn beste artiesten kwijt is. 'Dan ben je hier niet meer veilig. Je gaat toch wel met me mee?'

Ik kijk hem verlangend aan, verscheurd tussen het vertrouwde leven bij het circus en een mogelijke toekomst met Luc. 'Vertrouw me,' zegt hij smekend met grote ogen.

Dat doe ik al, zegt een stemmetje diep vanbinnen. Ineens weet ik het zeker. 'Ik ga mee. Met Theo,' zeg ik er snel achteraan.

'Natuurlijk,' zegt Luc, alsof daar nooit twijfel over had bestaan. Dan zie ik onzekerheid in zijn ogen. 'Maar hoe moet dat? Als we naar de partizanen gaan, is dat niet iets voor een kind.'

'Ik ga nergens heen zonder hem,' zeg ik vastbesloten.

'We vinden er wel iets op.' Luc pakt mijn hand. 'We blijven alle drie bij elkaar.' Hij klinkt overtuigd; Theo is nu net zozeer van hem als van mij. Ik sla uit dankbaarheid mijn armen om zijn nek. 'Dus je gaat mee?' Zijn lippen beroeren mijn wang, dan mijn hals, duizend kusjes om me over te halen.

'Ja, ja,' roep ik, maar even later moet ik me weer losmaken. We staan hier in het volle daglicht, nauwelijks beschut door de uitbottende bomen. De realiteit dringt tot me door: ik ga weg bij het circus, met Luc. Maar voordat we samen een nieuw leven kunnen beginnen, moet ik hem iets vertellen. Ik kan niet verder met een leugen. 'Luc...'

'Ik moet nu weg,' zegt hij zonder me te hebben gehoord. 'Ik heb de naam van een verzetsman zo'n tien kilometer hiervandaan en hij kan me vertellen wat de beste route naar de verzetsstrijders is.' Hij kijkt achterom. 'Ik ben voor het vallen van de avond terug.'

'Waar treffen we elkaar?' vraag ik.

'Er is een ravijn aan de andere kant van de steengroeve.' Hij wijst de richting aan. 'Ongeveer een kilometer oostwaarts. Daar zie ik je om negen uur.'

'Maar dan is de voorstelling nog maar halverwege.'

'Dat weet ik, maar dan moeten we weg om veilig het bos in de Vogezen te kunnen bereiken voor het dag wordt. Lukt je dat?' Ik knik en na een kus loopt hij weg.

'Wacht, Luc.' Hij draait zich om. Ik moet hem echt de waarheid vertellen. Maar hij kijkt zo hoopvol dat ik het niet kan. 'Tot vanavond negen uur.'

Met lichte tred loopt hij weg. Ik wil hem nogmaals naroepen, ik kan hem nog niet laten gaan. Maar ik zal hem snel terugzien en dan ga ik met hem mee.

Als ik me omdraai naar de tent, word ik bedroefd. Alles wordt anders. Ik heb deze plek nog maar pas gevonden, een plek waar ik me thuis was gaan voelen, en nu ga ik alweer weg. De vraag dringt zich op waar het eindigt en waar ik zal zijn als ik eindelijk niet meer hoef te vluchten.

De hemel kleurt mat roze als ik in de kleedwagon aankom om me klaar te maken voor mijn laatste optreden. Ik kijk naar de andere meisjes die hun kostuum aantrekken en zich opmaken zoals voor elke voorstelling. Ik ben opgelucht – ze vermoeden niets. Maar het verschil zit in de manier waarop Astrid de hars bij me aanbrengt en mijn polsen intapet, net als alle andere avonden, maar met veel meer genegenheid. Als ik haar warme, trefzekere handen op mijn onderarmen voel, slaat de bedroefdheid weer toe. We slaan allebei een andere weg in. Er was geen reden om te verwachten dat we bij elkaar zouden blijven – we zijn geen familie van elkaar. Maar het einde komt nu veel eerder dan ik had gedacht. Ik wil haar in vertrouwen nemen over Luc en mijn plan om met hem mee te gaan. Maar dat zal ze niet begrijpen. Toch kan ik ook niet weggaan zonder het haar te vertellen. Misschien een briefje…

De andere meisjes zijn klaar met omkleden en gaan op weg naar de tent. Maar Astrid is er nog. Ze pakt een tas, slapper dan een koffer, die ik nooit eerder heb gezien onder een van de kaptafels uit. Ze herschikt iets in de tas die klein genoeg is om geen aandacht te trekken. Spulletjes die ze mee zal nemen.

De brok in mijn keel wordt groter. 'Je laat ons toch wel weten als je veilig bent aangekomen?' vraag ik, maar ik kan slechts fluisteren. Ze reageert niet maar knikt even terwijl ze de kleren platdrukt in de tas om meer ruimte te creëren. Natuurlijk zal ik hier niet zijn om nieuws van haar te horen. Dan ben ik hier niet meer en zij zal dat niet eens weten.

In een impuls wil ik haar omhelzen, maar zij verstijft en houdt me op afstand. Ik word rood, geschrokken door de afwijzing. 'Wat is er?' Ik vraag me af of ik weer iets heb gedaan dat haar boos heeft gemaakt.

'Ik ga niet.'

'Wat bedoel je? Natuurlijk ga je.' Even vraag ik me af of ze een grapje maakt, maar haar gezicht staat ernstig en somber. Ik bereid me voor om nog eens alle eerdere argumenten waarom ze niet kan blijven op te sommen en hoe dwaas het zou zijn om die pas niet te gebruiken. 'Je gaat wel.'

Ze schudt haar hoofd. 'Jij gaat.'

Ik staar haar ongelovig aan. 'Ik begrijp je niet.'

Astrid steekt me de envelop toe die Luc heeft gebracht. 'Jij hebt die pas nodig. Om met Theo weg te gaan.'

Ik maak geen aanstalten om hem aan te pakken en haar hand blijft in de lucht hangen. 'Die moet je niet aan mij geven.'

'Jij neemt mijn *Kennkarte* mee,' vervolgt ze. 'De foto is niet erg duidelijk. Als je je haar verft en je hoofd een beetje gebogen houdt, zal niemand weten dat jij het niet bent. En met die papieren kun je een kind meenemen.'

'Dat kun je niet menen.' Ik loop langs haar naar de tas die ze heeft ingepakt en doorzoek hem. Onder een dunne laag kleren van haarzelf liggen luiers en schoentjes van Theo. Ze is dit al die tijd van plan geweest.

Dan steekt ze me de pas nogmaals toe. 'Je moet vanavond vertrekken, vlak voor het einde van de voorstelling. Er is een treinstation, niet dat waar wij zijn aangekomen, maar zo'n vijftien kilometer zuidelijker. Daar neem je de trein naar Lissabon en je haalt het toegangsbewijs op het consulaat.' Ze brengt het allemaal alsof het de gewoonste zaak van de wereld is, alsof ik even de stad in moet om een brood te kopen. 'Daarna koop je een ticket van het geld van Erich...' Ze vervolgt haar instructies, maar ik luister niet. Lucs gezicht verschijnt voor mijn geestesoog. Ik zou met hem meegaan, samen een nieuw leven beginnen.

Als ze mijn aarzeling ziet, stopt ze halverwege een zin. 'Wat is er?' vraagt ze ongeduldig, alsof ik haar oordeel over een trapezeoefening in twijfel trek.

De pas is Astrids enige kans op overleven. En die wil ze opgeven voor mij. 'Ik neem hem niet aan,' zeg ik. 'Het is zelfmoord om hier te blijven als Jodin.'

'Precies. Daarom moet jij met Theo weggaan.'

'Die pas is van jou. Jij moet hem gebruiken,' houd ik vol. Ik ben nog nooit zo tegen haar ingegaan.

'Ik heb het allemaal goed overdacht,' gaat ze onverschrokken door. 'Dit is het beste. Het is de enige optie.'

'Er is nog een manier.' Ik haal diep adem. 'Jij neemt Theo mee. Op die manier zijn jullie allebei veilig.' De woorden voelen als glasscherven in mijn keel. Ik zou Theo aan haar mee kunnen geven, dan zijn ze allebei in veiligheid. Maar ik zou eraan kapotgaan als ik hem moest loslaten.

'Nee, Theo hoort bij jou,' dringt Astrid aan. 'Jij bent degene die moet vertrekken.'

Ik ga weg, denk ik. Met Luc. Maar dat weet Astrid natuurlijk niet. Ze is bereid alles voor me op te geven. En nog steeds lieg ik haar voor.

'Astrid,' zeg ik langzaam. 'Ik ga inderdaad weg.'

'Ik begrijp je niet,' zegt ze met gefronste wenkbrauwen. 'Je zei net dat je die pas niet wilt. Hoe kun je dan weggaan?'

‘Nee, maar Luc…’ begin ik.

‘Hij weer?’ Met samengeknepen ogen valt ze me in de rede. ‘De zoon van de burgemeester. Wat heeft hij ermee te maken?’

‘Hij is hier, in Elzas.’ Haar blik wordt donker. ‘Hij heeft die brief van je broer hier gebracht,’ vervolg ik, in de hoop dat dat iets uitmaakt. Maar ik zie aan haar woedende blik dat dat niet zo is.

‘Je hebt me beloofd, nee, gezworen dat je hem niet meer zou zien,’ stuift ze op. ‘En dat heb je toch gedaan, zelfs na alles wat het mij heeft gekost.’

‘Ik wilde niet… Ik bedoel, het was niet mijn opzet,’ voer ik zwakjes aan. Dan zwijg ik, omdat ik niet weer wil liegen. ‘Het spijt me dat ik het je niet heb verteld. Luc sluit zich aan bij het verzet.’ Ik vraag me af of ze hem daardoor meer zal respecteren.

Maar haar woede lijkt niet af te nemen. ‘Mooi zo.’ Opgeruimd staat netjes, spreekt uit haar toon. ‘En een goede reis,’ voegt ze er zonder enige hartelijkheid aan toe. Ik voel dat ik boos op haar word. Luc heeft geprobeerd Peter te helpen, hij heeft zijn eigen leven op het spel gezet om haar de brief van Jules te bezorgen. En ondanks alles wat hij voor ons heeft gedaan, kan ze het nog steeds niet over haar hart verkrijgen hem te accepteren. Ze haat hem om wat hij is. Ze zal nooit iets anders in hem zien. ‘Ik begrijp nog steeds niet wat dat te maken heeft met die pas,’ vervolgt ze.

‘Luc is nu naar een contactpersoon van het verzet en daarna komt hij terug. Hij wil dat ik met hem meega.’ Er valt een stilte waarin Astrid me verbijsterd aankijkt. ‘En Theo,’ vervolg ik. ‘Luc wil ook de zorg voor hem op zich nemen.’

‘Wanneer?’ vraagt ze ten slotte.

‘Vanavond.’

‘Dus je wilde weggaan zonder iets tegen mij te zeggen? Je wilde er gewoon stiekem tussenuit gaan?’

'Ik wil na jou weggaan,' zeg ik, alsof het daardoor minder erg is. 'Het spijt me.'

'En waar wilde je Theo precies mee naartoe nemen?' wil ze weten. 'Je zou geen schuilplaats hebben, geen toegangsbewijs of zelfs maar fatsoenlijke papieren. Daar is geen plaats voor een kind, niemand kan voor je op hem passen. Waar had je hem willen laten terwijl jij door het bos rent met de partizanen?' Nu ze alle gebreken van mijn plan opsomt kan ik ze niet meer negeren en zie ik alles waaraan Luc en ik in de gauwigheid niet hebben gedacht.

'We redden het wel,' zeg ik koppig.

'Nou, het doet er nu niet meer toe,' merkt Astrid op. 'Je hebt nu die pas en je gaat weg.'

Ik probeer het nog eens. 'Met Luc samen zal het vast veiliger zijn dan alleen.'

Astrid schudt resoluut haar hoofd. 'Het veiligst is Lissabon, en daarna weg uit Europa. Je moet nu in je eentje sterk zijn. Je moet doen wat het beste is voor Theo.' Ze reikt me weer de pas aan, alsof het allemaal al vaststaat.

Ik pak de envelop. Maar ik aarzel als ik denk aan een leven samen met Luc dat ons wacht. Ik geef de pas terug. 'Nee,' zeg ik en ik hoor hoe krachtig mijn stem is nu ik dit zelf heb besloten. Mijn toekomst is met Luc. En als ik met hem wegga, zal Astrid de pas gebruiken. Op die manier hebben we allebei een kans.

Haar ogen worden groot van verbazing. 'Hoe durf je? Ik bied je dit allemaal aan en jij wilt het opgeven voor een jongen?'

'Zo eenvoudig is het niet...' begin ik.

'Ik zeg het je voor de laatste keer: pak die pas aan en ga.' Ze klinkt ijzig en houdt de pas voor mijn gezicht. De afstand tussen ons lijkt groter te worden.

Ik kijk haar aarzelend aan. Als ik tegen haar wil met Luc meega, zal dat de definitieve breuk tussen ons betekenen. Ooit zou ik alles hebben gedaan wat ze maar vroeg om haar goedkeuring te verkrijgen. Maar de afgelopen dagen was er iets veranderd. Ik was degene die voor Astrid moest zorgen, die beslissingen voor haar moest nemen, voor ons allemaal eigenlijk. Ik kan gewoon niets meer aannemen. Ik moet doen wat ikzelf het beste vind.

'Het spijt me,' zeg ik, en ik stap naar achteren.

Haar ogen knijpen samen van woede. Dan draait ze zich om.

'Astrid, wacht,' probeer ik nog eens. Kon ik het haar maar laten begrijpen. Maar ze beent weg en laat me alleen achter.

In de verte gaat de bel die het publiek naar hun plaats sommeert. En ons voor de laatste keer naar boven.

# 25

## Noa

Dit wordt dus de laatste voorstelling.

Tranen stromen over mijn wangen wanneer het intro naar een climax voert en de lichten gedempt worden. Wat mankeert me? Ik dacht dat ik dit wilde, het circus verlaten, een weg naar de vrijheid zoeken voor mezelf en Theo, en een toekomst opbouwen met Luc. Maar ik heb dit leven nog maar net ontdekt, en ik heb er nog maar net van leren houden. Ik kan het nog niet achter me laten.

'Luchtacrobaten – trapeze!' roept iemand. Ik stap de tent in en zoek Astrid. Ik zie haar niet en vraag me af of ze zo kwaad is dat ze niet met me wil optreden. Maar even later zie ik haar aan de andere kant van de tent, ze loopt met opeengeklemde kaken naar de piste. Ik aarzel. Hoe kunnen we samen optreden als ze zo boos op me is? Het publiek wacht in het donker, verwachtingsvol en onwetend. Ik heb geen keus.

Ik klim de ladder tegenover die van Astrid op en grijp de stok. 'Hup!' roept ze nijdig. Door de lucht vlieg ik naar haar toe. Als ik loslaat zie ik de woede – nee, de gekwetstheid en het verraad – in haar ogen. Haar handen reiken niet naar mij. Ze wil me laten vallen, zoals ik haar had laten vallen. Als ik hier val, zal het niet zo gaan als in het winterverblijf, zelfs niet zoals in het vorige stadje. Het vangnet is slecht gespannen en de grond eronder is keihard. Als ik hier val, wordt dat mijn dood. Ik sluit mijn ogen als ik van haar vandaan spring.

Dan worden mijn voeten hardhandig vastgegrepen. Astrid redt me tegen haar eigen wil in. Maar ze is ook een fractie te laat en daardoor heeft ze mijn wreef te pakken in plaats van mijn enkel, zodat ze me onmogelijk vast kan blijven houden. Ik glip weg tussen haar vingers. In haar wanhoop werpt Astrid me zonder haar gebruikelijke nauwkeurigheid terug in de richting van de stok. Ze geeft zo'n harde duw dat ik een salto door de lucht maak. Het publiek juicht en ziet de misgreep aan voor een nieuw waagstuk.

Mijn handen vinden de stok. Ik zwaai terug naar het plateau en klauter er onhandig op. Als ik rechtop sta, wil ik het nummer beëindigen. Het is al veel te ver gegaan. Maar Astrid wacht op het andere plateau en wil dat ik afmaak waar we aan zijn begonnen. 'Hup!'

Voordat ik iets kan doen, klinkt er een dreun, gevolgd door gerommel en een nog hardere klap. We kijken elkaar nerveus aan, de woede is voor dit moment vergeten. Luchtaanvallen zijn niets nieuws; die worden al sinds het begin van de oorlog uitgevoerd, eerst door de Duitsers om landen die ze wilden bezetten te verzwakken, en de laatste tijd door de geallieerden op Duits grondgebied. Het zijn wrede, schaamteloze aanvallen, zonder dat men zich bekommert om mogelijke slachtoffers. Sinds onze terugkeer in Elzas maken we ze bijna dagelijks mee. Maar dit is voor het eerst tijdens een voorstelling. De tent is waarschijnlijk het grootste object buiten de stad – is hij daardoor misschien een makkelijk doelwit vanuit de lucht?

Er volgen nog meer dreunen, dit keer dichterbij. Een paar bezoekers vluchten naar de uitgang wanneer zaagsel en stucwerk als sneeuw naar beneden komen. De tent biedt geen enkele bescherming. Misschien moeten we de voorstelling stoppen en iedereen naar huis laten gaan. Mijn blik ontmoet die van Astrid. Ga door, zegt ze met haar blik. We kunnen niet de entree terugbetalen die men zeker zou opeisen als we de rest van de voorstelling afgelasten. Mijn handen trillen als ik naar de stok reik en bij een volgende explosie verlies ik bijna mijn evenwicht. Maar ik verstevig mijn greep. Eén keer vliegen nog, dat is het enige wat me nog van mijn vrijheid afhoudt. 'Hup!' Ik zwier door de lucht, Astrid vangt me en duwt me dan voor de laatste keer terug.

Dan is het afgelopen en het publiek reageert met een daverend applaus. Tijd om te gaan – eindelijk. Ik baan me een weg over het veld naar de hut waar Theo en Elsie, die op hem past, allebei liggen te slapen. Ik trek mijn dagelijkse kleren aan voordat ik de tas optil die Astrid heeft ingepakt. Ik zet Theo, die me slaperig aankijkt, op mijn heup. 'Tijd om te gaan,' fluister ik tegen hem voordat ik de hut uit loop.

Als ik het veld oversteek, zie ik Astrid weer staan. Ze wenkt me. Eén moment hoop ik dat ons optreden haar woede heeft verzacht. Maar als ik dichterbij kom, zie ik dat haar ogen nog vlammen. Ze graait Theo uit mijn arm. 'Dit zal ik missen,' zegt ze terwijl ze hem tegen zich aan drukt.

'Astrid...' Ik zoek naar woorden die het goed kunnen maken, maar ik kan er geen vinden.

'Ga nou maar,' draagt ze me op terwijl ze Theo teruggeeft. Hij slaakt een kreetje uit protest. 'Nu hoef ik jou in elk geval nooit meer te zien.' Haar woorden voelen als een dolksteek, en als ze zich omdraait en wegloopt weet ik dat dit het definitieve afscheid is.

Ik loop achter haar aan. Ik kan het niet verdragen dat ze boos op me is. Maar ik heb geen keus. Ik heb tegen Luc gezegd dat ik om negen uur bij hem zou zijn, dat is al over een kwartier. Ik moet naar hem toe.

In de tent hoor ik muziek. Emmets stem klinkt door de luidspreker, veel minder krachtig dan zijn vader. Ik kijk met dankbaarheid om. Het circus is mijn veilige haven geweest – mijn veilige haven en mijn thuis, op een manier die ik nooit had verwacht. Zelfs nu, bijna op zijn eind, voelt het circus als de meest waarachtige familie die ik ken. Als ik weg ben, hoeveel hoop heb ik dan dat ooit weer te ervaren?

Dan recht ik mijn rug en loop weg met Theo. Wat zal hij zich later hiervan herinneren? Ik dwing mezelf niet te langzaam langs de treinwagons te lopen. Ik buk me om niet gezien te worden en let erop dat ik Theo niet te krampachtig vasthoud. Sneller, hoor ik Astrid me in gedachten aansporen als ik de kant op ren die Luc me heeft gewezen. Elk moment zou iemand ons kunnen zien en vragen waarom ik vlucht. Ik dwing mezelf langzamer te lopen terwijl ik probeer op adem te komen.

Terwijl ik naar de groeve loop, en het gelach en het applaus van de menigte achter me hoor wegsterven, komen mijn twijfels weer boven. Hoe moeten we overleven, wij tweeën met een kind, zonder verder iets? Ik duw mijn onzekerheid weg. Ik wil met Luc mee. Ik zie het beeld van een leven samen dat hij heeft beloofd voor me. Ondanks mijn angst zouden we in elk geval samen zijn, verenigd in onze strijd om te overleven. Zonder hem zou ik alleen zijn – weer.

We zijn nu een flink eind van het circus af en de bodem wordt rotsachtiger, met steile hellingen omlaag. Ik pak Theo stevig vast en loop voorzichtig naar beneden. Het pad dat ik heb gevolgd komt uit bij iets wat een groeve van ruw uitgehakte steen lijkt. Luc zei dat hij daar tijdens de pauze op me zou wachten.

Maar de groeve is leeg.

Het is nog vroeg, houd ik me voor om mezelf gerust te stellen. Ik kijk in de struik tussen de rotsen achter in de groeve om te zien of hij zich daar schuilhoudt. De takken blijven onbewogen, de lucht is stil.

Er verstrijken vijf minuten, daarna tien. Luc is er nog steeds niet. Een lijst met mogelijke redenen gaat door mijn hoofd: hij is de weg kwijtgeraakt, hij moest terug om zich ervan te overtuigen dat hij niet werd gevolgd. Misschien was hij ziek geworden. Theo, die moe is en misschien honger heeft, begint te protesteren. 'Ssst,' sus ik, en ik zoek in mijn zak naar het stukje brood dat ik daarin had gestopt. 'Nog heel even.'

Ik kijk over de rand van de groeve uit over het vlakke, lege landschap. De angst voelt als een steen in mijn maag. Luc komt niet.

Waarom niet? Onze plannen hadden vastgestaan. Ik word door paniek overvallen. Misschien was er iets met hem gebeurd. Ik zie zijn gezicht van een paar uur geleden voor me. Hij had me gevraagd, nee, gesmeekt om met hem mee te gaan – en hij leek zo gelukkig toen ik ja had gezegd. Was hij van gedachten veranderd en had hij besloten dat het te veel voor hem was om Theo en mij mee te nemen? Of misschien had Astrid al die tijd gelijk gehad. Ik blijf in de koude, donkere groeve stilstaan met tranen die achter mijn ogen prikken – ik ben een dwaas, opnieuw alleen gelaten.

Er strijkt iets langs mijn wang. Theo kijkt me aan, zijn zachte vingertjes strekken zich naar me uit zoals die nacht in het bos toen ik hem uit de trein had gehaald. Beelden van die nacht komen in een flits terug: een stijf gebald vuistje dat zich niet liet openen, armpjes die naar een moeder reikten die er niet meer was. Beelden die ik bij daglicht niet kan verdragen. Een snik ontsnapt me. Ik had niet gehuild toen mijn vader de deur opendeed en me de kou in stuurde met niets anders dan een koffer. En ook niet toen ik de wagon met gestolen baby's, dood of stervend, had gezien. Nu stromen de tranen van verdriet om al die dingen. Ik druk mijn handen tegen mijn ogen om de beelden niet meer te zien. Het heeft geen zin – ik zal die nacht in de trein altijd met me meedragen. Ik had Theo niet alleen gered omwille van hem – het was ook mijn kans op bevrijding geweest.

Misschien is het dat nog steeds. Ik zie Astrid voor me die me een kaartje naar de vrijheid aanbiedt. Ze is zo kwaad dat ik niet weet of ze het me nu nog zou geven. En ergens wil ik die pas, haar enige kans op overleving, niet hebben. Maar ik ben het aan Theo verplicht om het te proberen.

Ik kijk naar de hemel. Je gaat nooit terug, zei Astrid een keer. Ze heeft gelijk. Ik kan evenmin op Luc rekenen als op mijn ouders. Daarom wil ik naar een plaats waar Theo veilig zal zijn, en waar een dagje naar het circus niet van hem wordt afgenomen alleen omdat hij een Jood is, waar mensen hem niet bevreemd aankijken. Het is niet Luc, zelfs niet mijn ouders die ik zoek. Het is een eigen thuis.

Ik tuur over mijn schouder in de richting van de circustent. Als ik nu terugga en meedoe met de laatste buiging, zal niemand behalve Astrid doorhebben dat ik weg ben geweest. Ik kan haar na de voorstelling om de pas vragen. Ik zet Theo op mijn andere heup. Hij huilt nu openlijk, zijn snikken doorklieven het donker terwijl ik de steile helling uit de groeve weer op klim.

'Sst,' zeg ik sussend. Ik werp nog een laatste, hoopvolle blik in de richting waaruit Luc had moeten komen. Ik zie niemand, draai me om en loop terug naar het circus.

Ik kom weer bij de grote tent. Dan herinner ik me de woedende blik van Astrid toen ik vertrok en ga langzamer lopen. Wat moet ik zeggen om ervoor te zorgen dat ze me vergeeft? Als ik bij het achterveld kom, hoor ik vrolijk trompetgeschal van de finale naar een hoogtepunt gaan. Alle artiesten verzamelen zich voor de slotbuiging. Door de tentopening zie ik de plek waar ik meestal sta, op het plateau, en ik stel me de verwarring voor van Gerda, die normaal gesproken naast me staat en zich nu afvraagt waar ik blijf. Ik voel een sterk verlangen om naar de plek te gaan waar ik hoor, voor de laatste keer te midden van de circusfamilie. En ook al ben ik bedroefd omdat Luc niet is gekomen en we binnenkort weggaan, ergens ben ik ook blij dat ik thuis ben.

Maar als ik dichter bij de tent kom, verflauwt mijn blijdschap. Er hangt een vreemde geur in de lucht, alsof iemand granen met suiker heeft laten aanbranden, maar dan sterker. Iets prikkelt mijn neus – een brandlucht. Er is brand, en dichtbij ook. Ik denk aan de luchtaanval die we tijdens ons nummer hoorden. Bommen waren niet vlakbij ingeslagen, maar misschien was er een granaatscherf of misschien zelfs een sigaret achteloos op het veld gegooid. Is het in de tent? We hebben altijd strenge voorzorgsmaatregelen tegen brand genomen. Als ik omhoogkijk, zie ik iets flakkeren in het doek bij de *Hauptmast*: een vlam die steeds groter wordt. Geen van de mensen uit het publiek die nog in de tent rondhangen of van de artiesten die naar buiten lopen lijkt het te hebben gezien. Alleen ik.

Ik druk Theo steviger tegen me aan en begin te rennen.

# 26

## Astrid

Ik sta op het plateau boven de piste. Weer alleen.

Toen Noa vertrokken was, klom ik op het plateau. Opgeruimd staat netjes, wilde ik zeggen toen ik me haar vertrek voorstelde. In plaats daarvan merk ik dat het me pijn doet. Maar toch was het niet Noa die ik op dat moment vervloekte, maar mezelf. Ik had een hekel aan mezelf omdat ik weer iets om iemand gaf! Ik voelde weer helemaal hoe het was toen Erich me had verlaten. Ik herinnerde me de les die ik had geleerd op de dag dat ik uit Berlijn wegging, en knoopte die nu in mijn oren zoals ik lang geleden had moeten doen: de enige op wie ik in dit leven kon vertrouwen was mezelf.

Maar goed ook, denk ik nu. Nu Noa weg is, kan ik met die pas naar mijn broer gaan. Na de laatste buiging ga ik ertussenuit voordat iemand het ziet. Ik duw de gedachten aan Noa en Theo weg en focus me in plaats daarvan op Jules, die op me wacht.

De muziek geeft aan dat ik de doeken moet losmaken. Emmet had op het allerlaatst tegen me gezegd dat hij het Spaanse Web weer op het programma had gezet als mijn tweede nummer. Pas toen zag ik de nieuwe doeken, die haastig waren bevestigd op de plek waar de klokkenmaker nog maar een paar dagen daarvoor had gehangen. Ik wilde protesteren. Niet uit sentimentele gevoelens over Metz. Maar ik had dit al weken niet geoefend en de trapeze alleen zou vermoeiend genoeg zijn. Maar ik wilde Emmet geen reden geven om ruzie te maken – het was tenslotte de laatste voorstelling voordat ik definitief weg zou gaan.

Ik wikkel de doeken om me heen en stap van het plateau af. Er is geen stok om vast te houden, alleen twee dunnen stukken satijn. Ik draai rond en strek mijn been uit. Als de vliegende trapeze een soort gymnastiek is, zoals ik ooit tegen Noa zei, dan is het Spaanse Web zoiets als zwemmen, soepel en gracieus. Of althans, dat was het ooit; nu zijn mijn armen slap na wekenlang zonder training, en mijn bewegingen stokkerig. Ik worstel me door het nummer heen. Maar het publiek lijkt het niet te merken.

Badend in het zweet keer ik terug op het plateau als het applaus losbarst. Ik klim niet naar beneden. Mijn nummer is vlak voor de finale en ik moet hier blijven staan voor de laatste buiging. Terwijl de olifanten dansen, afgewisseld met paardrijdsters, klinkt er beneden een gil. 'Brand!' roept iemand. Dan zie ik het, dansende vlammen achter een van de tribunes, die met de minuut hoger worden. Het brandt maar aan één kant van de tent. Als iedereen naar de uitgang achterin gaat, komt het goed. We hebben eerder brandoefeningen gedaan. Herr Neuhoff of Peter, als die hier konden zijn, zouden tot kalmte hebben gemaand.

'Brand!' roept een vrouw weer en iedereen begint te rennen en vertrapt elkaar in hun vlucht. Toeschouwers op de eerste paar rijen stromen de piste in, waardoor de olifanten in paniek raken.

Ik kijk met angst en beven naar de nachtmerrie die zich beneden me afspeelt. De hele bovenkant van de tent staat nu in brand. Ooit zouden de werkmannen de emmers zand en water die altijd bij elke paal stonden hebben gegrepen en er alles aan hebben gedaan om de tent te redden. Maar die zijn nu bijna allemaal weg, ontslagen door Emmet. Een krachtpatser sjouwt met zand en werpt de emmer leeg voordat hij de andere kant op rent. De dompteurs proberen de olifanten te redden door ze uit de tent te loodsen. Maar de dieren verzetten zich en blijven in hun paniek staan, en de dompteurs vluchten weg, ieder voor zich. De tijger ligt roerloos op zijn zij, bevangen door de rook. Wat is het circus zonder hem? Tegen de brandende hemel zie ik de donkere schaduw van Emmet wegvluchten, laf tot aan het eind.

Ik kijk als verlamd van het plateau naar beneden, als iets wat ver weg of in een film gebeurt. Maar de hitte, die nu onaangenaam op mijn huid prikt, herinnert me eraan dat dit echt is. Het schiet me te binnen dat ik, voordat ik Jules' brief kreeg, dood wilde. Als ik niets doe, is het straks allemaal voorbij. Zou dat zo erg zijn? Ik heb het gevoel dat Jules en een leven in Amerika me als een droom ontglippen.

Nee. Ik schud mijn hoofd om het leeg te maken. Mijn broer wacht op me. Ik moet hier weg. Ik ga naar de ladder. Maar als ik die afdaal, draait een van de olifanten zich om en botst tegen de ladder die daardoor van de haak schiet. Hij zwaait vervaarlijk heen en weer. Ik klamp me vast aan de sporten als de ladder opzij kantelt en elk moment dreigt te vallen.

Wanhopig kijk ik om me heen. De stok hangt een halve meter boven me, nauwelijks in mijn bereik. Ik strek een arm uit. Mijn vingers krullen zich rond de stok. Wat nu? Beneden lopen te veel mensen onder het net om me daarin veilig te laten vallen. Ik zoek met mijn blik het achterste plateau en schop mijn voeten hoog in de lucht om daar te komen. Maar het is te ver weg, het is zinloos.

Ik blijf hulpeloos hangen terwijl rook mijn longen vult en in mijn ogen brandt. Mijn armen, al vermoeid van de voorstelling, verzuren pijnlijk. Ik moet vast blijven houden. Nog een paar minuten en dan is er niemand meer beneden die ik kan verwonden met mijn val. Maar het zal te laat zijn – het net onder me staat nu ook in brand, waardoor een veilige landing onmogelijk wordt.

'Astrid!' roept een stem door de mist van rook. Noa. Ze staat bij de ingang van de tent. Waarom is ze teruggekomen? Met ogen vol wanhoop komt ze naar me toe. 'Astrid, houd vol!' Ze kijkt naar Theo die in haar armen spartelt, en dan naar mij, niet wetend wat ze moet doen. Ik zie dat ze Theo aan een van de danseressen geeft en haar smeekt hem mee naar buiten te nemen, weg uit de rook en de verschroeiende hitte. Maar de danseres vlucht in paniek zonder het kind. Noa loopt met Theo in haar armen naar de ladder.

'Ga weg!' roep ik. Wat bezielt haar om het kind en haarzelf zo in gevaar te brengen? Maar ze klimt omhoog. Boven zet ze Theo zo ver mogelijk op het plateau en maakt zijn dekentje eraan vast zodat hij er niet af kan rollen. Dan grijpt ze de stok en springt, een vreemd beeld in haar gewone kleren.

'Astrid, steek je handen uit,' roept ze als ze naar me toe zwaait. Ik laat niet los. Ze heeft nog nooit eerder iemand moeten vangen. Het is uitgesloten dat dit haar lukt. 'Astrid, we moeten hier weg.' Noa die mijn leven redt is wel het laatste wat ik nu wil. 'Peter zou willen dat je vecht voor je leven,' vervolgt ze. 'Je mag het niet opgeven.'

'Peter is er niet meer,' zeg ik verslagen.

'Dat weet ik. Maar wij zijn er nog. En als je niet loslaat gaan we er allemaal aan – zelfs Theo. Astrid, je moet loslaten.' Haar woorden, een echo van de mijne toen zij pas begon, zijn waar. Wanhopig draai ik om, sla mijn benen om de stok en strek mijn armen naar haar uit. Ik zwaai naar haar toe. Ze grijpt mis en ik probeer het nog eens.

Onze handen pakken elkaar vast, en een blik van triomf verschijnt in haar ogen. 'Ik heb je,' zegt ze, maar ik lach niet terug. Dit verandert niets.

'Zorg dat we terugkomen,' instrueer ik haar. Maar hoe? Ze kan me niet op het plateau laten landen. 'Daar,' zeg ik wijzend naar een hoek van het net, vlak naast de ladder, waar het niet brandt. 'Gooi me daarheen.'

'Wil je dat ik je laat vallen?' Haar ogen worden groot van ongeloof.

'We hebben geen keus. Mik op die hoek en zet kracht.' Ze kijkt onzeker naar beneden. 'Je moet het nu doen.' Over een paar minuten zal de rest van het net ook branden en is mijn enige kans op ontsnapping verkeken. 'Je moet loslaten.' Ze haalt diep adem en schopt haar benen hoog in de lucht zodat we dichter bij de juiste hoek komen. Ik houd mijn adem in. Noa is nooit vanger geweest en heeft nooit eerder in haar leven iemand los moeten laten. Maar dan doet ze het, op het juiste moment. Ik duik omlaag, houd mijn lichaam gespannen en mijn knieën gebogen, en kom terecht in het gedeelte van het net dat nog intact is, vlak naast de rand.

Ik kijk op naar de trapeze waar Noa nog hangt en zou haar ook willen laten springen. Maar Theo ligt nog op het plateau. 'Schiet op!' roep ik. Ze zwaait hoger en probeert uit alle macht het plateau te bereiken. Ze glijdt weg en valt bijna. Maar haar vingers krijgen de rand te pakken, en ze hijst zichzelf erop.

Ze pakt Theo en komt de ladder af. Maar ze beweegt traag en onhandig als ze met het kind dat gek van angst schreeuwt en in haar armen spartelt, probeert naar beneden te komen.

'Hierheen!' roep ik terwijl ik naar de ladder ren.

'Vang hem,' schreeuwt ze terwijl ze Theo naar me toe gooit. Hij landt met een plof in mijn armen, en huilt nu nog harder. Ik bedek zijn neus en mond met mijn hand. Ik moet hem naar buiten zien te krijgen. Een man botst in zijn vlucht tegen me aan en ik voel een stekende pijn in mijn schouder. Ik pak Theo steviger vast om hem niet te laten vallen. Ik kijk naar de opening waar koele, frisse lucht mijn benauwde longen lokt.

Boven me hoor ik een luid gekraak dat steeds harder wordt. 'Naar buiten!' schreeuwt iemand die me naar de uitgang duwt. Dan draai ik me om. Noa probeert nog steeds naar beneden te komen, maar ze is voor mij te hoog om haar te kunnen helpen.

De ladder begint te zwaaien en helt naar één kant. Er volgt een zware dreun en het trapezetoestel kantelt. De structuur van de tent is door de vlammen verzwakt en het hele geval valt om.

Ik glip de tent uit met Theo in mijn armen. Met een oorverdovende klap stort de tent in, een regen van vuur daalt neer. En Noa is uit het zicht verdwenen.

# 27

## Noa

*Theo is weg.*

Wanhopig zoek ik in het donker naar hem. Mijn armen vinden slechts lucht, net als die nacht toen ik hem van het dak van het station wilde tillen. Hij is weg.

'Theo!' roep ik steeds weer. Geen reactie.

'Hier is hij.' Astrid. Ze klinkt heel ver weg. Ik probeer mijn ogen open te doen maar splinters snijden in mijn gezicht en ik kan slechts door een klein kiertje kijken. Genoeg om Theo, die ze boven op me heeft gelegd, te zien. Hij is er, maar ik kan hem niet voelen door de verschroeiende pijn die erger is dan duizend bijensteken.

Ik lig op de grond, een meter of vijf van de grote tent. Hoe ben ik daar terechtgekomen? Verderop smeult wat er nog over is van de tent, wat niet veel meer is dan een berg verkoold tentdoek en kapotte palen. De brandweer, die te laat arriveerde, spuit water op de restanten, zodat er geen vonken op de droge bomen in het bos kunnen overslaan.

Ik wil Theo vasthouden, maar Astrid duwt me voorzichtig terug op de grond. 'Nee,' zeg ik schor. 'Dat moet.' Ze legt hem wat hoger op mijn borst zonder hem los te laten. 'Is alles goed met hem?'

'Helemaal goed,' stelt ze me gerust. Ik bekijk hem onderzoekend om te zien of zijn longen geen schade hebben ondervonden van de rook. Hij kucht één keer in protest. Maar zijn gelaatskleur is goed, zijn ogen staan helder.

Dan ga ik weer liggen omdat ik mijn hoofd niet langer omhoog kan houden.

'Je moet rusten,' zegt Astrid met klem, en als ze Theo weer oppakt, zie ik brandplekken op haar arm.

'Wat is er gebeurd?' vraag ik. Ze aarzelt, alsof ze het niet wil vertellen. 'Ik ben geen kind meer, weet je nog? Je hoeft de waarheid niet meer voor me verborgen te houden.'

'De tent is ingestort, boven op je,' zegt ze zacht.

Ik beleef het moment in gedachten opnieuw, hoe ze me wegtrekt uit de brandende brokstukken die me verpletteren. 'Ik voel mijn benen niet,' zeg ik terwijl ik naar adem hap. Ik voel een scherpe pijn als ik inadem, daarna volgt een hoestaanval als een serie dolkstoten.

Astrid veegt mijn mond met haar mouw af en als ze die terugtrekt zie ik daarop een rode vlek. Paniek staat in haar ogen en ze kijkt radeloos om zich heen. 'Een dokter!' roept ze en ik hoor aan haar schorre stem dat het niet de eerste keer is dat ze probeert hulp voor me te krijgen.

Maar niemand reageert, niemand komt ons helpen. Alleen wij zijn hier.

'Er komt zo meteen hulp,' belooft Astrid.

In de verte hoor ik jankende sirenes. De politie zal hier ook zo zijn. Er zullen vragen worden gesteld, een onderzoek zal worden ingesteld. 'Het pasje,' herinner ik me. Astrid zou nu weg moeten gaan. 'Na vanavond heeft het geen nut meer. Je moet gaan.'

Ze gebaart alsof ze een vlieg wegjaagt. 'Ik laat je niet alleen.' Nog niet zo lang geleden wilde ze dat ik wegging. Maar ze is niet meer boos. Ze heeft me eindelijk vergeven. Ze weet nu al mijn geheimen en heeft zich niet van me afgekeerd – en dat is alles wat ik al die tijd wilde. Opluchting wint het van de pijn.

'Je moet gaan.' Ik wijs naar Theo. 'Neem hem mee.' De woorden doen mijn keel pijn.

'Maar...' begint Astrid.

'Nu,' vervolg ik. 'Anders is het te laat.' Uitgeput ga ik weer liggen.

'Jij kunt nog steeds gaan,' houdt ze vol, niet bereid om de waarheid onder ogen te zien. 'Ik geef jou de pas, zoals ik eerder zei. Je kunt met Theo weggaan, dan zijn jullie samen.'

Ze klinkt zo ernstig dat ik het even bijna geloof. 'Nee,' zeg ik als de werkelijkheid weer in alle hevigheid tot me doordringt. Mijn droom om met Theo de vrijheid tegemoet te gaan is kapot. Ik hoest nogmaals en haal moeizaam adem.

'Ik ga hulp zoeken,' zegt Astrid weer, en ze staat op.

'Blijf bij me.' Ik gebruik mijn laatste beetje energie om haar hand te pakken. 'Ik ga het niet redden.'

Ze schudt haar hoofd maar tegelijkertijd kan ze de waarheid niet ontkennen. 'Ik kan je niet achterlaten,' zegt ze, nog steeds worstelend met zichzelf.

'Hebben we een andere keuze?' Het circus is verdwenen; de brand heeft vernietigd wat de oorlog niet kapot heeft kunnen maken. 'Jij moet Theo meenemen. Je bent zijn enige hoop.'

Theo reageert alsof hij voor het eerst zijn naam herkent. Ik ga met mijn hand over zijn zachte hoofdje en op dat moment zie ik de man die hij zal worden. Hij zal me niet kennen. Tranen stromen uit mijn ogen en branden in het rauwe vlees van mijn wangen. Net als zijn biologische ouders zal ik geleidelijk voor altijd uit zijn geheugen verdwijnen.

*Op een dag zul je hem moeten laten gaan.* Astrids woorden, die ze uitsprak op de avond van de eerste voorstelling, komen even duidelijk terug alsof ze ze op dit moment zegt, ook al bewegen haar lippen niet. Als een van Drina's voorspellingen die uitkomt.

'Het is je gelukt,' zegt ze door haar tranen heen. 'Je bent trapezewerker geworden.' En op dat moment heb ik alles wat ik wilde.

Bijna alles. 'Luc,' zeg ik. Ik moet aan hem denken, ook al heeft hij me laten zitten. De pijn schiet door me heen als ik aan zijn bedrog denk. 'Je had gelijk wat hem betreft. Ik ben volgens onze afspraak naar hem toe gegaan. Maar hij kwam niet opdagen. Hij gaf niets om me.'

'Nee, nee, dat kan niet waar zijn,' protesteert Astrid. 'Hij is helemaal hierheen gekomen voor jou. Het klopt niet. Ik weet zeker dat hij er een geldige reden voor had. Als je wilt, zal ik proberen Luc voor je te vinden,' biedt ze aan. 'Om erachter te komen waarom hij niet kwam opdagen en om hem te vertellen wat er is gebeurd.' We weten allebei dat het onmogelijk is. Hij is verdwenen en het is uitgesloten dat ze hem zal vinden.

Maar haar aanbod ontroert me. 'Eerst prijs je mijn trapezewerk en nu zeg je iets aardigs over Luc,' zeg ik schor. 'Dan moet ik echt wel bijna dood zijn.' Gek genoeg schieten we dan allebei in de lach, mijn keel krasserig als een oude grammofoonplaat. Mijn borstkas zwoegt gepijnigd.

Astrid pakt Theo van me over en wiegt hem in haar armen. Waren het mijn armen maar. Ze heft haar hoofd. Haar blik is nu helder en in de glans van haar ogen zie ik de vele familieleden van het beroemde circus die overleden waren. Een paar uur geleden wist ik niet zeker of zij het zelf zou overleven. Hoe kan ze vluchten en tegelijk voor Theo zorgen? Maar ze lijkt nu sterker dan vlak nadat ze Peter was kwijtgeraakt. En met Theo zal ze niet alleen zijn. Hij kijkt naar mij terwijl zij hem zachtjes wiegt, zonder iets te begrijpen.

'Ga nu maar, voor het te laat is,' weet ik uit te brengen met het laatste beetje kracht dat ik over heb. Astrid maakt geen bezwaar, maar geeft me een kus op mijn wang, en laat daarna Theo hetzelfde doen.

Ze moeten vertrekken nu er niemand is die hen kan zien. Ik sluit mijn ogen en weet dat ze niet weg zal gaan zolang ik er nog ben. Ze vertrekt niet, maar komt met Theo in haar armen naast me liggen. Ik dwing mezelf langzamer te ademen en ineens zijn we weer in de trein en slapen we weer naast elkaar. Ik merk dat ze opstaat en de plek naast me wordt koud als ze in de richting van de bomen loopt.

Ik dwing mezelf mijn ogen dicht te houden, zodat ik hen niet zie vertrekken.

Als ik ze weer opendoe, zijn ze weg.

Maar ik ben niet alleen. De lucht is helder en als ik naar de zachtgele sterrenhemel kijk, zie ik gezichten. Eerst van Peter die naar Astrid beneden kijkt en die over haar waakt. 'Ik heb het gedaan.' Ik had haar leven gered, al was het niet zoals hij het had willen doen.

Dan zie ik Luc in de verte aan de nachtelijke hemel. Ik zal nooit weten waarom hij niet op onze afspraak verscheen. Maar ik vergeef hem. *Wacht op me, lieveling. Ik kom eraan.*

En ten slotte zie ik Herr Neuhoff. Als de artiesten hun laatste buiging hebben gemaakt en van het podium zijn gestapt, staat hij daar weer zoals aan het begin, alleen, in de schijnwerpers. Hij laat zijn blik over de menigte glijden en tikt tegen zijn hoed, een uitnodiging en een afscheid.

En dan is het donker.

# Epiloog

## Astrid

*Parijs*

Het was nooit de bedoeling dat ik het zou redden.

Mijn blik wordt helder. Ik sta nog steeds voor de goederenwagon op de tentoonstelling naar het lege bed te staren. Ik kan Noa bijna naast me voelen, haar wang warm tegen de mijne terwijl we tegelijk in- en uitademen.

Het was nog donker toen Noa's porseleinblauwe ogen voor de laatste keer dichtvielen. Ik had eerder gebroken lichamen gezien – de klokkenmaker en zelfs een keer een dompteur die aan stukken gescheurd was door een tijger. Maar met Noa was het veel erger. De zware palen die op haar neer gevallen waren hadden haar benen verbrijzeld en waarschijnlijk haar rug gebroken. Ze had gewoon kunnen vluchten toen de brand uitbrak. Maar ze was teruggekomen om mij te redden – en dat had haar het leven gekost.

Bij die herinnering dep ik mijn ogen. Ik had veel broers gehad, maar zij stond veel dichter bij me, als een zusje dat ik nooit had gehad. Ik was bereid geweest mijn vrijheid voor haar op te geven. Natuurlijk was dat uitgesloten, gezien haar verwondingen. Toen ik neerkeek op haar deerniswekkende gezicht en haar hulpeloze, verbrijzelde lichaam, kon ik bijna niet bij haar weggaan. Maar ik was Theo's enige kans op overleving. Dus ik wachtte tot Noa haar ogen voorgoed sloot en vertrok daarna over het kale veld, met Theo dicht tegen me aan. Voor het eerst stond ik er nu echt alleen voor.

Het lot leek Theo en mij tijdens onze vlucht toe te lachen, alsof het wilde zeggen dat we al genoeg geleden hadden. Het grootste deel van de reis naar Lissabon hadden we per trein afgelegd, en daarna waren we te voet de stad in gegaan. Daar wachtte het visum dat mijn broer had geregeld bij het consulaat. De stad was vol mensen die wanhopig op de vlucht waren, maar het geld dat Erich had gestort was genoeg voor een plaats op de oceaanstomer voor ons beiden. Kleine gelukjes, die er voor die tijd zo weinig waren geweest. Misschien was het meer dan ik verdiende.

Een paar weken nadat ons schip in New York was aangemeerd kregen we te horen dat de geallieerden waren geland en richting Parijs trokken. Het einde van de oorlog was in zicht, maar hier nog niet helemaal. Ik werd overvallen door twijfel: misschien was het verkeerd geweest om uit Europa weg te gaan. Misschien waren we daar veilig geweest. Maar we konden niet meer terug.

Na de nacht van de brand ben ik nooit meer gevlucht. Ons leven begon buiten Tampa waar mijn broer Jules een circus had. Ik werkte hard, achter het loket en in de snoepkraam. Terug in de trapeze was voor Jules en mij te veel geweest. Eerst was ik bang dat een leven zonder optreden verstikkend en vreemd zou zijn, zoals toen met Erich. Maar door de onafhankelijkheid was ik vrij.

En nu ben ik hier terug. Ik dring de herinneringen weg en bekijk de tentoonstelling waar al die mooie nummers en spektakels uit het verre verleden te zien zijn. Natuurlijk wordt er niets vermeld over de allermooiste daad van het circus: het redden van levens.

Er is één foto van Peter, schitterend in zijn clownskostuum. Achter de witte schmink schuilen de donkere, droeve ogen die alleen ik kende. Naast de foto hangt een bordje: IN 1945 OMGEBRACHT IN AUSCHWITZ. Dat is niet helemaal waar. Peter was, zoals ik tientallen jaren hiervoor in het archief van Jad Wasjem had ontdekt, door een nazitribunaal in Auschwitz veroordeeld tot de dood door een vuurpeloton. De ochtend waarop de bewakers hem kwamen halen, zagen ze dat hij zich in zijn cel had opgehangen. Ik druk mezelf tegen het dikke glas voor de foto en vervloek het omdat het tussen het beeld en mezelf zit.

En Erich? Ik was een tijdlang niet in staat geweest om uit te zoeken wat er met hem was gebeurd. Ik vroeg me af of hij in de strijd was omgekomen of misschien gevlucht naar Zuid-Amerika, zoals die nazislager Josef Mengele en die andere schoften die nooit berecht waren. En toen, drie jaar na de oorlog, kreeg ik een brief van een juristenkantoor in Bonn, dat me had weten te vinden via de bankrekening in Lissabon. Ze deelden mee dat Erich me een klein bedrag had nagelaten. Pas toen hoorde ik dat hij was omgekomen toen het flatgebouw aan de Rauchstrasse was getroffen door een mortiergranaat. Het gebouw was gebombardeerd op 7 april 1944, een paar dagen nadat hij Jules' brief naar me had doorgestuurd. De luchtaanval had vlak voor zonsopgang plaatsgevonden, toen alle bewoners nog sliepen. Ik zou ook nog in bed hebben gelegen en zeker omgekomen zijn, als Erich me niet de deur uit had gezet. Ik doneerde het geld dat hij me naliet aan de Joint Distribution Committee.

Ik ben nooit hertrouwd. Na Erich was ik wel genezen, maar het verlies van Peter was me gewoonweg te veel. Twee keer een gebroken hart was genoeg voor een heel leven.

Noa's gezicht verschijnt voor mijn geestesoog. Er hangt geen foto van haar op de tentoonstelling, alleen een stukje van haar gezicht achter een van de acrobaten tijdens de gezamenlijke slotbuiging. Ze had maar zo kort opgetreden, een naamloze voetnoot in vele eeuwen circusgeschiedenis. Maar ik zie haar voor me, jong en mooi in de trapeze, waar ze het wonder ervoer om voor de eerste keer te vliegen. Ook zij had een gebroken hart gehad in een veel korter leven dan het mijne. Ik had nog altijd vragen over Luc: Waarom was hij die laatste avond niet op zijn afspraak met Noa verschenen? Ook al had ik hem niet gemogen, hij leek oprecht om haar te geven. Wat had hem ervan weerhouden haar te komen halen?

Deze vraag is met name de reden van mijn komst hierheen. En een idee waar ik het antwoord zou kunnen vinden toen ik eenmaal besefte dat de trein waarvan de foto in de *Times* stond dezelfde was. Ik staar weer naar de wagon, met mijn blik op de brievenbus eronder. Noa en Luc hadden daar berichtjes voor elkaar achtergelaten, in de veronderstelling dat niemand dat wist. Maar ik had gezien dat ze daar vertrouwelijkheden uitwisselden, als twee kinderen die postkantoortje speelden. Dwazen! Als iemand anders het had ontdekt, had dat voor ons allemaal het einde kunnen betekenen. Maar ik deed niets, ik gunde haar het pleziertje en zorgde dat niemand anders het zag. Toen ik het artikel in de krant over de circustentoonstelling las, met een foto van de wagon die, hoe onwaarschijnlijk ook, van ons was geweest, leek het me mogelijk dat die jongen daar voor Noa een briefje met een verklaring had achtergelaten.

Maar nu bleek die brievenbus leeg te zijn.

Ik leun tegen de zijkant van de wagon en druk mijn hoofd tegen het afgesleten hout. Als een schelp die je tegen je oor houdt om de zee te horen, weerklinken de stemmen die er niet meer zijn. Dan loop ik weer verder langs de tentoonstelling.

Er hangt een olieverfdoek dat ik nooit eerder heb gezien, van een jong meisje aan de trapeze. Mijn adem stokt. Die bleke, slanke verschijning is ongetwijfeld Noa, in het lovertjeskostuum dat ik aan haar had gegeven. Waar kwam dit vandaan? Als iemand haar had geschilderd terwijl ze in het circus bezig was, had ik dat vast wel geweten.

Ik loop erop af en tuur naar het plaatje onder het schilderij.

OLIEVERFSCHILDERIJ, AANGETROFFEN TUSSEN DE BEZITTINGEN VAN EEN NIET-GEÏDENTIFICEERDE JONGE MAN, DIE IS OMGEKOMEN TOEN DE DUITSERS IN MEI 1944 EEN VERZETSBASTION IN DE BUURT VAN STRAATSBURG BOMBARDEERDEN. ZIJN CONNECTIE MET HET CIRCUS EN DE PERSOON OP HET SCHILDERIJ ZIJN NIET BEKEND.

Ik blijf stokstijf staan en de rillingen lopen over mijn rug. Noa had me een keer verteld dat Luc schilder wilde worden. Ik had niet geweten dat hij zoveel talent had. Het was met veel vakmanschap gemaakt, en de schilder liet duidelijk zijn genegenheid voor zijn onderwerp blijken. Nu ik Lucs werk bekijk, weet ik zeker dat hij Noa nooit in de steek kan hebben gelaten.

Ze had me ook verteld dat hij zich zou aansluiten bij het verzet, en dat hij naar een locatie was gegaan in de buurt van het circusterrein. Dan hoor ik weer de bommen die de avond van ons laatste optreden vielen, en dan weet ik waarom hij haar niet is komen halen. Noa en Luc waren in dezelfde nacht omgekomen, slechts een paar kilometer van elkaar vandaan, zonder het te weten. Tranen springen in mijn ogen.

Ik staar naar het schilderij van Noa dat in glas is gezet om het te beschermen tegen ouderdom en slijtage. 'Hij heeft je niet in de steek gelaten,' fluister ik.

In het spiegelende glas zie ik achter me iets bewegen. Er staat een vrouw met een krans wit haar. Noa, denk ik, ook al weet ik dat dat niet kan. Ik draai me om naar de afbeelding, fantaseer dat zij daar is en dat ik haar om vergeving kan vragen voor alles wat ik heb gedaan.

'Mam?'

Ik draai me om. 'Petra.' Mijn mooie dochter. Daar staat ze, het kind dat ik al die jaren geleden meende verloren te hebben. Ik breng mijn hand naar mijn buik, en voel zoals ik door de jaren heen zo vaak heb gevoeld de klap die haar bijna het leven had gekost. Mijn wonder.

'Hoe kon ik weten dat ik je hier zou vinden?' Er klinkt geen boosheid in haar stem. Alleen een glimlach rond haar volle lippen en die donkere ogen die ik altijd zal zien achter een vlak van witte schmink. Voor een optreden.

Aanvankelijk had het er echt op geleken dat mijn zwangerschap afgebroken was. Ik had een scherpe pijn gevoeld en die nacht veel bloed verloren nadat de agent me had geslagen en geschopt. Ik had gedacht dat ik het kind daardoor kwijtgeraakt was. Maar een paar dagen later, toen ik boven in de trapeze stond en overwoog of ik zou springen, had ik weer de bekende misselijkheid gevoeld. Ik wist meteen wat het was: mijn kind, onstuitbaar, vol levenslust.

Ik had het niet aan Noa verteld – ze zou de pas nooit hebben aangenomen als ze wist dat ik nog zwanger was. Het was niet zo dat ik geen vrijheid wilde of niet voor mijn kind wilde leven. Dat wilde ik juist dolgraag. Maar Noa was jonger, en niet zo sterk. Zij moest gaan, met Theo. Zonder het circus zou Noa niets meer hebben. Ik kon me wel redden, ergens een plek vinden waar ik kon optreden en overleven. Maar zelfs met al onze hulp kon ze amper voor zichzelf en Theo zorgen. Ze zou het alleen niet redden. Dus had ik gelogen.

Mijn plan was goed en het had kunnen slagen als Luc en de brand er niet waren geweest. Als het plan een kans had gekregen. Maar hoe was de brand ontstaan? Al die jaren had ik me soms afgevraagd of hij was aangestoken door een boze circuswerker of misschien zelfs door Emmet, om overal vanaf te zijn. Of misschien was het een verdwaalde granaatscherf. Tot op de dag van vandaag weet ik het niet.

Uiteindelijk had het geen verschil gemaakt. De brand, en niet de oorlog, had Noa het leven gekost, net zo willekeurig als Herr Neuhoff aan zijn hart was bezweken. Ik kon niets anders doen dan de pas gebruiken en Theo redden.

En mijn dochter. Petra heeft de gelaatstrekken van haar vader, maar ze is even tenger als ik. Ze is een chirurg van een meter vijftig, werkt bij Artsen Zonder Grenzen, en is iemand om rekening mee te houden. Ik steek mijn hand uit over het touw van de afzetting en strijk haar pony in een opwelling uit haar ogen alsof ze nog een kind van zes is. Maar haar haar is bijna helemaal wit. Wat is het vreemd om je eigen kind ouder te zien worden! Petra, beschermd in zwangerschap en geboren in Amerika, wist niets van de ontberingen die we hadden geleden. Vrijwel niets. Mijn dochter was aan één oog blind geboren, de enige verwonding die ze had overgehouden aan de klap met de knuppel in de nacht dat Peter werd weggevoerd.

Als Petra me omhelst, verschijnt er een langere gestalte achter haar. 'Mam, kom daar achter vandaan.' Ik gehoorzaam en steek mijn armen uit naar Theo, die minstens een kop boven zijn zus uit steekt. Zijn haar is grijs en weerbarstig. Hoewel ze geen bloedverwanten zijn, lijken ze opvallend veel op elkaar.

'Ben jij hier ook?' vraag ik berispend. 'Moet jij niet bij je patiënten zijn?'

'Als je de een krijgt, krijg je de ander erbij,' zegt hij terwijl hij een arm om zijn zus heen slaat. Het is waar – die twee kunnen niet zonder elkaar.

Ze waren allebei arts geworden. Petra, bij wie ook het reizen in het bloed zat, trok voor haar werk de hele wereld over, en Theo, die zich overal kon vestigen, was chirurg in een ziekenhuis in de stad waar ik hem had grootgebracht, en woonde daar met zijn vrouw en mijn drie prachtige kleindochters die inmiddels ook volwassen zijn. Mijn twee kinderen, met verschillende genen, die toch zo op elkaar lijken. En de medische wereld was voor hen ongeveer hetzelfde als het circus voor mijn broers en mij was geweest.

Ik duw met mijn achterwerk de brievenbus dicht zodat Petra en Theo hem niet zien en laat me door Petra wegleiden van de tentoonstelling.

'Hoe ben je hier zo snel gekomen?' vraag ik aan Theo. 'Ik ben pas twee dagen geleden uit New York vertrokken.'

'Het was domweg geluk dat ik een conferentie had in Brussel toen ik gebeld werd door het verzorgingstehuis,' vertelt hij. 'Ik heb Petra gebeld en zij is uit Belgrado komen vliegen.' Petra brengt de meeste tijd door in Oost-Europa, waar ze vluchtelingen helpt. Ze was, zo leek het, weer teruggelokt naar het deel van de wereld waar wij met zoveel moeite uit waren ontsnapt.

Ik kijk vol liefde naar mijn kinderen. In hun gezicht zie ik het verleden even helder als Drina ooit de toekomst zag. Peter is zo duidelijk terug te zien in onze dochter, dat het vaak lijkt alsof hij naast me staat. Theo was niet Noa's biologische zoon, maar op de een of andere manier heeft hij, als door osmose, veel van haar gezichtsuitdrukkingen en zelfs haar manier van praten. Ze had heel veel van hem gehouden in die paar maanden dat ze voor hem zorgde, en hij was ook haar kind geweest alsof ze hem zelf ter wereld had gebracht.

Dan is er nog dat andere gezicht dat altijd in mijn gedachten is, al heb ik hem nooit meer gezien en heb ik nooit een foto van hem gehad. Noa's kind, dat haar bij de geboorte afgenomen is. Ik zie hem in gedachten naast Theo en vraag me heel vaak af wat voor man hij is geworden.

'Mam...' Theo onderbreekt mijn gedachten. 'Je bent gewoon dat tehuis uit gelopen. We waren zo ongerust.'

'Ik moest die tentoonstelling zien,' verweer ik me zwak.

Theo doet een stap naar achteren als hij het schilderij van Noa ziet. 'Dat is ze, hè?' vraagt hij en zijn stem stokt. Petra en hij weten allebei van Noa. Ik heb mijn kinderen toen ze er oud genoeg voor waren de waarheid over Noa en de manier waarop ze Theo het leven had gered verteld. Maar de details over hoe ze bij het circus terecht was gekomen en haar andere kind dat misschien nog in leven was – ach, sommige dingen kunnen beter niet gezegd worden. Ik knik. 'Ze was prachtig.'

'Prachtig,' herhaal ik. 'Waarschijnlijk in meer opzichten dan je ooit zult weten. Het is geschilderd door een jongeman die ze ontmoette toen ze bij het circus was. Ze heeft hem maar kort gekend, maar ze hielden heel veel van elkaar. Ik heb nooit geweten wat er van hem is geworden – tot nu.'

We kijken nog even naar het schilderij zonder iets te zeggen. 'Ben je zover?' vraagt Petra zachtjes.

'Nee,' zeg ik resoluut. 'Ik ben nog niet zover.'

'Mam,' zegt Theo geduldig, alsof hij het tegen een kind heeft. 'Ik weet dat het circus een groot deel van je leven is geweest. Maar het is nu allemaal voorbij. En het is tijd om naar huis te gaan.'

Ik schraap mijn keel. 'Eerst is er nog iets wat ik jullie moet vertellen.'

Petra fronst haar voorhoofd op een manier die me sterk aan haar vader doet denken. 'Ik begrijp het niet.'

'Kom mee.' Ik wijs naar een bank naast de zaal. Ik ga zitten en pak hun hand zodat ze aan weerszijden van me plaatsnemen. 'Er is nog iets gebeurd dat jij en je broer niet weten. Voordat Noa Theo vond, heeft ze een kind gekregen.'

'O ja?' Petra klinkt niet erg verbaasd. Zulke dingen zijn tegenwoordig heel normaal – en niet meer met schande beladen zoals toen wij jong waren.

'Ja. Het is het ontbrekende hoofdstuk dat nooit verteld is. Ik ben de enige die het weet en ik zal er niet meer zo lang zijn. Ik moet het nu vertellen, zodat de waarheid niet voor altijd verborgen blijft.

Ze was een ongehuwde moeder, en de vader was een Duitse soldaat, daarom heeft het Reich haar baby afgenomen. Ze heeft nooit geweten wat er van het kind is geworden. Daarna vond ze jou, Theo, en toen was het alsof ze een tweede kans kreeg. Ze hield van jou als van haar eigen kind,' voeg ik er haastig aan toe terwijl ik op zijn hand klop. 'Maar ze is haar eerstgeborene nooit vergeten. Het spijt me dat ik het jullie nooit eerder heb verteld. Het was een geheim, en het was niet aan mij om het prijs te geven.'

'Waarom vertel je het ons nu?' vraagt Petra.

'Omdat ik niet het eeuwige leven heb. Iemand moet het weten en het doorvertellen.' Ik kijk weer naar het schilderij van Noa. 'Nu ben ik klaar om te vertrekken.'

Petra staat op en reikt me haar hand. 'Laten we dan gaan.'

Ik pak haar hand, onze vingers vlechten zich in elkaar. Theo staat aan mijn andere kant. Ik draai me om naar mijn mooie zoon en hij buigt zich naar voren tot onze voorhoofden elkaar raken. 'Daar gaan we weer, samen,' zeg ik. Ik laat me langzaam door hen meevoeren uit het museum, en voel de onzichtbare handen die ons leiden.

# Opmerking van de auteur

Tijdens de research voor dit boek stuitte ik een paar jaar geleden op twee bijzondere verhalen in de archieven van Yad Vashem. Het eerste was een hartverscheurend verslag over de 'Onbekende kinderen' – een goederenwagon vol baby's die bij hun ouders weggerukt waren en naar een concentratiekamp werden gedeporteerd, te jong om hun eigen naam te kennen.

Het tweede was een verhaal over een Duits circus dat tijdens de oorlog onderdak had verleend aan Joden. Circus Althoff had een jonge Joodse vrouw, Irene Danner, opgenomen die afkomstig was uit een andere circusfamilie. Een aantal aspecten van het verhaal boeide me. Ten eerste ontdekte ik dat het circus niet alleen Irene Danner onderdak had verleend, maar ook haar zusje, vader en moeder. Haar vader, Hans Danner, was in feite niet Joods, en diende als soldaat in het Duitse leger. Toen het leger hem met verlof stuurde met de opdracht zich te laten scheiden van zijn Joodse vrouw, weigerde hij dat en sloot zich in plaats daarvan aan bij zijn vrouw en kinderen. Ik ontdekte ook dat Irene Danner verliefd was geworden op een clown van circus Althoff, Peter Storm-Bento, en dat ze samen kinderen hadden gekregen.

Iets anders wat me tijdens de research fascineerde, was de rijke geschiedenis van Joodse circusdynastieën van een paar eeuwen, zoals van de familie Lorch, waar Irene Danners moeder uit stamde. Er waren nog meer circusfamilies, zoals de familie Blumenfield, die minstens tien kinderen hadden die in het circus werkten. Helaas werden de meesten van hen omgebracht door de Duitsers.

Toen ik die bijzondere verhalen over de Onbekende Kinderen en de circussen las, wist ik dat ik ze wilde combineren. En zo bedacht ik het verhaal over Noa, een jong meisje uit Nederland dat het huis uit werd gezet toen ze zwanger raakte en dat, ook al was ze alleen en had ze geen cent, toch de moed had om een van de baby's uit de trein te redden. Ik liet haar in contact komen met een bondgenoot, Astrid, een Joodse trapezewerkster wier hart gebroken was toen haar echtgenoot niet dezelfde moedige keuze maakte als Hans Danner in het echte leven had gemaakt, maar die hun huwelijk daarentegen ongeldig verklaarde.

*Het weeskind* is geen biografie, en mijn verhaal gaat niet over die bijzondere circusmensen in mijn research, maar het is fictie. Ik heb me veel vrijheden veroorloofd wat betreft de aard van de circusnummers, en de manier waarop ze leefden en optraden tijdens de oorlog. Maar ik was zeer geïnspireerd door de mensen die ik in mijn research was tegengekomen: de manier waarop Irene Danner en Peter Storm-Bento elkaar trouw bleven ondanks het verbod van het Reich, de moed waarmee circuseigenaar Adolf Althoff Joden liet onderduiken, en de vindingrijke manieren waarop hij hen verstopte als de Duitsers kwamen inspecteren.

Toen Adolf Althoff in 1995 door Yad Vashem werd geëerd met de titel Rechtvaardige onder de Volkeren, zei hij: 'Wij circusmensen zien geen verschil tussen rassen of religies.' Dit boek beschouw ik, ook al is het fictie, als een eerbetoon aan de moed van deze mensen.

# Dankwoord

# Dankwoord

*Het weeskind* noem ik vaak mijn moeilijkste boek, geschreven in een moeilijke periode. Moeilijk omdat ik het schreef terwijl ik te maken had met ernstige ziekte in mijn familie, waardoor mijn mantra 'ik kan onder alle omstandigheden schrijven' tot het uiterste op de proef werd gesteld. Het boek zelf was ook moeilijker dan alles wat ik ooit heb geschreven, omdat het onderwerp zo zwaar was. Zo besefte ik dat ik om de scène met de baby's in de goederenwagon te beschrijven mijn eigen kinderen in die trein voor me zou moeten zien. Hoewel ik altijd dankbaar ben voor degenen die me steunen bij het schrijven, ben ik hun dit keer nog meer verschuldigd vanwege deze zware taak.

Het was een uitdaging om van alles te ontdekken over het circus, en het leverde me een diep respect en bewondering op voor het harde werken en de vaardigheden die er bij circusnummers komen kijken, vooral bij het trapezewerk. Mijn innige dank gaat uit naar Suzi Winson van circus Warehouse voor haar kennis, tijd en geduld over alles wat met het trapezewerk te maken heeft.

Ook veel dank aan Stacy Lutkus en Aime Runyan voor hun hulp bij respectievelijk het Duits en het Frans, en voor Andrea Peskind Katz, die steeds mijn klankbord was. Eventuele fouten zijn alleen aan mij te wijten.

Ik ben heel blij dat ik uiteindelijk heb mogen werken met de getalenteerde Erika Imranyi; onze samenwerking was een lang gekoesterde wens die is uitgekomen. Ook veel dank aan Natalie Hallak, Emer Flounders en het volledige team van MIRA Books voor hun tijd en talent. Mijn droomteam zou niet compleet zijn zonder mijn fantastische agent Susan Ginsburg van Writer's House, wier voortdurende leiderschap en visie de inspiratie voor mijn carrière vormen.

Ik beschouw mezelf als gezegend dat ik deel uit mag maken van een geweldige groep boekenmensen, online en in persoon. Het enige wat me ervan weerhoudt ze hier allemaal te noemen is de wetenschap dat ik vast en zeker iemand zou vergeten. Maar ik ben eindeloos veel dank verschuldigd aan de boekbloggers, bibliothecarissen, boekhandelaren, bevriende schrijvers en lezers die me elke dag motiveren om door te gaan.

Bij elk boek dat ik heb geschreven zijn anderen nauw betrokken, en dat geldt zeker ook voor *Het weeskind*. Ik bedank mijn man, die zo goed met kinderen is, ik bedank mijn moeder en broer, die dag en nacht voor ons klaarstaan, en mijn schoonfamilie, lieve vrienden en mijn collega's van Rutgers School of Law. En ik ben met name dankbaar voor mijn drie kleine muzen, zonder wie dit allemaal niet mogelijk, noch de moeite waard zou zijn.

*Lees ook:*

PAM JENOFF

## De verdwenen meisjes uit Parijs

'Een scherpzinnige, spannende en complexe spionageroman.'
– THE NEW YORK TIMES

Op een ochtend vindt Grace een achtergelaten koffer op het station. Er zitten twaalf oude foto's in van verschillende vrouwen. Impulsief neemt ze de koffer mee naar huis en gaat op onderzoek uit. Al snel komt ze erachter dat de koffer eigendom was van ene Eleanor, die leidinggaf aan een netwerk van vrouwelijke geheimagenten tijdens de Tweede Wereldoorlog. Zij werden vanuit Londen naar bezet Europa gestuurd om als koeriers en telegrafisten het verzet te helpen. De vrouwen zijn echter nooit thuisgekomen en het is een raadsel wat er met hen is gebeurd. Grace raakt geboeid door de jonge moeder Marie die geheimagent werd. Haar gedurfde missie overzee onthult een opmerkelijk verhaal over vriendschap, moed en verraad.

*Lees ook:*

PAM JENOFF

# Het meisje met de blauwe ster

Hun onwaarschijnlijke vriendschap is levensgevaarlijk...

1942. Sadie is achttien en bevindt zich midden in de verschrikkingen van de Tweede Wereldoorlog in het getto van Krakau. Als de nazi's het getto leegruimen, vlucht Sadie met haar zwangere moeder het riool in.
Ella leidt op haar beurt een luizenleventje dankzij haar stiefmoeders goede band met de nazi's. Maar haar vrienden hebben haar in de steek gelaten en haar verloofde is naar het front gestuurd.
Tijdens een van haar eindeloze, eenzame wandelingen door Krakau ontdekt Ella Sadies schuilplaats. De mensonterende plek waar Sadie zich bevindt en de angst waarin ze leeft raken Ella diep, en ze besluit haar te helpen. Voorzichtig bouwen de twee een band op, maar als de oorlog heviger wordt blijkt hun vriendschap levensgevaarlijk: voor Ella, Sadie én iedereen om hen heen…